谨以此书献给所有在异乡迷惘
又找到方向的人们

图／陈超

大峡谷（上）／旧金山铛铛车（下）

海阔天空
与其两个人烂在一起
不如就给你想要的自由
希望你不要后悔
也希望自己不要后悔

图/陈超

旧金山九曲花街（上）/旧金山七姐妹建筑（下）

谢谢你，让我明白一件事
我不是阿修罗
我只是个普通人

图／陈吉安雪

加州大学伯克利分校景致（上）／金门大桥（下）

所有的事情都难以长久

但所有的海誓山盟
在发生的一刹那
都有天崩地裂的威力
光芒照亮永恒

图／王蓓蓓

图/陈超

图/王蓓蓓

加州1号公路沿途风光（上中）/大峡谷（下）

未来就在前面
仿佛自己有无限可能
仿佛两个人只要手牵手
就可以越走越远

图/王蓓蓓 拉斯维加斯威尼斯人酒店

图/王蓓蓓

纽约

图/王蓓蓓 纽约

三十而立
轻盈的、欢快的、无忧无虑的尘埃都渐渐落下
从前被青春幔帐蒙住双眼的人
此时赤着脚踩在地上
惶惶然望着未知的前路

图／王蓓蓓

太浩湖（上）／优胜美地（下）

天地疏朗
白雪皑皑
有缘的人
是否百转千回依旧能相遇

# 硅谷是个什么谷

虎皮妈 著

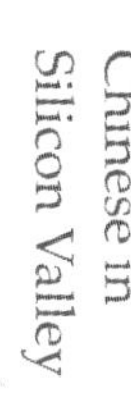


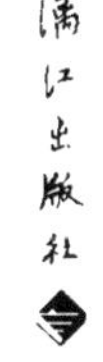

# 目录 CONTENTS

## 目录 CONTENTS

*Chinese in Silicon Valley*

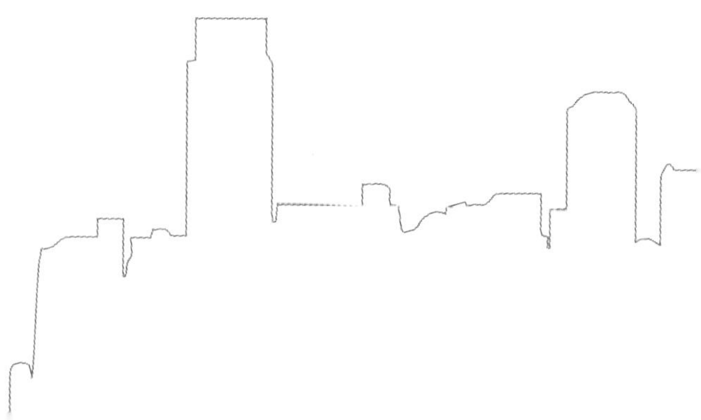

# 第一部分
# *Part 1*

## 相见欢

几张信用卡来回倒，凑够了去夏威夷渡蜜月的盘缠，程悦欣抱着对美国的一腔憧憬，一头扎进了未来十年的生活。

## 第一章

# 天天天蓝

硅谷的天真蓝，这点比杭州强，程悦欣盯着机场的落地大玻璃下了结论。

这天蓝得清纯、蓝得理直气壮，远处淡近处深，挟裹着白云，像明信片上修过的图。虽然已经在夏威夷看了好几天蓝天，但程悦欣此刻还是望着飞机场外愣神。张思禹说，那张经典的 Windows 桌面图，就是在这附近什么地方拍的。找一天一定去那儿拍张一模一样的照片，MSN Space 上发一遍，BlogCN 上再发一遍，程悦欣想得欢欣雀跃。

午后 1 点，名不虚传的加州阳光照进了奥克兰机场。程悦欣斜身倚靠在自己大红色的行李箱上，一边用夏威夷地图扇着风，一边笑盈盈地看着张思禹从传送带上搬下第二只行李箱。张思禹背心已然湿掉一片，程悦欣看在眼里，从包里抽出一张餐巾纸，替他抹着额头，半埋怨半撒娇说：“跟你说不用跑不用跑，你看，行李刚刚到。”张思禹还处在新婚蜜月的兴奋中，看着妻子纤巧白皙的手，心里有说不出的激荡。

“飞机刚停林锐电话就来了，”张思禹顺势捏住程悦欣的手，“这会儿他的车大概已经绕了3圈了。”程悦欣抽出手，娇嗔着用另一只手上的地图拍了张思禹一下，嘴里笑着说：“讨厌。”

林锐的车子围着机场绕到第5圈，终于接到张思禹的电话。车方停，就看到穿着大红花衬衫的张思禹拖着两只大箱子碎步小跑地朝他而来。平时不苟言笑的张思禹此刻不光穿得像朵花，更笑得像朵花，整个人都透着春风得意的风骚。

但张思禹没什么好看的，林锐的视线掠过他朝后面望去，只见一个白白瘦瘦穿着同花色大红连衣裙的女人慢悠悠地走过来。走得近了，才从白色宽檐太阳帽的下面，露出一张瓷娃娃一样的脸来——秀气挺拔的鼻子，翘嘟嘟的嘴唇，细长的丹凤眼弯弯，总含几分笑意。林锐咧着嘴下车帮张思禹放箱子，一边朝他肩上捶一拳，低声笑：“行啊你，可算搞定‘茶包’了。”

茶包，就是trouble——麻烦。

张思禹回国向程悦欣求婚，是林锐怂恿的。林锐说：“你既然工作搞定了，就早点把你那个茶包接过来，省得她三天两头闹。”

那时候是情人节，程悦欣又在闹别扭，先明示暗示别人都有男朋友送的礼物和花，就她没有。等张思禹淘宝上买了花送到，程悦欣依旧还发脾气：“淘宝上买花有什么用啊？我要的是人，我要人呵护要人陪啊！”发完脾气MSN就下线了，留下一脸错愕的张思禹。第二天一看，程悦欣的MSN签名档改成了“寂寞沙洲我该思念谁”，然后对张思禹的消息闪屏一概不回。

张思禹叹口气：“接过来哪里那么容易？总得先结婚吧？结婚的事，总要双方家里慢慢商量吧。”林锐不屑一顾：“哦哟，你这猪脑子！你现在工作都搞定了，还不赶快把你们的事也定了？你那未来丘父丘母什么人你不知道？是，你是挺好的，堂堂伯克利的博士，前途无量，一表人才，但人家不满意啊。这种公务员家庭，女儿从小拴在身边，管得是服服帖帖。最好从小到老，让他们从头管到脚。甭说来美国，动物园人家都不乐意让她自个儿去！你们异地这两年，这二老可没少费心给茶包介绍相亲对象吧？可不就等着拆散你们俩吗？”

介绍相亲对象的事张思禹知道。每次程悦欣断然拒绝后，就会找他闹一闹，哭诉一下自己的不安全感、对未来的不确定。张思禹很受用，觉得，女朋友虽然爱作，但是有底线，是坚定爱着自己的。在心底，他说不定还是喜欢程悦欣这种小女人姿态的。作代表她在乎他，需要他。于是他每次悉心去哄时，心里总有一种作为男人被需要的满足感。

车开上了高速，程悦欣望向窗外的眼睛渐渐灭了光彩。她嘟哝：“这就是硅谷啊！”张思禹正在和林锐交流夏威夷租车事宜和行程安排，没听清楚程悦欣的话，从副驾驶转过头来问：“你说什么？”程悦欣嘟着嘴，指着高速路旁边连绵起伏但却黄不拉叽的荒山：“你看这山！”张思禹解释：“哦，夏天硅谷是旱季，所以山都荒了。到了冬季下雨，这些山都会绿的。”

林锐却听出来了程悦欣话里的意思，笑着说：“是吧，我第一次来美国跟你想法一模一样！以前在国内，印象里的美国，不是拉斯维加斯就是纽约，想着资本主义发达国家，总得搞点腐朽堕落的纸醉金迷吧？结果来了一看，我去，哪里有一点灯红酒绿的意思！整个一大农村啊，我连河北省都出了吧！”

程悦欣是杭州人，从小到大没出过江浙沪包邮区。第一次在现实生活里听到京腔，立刻被林锐会跳舞的语音语调吸引住了，捂着嘴笑起来。

林锐继续侃侃而谈：“禹嫂，知道硅谷为什么叫硅谷吗？”

程悦欣心里很不喜欢禹嫂这个称呼，感觉像菜场里卖鱼的。但她知道这是他们的习惯，林锐、张思禹、胡金柱三个人，互相称某哥，对着彼此的老婆女朋友就称某嫂。张思禹被叫成禹哥，自己只好是禹嫂。

这个称呼慢慢再去改吧，程悦欣心想，刚见面不熟悉，别显得自己太难搞。于是回答起了林锐的问题："硅谷就是个城市的名字吧？"

"那多没意思？"林锐得意地说，"硅谷不是一个城市，是一个地区，就跟长三角一样。硅谷硅谷，是因为硅是半导体芯片的原材料，硅谷就是做半导体芯片起家的。当然现在啊，像谷歌啊、苹果啊这些公司都在硅谷，就跟硅没什么关系了，所以有种说法叫硅谷去硅。不过不管怎么说，硅谷一直都是全世界高科技行业的圣地。禹哥要去的那个公司，别看没刚那几个有名，但在业界也是响当当的。你要是玩游戏，做 Photoshop，搞视频，那不管你在世界哪个角落，都得用他们的卡。"

林锐从后视镜里看程悦欣的表情。刚出国的人都有落差，他替张思禹这一通吹，也算为了兄弟的幸福仁至义尽了。但程悦欣显然没有接收到他后半段话的糖衣炮弹，而是只听到了前半段。

程悦欣开心地摇前排张思禹的肩："苹果就是你送我 iPod 的那个公司是吗？"张思禹点头："对，他们公司今年也做手机了，出了一个叫 iPhone。""我知道！"程悦欣欢呼起来，"我们处长有人送了他一个，说是香港带来的，屏幕上可以直接按。上面有个游戏可好玩了，好多蚂蚁，直接甩屏幕玩，比贪吃蛇好玩多了！"

张思禹和林锐相视一笑，说："就知道你们小女孩喜欢，我之前还在和林锐说，iPhone 在占领商务市场上肯定拼不过黑莓。黑莓手机更适合商务形象，iPhone 就是时髦的玩具。"但程悦欣鼓着脸，表示不服气："我就觉得 iPhone 挺好的，我们处长说，还可以拿他直接回邮件呢！"

"现在手提电脑那么方便，谁会用手机办公？"张思禹没放在心上。

程悦欣被反驳了很不爽："我出国前两天看波士堂，请的就是你们公司的老板，那个叫黄什么什么的。他可说了，以后人们娱乐、办公、看电影，所有一切都会在一个手机上，是什么移动什么终端！你别欺负我是文科生，什么都不懂！”

张思禹从后视镜里看过去，程悦欣脸鼓鼓涨红，眉头紧皱，像是真生气的样子，赶紧服软：“这有什么好生气的？好好好，我老板说的都对！”林锐补充：“嫂子，你也是他老板，所以你说的，也都对！”

阳光闪亮，程悦欣一心想看清楚初到硅谷的模样，但二手丰田上的冷气不足，车里不一会儿就弥漫着温热的昏沉。林锐打了几次空调没打上去，对张思禹说：“禹哥，你这车也该修修了，空调太破了！”

这辆快 10 万买的二手破车虽然现在是林锐在开，但却是张思禹的座驾。林锐有辆中看不中用的红色野马，拉风是拉风，但根本装不下行李箱；胡金柱的车更破，后备厢小，更重要的是他怕耗油。所以平日里三个人接送机都开张思禹的车。

“不修啦，我们要换车，是不是张思禹？”程悦欣推着张思禹的肩膀。张思禹回国求婚时，亮了自己的录用信，一年 9 万美元，换算成人民币，那就是 70 多万啊！加上态度诚恳，把林锐操刀的求婚感言背得滚瓜烂熟，彻底征服了程悦欣父母和大小姐本人。

70 多万，什么车不能换啊？程悦欣愉快地想。她的周身在磨白的无纺布里放松下来。昏睡过去的前一刻，依稀听到前座还在争辩。

张思禹说：“我想看看本田思域和凯美瑞。”

林锐说：“怎么又是东方神车，你能不能有点儿出息？你别听柱哥的，他一天到晚就是小市民假美丽，油耗油耗……”

夏威夷蜜月累了，坐飞机也累了，迷迷糊糊地，程悦欣就睡了过去。梦里脚步浅浅深深，自己似乎依旧在毛伊岛上，又似乎还在西子湖畔。面前有一片湖或海，水面波光粼粼，远处有人在唱着听不真切的曲子。蓝天，薄烟，篝火，断桥。颠簸再颠簸，摇晃再摇晃，好像看了一场昏昏沉沉的电影。等被摇醒，所有虚幻的梦境变成了张思禹真切的脸：“悦欣，咱们到了。”

程悦欣按按太阳穴，挣扎着下了车。等慢慢回过神来的时候，发现面前有一栋两层小洋楼，红色瓦顶，奶黄色的墙，一段四五步的楼梯通向一扇木制的大门。门旁边，有个大大的飘窗，窗前站着一个穿睡衣的短发女人，看着 50 来岁，正面无表情地上下打量自己。

程悦欣拉拉正在搬行李的张思禹，张思禹一看，低声说：“这就是我跟你说的那个上海房东。”

程悦欣也猜到了。张思禹一直对她说，冯品芝这个房东精明，难搞，经常为一点水电费来为难他们。知道程悦欣也要住进来，冯品芝很是不开心。

她的意思，好好的房子怎么现在住了那么多人！当年租给他们三个，是看着他们都是单身学生，方便清静，也不开火。没想到一个拖一个，现在变成三对了，其中还有个大肚子。这就不划算了，她吃了大亏。脸耷拉了几个礼拜，最后每家涨了 50 块房租才算作罢。

程悦欣的家教，是小心谨慎，面面俱到。于是笑盈盈地进了门，拿出两盒夏威夷巧克力和一串绿水晶手链来：“您就是冯姐吧，张思禹老提您，说您可照顾他们了。我们从夏威夷特地选了这个绿水晶送您，他们都说绿水晶是夏威夷幸运石，能带来好运的。”伸手不打笑脸人，冯品芝的脸色松动了一下，客气了两句，就在窗前阳光下端详起了绿水晶。

冯品芝想：这个斯斯文文的小女孩识相，杭州到底是大城市，离上海也近，就是比乡下来的强。“冯姐”这个称呼一出口就让她舒服，比那个傻乎乎嘴一张喊“大妈”的郝会会不知道强到哪里去了。冯品芝心里满意，于是似笑非笑地说了句：“小程是吧，欢迎你来，我这个人很随和的，但丑话说在前面，我这里的规矩还是要守的。你们今天累了，先搬行李吧，我就先不奉陪了。”

冯品芝前脚刚迈进房间，郝会会后脚就从厨房大呼小叫地迎到门口：“禹嫂，你可来了！你家禹哥盼得呀，这两年张口闭口我们茶包怎么怎么了，今天我可算见着了！”

郝会会微胖，梳一个乱蓬蓬的马尾，身上围着个洗得发白的围兜，肉鼓鼓的脸上颧骨处两大片对称的晒斑。肚子在围兜下傲然突出，让人分辨不出是本来胖还是4个月的身孕。

她说漏了嘴，把林锐私底下叫程悦欣“茶包”的事抖了出来，张思禹吃了老大一惊，紧盯着程悦欣的脸色。还好程悦欣累了，没仔细听，脸色如常。郝会会也没察觉自己说漏了嘴，一把夺过程悦欣手上的包和袋子，热情地把程悦欣送到了客厅的沙发上，随后就扯着大嗓门去和林锐争着提箱子。

程悦欣有些局促地坐在沙发上，打量眼前的一切——沙发、电视、厨房、墙壁上挂着的画。虽然过去两年和张思禹Skype（网络即时语音沟通工具）连线时经常看到眼前的这个画面，但身处其中，还是有一种陌生感。

我真的到美国了吗？程悦欣暗暗问自己。

正在这时，踢踢踏踏的拖鞋声响，从楼梯上下来一个穿着汗衫背心的男人。瘦瘦的，一米七出头的个子，头发乱糟糟，戴着眼镜皱着眉，嫌恶地望着郝会会：“吵吵，吵吵，一天到晚就听见你吵吵！跟你说我下午还要去实验室你早上让我好好睡觉，就听见你那破锣嗓子！一天到晚只会吵吵吵！”

郝会会放下手上的活儿，满脸堆笑，轻声细气：“哦哟，我忘了，把你给吵醒了。”张思禹赶忙打圆场：“柱哥，不好意思，是我不好，吵醒你了，柱嫂都是在帮我拿东西。”

背心男看着张思禹一愣，一拍脑袋反应过来："哎哟，你度蜜月回来了啊！"朝客厅一看，果然看到端坐着的程悦欣。

胡金柱顿时手足无措起来。身体微弓，面色涨红，一溜烟地原路蹿了回去。等再下楼时，背心外套了一件格子衬衫，头发也梳理过了。他推了推眼镜，朝着程悦欣伸出右手，薄薄的嘴唇一张："你好你好，我叫佛莱德，是张思禹的室友，我也是伯克利的。"

程悦欣想笑。她早就听说张思禹有两个室友，除了林锐，另一个叫胡金柱。

胡金柱比张思禹林锐他们还大个七八岁，35 了，生物的博士后，网上最新代号叫"生物千老"，寓意千年老博士。张思禹林锐都管他叫"柱哥"，程悦欣本来想跟着叫，没想到柱哥却报了个英文名字出来。程悦欣一边跟他握手一边向郝会会看去。果然胡金柱顺势指着他老婆："这是我太太，玛吉，就是张曼玉的那个玛吉。"

郝会会是实在人，大手一挥："别听他的，啥卖鸡啊，我叫郝会会，你叫我会会，柱嫂，都行，随便叫。"她刚咧开嘴哈哈，却看到了一旁胡金柱恨铁不成钢的注视。讪讪地，把剩下的一半豪爽的笑咽回了微凸的肚子里。

程悦欣跟着尴尬地笑了笑。

等张思禹上班发工资了，就搬出去，这么点地方住那么多人，吵都吵死了。程悦欣又下了一个决心。

以上，就是 2007 年，程悦欣到硅谷后，所有的第一印象。

# 第二章
# 鄙视链

躺到床上，浑身的劳累酸痛都泛了上来。程悦欣赖在床上，半点都不想动弹，让张思禹拉了网线连了笔记本电脑，开始在PPS上继续追《越狱》。张思禹把两个大箱子搬进房间，该洗的该挂的一样样往外拿。程悦欣笑着，拿赤脚朝他屁股上一顶，鲜嫩欲滴的红指甲一弹，声音都是娇：“老公辛苦啦，老公最好了。”

一躺就躺到了傍晚，只听郝会会的大嗓门在楼下喊开饭。

张思禹挠挠她脚心：“下去吃饭吧，柱嫂知道你要来，特地做了家乡的卤面，可好吃了。”程悦欣皱着鼻子：“不想吃什么面，我累死了，再躺一会儿。”张思禹笑着摸她的胃：“怎么？肚子不饿？”摸着摸着手掌炙热起来，指关节一弹，径直往上游走。

“讨厌，”程悦欣一把打掉在胸前的手，道，“饿，但我不想动了。”张思禹几年培训下来，好歹听懂了夫人的画外音，一声“得令”，就下了楼。

顾不上自己吃，先给程悦欣端了一碗上来。端上来还不够，程悦欣笑嘻嘻，嘴一张，张思禹只得坐在床头，一口一口往里喂。

到郝会会上来收碗，薄木板门里，就传来咿咿呀呀的嬉笑呢喃。旖旎的新婚时光倒让听的人害羞起来，郝会会缩回要敲门的手，一转身，冲到楼下客厅擦起桌子来。

杭州到夏威夷，夏威夷到硅谷，程悦欣的时差彻底乱掉了。一觉醒来，先花力气辨认自己在哪里，再对着表想了很久现在几点。

窗外一轮明月高挂，床的另半边张思禹君有似无地打着鼾。程悦欣望着这个陌生的房间，忽然一个激灵，跳了起来。

这套房子有四个卧室，一个在一楼，房东冯品芝住着，另外三个在楼上。靠北最大的那间主卧里面带个厕所，租金自然也最贵，林锐和女朋友郑懿住着。张思禹这间靠南，和胡金柱那间中间夹一个共用的厕所。此刻程悦欣穿着夹脚拖，推开房门，准备去上厕所。

“呀！”当程悦欣准备打开厕所门时，忽然听到背后一声女人的惊叫。叫声划破静夜，程悦欣也吓了一跳。一回头，厕所对着楼梯，楼梯口站着一个高高瘦瘦背着大书包的女孩。那女孩一双眼睛尤其亮，就在此时闪了一闪。

“啊，你是张思禹的女朋友吧，吓了我一跳。”那女孩忽然说。

程悦欣见郑懿的第一面没有好感。自己不过是上个厕所，倒是郑懿半夜里大呼小叫，怎么说起来，还成了自己不对。

但程悦欣还是笑了笑，慢悠悠地说：“对，你是郑懿吧，那么晚才回来啊？好辛苦啊。”

郑懿面色疲倦地点点头：“那个，我挺累的，想洗澡睡觉，咱们以后再聊。”

程悦欣的笑容僵在了脸上，望着郑懿的背影和大书包，不可名状的委屈在陌生的月光下点滴累积着。

什么人嘛！有什么了不起的！谁愿意半夜跟你聊天啊？

第二天跟张思禹逛伯克利时，程悦欣一边在坡上坡下追着小松鼠，一边数落着郑懿：“我看林锐人还挺好的，怎么找了这么个女朋友！没礼貌没修养，板着一张臭脸，半夜走路都不出声，还要反咬一口。一副自以为了不起的死样子，好像有谁高兴理她！”

张思禹不解风情：“其实郑懿这个人挺好的。表面上冷一点，但熟悉起来之后……”剩下一箩筐的好话，在程悦欣的怒视中咽了下去。老婆骂同性，自己不帮腔，死不足惜。

良久，见张思禹忐忑得够了，程悦欣才又问了一句：“她哪儿人啊？”

“哦，郑懿啊，川妹子，重庆的，”张思禹说，“本科北大法律的。”

北大的就了不起啊？这句话从心里冒出来，但终究没有底气冲出嘴巴。

清华北大统称 Top 2，屹立在中国留学生鄙视链最顶端。张思禹的复旦，胡金柱的科大，已经落到鄙视链的第二级，林锐的北航都已经是三级水平。更何况，郑懿是本科北大。名校校友论起学位来，本科才代表出身。如果是硕士、博士，大家表情了然，不过都淡淡地“哦”一声罢了。当时，程悦欣还不了解这套名校鄙视链，但已经觉得，工业大学毕业的自己，似乎并不能理直气壮地说一句——北大有什么了不起。

“那出国后呢？”不甘心，还是要继续问。

“出国先在 NYU（纽约大学）念了个‘老流氓’，现在在旧金山里一个学校念 JD（法律博士）。”

“什么什么？‘老流氓’是什么？”程悦欣瞪大眼睛，不可置信。

张思禹笑起来：“‘老流氓’是 LLM，是一个法律的硕士学位。”

“那 JD 是什么？”程悦欣又问。

“也是一个法律的学位。”

“她干吗要念两个？”程悦欣不解。

“JD 是博士嘛，出来更好找工作。郑懿是想进 big law（大型律所）的。”

big law 又是什么呢？程悦欣不想再张口问了，张思禹语气中的欣赏让她不舒服。“不就是当律师吗，有什么了不起的。”她没底气地轻声咕哝。工大也有法律系，当年程悦欣可并不觉得有什么了不起。实习工资几百，毕业也不过三四千。

“大律所的律师还是挺厉害的，起薪 14.5 万，比我们这些博士赚得多。”张思禹感叹了一声。

程悦欣的脑子飞快地转：14.5 万，乘以 8，是多少？那个过百万的数字和郑懿那张模糊的脸，把程悦欣本来因着出国而飘飘然的心，死命往下拽了一下。

伯克利校园依山而建，白色的建筑，红色的顶，远处的钟楼，明明暗暗的绿色里，上下穿梭着永远在觅食的小松鼠。张思禹一股子热情，领着程悦欣左转右转，不断介绍这是哪个学院，那是哪个诺贝尔奖得主的停车位，像一个总算领了小朋友回家的孩子，非要一股脑把玩具都倒出来，一件都舍不得藏。

终于，到了地标 Sather Gate（萨瑟大门）——四根大石柱间，有一正两侧三扇绿色铁门，镂空繁复，中门最上边，烘托着一颗高高在上的星星。

“在这里照几张相吧，”张思禹兴致勃勃，“这算是我们学校的地标建筑。你看到前面那个广场了吗？那个就是 Sproul Plaza（史鲍尔广场），美国 20 世纪 60 年代言论自由运动就是在这里搞的，争取言论自由，反越战，支持黑人平权，这里是民权运动的大本营。”

程悦欣对美国历史知之甚少，但经张思禹一说，顿时也对这扇大门和门后的广场产生了兴趣，横竖左右拍了好几张照片。

仿佛是为了印证张思禹的介绍，正在这时，广场上传来一阵喧嚣，掌声叫声口哨声。张思禹拉了程悦欣去看热闹，广场正中央，一群男男女女拥挤在一起，中间有个扎着辫子的白人小伙，正站在台阶上，举着喇叭慷慨激昂地发表演说。他说几句，人群中就有呼声，再说几句，就被掌声和口哨声淹没。

程悦欣听不懂他在说什么，在人群的最后，她甚至看不清那男孩的真实长相，但这个场景却把她震撼了。这种振臂一呼应者云集的激情，深深地打动了她。

“他在说什么呀？”程悦欣问张思禹。

“好像是抗议伊拉克战争，让美军撤军，”张思禹皱着眉头听了一会儿，“好像提了几个议员的名字。”

这时，扎小辫的小伙发表完了演说，在一片沸腾中，聚集的人群慢慢变成了一支队伍，开始绕着广场中央一圈又一圈游行起来。

队伍的最后，有几个身材高大的白人女孩，打着鼻钉，正在发着厚厚的一沓黄色传单。张思禹怂恿程悦欣：“他们过来了你也去问她要张传单。”程悦欣紧张起来：“我怎么问她要啊？”张思禹道：“你就说，Can I have one，她就给你了。”

程悦欣的英语不能算不好，大二过四级，大四过六级，在单位的时候，偶尔还给领导翻译点东西。但，在中国考试和在国外使用，完全是两码事。夏威夷蜜月的时候，她曾经被张思禹怂恿去买过一次纪念品，面红耳赤地点头 Yes 摇头 No，好不容易买完，店主问她：“Do you want your receipt in the bag？（需要把收据放在袋子里吗？）”连听三遍，完全听不懂别人在说什么。店主摇了摇头，直接放弃沟通。

这件事挫败了程悦欣的自信，从此后，但凡和老外沟通，程悦欣就躲在张思禹的后面。

戴着鼻钉的姑娘走近了，但她的眼神直接忽略过了人群中的程悦欣，把传单发给了旁边的人。“你快点问。”张思禹的声音在耳边催促。程悦欣张了张嘴，“Can I”了两次，终于没把句子说完。一片呼啸中，游行的队伍扬长而去。

“你声音太轻了。自信一点，美国这种地方，一定要speak up（大声说出来）。”张思禹说。

程悦欣站住了，加州的日光毒辣，瞬间，那种挫败和委屈感上涌。她对张思禹吼了一声：“都是你不好！”跺脚而去，又反身发泄：“别跟着我！”

吃午饭的时候，张思禹小心翼翼地看老婆脸色，买回来两个汉堡，一杯可乐。程悦欣的脸色松动了一下：“你怎么不喝可乐？”张思禹指着一个小的白色杯子：“我喝水就好了。”

“真抠，”程悦欣瞪了他一眼，“你不是要上班挣钱了吗，还在乎一杯可乐啊！”

张思禹叹口气：“老婆大人，我今天给你报个账。我们夏威夷蜜月，我花的是信用卡上的钱，我们现在还背着几千块卡债呢。”

尽量不用父母的钱，是张思禹和程悦欣商量好的原则。但程悦欣没想到，自己高风亮节，不要车不要房，但一结婚已经背债了。

“你没有存款的吗？”程悦欣追问。

“穷学生，学费生活费，回国机票一买，就剩不下多少了。”张思禹答。

“怎么还要交学费呢？你不是有奖学金吗？而且你说你导师每个月给

你发钱。”程悦欣觉得不可思议。

“奖学金是一种统称。其实能拿真正 merit-based scholarship（绩优奖学金）的很少，我们拿的这种，说好听点叫全奖、半奖，其实就是给你个打工机会，当当助教啊，在研究室里打打工啊，工资正好付学费，好一点的话生活费也有着落了。”

“那不是就是勤工俭学？跟奖学金有什么关系啊？你骗我！”程悦欣叫起来。

张思禹有点尴尬：“也不是骗人，大家都是这么说的，约定俗成。”

“呵，你们这个约定俗成还真会给自己脸上贴金。”

“真的都是这样的，”张思禹努力给自己挽回些面子，“比如说，很多牌子在国内做广告，说远销海外，其实就是中国超市里卖给海外华人的，外国人根本不买。又比如说，很多明星说开世界巡回演唱会，其实就是在拉斯维加斯或者雷诺的赌场里包个场地，中国人自己坐着大巴跑过去听。”

程悦欣瞪大眼睛，表示匪夷所思。

“老婆，你放心，你要相信我，面包会有的，一切都会有的。”张思禹握住程悦欣的手。

望着张思禹诚恳的眼神，程悦欣回想起他每次回国给自己带的礼物。那些 Coach 包，iPod，名牌化妆品，是不是就是这样一杯可乐一杯可乐省出来的？不禁有点动容。

“你们留学生，过得还都挺苦的。”

“也分人。你看林锐就从来不亏待自己，他的消费观念跟美国人接轨，每个月吃光用光，买辆二手车还一定要买个跑车。柱哥就不一样，精打细算，别看工资最低，存款比我们都多。”

怎么可能工资最低但存款最多呢？程悦欣十分好奇。张思禹不愿意背后说人，但在程悦欣的循循善诱之下，胡金柱同学的光辉事迹还是慢慢都让程悦欣知道了。

比如，美国快餐店里买饮料，店员就给一个空的饮料杯，顾客自己去饮料机那里接饮料。柱哥就拥有各个快餐店的不同款式饮料杯，清洗干净用玻璃胶加固，然后每次理直气壮地直接去接饮料。再有，柱哥从来不用买厕所卫生纸，每卷卫生纸只用到一半，剩下的一半，就到学校厕所里，换回一卷没用过的。还有，柱哥每天醒来第一件事就是上 Slickdeals（美国最大交易分享社区）看 deal（打折活动），每周的大事就是周末时间看报纸找各种优惠券。最高纪录，有一次在 CVS（美国零售药店巨头）买了一购物车的东西，用了 28 种折扣，最后花了 5 块 8 毛钱，把店员都看愣了，直呼 amazing（太厉害了）。又比如，柱哥有 10 张信用卡，管着 8 个航空公司账户，各种开卡优惠、季度折扣、balance transfer（余额转结），什么时候免利息，各种积分怎么来回倒……他全部都门儿清。

程悦欣后来华人论坛上多了，学会了一个词，叫“北美猥琐男”。她想象着胡金柱的模样，不禁在心里感叹：精准，描述实在是太精准了。

八卦之心并未就此消除，程悦欣趁热打铁：“那胡金柱和他老婆，是怎么认识的啊？”

“家里人介绍，他们是同乡。”张思禹闪烁其词。

“那他老婆是什么大学毕业的啊？”程悦欣想了想郝会会的样子，觉得自己的大学总该比她好一点吧。

“没上过大学吧，好像高中就辍学了。”张思禹吞吞吐吐。

“那胡金柱为什么要找她啊？两个人学历差距也太大了。”

“柱哥原来结过一次婚。”不爱背后说人的张思禹，终于彻底败下阵来。

“啊？”程悦欣的八卦魂开始熊熊燃烧。

“他刚出国念书那会儿，有一个他的学妹老是找他聊出国的事。但那个学妹的专业不大容易出国，他帮着改材料也没申请成。但聊着聊着，一来二去两个人就好上了，后来就结婚了，学妹就用配偶签证出国了。那时候是2000年，互联网泡沫还没破，学一个编程证书出来就有人抢。柱哥就跟那个学妹商量，两个人都转专业，学编程。柱哥得养家，就先供学妹上学，果然学妹学出来，很快就找到工作了。但找到工作不久，就跟她那个白人经理好了，跟柱哥离婚了。”张思禹说起来，还是很感慨。

“那个学妹也太过分了吧，就是拿他当跳板啊！”程悦欣忽然对胡金柱充满了同情。

“这个外人就不好说了。但你别看柱哥现在那么抠，那时候对他学妹是真的好，学妹的申请费、考试费、学费都是他出的，有时候还帮着做作业，结果鸡飞蛋打。后来柱哥消沉了两年，互联网泡沫也破了，也不想转专业的事了。就觉得，一样要搬运，就搬运一个跑不了的。”

“什么叫搬运啊？”程悦欣好奇。

“搬运就是在国外找不到老婆的，回国找一个。”张思禹说。

“什么意思啊？那我们结婚算不算搬运？”程悦欣质问。

张思禹赶紧安抚：“我们怎么一样，我们是有感情基础的，你又不是冲着出国才跟我结婚的。”

“就是，我才不想出国呢，明明是你求着我我才来的！”程悦欣恶狠狠地说。她想到郑懿那张冷漠的脸，猛然间十分委屈——是不是她就把自己当成那种利用婚姻一心出国的人了？

从小到大被呵护着的程悦欣，到硅谷的第二天，忽然发现自己被抛在了鄙视链的下游。

## 第三章

# 故乡月明

愚人码头看海狮、纳帕酒庄喝红酒、斯坦福里拍教堂、奥特莱斯大采购。程悦欣勤快地更新着自己的MSN Space。日头高晃，空气干燥，时间恍恍惚惚，她的笑脸在一堆文艺女青年的光圈和感慨里绽放。

渐渐地，没有那么多照片可发了，博客还是依旧在写，但配的照片，慢慢变成了后院的小松鼠、前院的柠檬树。日子慢下来，慢到褪去了异国他乡的新鲜感，慢到耗光了歌词里“每个异乡限时赠送的糖”。

张思禹开始上班了。每天从伯克利开车去圣克拉拉，长途拉练，路上来回两个小时。林锐很奇怪：“你们干吗不搬到南湾去算了？租个一室的小 apartment（公寓），省得每天来回折腾，看着都累。你们不是看了好几个周末了吗？一个都没看上？”

穷学生，穷首先体现在住上。500块钱借住一套房子里的一间，公用厨房，相互打扰，房东的眼睛总像防贼一样防着，总让人有蚁居的憋屈感。房租预算如果能到 1500，租上一套独立的公寓，简直就是学生时代的大梦想了。美国的 apartment，是商业化的一整块出租社区，一室二室三室，整个盘都用来出租，有专门的办公室，常常还配健身房、游泳池。

当然，能租得起公寓，渐渐就会想有自己的房子，从头顶的天空，到脚下的地皮，都是自己的该有多好。最开始觉得有个 condo（自有产权公寓）就好，慢慢就会觉得需要一栋 townhouse（联体别墅），最后，想要个美剧里那样的 single family house（独栋别墅）。再接着，就想要好的学区、交通方便、邮编高尚……有个游戏叫“是男人就上五十层”。无论男女，都是怀揣着那个“美国梦”来的：一栋带草坪的漂亮房子，男女主人时髦得体，家里两三辆车、两三个娃、一条狗。为了这个目标，从现实开始，从坐公交车开始，从实验室刷试管开始，一点一点往上爬。

“一言难尽啊！”张思禹叹气。

程悦欣没出国前曾想象，9 万美元年薪，应当是一笔巨款。没想到，张思禹第一张 paycheck（工资单）拿回来，不过 2000 多美元。虽然张思禹安慰她每两周发一次工资，但一个月拿两张 paycheck，也不过税后 5000 出头的收入。这样一算，房租如果需要 1500，那简直是巨款。

因为觉得是巨款，对居住环境就越发挑剔了。洗衣机烘干机公用？不行。地板就是一层塑料纸？不行！健身房看着比较旧？不行！周围没有可以逛街的地方？不行！左不行右不行，最后一个公寓办公室的越南小姑娘没有给半点面子：“如果满足你们所有的要求，你们需要把预算提高到 2400 左右。”

2400！那不是半个月工资就没了！程悦欣还真拉着张思禹去看了个 2400 的公寓。门口有门禁，游泳池又新又美还有五彩灯光，公寓里都是实木地板。程悦欣咂舌：“2400 唉！能出得起 2400 房租的人，为什么还要在外面租房子啊？”“没有首付嘛，”张思禹说，“很多美国人都是月光，一失业就不行了。”

程悦欣把这个问题想了又想，Skype时跟父母大人汇报商量，最后决定——还是暂时在500块的合租房里凑合一下吧。

岳父母的指示，年轻人吃点苦不要紧，最重要是为了将来打算。程悦欣出国，也应该有自己的方向，上个学，以后找份工作，两个人有收入，生活自然会越来越好。

张思禹点头如捣蒜：“对对，我也是这么想的。悦欣可以先考个托福，再考个GRE，申请个硕士，然后毕业比较好找工作。”

岳父母本来就嫌弃张思禹把独生女儿拐骗到那么远，张思禹更不敢背上耽误程悦欣前途的罪名。于是把当年的新东方红宝书翻出来，托福资料全打印好，每天上班前在电脑上打开“寄托天下”的论坛。回家先问：“今天背单词了吗？做题了吗？听力呢？”

程悦欣被搞得不胜其烦。

从前上学时，她就不是用功的学生。杭州虽然是江南水乡，但民众性格如话音，直落爽利，对程悦欣这样娇滴滴的性格，蔑称“千色色”。但是，为什么人非要把自己逼得那么辛苦呢？不是都说，女人最重要的，就是开开心心，不要有心事吗？程悦欣自问不是贪财虚荣的女人，从来不追求大富大贵。她和张思禹在一起，也无非是他对她好，愿意哄她，在求婚的时候，问上一句：“悦欣，我希望你和我在一起，一辈子就是这样快快乐乐，简简单单的。我愿意养你一辈子。”

快快乐乐，简简单单，就是这样。这样多好。

程悦欣这天起床，已经快到10点。胡金柱和林锐都去了实验室，郑懿向来神龙见首不见尾，郝会会去中国超市打工了。阳光烂漫，程悦欣光着脚踩在后院的草地上，看着两只小松鼠在围栏上追来打去。这本来是很美好的一刻，但就在那么烂漫的阳光下，程悦欣忽然对眼前的一切产生了一种不真实感。

她忽然很想家，很想父母，很想下班一起逛街的同事、晚上一起唱歌的闺蜜。她想啊想，想到单位食堂里的葱油饼，想到妈妈烧的红烧肉，想到小区门口卖的喉口包。眼前的两只小松鼠打成一团，在抢一粒松果，程悦欣却忽然想流泪：你们至少有松果吃啊！

她茫然走回空荡荡的房子。楼上楼下，只剩了她一人——现在哪怕有郝会会的大嗓门和林锐打游戏的声响也好啊。坐到书桌前，电脑上是张思禹走之前写的文档，列了今天要背的单词和做的题。但程悦欣忽然烦躁，她气愤地关掉了那个文档，开始看 MSN 里联系人的博客。

莉莉说茶叶蛋又涨价了，王莹引用了一段亦舒的话。有人发毕业 4 周年的照片，有人发新开的下午茶店。此时此刻，加州与国内相差 15 个小时，众人皆睡。只有程悦欣一个人无所事事的，像一只游荡的魂，在地球的另一端偷窥着那些人间气息。

单词背到 A 就再也背不下去了。张思禹给她定的目标是 10 月考托福，明年考 GRE，列了密密麻麻一张任务表。但程悦欣一点精神都打不起来，明知道有那么多事做，明知道自己可能真的来不及了，但就是一点精神都打不起来。

心烦意乱的时候，她打开 PPS 看《越狱》。本来想好只看一集，一晃就看了两集，接着三集四集。午饭胡乱弄了点牛奶面包打发了。渐渐地，楼下客厅似乎传来了声响。先是林锐的脚步，接着是房东和郝会会的说话声。到了必须开灯的时候，张思禹推开房门进来了。

张思禹瞄了一眼电脑屏幕：“你在看电视啊？”

程悦欣不耐烦地“嗯”了一声。

张思禹看见电脑桌上的面包屑，又问："老婆，你中午只吃了面包啊？"

程悦欣忽然凶起来："是啊，否则吃什么，又没东西吃！"

程悦欣的蛮不讲理让张思禹也有了两分怒气，他过去翻了翻托福单词书和留下的那些题，只见一片空白。

"你今天没复习啊？"张思禹努力让自己的语气柔和一点。

"嗯。"程悦欣回答。

"为什么呢？"张思禹追问。

"不想复习，就是不想复习。"

张思禹深吸一口气："老婆，我们不是说好的，10月份要考托福，明年考GRE，你有了成绩，才好申请学校开始上学啊。"

程悦欣背着脸不看张思禹。

"你到底怎么了？"

"你是个骗子！"程悦欣忽然叫了起来。

"我怎么是骗子？"张思禹摸不着头脑。

"你说过你养我的！才两个月，你就反悔了！你就是个骗子！"程悦欣转过脸来，整张脸憋得通红，眼泪涌出，喉咙一吸一吸带着的痰音。

程悦欣扑到床上号啕大哭起来，哭声闷在枕头里，连续而悲戚地低鸣，张思禹手足无措，一时不知道如何进退。

程悦欣这场爆发积聚已久。从一开始的痛哭，到后来的呜咽，到想起来就更难受的反转，如一曲拉不完的二胡，高高低低，连绵不绝。每当张思禹以为告一段落自己可以上去安慰时，总有新仇旧恨拉开一段新篇章。

昏天黑地，飞沙走石，不知人间究竟是何年月。

终于，哭到"弹尽粮绝"，程悦欣觉得身体被掏空了。

张思禹小心翼翼地走近她，悄悄躺在床的另一边，用手扳她的肩："老婆，你今天到底怎么了？”

程悦欣的喉咙哑了，低低吐出一句话：“我想吃喉口包。”

张思禹茫然道：“什么包？”

程悦欣重复道：“喉口包！”

张思禹不敢再问，只好翻身起来问谷歌。一查，喉口包，浙江点心，形如肉包，只是个头稍小，可以一口一个，故名，喉口包。

张思禹再轻轻坐回去：“你想吃肉包啊？我明天给你带两个回来好吗？或者我让柱嫂明天从他们超市的熟食部给你带两个回来？”

程悦欣顶着肿成核桃的眼睛看着他：“我不要吃肉包，我就要吃喉口包！喉口包！”

张思禹愣了一下：“你是不是想家啦？”

这一句，又击中了程悦欣的痛处。她一下扑到张思禹的身上，眼泪鼻涕顺流而下：“我不喜欢美国，我一点都不喜欢美国！我想回家，我想回国！”

程悦欣在张思禹怀里一抽一抽，张思禹只好安慰她：“我刚来的时候也不喜欢美国。你还算好了，你看，到了美国有房子住，有地方睡。我刚来的时候，前几晚都住别人家。客厅地上扔个床垫，我就睡上面。半夜倒时差三点就醒了。那时候就后悔啊，满脑子都在想，我为什么要来美国啊？想啊想，想到早上天亮了，洗把脸，照样找房子，捡家具，上课，做 TA（助教）。”

“你的家具还是捡的啊？”程悦欣诧异。

“对啊，捡家具太正常了。认识的师兄师姐谁要走了，很多家具就半卖半送。你看这个床头柜，那么重，我当时一个人搬，腰痛了一个月。还有刚上学时候，有时候都听不懂教授说什么，看同样新来的印度同学，人家就一个劲儿举手，滔滔不绝，那口音我也听不懂。那时候心里就想，哎呀，我到底能不能在美国待下去啊？”

程悦欣不说话，像只小猫一样安静地伏着，边听边用手指抠张思禹领口的扣子："都是这样吗？"

张思禹说："柱哥更惨啊。柱哥刚来的时候，还不在加州，在玉米地里一个大学。那个大冬天，半年都是积雪。前一年秋天掉一个钱包，第二年开春雪化了，人家捡到给你送回来。你现在还能上网看片子，他们那时候哪有。柱哥说，他出国那年有个同学送了他一套《流星花园》的DVD。晚上一个人寂寞了，就看一集。每天只看一集，都不敢多看，怕一下子看完就没有了。"

程悦欣不说话，良久才轻轻问："那你们后来都是怎么习惯的呢？"

张思禹拍拍她："慢慢就会习惯了。"

"慢慢有多慢？"程悦欣大张双眼，像小鹿一样委屈。

"慢慢，就是慢慢吧，"张思禹摸了摸她的头发，"等你上了学，找到了工作，就慢慢习惯了。"

"你现在还想家吗？"程悦欣勾住他脖子问。

"现在你来了，这就是我的家。"张思禹笑得一脸温和。

程悦欣头抵在张思禹胸口，听着张思禹的心跳，良久，她抽了抽鼻涕："但我还是想吃喉口包，特别特别特别想吃。"

第二天早上，程悦欣起了个大早。张思禹走后，她难得在厕所给自己画了个妆，眼睫毛翘起来的那一刻，仿佛又回到国内要穿着高跟鞋上班的日子。左右转着欣赏了下自己的妆面，一出门，差点撞上郝会会。

郝会会笑："禹嫂，我包了包子，要不要吃？"

宣宣软软的小包子，冒着热气，洇润了程悦欣的眼睛。

郝会会在厨房有点忐忑："我没包过小包子，是不是长得不一样啊？"

程悦欣不好意思低下头："我昨天是不是哭得很响，大家都听到了？"

郝会会搓搓手。“有啥啊，刚来想家嘛，多正常啊。我刚来也想家，谁不想啊。”捏了一个小包子给程悦欣，“你尝尝，味道怎么样？禹哥说你们吃纯肉的，我就没放白菜，快点尝尝！”

程悦欣托着那个包子，忽然想抱抱眼前这个满脸晒斑的郝会会。郝会会向来对她热情，但她并不领情。或许潜意识里，她觉得她们是不同的，自己是不可能和这个没文化的“乡下人”做朋友的。但包子放到她手上的那一刻，程悦欣忽然想：这是在美国，谁不是乡下人？哪个还是本地人吗？没文化，自己是北大清华的吗？自己是什么博士吗？一个连店员说话都听不懂的人，凭什么还看不起别人没文化。

程悦欣的眼泪又要出来了，一半是愧疚，一半是感动，赶紧把包子塞进嘴里遮掩。

“好吃，真好吃！”程悦欣由衷赞美。

“你喜欢吃就好。”郝会会舒心地笑，“包包子还不简单吗？你下次要吃跟我说，我来做，顺手的事！”

“你今天怎么没去上班啊？”程悦欣现在想了解郝会会了。

“今天有快递。金柱买了打印机，今天送到，就让我在家里等，我请了假了。”郝会会一笑起来，眼睛弯弯，其实还挺甜。

但程悦欣没有想到，打印机一来来了 12 台！当 Fedex（联邦快递）的小哥往下搬第 7 个箱子的时候，程悦欣的眼睛都快掉出来了。

“你们为什么要买那么多打印机？开地下工厂吗？”程悦欣捅捅郝会会。

“金柱说有丢，特别便宜，以后放在什么什么吗论坛上卖，可以多卖 100 多呢！”郝会会英语发音不好，把“deal”统一念成“丢”。

程悦欣弯腰帮忙把这些打印机搬进车库，只觉像铁一样沉甸甸的。

“你别搬了。”程悦欣看着郝会会的肚子，“怀孕别搬那么重的东西！”

“没事没事，我哪有那么娇贵，从小干活干习惯了，你放这儿，我来搬！”郝会会毫不在意。

晚上再见张思禹，程悦欣全然没有了前一天的颓废。

“老公，”程悦欣勾住张思禹的脖子，“我觉得我一定要好好努力。”

张思禹：“你怎么一天就想明白了？”

“你看啊，郝会会大着个肚子，每天还那么辛苦，又去中国超市打工，还帮胡金柱卖东西。关键是，什么时候见她都乐呵呵的。她可以，我怎么就不行呢，对吧？”程悦欣信心满满地抬抬下巴。

张思禹刮一下她鼻子：“我才不会让你大着肚子去中国超市打工。”

程悦欣点头：“就是！今天那么多打印机，那么重，胡金柱好意思让他老婆一个人搬，真不是什么好人。”

正在这时，楼底下一阵嘈杂。房东冯品芝的声音传了上来：“你们谁把我车库堆成这个样子的？出来！”

不一会儿，郝会会谦卑的笑声出现在楼底下：“大妈大妈，暂时放一放，过两天就拿走了。”

冯品芝翻个白眼：“暂时放一放啊！这是你家的房子啊！你想暂时放就暂时放啊！”用脚一踢箱子，“什么东西啊！你自己看看，我还有地方走路吗！我去洗衣服怎么洗！你跟我说我怎么洗？！”

洗衣机烘干机都在车库，十几个箱子就地一堆，确实很难走过去了。

“大妈，你别生气，我来收，我一定给你收好！”郝会会赔笑。说着，奋力搬起一个箱子来叠在另一个上。

冯品芝看着她微凸的肚子蹲下站起，更气不打一处来：“好啦！放着吧！怕你了好了吧！不要出点什么事情赖在我头上。你男人真的好意思的哦？！”

等冯品芝骂骂咧咧的声音消失了，程悦欣踢张思禹一脚：“快点下去帮忙啊，真的让柱嫂一个人搬啊！”

张思禹本来衣衫不整已经在床上跃跃欲试了，此刻只好叹口气，放开老婆下了床。

## 第四章

# 节日之日

日子一旦有了目标，就像开弓有了靶心，程悦欣的生活渐渐变得规律起来。早上起床背单词、做听力，下午看一会儿美剧，聊以自慰也是在学英语。

什么时候开始算融入美国的生活呢？其实也不好说。但有天晚上和张思禹一起在床上看《虎胆龙威》，电影里反派的台词："猜猜谁的 401K 账户里现在数字变成了零？"字幕组翻得不知所云。程悦欣指着屏幕叫："他们不知道 401K 是美国的退休金账户！"那一刻，她第一次觉得，自己的生活好像真实了一点。

郝会会在中国超市的熟食部打工。每周末张思禹带着程悦欣去中国超市买菜，拿了赠送的熟食部券，就直接在郝会会那里花掉。郝会会下重手，把蛋炒饭或者牛肉河粉死命往外卖盒里压了又压，一份给出两份的量。顺带手，有时候还抓给程悦欣一把 fortune cookie（幸运饼干）。

幸运饼干是外国中餐店的特色，来历无从考证。翘着屁股的空心小饼干，掰开后里面会有一张纸条，纸条上有一句号称能预测未来的话。程悦欣拿到的第一张上写：“恭喜你开始新的冒险，未来的路还很长很长。”程悦欣拿给张思禹看，一脸兴奋：“你看你看！多准啊！”张思禹给她看自己的：“什么时候开始存钱都不晚。”程悦欣点头：“看见没有，连饼干都嫌你穷。”

当学生穷，刚刚上班还是穷。

不搬家，车总是要换的。张思禹带着程悦欣去 dealership（汽车经销店）逛了两个月，不同牌子比较，网上询价，试驾，店里砍价，身心俱疲。卖福特的美国老头戴一顶西部牛仔草帽，monday 发音发成“蒙迪”，对张思禹爱搭不理，半步不让。程悦欣生气：“你看他对白人笑嘻嘻，看到我们就不搭理，赤裸裸的种族歧视！”

被种族歧视，这是上升到国格人格的事情，这是触及底线的事情，从此美国车在程悦欣这里被一票否决了。丰田的销售，是个咬着一半雪糕的中国人，一只手从口袋里伸出来握手：“你们好，你们好，我是威尔逊。”同胞对同胞，交流无障碍，但是砍价还是有障碍。周六砍了小半天，没砍到心理价位，周日再去，威尔逊同学脸一板：“这个生意我不能和你们做了，还好昨天那个价格没成交，昨天经理把我臭骂一顿，肯定不能按那个价格卖。”

程悦欣急了：“为什么不能卖呢？昨天我们谈了 3 个小时呢。”威尔逊叹口气：“那我再去问问经理。”

经理室有半透明的磨砂玻璃，程悦欣看到印度经理皱着眉，双手环胸，一个劲摇头。谈了半天，威尔逊一脸严肃地走出门：“那个价格实在不行，因为中国人又不爱买保修项目，我们真的赚不到钱了。”“我们可以买保修项目啊！”程悦欣嚷起来。

银灰色的凯美瑞开回家，林锐穿着拖鞋出来绕圈参观了半天。问了价格，吐了一个字：“靠”。得知居然还买了保修项目，又“靠”了两声；最后问了贷款利率，半晌无语，径直走到屋子里不出来了。看到林锐的表情，张思禹咬紧牙关，没有跟胡金柱交流买车的事情——柱哥是不能吃亏的诗人。不能吃亏，还有诗人，这两者都是比较容易吐血的体质。张思禹觉得自己有责任保护好他。

硅谷的太阳依旧明晃晃，但暑气渐渐消了下去。程悦欣心怀忐忑地考了第一次托福。一考考 3 个小时，到最后写作文时都想吐。晚上窝在被窝里，和张思禹两个人肩并肩看硅谷各个学校的招生项目。

“你要不学会计吧？”张思禹说，“听说好找工作。”

程悦欣噘嘴：“不喜欢数字，烦都烦死了。”

“那你学编程吧？大不了重新念个本科，也就是 4 年。4 年毕业也好找工作。”张思禹再提议。

“我才不要重新再念本科！”程悦欣惊恐。4 年啊，重新再念 4 年书，自己不就是 28 岁了吗？快 30 了啊，快 30 重新本科毕业，不要让人笑死的吗？！

“文科选专业真的不容易啊，”张思禹皱着眉，“要不你直接考个 LSAT（法学院入学考试），跟郑懿一样学法律算了。”

“我才不要跟那个郑懿一样！”程悦欣嗤之以鼻。心里想，托福就半条命了，还有 GRE，再来个 LSAT 还活不活！

每晚都是这样的讨论，翻来覆去，没有结果的讨论。但程悦欣享受这个过程，躺在张思禹身边，让他给自己解释这个那个，在闪闪烁烁的电脑屏幕上，查查这个学校，看看那个专业。这讨论的过程是快乐的。仿佛未来就在面前，仿佛自己有无限选择，仿佛两个人只要手牵手，就可以越走越远。

10天后，成绩出来，98分。不算太糟，但距离张思禹替她规划的SJSU（圣何塞州立大学）的会计项目，还差了一口气。

张思禹仔细研究了成绩单：“你看你这次听力没有平时模拟的好，要不咱们再考一次？”问着问着程悦欣的眼圈就红了：“我来了美国之后，一事无成。”

呀！前途茫茫，不由得栖栖惶惶。

但底色是不绝望的，闹到最后，张思禹总是要拍胸脯的：“不上学就不上学，不上班就不上班。说好了我养你一辈子。”

追完了《越狱》，追完了《24小时》，追完了《迷失》。一转眼，感恩节到了。

感恩节是美国最重要的节日之一。几百年前，“五月花号”带着清教徒们登上美洲这块土地，死的死，病的病。在印第安人帮助下，这批欧洲移民学会了打猎、种玉米，才有了后来被称为“美利坚”的国度。程悦欣是在电视上看《史努比》动画片看到这段历史的。动画片里印第安人教查理·布朗在玉米旁边埋死鱼，然后清教徒们和印第安人围着一只大火鸡载歌载舞。

“我们也烤一只火鸡吧。”商量感恩节聚餐的时候，程悦欣立刻提出。

聚餐，英文称potluck，每家人带一点菜，聚在一起图热闹。但菜品见人品，萝卜青菜各有所爱。带的什么菜，往往会变成网上经久不息的吐槽话题。

“火鸡咋烤啊？我没烤过，我不会用烤箱。”郝会会犯难。

“但是烤火鸡才有节日气氛啊！”程悦欣坚持。

“别信电视啊，”胡金柱插话，“感恩节这种虚伪的节日，不用按照老外的标准过。什么感谢印第安人，后来印第安人难道不是他们屠杀的吗？”

“禹嫂，你没吃过火鸡吧？火鸡那么大一只，肉很柴，不好吃。远不如一般的鸡鸭，一样要烤，不如我们烤个鸭子吧。”林锐提议，“郑懿你说呢？”

“我都行，你做什么我吃什么。”郑懿难得在家待着，窝在沙发上吃水果。

电视频道在 26 台，正在放每天半小时的华语新闻。

“但我就想烤火鸡！”程悦欣忽然冒出来一句。

“烤就烤呗，没吃过总想试试。”郑懿出人意料站在程悦欣这边。程悦欣还没来得及高兴，郑懿又补上一句：“吃过下次就不想吃了。”

感恩节前夜，全国放假，超市下午 4 点全部关门，所以程悦欣一早就被张思禹带去采购了。而另一边，胡金柱和郝会会一年一度最重要的时刻也要来临——“黑色星期五”大抢购。

感恩节，是 11 月的第 4 个周四，大餐完毕后，就是美国人民的双 11 狂欢购物节——黑色星期五。

2007 年，网购尚不流行，实体店还经营得如火如荼。各大商店提前一两周就开始铺天盖地做广告——将会推出哪些超值折扣，有多少限量。胡金柱早就规划好了，要去 Fry's（全美超级家电连锁店）抢电视，还要去百思买（Best Buy，一家消费电子零售商）抢笔记本电脑。电器是大头，折扣大，销路也广，最适合转手。

胡金柱铺开一张地图，让林锐帮他优化线路。最关键的是要预测，到底是百思买的队伍长，还是 Fry's 的队伍长，他好合理分配兵力。

在两个人讨论得热火朝天的时候，程悦欣的火鸡买回来了，足足 15 磅

（13斤半）。林锐看着程悦欣兴奋的脸，再看看那只火鸡，终于问：“禹嫂，你现在才买火鸡呀？”

“嗯，不是晚上才烤吗？现在买不行吗？”程悦欣茫然。

“这都是冰冻的啊，”林锐哭笑不得，“人家美国人提前三天就要开始化冻呢。你这个现在才买怎么吃呀？”

程悦欣愣住了，瞪着张思禹。张思禹辩解：“我不懂啊，我没吃过。”

当郝会会和林锐开始在厨房大展身手准备晚餐时，程悦欣望着那只硕大的火鸡失神。下楼倒水喝的郑懿终于看不下去了，从复习期末考的百忙中抽身问她：“那你看着这只火鸡也不能把它看化了啊！”

“那怎么办？”程悦欣可怜巴巴。

“浸冷水啊！”郑懿又好气又好笑。不一会儿，她搬来了笔记本电脑，指着上面的字给程悦欣看——冷水化冻，每30分钟换水，每1磅重的火鸡需要大概30分钟的解冻时间。

“现在10点，按这个速度，你这只火鸡化冻要化到下午5点，烤一只火鸡，大概还需要两三个小时，也就是说，我们今天大概要到晚上8点才能吃到这只火鸡。”郑懿侃侃而谈，忽然又盯住程悦欣，“你准备怎么烤火鸡啊？”

“哦，我网上找了一个方子，说中式烤法，跟做烤鸭差不多。”程悦欣老老实实回答。

“老外烤火鸡都要事先brine一下。”郑懿说。

“什么叫brine？”程悦欣茫然。

“就是把火鸡先浸在一桶加了各种调料的水里。初中化学学过吧？反复渗透，可以让火鸡肉比较嫩，烤着不会柴。”郑懿虽然一脸严肃，但长睫毛忽闪忽闪。

程悦欣本来想生气，嫌郑懿指手画脚，但在心里默默评估了一番郑懿刚才的话，问了一句转折两人关系的话：“那你会烤火鸡吗？”

“烤过。”

“那你能教我怎么烤吗？”

郑懿望着程悦欣，觉得她一脸真诚里有几分可怜。于是点点头：“好啊。”

晚上的聚餐，有郝会会的卤面，张思禹的手打肉丸，林锐的水煮鱼，连房东冯品芝都下厨，炒了一盘糖醋小排。郑懿和程悦欣的火鸡在烤箱里，渐渐染上了漂亮的金色，滴滴答答从纹路里滴落油脂。郑懿在烤箱里放了一小碗黄酒，此刻微醺的香气满溢。

“我们先一起干一杯吧！”胡金柱提议。

七只酒杯碰到一起，每个人的脸上都有点微微的红。

“异国他乡能相遇，就是缘分啊！”胡金柱再感叹一句，“先敬冯大姐一杯，没有房东，就不会有我们这顿饭。”

冯品芝一边推辞一边又干了一杯，反常地高兴。兜了半天圈子，忽然说：“我呢，终于搞好签证了，明年年初准备回上海一趟。”

在众人的恭喜声中，她忽然对着程悦欣说：“小程啊，你刚刚过来哦，我给你看看我准备带回国送的东西，你帮我看看你会喜欢伐？

冯品芝兴冲冲拿来一个袋子，从里面倒出几十个小瓶子来。程悦欣震惊地从一堆宾馆洗发水护肤霜里挑出几瓶透明的液体来。“冯姐，这是什么？”

“洗手的呀，没地方洗手，这个很方便的，而且杀菌的哦，国内没有的吧？”冯品芝一脸期待。

“哦，不大看到。”程悦欣不能辜负这份期待。

“我就说嘛，这个肯定好的！”冯品芝喜滋滋把袋子收起来。

程悦欣看着冯品芝的背影，震惊地问张思禹：“房东多少年没有回国了啊？”

张思禹没回答，林锐倒接上了：“我琢磨她出国的时候可能还没改革开放吧。”

程悦欣认真了：“真的吗？她出国那么久了啊？那她年纪多大啊？”

郑懿白林锐一眼：“别理他，他嘲笑房东呢。”

林锐继续：“有没有人跟我赌，飞机上的面包房东肯定也舍不得吃。阿拉美国飞机上带回来的面包，送送人多少好。”

林锐学房东的身段口气，惟妙惟肖，笑倒一片。但只有郝会会在冯品芝回来的时候还在豪爽地“哈哈哈”。

“笑什么啊？你们在笑什么啊？”冯品芝追问。问得郝会会满脸通红。

8 点钟，火鸡终于出烤箱了。郑懿的锡纸包得好，上色均匀，连最容易烤焦的鸡翅都没焦。大家都纷纷拿出了相机，林锐举起了单反，左一张右一张，最后感叹：“确实烤个火鸡比较像过感恩节啊！”胡金柱补充：“仪式感还是需要的。”

这是程悦欣在美国过的第一个节日。热闹、喜庆、欢声笑语，人在异乡的孤单和对未来的不确定，仿佛都在节日的气氛中消退了。那一晚，林锐讲了很多段子，张思禹喝了很多酒，胡金柱写了一首诗。郑懿骂了人：“就他那个破口音，一听就是中国人，还好意思跟我说 I don't speak Chinese。天天跟在白人同学屁股后面哈哈哈，那副谄媚样，有本事把自己那身黄皮扒掉啊！”

程悦欣忽然觉得，其实不搬家，也挺好的。虽然酒醒之后，胡金柱和郝会会要去寒风里排队，郑懿要面对 1L（即 JD 法律博士的一年级）的第一场大考，林锐要继续憋论文投会议，张思禹要还信用卡账单，而自己，还是要想未来的路在哪里。

## 第五章
# 欲望之都

天蒙蒙亮的时候一行人出发了，沿着一号公路一直向南，经过风情别致的Carmel by the sea（海边的卡梅尔镇），停靠有大风车的丹麦镇，左手晴天，右手大海。终于，渐渐地，人烟少了，只有面前一条无穷无尽而又笔直的路和两边的大荒山。地形地貌开始变化，沙漠里的植被顽强地生长着，从日出到黄昏，霸占着窗外触目可及的景色。夕阳的余晖变成了脑海里久远前的记忆，就在程悦欣几乎要绝望放弃的时候，一块触目惊心的大广告牌映入她的眼帘——广告牌周围一圈被闪亮的灯泡包围，画面正中一只红色诱人的大龙虾，旁边金光夺目几个字——Buffet（自助餐）！

坐在副驾驶位的林锐吹了个响亮的口哨："拉斯维加斯，我们来啦！"考完试后一直处在冬眠状态的郑懿也睁开了眼睛，身体晃动着向程悦欣这边靠过来。

"到了？"

“终于要到了！”

“快点到吧，我都饿了。”

“等下吃大餐，我订的酒店包自助餐！”

真的站到拉斯维加斯纸醉金迷的主街上时，程悦欣憋了一肚子的牢骚立刻烟消云散，坐车 9 小时的愤懑也消失不见了。

米高梅酒店大堂的狮子，林锐硬说就是从前《猫和老鼠》片头的那只；巴黎酒店的穹顶，真的有流动的蓝天和溢彩的白云；威尼斯酒店里蜿蜒而过一条河，摇橹而过的刚朵拉上有唱着歌的意大利帅小伙；Bellagio（百乐宫）门口的巨型喷泉，伴随着《我心永恒》的音乐，左右摇动，翩然起舞。还有缩小的巴黎铁塔和凯旋门，有灼热逼人的火山秀，巨幅大海报上是身穿着三点的美女和露着腹肌的猛男。

但最让程悦欣心惊肉跳的，莫过于一整个大厅的老虎机。目光所及，都是鲜艳炫目的色彩，耳边是让人血脉偾张的金币声效，大厅的某个角落总有人在欢呼“Jackpot（中奖）！”快乐大转盘启动，所有人都屏住呼吸，音乐节奏伴随着众人的心跳，焦灼的目光，都望向那枚指针——减速，再减速，差一点点是 2000 块的大奖，又滑过了 20 块的小奖。最后指针停摆，呼吸骤停，接着是掀翻屋顶的欢呼声和掌声。得奖的老兄乐傻了，拿着 20 美元的钞票，就向路过的兔女郎胸口塞去。

这是感官和欲望主宰的地界，用色天欲海来形容也不为过。

“可算体会到资本主义的腐朽堕落了。”林锐搂着郑懿，露出了满意的微笑。又来拉张思禹：“走走走，老虎机有什么好玩，上桌玩几把 21 点。Winner，winner，chicken dinner（大吉大利，今晚吃鸡）。”

桌面又是另一个世界。程悦欣面前的女荷官话不多，手势熟练，扑克牌在她手里行云流水，像花一样绽放。赌桌上没人说话，手一横是牌够了，指尖拨动是再要一张。坐在张思禹左边的是个胡子拉碴的白人老头，但每盘下注都阔绰，50、50 地输掉两盘，第三盘两张 A 分两把再押花色，居然真的博到两把 black jack（21 点），赢回来整整 200。坐在林锐右边的是个神情高冷的亚裔男，眼见他一堆筹码都输完，一口喝干啤酒，留下最后两个筹码当小费，翩然离场。

来拉斯维加斯前，林锐用了半个圣诞假期研究各种赌场电影和文章，还从网上订了一箱筹码在家和张思禹练习，此刻终于要轮到真人上场，兴奋得满面红光。程悦欣手气背，连拿两把 16，再要牌就爆，不要就牌面太小。输了 10 美元，就再也坐不住了，往张思禹背后躲。郑懿倒是一开始赢了 20，但几盘下来，还赔了 20。林锐把自己面前的筹码划给郑懿："再来几盘，有赌必有输。"郑懿摇头："不要，想好玩 20 就玩 20。"

两个男人留恋赌桌，郑懿和程悦欣只好结伴去看百乐宫的演出。

程悦欣一边走一边还在回望："我都不知道张思禹这么喜欢赌，要是把钱输光了怎么办？"郑懿笑："张思禹不会的，他有分寸。林锐就说不好了，他是个'五花马，千金裘，呼儿将出换美酒'的主。"程悦欣瞪着郑懿："你既然知道，那还不管着他点？"郑懿笑了笑："都是成年人，他轮不到我管，我能把自己管好就不错了。"

程悦欣皱了皱眉："男人不管怎么行？他要是把钱输光了，那你们俩明年的生活费不得受影响啊。"

郑懿挑了挑眉毛："我们俩财务独立，不干涉对方。"

程悦欣愣了，心疼起郑懿来："我看林锐平时对你挺好的，没想到当男人那么小气，跟女朋友分那么清楚，你们俩都同居了……"

郑懿"扑哧"一声笑出来："同居怎么了？谈个恋爱又不是包养。他倒是想包养我，也得看我乐意不乐意啊。”

“你为什么不乐意？”有老公宠，有老公养，不是所有幸福故事的结尾吗？

“程悦欣啊，我看过一本小说里有一句话，我很喜欢，今天也送给你，”郑懿转过脸，认真看着程悦欣，一字一句说，“爱到最顶点，也要自立。人不自立，谁来立你？”

看着程悦欣迷糊的脸，郑懿叹了口气。

“都是成年人，本来你的生活也轮不到我多嘴，我也一向不爱做吃力不讨好的事。但我听说，你又不准备申请明年的考试了，有这回事吗？你人都已经到了美国，就真的准备一直这样混下去了？”

托福考完，GRE 确实一直没动。借口没有合适的专业，申请这件事也在程悦欣脑子里一直无限延期着。被郑懿这么一问，程悦欣的脸涨红了，本能地有种被冒犯的感觉，最近一个月两人间的热络迅速降温，刚见郑懿时她那副高高在上的样子又重新回到程悦欣面前。

程悦欣面红耳赤：“我没准备一直混下去，就是还没想好，张思禹说我可以慢慢想。他就是愿意养我，我就是愿意被他养。我妈说了，那些嘴上叫着独立的女人其实就是没人可以依靠，看着坚强，其实虚弱得很。你都和林锐同居了都不愿意跟他有经济纠葛，说明你一直没拿林锐当自己人，你一直没把他规划在自己的未来里。”

四目相对，程悦欣装出来的强硬后面都是虚弱和委屈，她硬着头皮准备迎接郑懿的愤怒和反驳。但没想到，郑懿的脸色从白变红，从红变白，最后只是深呼吸了一下，点点头：“既然你不喜欢，那我们不聊这个话题。”

几个著名的演出票都已经卖完了，最后只买到一个 10 点多的半裸秀。程悦欣和郑懿间一度冷场，相处尴尬，只好都把目光集中在舞台。舞台上两排美女，白花花的胸，铺天盖地地挤过来，并没有刺激和美感，反而被压迫得不能呼吸。灯光亮起，陆续散场，程悦欣委屈巴巴地说：“也没什么好看的，浪费钱。”郑懿不咸不淡地回答：“也算体验了一把。”

两个人穿过一个又一个酒店往回走。已经半夜，但这是不夜城，空气里没有冷清，反而多了些夜的堕落。冬天的寒风扑面，郑懿的步伐快，程悦欣跟在后面。跟着跟着，她的嘴巴眼睛都向下弯，憋了两个钟头后，终于软了下来，上去拉拉郑懿的衣服：“郑懿，我刚才说得不对，你别生气了吧。”

郑懿有些诧异地看着程悦欣，看着看着，忽然叹口气：“程悦欣，我真羡慕你。”

程悦欣奇怪：“你羡慕我什么？我才羡慕你，名校生，又有大好前途，我什么都不是，连托福都考不好，我可羡慕你了，羡慕得都快嫉妒了。”

郑懿笑出来：“你看，你这种说话的样子，我中学之后就不敢想了。我羡慕你怎么被保护得那么好，受一点点委屈就可以哭，想要和好就直说，好像前二十几年从来没失望过一样。”

“你失望过啊？是失恋啊？我也失恋过啊，我高中就谈恋爱了，跟我们班班长，结果进了大学我们就分了。大学也谈过一个，谈了一年也分了。”程悦欣理直气壮地自爆情史，“你看，我也有过感情创伤，所以你不要把我讲得像白痴一样。”

郑懿盯着程悦欣。月光下程悦欣的脸像瓷娃娃一样，巴黎铁塔顶的黄光打下来，映了一半在她的眼睛里，光彩闪亮。郑懿忽然有点泄气：能像程悦欣这样天真地生活，到底有什么不好呢？

郑懿的生父在她10岁那年就去世了，两年后，她住到了继父的家里，很快，又有了一个同母异父的弟弟。这么多年来，不能说母亲和继父对她不好，但她始终觉得，自己像电影里说的，是一只没有脚的鸟，需要用尽全力往前飞。大学毕业后在北京的一个红圈所干了两年，攒了点学费，就来美国念法学硕士，接着又继续念博士，然后，就是要进大律所，7年升合伙人。郑懿极端理性地规划着自己的未来。她节省自己的体能，不做一切不必要的事情，不投入不必要的感情，不结交不需要的人。

但今天，这个仅仅被她定义成“熟人”的女人，这个她男朋友的室友的老婆，就这样轻而易举地对自己撒起娇来，而且是毫无目的自然而真诚地撒娇，这让郑懿有点猝不及防。她正想重新把程悦欣归一下类，忽然，程悦欣勾住她的手臂，欢呼起来：“你看你看！喷泉又开始了！又开始了！”

凌晨2点，张思禹悄悄开了房门，轻手轻脚洗漱了一下，刚刚上床，屁股就被狠狠踢了一下。

“你还知道回来啊！”窗帘缝隙里透进一点月光，照在程悦欣娇嗔愠怒的脸上，“说，是不是输了好多？”

“没好多，就50。”张思禹老实交代，“后来我都不想玩了，但林锐不肯走啊，杀红了眼。唉，12点的时候他输掉500啊，500啊！我背上汗都出来了。”

“输了这么多？！”程悦欣坐起来，一个月的菜钱啊。

“但后来真被他翻本翻回来了，现在还赢了200。林锐说明天请我们吃百乐宫的自助餐。”

“明天吃自助餐，明天你们肯定又要进赌场，哼，还是胡金柱明智，根本就不跟你们一起来。”程悦欣依旧气鼓鼓的。

“男人哪里有不喜欢赌的？柱哥是没空，你别看他那么省，还在股市里玩option（期权），输赢比我们来几盘21点大多了。”张思禹扳过程悦欣的肩，“老婆大人，机会难得，也就明天待一天，后天去大峡谷，之后不就走了吗？你来美国以后，第一次出加州，明天陪你去坐刚朵拉，好不好？”

程悦欣伸出小指头来拉钩：“说话算话！”

翻一个身，程悦欣又说：“老公，我觉得我还是应该把申请的事情抓一抓，你觉得呢？你说我到底学什么专业合适啊？”但身边的张思禹，已经开始发出均匀的鼾声了。

大峡谷，几乎是跟拉斯维加斯捆绑在一起的连锁旅游项目了。圣诞前几天大峡谷刚刚下过雪，此刻银装素裹，白雪皑皑。大自然的鬼斧神工，20 亿年的地球历史，都隐藏在这通天彻地的白雪之下。

但再壮美的风光，绕着走两个小时看同样的风景，也无趣了。程悦欣褪去了南方人对雪的激动后，只觉得浑身发麻，手脚皆冰。跺着脚催促：“走吧，我们走吧。”但偏偏张思禹抱着单反左一张右一张，而林锐和郑懿对自然风光特别感兴趣，还专往没有遮挡的山崖边钻。

程悦欣百无聊赖，缩手缩脚靠在一块岩石上看那三个人折腾。但随后突如其来的一幕，像电影里的慢镜头一样在她面前播放。

林锐或许踩在了冰上，脚下一滑，一个踉跄，人向悬崖下栽去。说时迟那时快，郑懿一伸手，抓住了林锐身上背包的一根带子。

程悦欣血冲大脑，惊天动地地喊了 声：“张思禹！”

中学课本里说，在紧急状态下，人可以抱起一架钢琴跑下 5 层楼。程悦欣不知道郑懿是不是用了那样的力气才抓住了直直往下坠的林锐，但程悦欣自己，应该是耗费了所有的真气，才发出了震彻大峡谷的惨叫。

郑懿跪在地上，人向外冲，一手扯着一条树根。这个惊心动魄的姿势，深深刻在程悦欣脑海里，仿佛这样伫立了几生几世。

但据张思禹说，不过十来秒的时间。张思禹几乎是扔了相机就冲了过去，而程悦欣的喊叫太过惨烈，周围散落的游客都第一时间赶到。林锐被拉上来的时候，人都木了，还半挂着之前站在石边得意的傻笑。

郑懿没戴手套，背包的尼龙带子深深嵌进她的右手手掌，一片鲜血模糊，她的脸色煞白，瘫在那里说不出话来。林锐就傻站着，仿佛还没回过神来，看着几个老外围坐一堆给郑懿清创和检查。

不一会儿，救护车也呼啸而至，还来了一辆国家公园的警车。程悦欣看着两辆车上下来一群人高马大的制服人员，有种自己进了好莱坞大片的恍惚。但就在这时，脸色煞白的郑懿终于睁开眼说了一句话：“我没事，不上救护车。保险不包。”

拉斯维加斯之行，就这样结束了。张思禹打足精神开车回程时，坐在副驾驶的程悦欣总是偷瞄坐在后座的两个人。郑懿昏昏沉沉睡着，一向热闹的林锐竟然一句都不贫，只是捧着郑懿受伤的那只手吹。那只手上了药，包扎完好，程悦欣不知道林锐到底在吹些什么，但林锐确实就这样吹了一路。

半路下来休整，在快餐店里点餐时，程悦欣终于忍不住问林锐：“你跟郑懿怎么认识的啊？”

林锐说：“有一年过完暑假回美国，整架航班乌泱泱全都是留学生，飞机全满。有几个女生坐我后边，我就在那听她们几个侃，说开学有个什么招待酒会，这个带了旗袍，那个穿什么汉服。忽然我就听到有个人说：‘我在国内从来不穿旗袍唐装，凭什么到了国外就要打扮成那个样子，满足老外对中国女性的奇怪想象呢？’满足老外对中国女性的奇怪想象，你听听，这是正常人类会说出来的话吗？我就想，这妞真帅唉。一转头，就看到了她。”

程悦欣顺着林锐温柔的目光望去，睡了一路的郑懿此刻已满血复活，正望着窗外，一脸严肃地思考着什么。

# 第二部分
# *Part 2*

## 破阵子

人生的前半程，道路都是画好的，你只管高歌猛进。可冲着冲着，路边的景色就不同了，不经意间，道路化成了千万条。再没有人会指着其中一条路告诉你，冲，冲过去你就赢了。

# 第六章
# 一罐红牛

圣诞节张思禹和林锐去拉斯维加斯，胡金柱犹豫到最后，还是没舍得和他们一起去。不是不想去，一把期权赌大了，输掉了 17 个打印机的差价。

说起来，大家都是穷学生，同一屋檐下生活，但胡金柱的穷跟林锐张思禹的穷还是不能比的。怪来怪去，还不是怪专业。

哪个大忽悠说的，21 世纪是生物的世纪？当年，胡金柱也是成绩排全省前 20 名的高考生，父母是庄稼人，只知道寒门出了贵子，鲤鱼跳了龙门，但这扇门和那扇门有啥区别，完全两眼一抹黑。报志愿的时候，招生办来了个生物系的老师，语重心长地劝：“21 世纪是生物学的世纪，这话不是我说的，报纸上都登了。”

本科时候，倒也不算差。学生物的出国容易，全班一半以上出国。20 世纪 90 年代的中国，还是看《北京人在纽约》的时代——

“如果你爱他，让他来纽约，这里是天堂；如果你恨他，让他来纽约，这里是地狱。”姜文、王姬、中餐馆、文化冲击、生活艰辛，但那时在中国大地上还没有拔地而起的摩天高楼和花园洋房，所以让人目眩神迷。

胡金柱现在还记得收到第一封 offer（美国大学录取通知书）的情形。他开了两打啤酒，一脚蹬在寝室正中的破书桌上，高喊：“美国，我来啦！”一个只能一双鞋穿到烂的农家孩子，离开面朝黄土背朝天的家乡，一步一个脚印，奋斗到城里，奋斗到美国，这里面有多少委屈和心酸，都在一口酒里。泡沫四溢，穿过喉咙，喷出鼻孔。

临上飞机前，材料系的系花送了他一套书——《光荣与梦想》。扉页上题词“友谊地久天长”。理工科院校，系花的评选标准普遍比较低，但材料系的系花是真系花，而且还是能开口就聊萨特和存在主义，背顾城和海子的系花。是江南夜色柳梢头，那一段朦胧的月光。

1998 年出国，转眼，也快 10 年了。熬论文念博士，博士毕业考博士后，博士后出站换学校继续当博士后。想找教职，做学术，谈何容易？

说起来，最早认识冯品芝的是胡金柱，最早搬进来替冯品芝找租客的还是胡金柱。张思禹和林锐之前，住过一个商学院的室友，烧粥烧糊锅，从来不收拾厨房，但口气很大，开口闭口以后年薪 20 万美元起；住过两个访问学者，在国内呼风唤雨道貌岸然，来了后跟在胡金柱屁股后面倒卖奶票。但一个个都走了，谋高就的谋高就，呼风唤雨的继续呼风唤雨。张思禹，也找到了年薪 9 万的工作；林锐，哪怕专业不吃香，哪怕跟导师关系差，但到底也是学计算机的。在硅谷还能饿死学计算机的？

只有胡金柱，依旧日复一日泡实验室，盯机器，刷试管，半夜盯着房顶想，教职到底在哪里。实在心闷了转过头，身边的郝会会抱着被子高高低低打着呼噜。书架上的《光荣与梦想》落满了灰，“友谊地久天长”的钢笔字迹全然淡去。

胡金柱叹了口气。林锐运气好，找的女朋友又漂亮又有出息；张思禹老婆虽然不挣钱，但至少温柔漂亮惹人怜爱。自己呢？难道一辈子就吃中国超市的盒饭？胡金柱也奔 40 了，也是在 *Cell*（美国学术期刊《细胞》）子刊上发过文章的。夜深人静，野心像弹珠一样在小小的房间里来回激荡。

命运里早就等待着的机会，那些摩拳擦掌的人尚不知道。

转眼，就是春节。程悦欣还是每周 Skype 连线，看着家里的年货一样样准备起来，父母单位又发了些什么，听着妈妈桩桩件件安排怎么走亲戚，年夜饭菜单如何。她强颜欢笑。明明才出国半年，但一切都有了恍如隔世的感觉。国内越热闹，异乡的人越冷清。

郑懿现在经常对程悦欣说各种法学院上课时听来的段子。比如，美国死亡率最高的几个时段，一是夏天，大家都在外面，加上天气炎热，最容易发生冲突械斗。再有，就是感恩节和圣诞节。

郑懿笑道："猜，过节的时候为什么死亡率高？"

程悦欣说："人多容易引发火灾事故？什么广场倒计时发生踩踏？"

郝会会说："估计是喝多了打架。"

郑懿摇头说道："过节的时候，自杀率最高。"

程悦欣吓了一跳，仔细想想，越想越觉得有点悲凉。房东冯品芝回国了，白天大家上班的上班，上学的上学，只剩了她孤零零一个人。美国街上人少，住宅区的街上只有车，少有活人走动。一个人在家时，整个房子的角角落落都发出窸窸窣窣的声响。张思禹说房子老了，木板热胀冷缩；林锐说正常，老房子顶上可能住着什么小动物。程悦欣觉得他们说的有道理。但所有的声响，都在一个人的寂静里放大。

有一回，程悦欣在窗口看到几辆车。有大大的皮卡，还有凯迪拉克，车里走下来几个高高壮壮的大汉，手上有文身，牛仔裤露出一半屁股。程悦欣躲在百叶窗后张望，只见那群人嘻嘻哈哈，其中有一个，目光如鹰一样射过来。程悦欣心头一震，吓得在窗帘后发抖。

晚上，她心有余悸地讲给张思禹听，还被张思禹教育："你不要种族歧视。"

程悦欣："那他们皮肤是黑的啊！不是邻居。"

张思禹："你确定是黑人？不是墨西哥人？"

程悦欣嘟嘴："反正皮肤是深色的，我分不清。"

张思禹说："不能因为人家皮肤黑，你就不让人家在路上走啊。美国总统候选人都有黑人了，说不定马上要有黑人总统了，你不要看到别人皮肤黑就胡思乱想。"

程悦欣不作声，心里说了几遍：本来就是吓人嘛！

以前看香港豪门恩怨剧，总羡慕半山豪宅，有生之年如果住个大房子该有多好。现在反而盼有人回来，哪怕不是张思禹，隔壁林锐有点动静，胡金柱凶两声郝会会，都让程悦欣觉得心安。国内热闹的春节，程悦欣第一次怀念起来。

她去郝会会打工的超市买了一堆福字对联还有贴门上的童男童女，在国内绝对不会看一眼的东西，现在样样都往门上贴。

"多热闹啊。"程悦欣在郑懿不屑一顾的时候真诚地说。"那过年一起看春晚吧，PPS 上有！我大年夜休息。"郝会会兴奋地提议，然后压低声音，"金柱以前不让我看，说我没品位，今年他不在，我想看。"

程悦欣犹豫了一下，在国内她也不看春晚，但望着郝会会期待的表情，点了点头。

"柱哥过年还要加班？"郑懿问。

“他去中国领事馆，团拜吃年夜饭！”郝会会发自内心地崇拜，脸上光芒万丈。胡金柱喜欢搞学生活动，在十六校硅谷校友会里混了一个秘书长的职位，搞到了一张团拜的票。

太平洋时间的大年夜早上，国内已经倒计时完开始放跨年的鞭炮了。打电话拜年，背景音里一片噼噼啪啪。放下电话，程悦欣踢一脚张思禹：“过年还要上班！”

张思禹无奈：“中国人过节，美国人又不过。”

程悦欣瞪他一眼：“你们老板不是台湾人吗？台湾人不过春节啊！”

张思禹俯在她脸颊一亲：“我晚上早点回来。”

胡金柱走了。林锐走了。郑懿走了。

郝会会打开了电视，连上了笔记本电脑，董卿白岩松的脸出现在屏幕上。“和谐盛世，团结奋进！”

奇怪，以前最烦董卿念“哪里哪里发来贺电，向全国人民拜年”，现在忽然期待听千里之外的演播厅里出现一句——旧金山华人向全国人民拜年。

戏曲联唱唱到一半，沙发上的郝会会突然叫了起来：“动了！又动了！”郝会会的胎动越来越明显，整个肚皮像波浪一样高低起伏。程悦欣把电视机音量调低，一只手贴在郝会会的肚子上。真神奇，里面有个小生命！郝会会看着程悦欣笑，五官罩上了一层温柔的色彩，舒展得让程悦欣看出了母性的美。

正在此刻，忽然，大门“砰砰砰”响了起来。天摇地动的声音，把两个人都吓了一跳。程悦欣走去飘窗边，郝会会还笑她：“没事，可能送快递的。别理他，他东西放下就走了。”

但程悦欣掀了窗帘一看，心跳顿时漏了半拍。她看到了那双眼睛，那双鹰一样的眼睛。她腿有些软，感觉天旋地转，美国警匪大片里的一幕幕瞬间都闪过脑海。

“你怎么了？”郝会会看程悦欣面色惨白，也抚着肚子走了过来。

正在这时，房门发出一声巨响，整个房子仿佛震了起来。程悦欣惨叫一声，蹿到了郝会会的怀里。那声大叫起了作用，门口那人没有再踹第二下。寂静，几秒钟死一样的寂静。

客厅地板上，程悦欣和郝会会抱在一起，郝会会的肚子贴在程悦欣胸口，一阵汹涌起伏的胎动。程悦欣忽然神志清醒了，抬起头说：“会会，你肚子里有孩子，你去楼上躲起来。”

郝会会摇头：“我不走，我力气大，你去躲起来！”

程悦欣抓住她的手：“报警，你快去报警！”

门口的人还没走。门口不止一个人。窗帘边人影绰绰，有人向后院的门走去。

程悦欣大哭着推郝会会：“你去报警啊！”

四面围城。为什么明知道房子里有人还不走？他们为什么还不走？！

电视里演完小品开始放歌舞表演。程悦欣一下子抓起遥控器，把音量开到最大，随后疯了一样跑到厨房，拿起菜刀和炒锅，敲得震天响。

咣咣咣，咣咣咣！她在大门口敲。想到那个人影，又跑到连着后院的厨房侧门。她用尽全身力气敲着，呼吸呼吸，有人在看，有人在听。就隔着这道门，就隔着这面墙。

“啊！”程悦欣疯了一样大叫起来。

郝会会冲了下来，也冲着门外大叫：“Police！ Police coming！”

两人肩并着肩，无休无止地叫着。电视上主持人正喜气洋洋地开始倒计时：“十——九——八——七！”

“三——二—— 一——”忽然发动机的咆哮声传来，轮胎压过路面，尖厉的声响渐渐远去。

程悦欣和郝会会全身湿透，一寸寸靠着墙瘫了下去。郝会会摸了摸程悦欣的头，程悦欣捏住了郝会会的手。四目相对，程悦欣的鼻涕忽然流了下来。

郑懿第一个赶回家时，警察还没走。程悦欣和郝会会哆哆嗦嗦讲不清楚，郑懿翻译了半天后，忽然灵感乍现地在前后院搜索了一遍，最后捡了一个红牛罐子来，交给警察。

郑懿说，全加州的盗窃犯都爱喝红牛，上面说不定有犯罪嫌疑人的DNA 指纹。

## 第七章
# 衣锦还乡

一黑一白两个警察，绕着前院后院转了几圈，问了几句，用相机拍了门上的脚印，拿了郑懿找来的红牛罐子，离开前叮嘱——如果再看到可疑的人，早点报告；又给了个当地警局的电话——没有急事，别打 911，打当地警局就好。

程悦欣心有余悸："到底能抓到吗？"

郑懿像老外那样耸耸肩："很难讲，如果他们不继续作案的话估计悬，汽车牌照你们也没看清。"

"美国这个破地方连个摄像头都没有！在国内肯定能拍到！"程悦欣大叫。

"你就知足吧，"郑懿看她一眼，"居民区没摄像头算什么？San Quentin 里都没摄像头。"

"San Quentin 是啥？"郝会会插嘴问。

“加州唯一一个关死刑犯的监狱。”郑懿轻描淡写，又指指程悦欣门口贴着的春联，“先把这个摘了，一看就是中国人家，太容易被盯上了。”

“中国人家怎么了？”程悦欣不解。

“都觉得中国人家里现金多，是抢劫的好目标。”郑懿埋着头绕着房子走，程悦欣和郝会会跟在她屁股后面转。

“凭什么就中国人家里现金多啊？凭什么就抢中国人啊？”程悦欣很委屈。

“很多开中餐馆的为了逃税，都是只收现金的，还想骗政府吃福利，现金也不好存银行，只能放家里，名声在外了。”

程悦欣听了，看了看有点不好意思的郝会会，又呆呆望着门口的春联和中国结，终于把它们揭了下来。

果然，胡金柱赶回家后，先冲到房间里把床头柜里的现金点了一遍。郝会会打现金工，再加上平时倒卖收的现金，存款确实不少。胡金柱点了两遍，心里斗争了一下要不要存银行。然后打开谷歌研究，如果称这些现金是父母给的“礼物”，到了年底需不需要跟IRS（美国国家服务局）报税？

张思禹赶回来的时候，程悦欣一把鼻涕一把眼泪钻进他怀里：“我就跟你说那些人是坏人吧！”张思禹其实也害怕，最害怕的地方是明明知道有人在家，对方还想着破门而入。由此可见，不光踩点了，还知道平时家里只有程悦欣一个人。如果真的破门而入了，会发生什么？张思禹不敢想。当工程师的，立刻打开谷歌，开始研究怎么在门口装几个摄像头和警报器，来进行实时监控。

最爽气的是林锐，上谷歌直接搜“如何在加州持枪”。“来一个毙一个，来两个毙一双。中国人给人印象就是太㞞，你看洛杉矶暴动之后，还有人敢欺负韩国人吗？”

90 年代，洛杉矶的一个韩国女店主开枪打死黑人，引起全城暴动。打砸抢火烧，警察一度无法控制局面，放弃维持治安。暴徒围攻韩国城，韩国移民守望相助，自发组成护卫队，三步一岗五步一哨，男人全部上阵扛枪，竟然以很小的伤亡扛过了骚乱期。

在美国，族裔是个绕不开的敏感话题。亚洲人被称为“模范少数族裔”，永远奉公守法，永远微笑忍让，想的永远是存钱熬身份然后送孩子上好大学，平安终老。但在林锐看来，这些都是不存在的。

“美国文化本质上就是强者文化。个人主义，告诉你就是得靠自己，遇到问题自己上。凭什么允许拥枪？就是告诉各州，你们要是看联邦政府不爽，上去灭了他丫的。规则是怎么来的？是南北战争打出来的，是强者博弈博出来的，不是你当良民老爷们赏给你的。所以在美国，你就得 speak up（大声说）。你看那些三四岁小屁孩，上了幼儿园，第一句学：It's mine.（这是我的。）第二句学：It's unfair！（这不公平。）”

不㞞的林锐确实永远火力全开。郑懿对林锐的第一印象，就是那次来美国时转机飞机晚点，必须在机场过夜。航空公司看人下菜，白人统统安排了机场外酒店免费住宿，中国人一人补贴 30 块钱就不管了。林锐第一个拍桌子，跟地勤吵完跟经理吵，吵到快骂娘的时候，郑懿在旁边补了一刀：“你们基于种族和国籍的不平等对待，违反了宪法十四修正案的平等条例。”

林锐相当惊艳，坐大巴去酒店时觍着脸凑到郑懿身边：“那个什么宪法十四法案，还真违反了啊？”

郑懿笑：“没有，他们是商业公司，十四修正案就管政府行为，管不了他们。”

林锐惊讶：“那怎么他们就认㞞了啊？”

郑懿瞥他一眼：“你以为美国人就懂他们自己的宪法了？中国法律你

懂几条啊？”

但暴脾气也不是永远管用。比如导师看你不爽，就是不让你毕业，你又能怎么办呢？林锐几次话到嘴边：“此处不留爷，自有留爷处！”但最后一刻还是咽回去了。博士读了6年，就这么灰头土脸回去了？来回气血上涌再按下，洗把冷水脸继续改论文投CVPR（国际计算机视觉与模式识别会议）。不就是必须发篇顶级会议吗？发呗。林锐牙齿咬碎，依旧只收到拒信。想到这里，他看枪看得更起劲了。

过年过成这个样子，程悦欣在床上越想越委屈。半夜起床在MSN Space上写博客，大骂美国警察无能，歹徒猖狂。写完倒是心情舒畅了，第二天起床一看留言，又气得半死。

在一片“天啊”“momo”“照顾好自己”里，一个中学同学留言：“太可怜了，所以说啊，干吗在美国当‘二等公民’，回国呗。”二等公民四个赤裸裸的字，让程悦欣一口气上不来。她气愤地回了一条：“抢劫案不常发生，地沟油和三聚氰胺却一直吃到！”

国内和美国差16小时，已经半夜了，中学同学也看不到。程悦欣委屈半日，趁国内天亮前把回复删掉了。

是啊，为什么一定要出国呢？大年初一打电话回家拜年，程悦欣甜甜喊着爷爷奶奶大姑二伯，一面笑着答应以后当东道主接待国内亲友，半个字都不敢透露昨天遇到的一切。挂了Skype，她发了一条短信问张思禹：“我们为什么一定要待在美国？”

张思禹正在开会。经理是个叫迈克尔的白人，和上海办公室开电话会时愿意带着张思禹。“禹，你跟他们确认一二三四。”其实上海办公室的同事学历资质并不差，事情交代下去都能做，但因为语言障碍，常常和老外沟通不清。Michael 有次对张思禹说："禹，你是不同的。"是真的不同吗？张思禹不能确定。他唯一确定的，是他在上层架构设计的团队，而上海的同事只能做下游执行。

张思禹看着程悦欣的短信想了半天，很想解释些什么，但预料到程悦欣一定会瞪着无辜的大眼睛说："回国有什么不好？谁谁谁海归，年薪 50 万呢！ 50 万在国内过得不比这里强？"张思禹只好回复她："乖，别发脾气了，等我回家说。"

郝会会受到惊吓，人变得更爱叨叨了。叨叨给胡金柱听，但胡金柱经常在实验室里加班，深更半夜才回，回来了也不爱听她讲话。郝会会有次半夜说急了，胡金柱一声断喝："闭嘴吧，少拿这些鸡零狗碎来烦我。你老公现在是听这些乱七八糟的人吗？"

郝会会愣了一愣。信用卡返现是鸡零狗碎吗？台湾经理欺负大陆几个收银员是乱七八糟吗？警察一直没有回音自己担心是多余吗？郝会会不敢问出口。

当年媒人介绍的时候就说了，胡金柱，是到美国去念书的大才子，是和陈景润一样的人物。自己一个初中没念完的半文盲，何德何能，高攀像陈景润一样的人物？只这样想了一想，郝会会就从心底开始慌起来，耳朵发烫，脸噌噌地红。

她以前是爱念书的，新学期开学买一支铅笔一个本子，她能傻笑抱着看一星期。教室黑板是拿油漆漆的，粉笔写着写着就断。她替老师把一根根粉笔浸在水里，然后拿到太阳下晒干，不厌其烦，乐滋滋地看着粉笔在阳光下有错落的颜色。

女娃娃要念那么多书干什么？她 13 岁就跟表姐去县城打工了。长得高长得壮，骗人说已经 15 了，在县城宾馆里换床单洗床单。她力气大，床单铺得整齐，每个角都服帖，老板看了满意，说“高档”，床单也洗得好，洗衣机洗不干净的污渍，她都用一膀子力气搓干净了。雪白的床单铺在床上，她心里高兴，一个月 800 块钱工资，两个弟弟学费都不愁了。

只有嫁人这件事拖着。同村的二丫 18 岁就嫁人了，19 岁挺着肚子在村头跟别的婆娘聊生娃养娃。郝会会不愿意，她跟爹娘说，让自己多洗几年床单吧，多给家里攒点钱。拖到 25 岁，拖成老姑娘，但就听媒人说了一句陈景润，她心里就愿意了。她想到那干干净净的田字格本子，还有操场上晾成一排的粉笔。

但胡金柱不光是陈景润哩，他参加中领馆的团拜会回来，不耐烦听什么强盗破门，哈着酒气告诉郝会会，他，胡金柱，要回国考察了，五省十六市。“那接待规格，必须都是省级领导！”胡金柱斜着眼看郝会会的一脸错愕。

2008 年春节过后不久，硅谷考察团就启程了。北京、上海、广州三站，是当地科协接待。杭州、无锡，都是主管科技的副市长亲自迎接，再到内陆两省，副省长铺了红地毯在大会堂迎接。

胡金柱的身份是硅谷学联秘书长，被邀请发表讲话。胡金柱定了定神才从大座椅上站起来。面前一排摄像机和照相机，闪光灯照着，快门声此起彼伏。胡金柱有点紧张。他想，以前在电视上看领导人接见，就是这样的场面吧。他润了润喉咙，用副省长握过的手擦了擦额头渗出来的汗。

“今天很高兴，能够回到自己的家乡。出国已经近 10 年，虽然今天穿的是黑西装，但心底里觉得，算是衣锦还乡。”胡金柱尴尬地笑了笑，停顿了一下，给众人为这个冷笑话鼓掌的时间。

副省长很给面子地笑了，于是所有人都笑了。胡金柱心里松了松。从宇宙中心硅谷，讲到世界名校伯克利，讲到硅谷学联为海外华人做的贡献，再讲到自己在 *Cell* 上发表文章的开创性意义。

“21 世纪是生物的世纪，这句话激励着我，在世界一流大学的实验室里做着最前沿的科学探索。当然，我们这次回来也参观了国内很多 958、211 的高校，和我们当年求学时候比，学科发展有了长足进步，但和世界一流大学的一流学科，还是有不少距离。希望我们能够彼此多交流，相互学习，让我们的大学更好，让我的家乡更好！”

掌声雷动，副省长笑得很开心。拍合影的时候，副省长特地回过头找到第三排的胡金柱：“小胡，你是科学家，要多回来交流，祖国需要你这样的人才啊！”

胡金柱的心里一热，他想起了五个字——光荣与梦想。

## 第八章

# 圣何塞

走过红地毯的胡金柱回硅谷后，觉得天也不蓝了，也不高兴为了龙虾尾巴去排 12.99 的自助中餐了。从机场出来的那一天，3 月的硅谷飘了点雨，胡金柱背着手“哎呀呀，哎呀呀”了半天。

胡金柱在国内，那不仅是走过红地毯的，无论到哪里，代表团都配有专门司机，还有漂亮的女大学生的陪同，上下车时会殷勤地为他护住头。

所以，当胡金柱再次在伯克利校园里转悠，看到那排留给诺奖得主的车位上停了一溜破车，不禁背着手踱起了方步，在心里叹了口气——像话吗？这像话吗？美帝太不尊重人才了，太不尊重了。

胡金柱很焦躁，祖国的科学事业等他回去振兴啊。刘部长不是说了吗，中国连世界一流的奥运会都要开了，怎么能还没有像胡金柱这样的世界一流科学家？这一腔热情和焦躁，在他初回美国的头一个月里剧烈膨胀，比郝会会的肚子胀得还大，胀得还快。他打过几次越洋长途电话，群发过一些电子邮件，但是，那些夸赞他时欢笑的脸，那些在酒桌上比谁的酒杯更低的热情，现在隔了一个太平洋，变成了恭敬但带着些许不耐烦的客套。

“我们还要研究研究。”“人才引进是重中之重。”“还需要讨论讨论。”“政策已经在研究了，您别着急啊。”

依旧追在他屁股后面的，只有漂亮的女大学生。“胡教授，不知道您能不能拨冗指点一下我的留学申请？”“您能不能帮我写一封推荐信？”“您的实验室还招人吗？”

“我的实验室？”胡金柱胸闷——是啊，我什么时候才能有自己的实验室？胡教授，胡教授，叫得胡金柱自己都已经快当真了。

在这样的心情下，郝会会生孩子这件事，就显得更加不合时宜，让人烦闷。尤其是，她肚子里怀的还是个女孩。

先是烦签证的事。胡金柱出国近 10 年，不是没试过让父母来美国玩。但他父母去过美领馆 3 次，每次风尘仆仆跑到广州，最后总是被拒签。他一开始以为是因为自己 6 年没回国，后来回国了，还顺利结了婚，依旧签不出来。“歧视农民，赤裸裸地歧视农民！”胡金柱强烈抗议。

儿子在美国光宗耀祖，不能去美国就成了胡金柱父母的一个心结。现在郝会会都要生了，不管男的女的吧，总是第一个孙辈。10 年了，10 年都没去成美国，孙子出生都看不到，胡金柱的父母想到是要淌眼泪的。这次跟胡金柱抗议：要是孙子出生我们还来不成美国，不如让我们死了算了，丢不起这人。

程悦欣不太能理解为什么签证签不出是丢人的事，而且要上升到“死了算了”的地步。但她还是同意了这次让自己的父母在杭州接待胡金柱的父母，并且送他们去上海签证。果然，这第 4 次签成功了。

胡金柱的衣锦还乡尚且镜花水月，但让父母引以为傲的荣登美利坚已经提上议事日程。买完机票后，胡金柱立刻头疼起了第二件事——没地方住。他本来盘算着，父母来两个月照顾郝会会坐月子，他和老爹在客厅打地铺，老娘和会会睡房间，晚上管孩子也方便，没想到被房东冯品芝骂了个狗血喷头。

冯品芝以前不过是精明刻薄，但自从上海探亲回来后，整个人变成了活火山，随时喷发，一点点不顺心就要破口大骂，眼镜店打工也不去了，洪都拉斯偷渡史也不谈了。程悦欣和郝会会背后八卦过很多次，猜测她在上海到底遭遇了什么。

程悦欣的推测，如亦舒哪篇小说里那样，女主人公姑姑自以为嫁了洋人去了加拿大，其实洋人不过当地混混，豪宅不过农村平房。等到再回香港，被物欲横流的都市声色所迷，失落夹杂不甘心，仿佛自己的奋斗和攀高枝都变成了一个笑话。风水轮流转，20世纪60年代的香港，便如今日的北上广，一日千里，冯品芝这次恐怕是被教育了——她自以为的优越感原来是个空心汤团。

郝会会不那么看，小资产阶级的辗转迷茫和心情起伏不在她的思考范围内。她的推论很直接："大妈一定是担心没人给她养老了！"年轻时候孑然一身当然是潇洒，年纪大了，未免要想老了怎么办。在郝会会朴素的宇宙里，人老了需求都是一样的，并不分国内国外城里乡下。直接的变化就是，冯品芝回国前，三天两头在嘴上说她侄子如何如何，盘算着把他们这些租客都赶走，把侄子一家都移民过来，而这次回来后，再也不提这些话了。"肯定是她侄子！"福尔摩郝推理。

但无论是程悦欣还是郝会会，并没有人愿意去撞冯品芝的枪口求证自己的推论，只是在家越来越夹着尾巴，期待不要碰到这个没事就在客厅找茬的房东。

“不行！想都不要想！全部都给我滚蛋！”冯品芝挥着手上的抹布，“得寸进尺欺负到我头上来了啊！真以为我是吃素的啊！本来说好三个人，好嘛，现在要住几个？你自己算算住几个！还客厅打地铺！想得倒蛮好啊！做你的大头梦，都给我滚蛋，我一个都不租了！”

郝会会急了：“大妈，大妈，你别这样。”

冯品芝瞪她一眼：“谁是你大妈？乡下人！”都说三个女人抵500只鸭子，冯品芝、郝会会和程悦欣三个人大呼小叫，胡金柱连话都插不上一句。

闹剧又以郑懿回家终结。郑懿只说了一句：“你没有权利赶我们走，你没有正当理由，而且驱逐要去法庭走程序，你要是擅自换锁扔我们东西我要报警抓你。”冯品芝吃瘪，看着郑懿胸口起伏。她最恨郑懿一本正经夹几个英文单词，完全搞不懂什么意思，但却又煞有介事。

律师唉，英语可以说得叽里呱啦的律师唉。冯品芝心里是怕的——保不定以后还有什么事要求她，只好落下一句：“反正客厅不许住人！”

晚上张思禹回家的时候，看到胡金柱一个人在厨房喝酒。好市多超市里一瓶20美元的红酒，国内能卖上千。在国内见过世面的胡金柱，回硅谷后就本着“不占便宜是吃亏”的理念开始喝红酒。这样一想，不回国也就不回国，美国也不是全没好处。

“柱哥，怎么了？”张思禹觉得今天的胡金柱有点不一样。

胡金柱双腮潮红，醉眼迷离地看着张思禹，叹口气：“真他妈没劲。”

“别这样，你马上要当爸爸了，喜事啊。”张思禹坐在他身边陪他喝起来。

胡金柱喟然：“是啊，要当爹了，这辈子也就这样了。以前不甘心，还想，自己还年轻，我就是少个机会。你看我现在，”胡金柱低下头给张思禹看，“头发都开始秃了。一转眼就快40了。四十不惑，哪是不惑啊，上有老下有小，做梦都做不起来了。自己这辈子也就这样了，想想真没意思，烦。”

林锐回家的时候，连张思禹都喝得有点高了。胡金柱喊他：“来来来，林博士，一起喝点。”

“他妈的狗屁博士，老子大不了不念了，拿个master（硕士学位）走人，”林锐愤愤，“念个博士出来有什么用啊？狗屁专业，连对口的工作都找不到，还不是一样重新刷题当码农？”

“你到底什么专业啊？不是计算机吗？”胡金柱问。

“图像处理。”张思禹替他回答。

“那跟你不差不多吗？”胡金柱茫然。

“锐哥那个前沿多了。”张思禹道。

“前沿个鸟，有个鸟用！”林锐一口闷。

张思禹解释：“他现在那个导师是做人工智能自动驾驶的，80年代末就跟丰田合作研究自动驾驶汽车了。”

林锐冷笑：“是，80年代就开始做了，到现在做出什么来了吗？！柱哥，我跟你说，做研究是没有出路的，你有产品吗？没产品一切都他妈是空谈。拽得二八五万似的，行业里看起来都是傻逼。”

胡金柱感叹：“那你说到底还是计算机啊，再怎么样也比我刷试管强吧？来来来，咱俩碰一个。”

灯光交错，红酒的颜色深深浅浅，倒映出明明暗暗的脸色来。少年壮志，人生不得意，统统都在一杯酒里。

将进酒，杯莫停。曾几何时，都以为自己是天选之子。千军万马才能过的独木桥，于他们只是笑谈；山高水远遥不可及的美利坚，也带着菜刀炒锅冲过来了。人生的前半程，道路都是画好的，你高歌猛进，周围人人都竖大拇指。但冲着冲着，路边的景色就不同了，山一程水一程，不经意间，道路化成了千千万万条。再没有人会指着其中一条告诉你，冲，冲过去你就赢了。一转眼，就是三十而立，再一转眼，四十不惑。

就这样一辈子过去了吗？找份朝九晚五食堂包饭的工作？老婆孩子热炕头，每天盘算这个月还房贷下半年去旅个游？

孙悟空最绝望的时刻，不是九九八十一难，不是五行山下五百年，而是意识到自己终归翻不出佛祖的五指山。英雄气短，就短在这一刻，短在终于意识到，曾经踏碎凌霄的自由和恣意，不过是一个来自天边的嘲讽，不过是一个终会破灭的假象。

“我无能啊，”胡金柱黯然，“一把年纪还要租房子。父母来了没地方住，孩子生出来上学都不知道在哪里上。最可笑的是什么？是别人吹捧两句，给我画个大饼，我就真信了。真他妈太天真。”

“也不尽然吧，”张思禹安慰他，“海归还是很有希望的，我看国内新闻，确实在这方面有政策扶持。”

“政策？”胡金柱摇头，“那时候说得多好？大会堂，红地毯，这个领导那个领导发言，还上电视上报纸，有什么用？”

“谁他妈铺着红地毯谈正事？”林锐笑起来，“真要谈事，哪个不是关起门酒桌上谈的？你连人家吃饭的局都没混进去，就信了人家那些场面话？”

胡金柱被讲得点头：“是啊，大意了，大意了。”

张思禹喝得醉醺醺上楼时，程悦欣正蒙着被子生闷气。张思禹的嘴伸到她耳边，被她一巴掌推开：“你走开，臭死了！最讨厌抽烟喝酒的人了！”

“柱哥心里不痛快，我们陪陪他。”

“他不痛快？他还有脸不痛快？！”程悦欣坐起来，“你们男人真是没一个有良心的！郝会会那么大肚子，眼看要生了，每天忙里忙外忙上忙下，他就这么插着手坐着，还好意思不痛快？”

“柱哥也是为了柱嫂和肚子里的孩子，男人嘛。”张思禹给胡金柱圆场。

“男人男人，我看就你们男人事多！还总看不起我们女人。”程悦欣板着脸。

张思禹扳过她的肩，轻语道：“悦欣，跟你商量一个事。现在柱嫂要生了，柱哥父母来了也没地方住，要不我们趁现在搬了吧。你不是早想搬出去了吗？我上班也近一点，你也可以去南湾那边的社区学校上点课。”

程悦欣想了想，在灯光下点了点头：“去南湾哪里呢？”

张思禹说：“好像圣何塞那边房价便宜一点，或者去森尼维尔也行，我们这两天网上查查看吧。”

程悦欣还想再问，耳边已经传来了张思禹的鼾声。

搬出去自己住是她来美国第一天就许下的宏愿，更何况，这个房子还险些遭遇过入室抢劫，让她到现在还心有余悸。但是，程悦欣又想到了郝会会的包子和郑懿的火鸡，那些给过她在异国他乡温暖的友情。以后呢？

# 第九章
# 美国累死了

俗语有云：出国就像上新东方。你以为是去学英语的，其实是去当厨师的。

没搬到圣何塞前，程悦欣还没有能深刻理解这番话。以前住在冯品芝家，他们给郝会会交点饭钱，总有中国超市的熟食或者郝会会自己做的面食。好吃不好吃的，也讲究不了那么多，至少每顿有得吃。现在自己开火过日子了，才知道，原来吃是那么大的一个问题。

老美对吃是极其没有追求的。一块比萨，是一餐；一袋沙拉俐点酱，是一餐；两块面包夹块肉饼，是一餐；两块面包抹点花生酱，又是一餐。对于程悦欣和张思禹的中国胃，偶尔这么吃是可以，但吃到周末，两个人都生无可恋。

张思禹说：“要不周末，咱们去吃点好吃的？”

去香港酒楼饮早茶。两个人如饿虎扑食，吃掉四笼虾饺两盘龙虾伊面以及若干其他茶点。吃饱了摸着肚子，张思禹开始看账单，在填小费的那一栏犹豫良久。午餐，规矩是15%，晚餐，规矩是20%。但15%算下来，实在也是一笔不小的钱呐。

回家的路上，张思禹跟程悦欣商量：“要不咱们学学做饭？”程悦欣噘着嘴，委屈得眼睛眨巴眨巴。在国内的时候，程悦欣连喝口水都是妈妈倒好的；上班的时候，从单位出门走10分钟，就是个大商场，眼花缭乱的各式餐馆，又便宜又好吃。以为到美国享福，哪想到是当厨娘？

当厨娘这件事，倒也不能说完全没乐趣。烧几盘菜，拍几张照片，被老公夸一夸，传到开心人人上，收一收赞，是很有乐趣的美事。去年感恩节的火鸡大餐，就让程悦欣开心了好几天。可一旦业余兴趣变成了主业，一日三餐变成了责任，这就变得很不好玩了。非但不好玩，还有了铁链、劳役和禁锢的气息。

已经嗅到这丝气息的程悦欣，眼睛眨巴眨巴看着张思禹，楚楚可人，重复了一句：“学学做饭？”她的手搭在张思禹的手臂上，微微颤动。张思禹愣了一下，想到自己结婚前信誓旦旦，宠她爱她，不让她操劳，不让她变成庸俗妇人，觉得这脸打得快了一点。心一虚，嘴也软了：“那以后晚上等我回来做饭吧。”

饭不需要做，但秉承着夫妻分担家务的原则，其他家务却是逃不掉了。没有了郑懿，没有了郝会会，连冯品芝的装腔作势都听不到了，程悦欣的生活每天只有扫地擦灰洗衣服叠衣服。郝会会刚刚生完孩子，郑懿上课忙，程悦欣一忍再忍，尽量不抱怨，不想让大家看扁。

直到这天，程悦欣好不容易在MSN上看到郑懿，像抓救兵一样一把抓住：“我周末来看你们吧，柱嫂刚生完孩子。”连打三个微笑表情。

郑懿正在气头上：“别来，来了气死你！！！”连打三个惊叹号。

胡金柱的父母是郝会会预产期一周前到的，没料到郝会会提前一周破水，送到医院生孩子的时候，胡金柱的父母还在倒时差。等郝会会从医院抱着女儿回来，胡金柱的父母还在倒时差。

倒时差很辛苦，尤其对老人家，白天困得要死，晚上隔壁还有婴儿大哭。

胡金柱的母亲想不明白，这整宿整宿的，到底有什么可哭的。

原因倒是很简单——郝会会没奶。

对产妇而言，这个世界上有一样东西可以瞬间让你从地狱置身天堂，学名叫麻药，网名被亲切地称为“挨批斗”。但这“好东西”胡金柱的学生保险是不包的。也不是全不包，自己要自费200多美元。那就是1000多人民币，就是家乡地里小半年的收入。女人生孩子需要那么娇气吗？胡金柱鼓励郝会会，女人生娃和母猪生仔，都是生物本能，不需要过分放大这件事情。顺其自然，是对大自然最好的回应。

胡金柱举了各种例子，麻药会如何影响母亲对于分娩过程的掌控，如何对母体和胎儿有不同程度的损害，网上论证的链接也一搜一大堆。郝会会当然是同意胡金柱的观点的，毕竟这是生物学领域内的课题，胡金柱属于专家意见。但在产床上，当阵痛到第10个小时，她的四肢开始不自觉地抽搐起来。好像有人拿一把勺子，伸到自己的五脏六腑里，就这么一捣，再那么一拉。一捣一拉，一捣一拉，来回如凌迟。郝会会浸泡在自己的汗水里，忽然开始有一种绝望，好像这个孩子永远都不能降临了。

宫缩不开指。又折腾了几个小时。正在郝会会要昏过去时，突然一群医生护士鱼贯而入，神情紧张地对着胎心检测仪交流着。随后，对着胡金柱宣布：“胎儿心跳过低，我们决定马上剖宫产。”

郝会会的心一下子平静下来。剖吧，生一刀死一刀，剖了算了。但胡金柱跳起来了——剖宫产对产妇和胎儿更不友好啊！剖宫产影响产后恢复啊！最重要的，保险账单里，顺产和剖宫产的费用完全不一样啊！

但医生坚持认为，和胡金柱比起来，他们比较专业。于是胡金柱的大女儿，艾玛·胡，就这样降临到了这个世界。

艾玛·胡对于这个世界的第一印象，应该不是很好，她闭着眼咂巴着嘴，就是找不到可以吸的奶。母亲的乳房好像被那场生产耗干了，无论她怎么生抓硬拽，都出不来奶。艾玛放声大哭，一开始哭得响彻整个医院，后来哭得冯品芝肝胆乱颤。

胡金柱的母亲和胡金柱一样对生物学很有研究。她觉得，女人生娃和母鸡下蛋是同样的道理，生下来的娃要靠自己养活，也是女人之为女人的根本条件。不产奶，算什么女人？婆婆对着郝会会的乳房拨过来拨过去地研究，用力按了按，发现连一点有奶的硬块都没有，绝望地叹了一口气。

郝会会的脸埋得很低。没有奶，女儿就只能靠医院里发的几瓶液体奶勉强度日，再往后，实在不行就得上奶粉。一罐奶粉就是十几块，一吃起码吃一年，这又是什么样的开销？郝会会的脸红了，于是更执着自己的奶牛事业。比起养好剖宫产的伤口，下奶是郝会会月子里更重要的奋斗主题。

关于如何才能下奶，胡金柱是非常洋派西式的，鄙夷一切中医养生。比如，美国医生不相信什么下奶汤，美国医生也不相信什么坐月子。刚生完孩子问产妇要不要冰水，医院里的病号餐是冰酸奶。美国医生对于下奶的指导意见只有一个——喝水。中医里什么精气血都是胡说八道，液体就是液体。水是液体，奶也是液体，液体的输入，就能促使液体的输出。所以，多喝水，一定能下奶。

郑懿和胡金柱的矛盾就爆发在这个下午。当郝会会在厨房里咕嘟咕嘟大口喝水时，艾玛突然哭了起来。胡金柱陪着父母刚刚从奥特莱斯回来，本来大包小包高高兴兴的，听到艾玛撕心裂肺的哭声，大家的脸色都沉了下来。

郝会会装模作样去房间里喂了一会儿。但一如往常，艾玛就是吸出血来，都没有奶。于是嘴一撇，又哭了。郝会会像做错事的小孩，步履蹒跚地走到客厅里，对着胡金柱说：“要不，再开一罐奶粉吧？”

胡金柱看了她一眼，没说话。婆婆挺身而出：“你不让她吸，怎么会有奶？生个丫头，还那么娇气。”

数落着数落着，就谈得更长远了。从郝会会和胡金柱的文化差距，谈到收入差距，谈到如果没有胡金柱，郝会会怎么可能到美国来享福，怎么能有这么好的房子住，还有车可以坐。一个乡下丫头摇身一变能过好日子，靠的是什么？靠的是胡家的仁慈与好心。但是呢，还真是看走了眼，挑了个扶不起的刘阿斗。生个赔钱货不说，连奶都没有。说得得意了，声调难免越来越高，混合着艾玛的哭声，整幢房子地动山摇。

或许是她说的声音太响，或许是她说的时间太长，一直在房间里看书的郑懿，终于不顾林锐阻拦，冲了出来。

“阿姨，你这么说话欺人太甚。”郑懿人还没到，声音先到。

郑懿指着餐桌上剩给郝会会的菜：“一锅土豆一锅白菜豆腐，一吃吃好几天，这是坐月子吃的东西吗？”再指着郝会会的黑眼圈和带血丝的红眼睛：“晚上整宿整宿就听她一个人哄孩子，她能休息好吗？休息不好能有奶吗？”

胡金柱的妈妈愣了，胡金柱脸上挂不住了：“郑懿，我们家的事，你别管！”

“我也不想管，但你们不能这么欺负人了吧！你爸妈说来帮忙坐月子，帮忙了吗？你休的是产假，管她们母女了吗？我看你们倒玩得挺开心，今天逛这里，明天逛那里。叔叔阿姨，你们可以来美国旅游，但能不能不要挑在郝会会生孩子的时候啊？就算挑了这时候，能不能不要到处说是来照顾她坐月子的啊？”

空气安静了。胡金柱父母委屈地看着胡金柱，胡金柱的脸红一阵白一阵。他胸口的气上上下下，但看着郑懿，却有些发怵，不敢发作，只好对着郑懿背后的林锐喊：“林锐，你还不管管她？！”

郑懿这下真生气了，冷笑着：“我跟林锐不是附庸关系，他管不了我，你有话直接跟我说，他代表不了我！”

正在这时，胡金柱的妈妈忽然高声哭了起来。“原来是要赶我走啊！”一屁股坐在地上，拍起地来，“我住儿子家，也要被人赶啊！”

鸡飞狗跳的时候，冯品芝穿着睡衣冲了出来，指着正在蹬茶几的胡金柱妈妈：“你搞搞清楚！这里不是你儿子家，这是我家，我的房子！一天到晚吵吵吵，我倒了八辈子霉了把房子租给你们！从现在开始，我再听到你们谁吵一句，都给我滚蛋！统统滚蛋！”

整个过程，郝会会都低着头抱着孩子站在一边，一声都没有出过，一句都没有帮过郑懿。

郑懿很生气地对程悦欣打了八个字：“哀其不幸，怒其不争。”

程悦欣唏嘘道：“真的，要是我，早就离婚了。”

郑懿也跟林锐讨论过这个问题——郝会会为什么不离婚呢？怎么还能跟胡金柱这样的男人往下过呢？论身份，她现在也有绿卡了；论收入，在中国超市打工，总不至于饿死自己。真的，有手有脚的女人，为什么要在这样一段婚姻里苟延残喘呢？这对于女权斗士郑懿来说，真是不可想象。

“女人还是要受教育。”郑懿最后这样总结。

但林锐有不同意见：“郑懿，我想博士毕业，就是毕不了，一直热脸贴冷屁股，你觉不觉得我傻？”

郑懿反问："你什么意思？"

林锐又问："那你就是想留在美国，受了很多的挫折，还是不放弃，过程很艰苦，也很委屈，你觉不觉得自己傻？"

郑懿点点头："你直接说结论。"

林锐叹了口气："既然我们都可以为了自己的目标受委屈，那么如果一个完整的家庭是郝会会的目标，为什么她坚持目标，愿意为了目标受点委屈挫折，你就看不起她呢？你这是女权吗？女权就非得让女人都离婚，都不要男人？"

郑懿上下打量林锐："我发现你现在的思想很有问题，都站在胡金柱这种人的立场上了？"

林锐赔笑不语，暗地里叹口气："我哪里敢啊，我混得还不如胡金柱啊。"

郑懿的做法并没有解救郝会会。一天半夜，郝会会泡完奶粉把艾玛在自己怀里哄着了。她看着眼前这个小小的人：抱在手里这么一点，骨头都轻软若无物，好像一不小心就会弄坏。但体内，却有那么大的能量，可以让她日夜号哭。郝会会的鼻子一酸，眼泪噼里啪啦往下掉——自己连这点基本的需求都满足不了她。

"谁啊？"冯品芝一开灯，看到肿着眼睛咬着嘴唇抽泣的郝会会。

"大妈，我冲奶粉，马上，马上就上去。"郝会会快速抹掉自己的眼泪。

"哭哭哭，一天到晚就知道哭，别的本事一点没有！"冯品芝厌恶地瞪了她一眼，"月子里就哭，哭得以后眼睛瞎掉！"

郝会会不敢和她斗嘴，抱着孩子往回走，却听到冯品芝开冰箱和微波炉的声音："那个谁啊，我肚子饿了，陪我一起吃点点心。"

一只冰冻老母鸡，加黑木耳红枣，煮出香味，撇去油，两碗清汤。

热汤到了嘴里，郝会会两行眼泪不禁又要流下来，但怕被冯品芝骂，死命屏住。冯品芝抱着熟睡的艾玛，在灯光下左看右看：“这双眼睛还好像爸爸哦，要是像你，真的难看死了。看什么看，不服气啊！你那双眼睛好看啊？”

郝会会要去洗碗，又被冯品芝骂：“叫你月子里不要碰冷水呀！乡下人啊！这点都不懂的啊！”

喝冯品芝一碗汤，就要被她骂两次；喝她半个月汤，郝会会被从头骂到脚从里骂到外。武侠小说里的任督二脉都是被内功打通的，冯品芝大约也是有内功的人。被她骂了半个月，郝会会的奶水渐渐足了，等她出了月子，奶不但够艾玛吃，还渐渐多了出来。

胡金柱父母大包小包回国后，逢人就说，去美国伺候媳妇坐月子，实在是累死了。

## 第十章

# 金融危机

2008 年的暑假，是暴风雨前的甜蜜和平静。程悦欣兴高采烈地带了一大箱好市多的热卖保健品和四个 Coach（蔻驰）包回国探亲。飞机降落浦东机场，在接机人群里看到父母的一刹那，程悦欣不禁鼻头一酸。江南梅雨季节的空气如此久违，氤氤氲氲，钻到人的皮肤毛孔里，几乎冒出眼眶。

“瘦了，瘦了！”程悦欣的爸爸执拗地说。

“哪里瘦了？我还胖了 6 斤。”程悦欣自然地挎住老爸。

程悦欣的妈妈解下她身上的挎包，顺手捏了捏她的手臂：“是胖了，肉都松掉了。在外面肯定一直吃垃圾食品。”

“哪里有，我老公每天回家做饭给我吃的。”程悦欣抗议。

“哦哟哟，还我老公！”妈妈上手就捏了程悦欣脸一把。

开车来的表哥推起了行李车：“欣欣，你这美国去了一年是不一样啊，人都洋气了啊。”

一年人就洋气了吗？不过是善意的客套话。车上了高速，渐渐驶入杭州，骤然看到故乡的一草一木，程悦欣忽然有一种坠入梦境的熟悉感——似乎时光还停留在一年前，似乎她从来没有离开过这块生她养她的土地。

亲戚聚会，同学聚会，同事聚会，久违的推杯换盏闹哄哄；下午茶，KTV，狼人杀，一拨接一拨的客套和艳羡。“你们拿到绿卡了吗？”“你老公工资多少啊？”“美国房价高不高啊？”“你老公怎么没一起回来啊？”

但热闹过后，程悦欣忽然有种怅然若失。那些熟悉的老同学老朋友，有的买了房，有的升了职，有的捉对讨论办公室政治，还有的讨论着环球旅行。每次在国外沮丧的时候，程悦欣都会安慰自己，大不了回国。故乡的一切都蒙着一层温情脉脉的面纱，让她暂时忘了自己为什么会选择出国。故乡似乎永远在那里等待她，无怨无悔地作为一条最后的退路。但一年，只不过一年的时间，程悦欣突然觉察出来她和旧生活间的一些间隙。她听都没听过的网红餐厅，新开的楼盘名字，原来单位的人事变动，地球那端小资朝圣的打卡地。好像所有人都往前走了，只有她一个人留在了原地。

“你知道吗？后来谁提了副科长？小吴啊！”同事莎莎跟她八卦，做出惋惜的样子，“要不是你走了，她有这个机会？”程悦欣微笑。去年出国，说是为了张思禹，其实也是觉得工作无聊无趣。生活在别处，以为到了美国，一切都是新的，一切都自然而然会变好，但人生似乎并没有这样一个万能开关。就像她过去一年无数次幻想，自己要是还在国内，生活该多么美好。可真的回来了，一切都跟想象的有点不一样。

她 27 岁了，出国一年，身无所长。旧工作单位已经回不去了，但从头再来，她又能干些什么呢？

这个假期的后半程，程悦欣开始有些焦虑。跟张思禹连线的时候，她第一次主动提起自己对未来的规划：“要不，我 9 月份去社区大学学个英语吧？”张思禹拊掌：“好啊，太好了！”看到张思禹兴奋的样子，程悦欣的脸却拉下来：“你是不是早看我在家不爽了啊？”张思禹急得脸红，赶快辩白：“没有！你去上学还是待在家，我都支持。”

生活有风险，处处有命题。

8月8日，北京奥运会开幕，鸟巢上空被一片绚烂点亮。歌舞升平，辉煌萦绕在夜空，久久不退。虽然CCTV的直播被网友们群嘲，但郑懿说，NBC的解说员连说了三个“spectacular”（壮观）。最后还加了一句——不管对中国有什么意见，这场开幕式办得让人无可指摘。

郑懿念完了地狱式的一年级，绩点3.7，排名全校前10%，她终于放下一身紧绷，露出了笑容。按照往届经验，以她的成绩，暑假的OCI（校园面试）不出意外都能找到一个大律所的暑期实习生机会，最后顺利留下。2008年的暑假，郑懿穿着职业套装，带着自信的微笑，气宇轩昂地穿梭于一个又一个面试间，侃侃而谈。车轮面试，跟进面试，午餐面试，律所社交活动。

林锐一开始还问：“战况如何？”郑懿回答：“我让那个合伙人微笑了8次，大笑了3次。”后来，林锐也懒得问了，只在郑懿收到第三个录用信时“哟”了一声。

最终，郑懿选择了排名最高的那间律所。回复完E-mail的那一刻，郑懿开了瓶红酒，一脸严肃地对林锐说：“我终于接近自己的梦想了。”

林锐笑：“怎么感觉起来，你的梦想里没我什么事？”

郑懿没有说话。

张思禹和程悦欣去夏威夷度蜜月时，曾经听过一个“分时度假”（time share）度假屋的推广，在多年后，应该属于时髦的共享概念。只要交一笔会员费，一年中这个度假屋就有多少天是属于你的。交满多少年，这个使用权还可以传承给自己的孩子。程悦欣听得热血沸腾，张思禹却因为出来旅游借了信用卡债百般搪塞。很久以后，程悦欣还在抱怨这件事。郑懿问她："30 年，说得很好听，但你怎么知道 30 年后这家公司还存在呢？它如果倒闭了，破产了，你的本金就要不回来了吧？"程悦欣讶异："不会吧！"

不会吧，所有人都是这样想的。所以愿意消费，愿意借贷，愿意今朝有酒今朝醉。这一切的一切，不过是基于一个朴素的念头——未来一定会比现在更好，至少不会更糟。一切都是可持续的，一切都是不会改变的，一切。

那几年流行一个故事：一个中国老太太，存了 50 年钱，终于买到了一套房子；一个美国老太太，贷款，向银行借钱，50 年后终于把自己住的房子付清了。是啊，做人为什么要像中国老太太？美国老太太提早享受了 50 年呢。

但谁都没料到，美国老太太有被银行收房法拍的那天。

9 月，雷曼兄弟宣布倒闭。

一开始，这则新闻只是程悦欣英语课上的新闻素材，程悦欣之前甚至不知道世界上还有这么一间银行。紧接着，论坛上开始弥漫紧张的气氛。在华尔街上班的那些精英们人心惶惶，程悦欣对其中一篇帖子印象深刻："落地窗望出去正好能见到。摩天高楼里，灯光一层一层渐次熄灭，被裁员的人们抱着纸箱子，神色木然，眼光绝望，从大门口鱼贯而出，曾经呼风唤雨的庞然大物就这样轰然倒塌。"

金融业大裁员，哀鸿遍野，股市狂泻。不久，金融危机蔓延到各行各业。有人上着班，就见到隔壁的同事被叫进了经理室，出来后就开始整理办公桌，抱着纸箱跟着保安离开。有的经理裁完人，精疲力竭回到自己办公室，看到了自己的解雇信。每次开会，都心惊肉跳，不知道老板嘴里下一秒说出来的，是不是“裁员”两个字。

眼看他起高楼，眼看他宴宾客，眼看他楼塌了。

硅谷的高科技行业也很快被波及。张思禹公司开会（全员大会），老大穿着皮夹克，举出一根手指：从今天起，我和所有高层管理人员只领1块年薪。老大做出榜样，员工们减薪10%也就顺理成章，总好过裁员。到处都在裁员，到处都在停止招聘。裁员太多，上班高峰时段的高速路竟然开始不堵车了；这年H-1B（美国技术移民签证）的名额竟然到隔年4月都没用完。商店里冷冷清清，餐馆生意一落千丈，为了省好市多的年会费，大家都开始去沃尔玛买东西。

对于普通美国人而言，金融危机意味着节衣缩食；而对移民，则很可能意味着美国梦的终结。

所有拿着工作签证的移民，所有熬着绿卡监的移民，一旦失业，不仅意味着过去多年的坚持立刻付诸流水，同时意味着，如果短期内不能找到新工作，必须卷铺盖走人。

11月，即使一直做好“花无百日红”准备的郑懿，也受到了波及。她心惊胆战地打开了一封E-mail——她的实习通知被律所收回了。

律师不过是乙方。都没有甲方了，乙方能怎么办呢？

所有的努力，所有的坚持，所有的挑灯夜战，那一页页啃下去的案例，那一杯杯灌下去的咖啡，突然之间，全部变成了笑话。

但郑懿不甘心。

她去律所找当初招她的合伙人，秘书总说不在，郑懿就站在门口等。等到第三天，终于被她等到。郑懿急步上去拦住：“佩克曼先生，我是懿，我需要2分钟时间。”

几个月前充满魅力的中年男子此刻显得有些苍老。他停下脚步，看着郑懿点了点头："我记得你，郑小姐。"

郑懿连珠炮一样说："你们发了录用通知，我已经接受了，按照合同法，我们之间的合同是有法律效力的，在这个阶段，你们已经不能收回录用通知了，这是违法的。"

蓝色的眼睛盯着她，听她说完，忽然笑了："你 1 年级的合同法一定学得很好。"

"对，我考了 A，拿了威特金奖。"

佩克曼笑了笑："让我们直说吧，去他的合同法，如果我们不能收回录用通知，那我们就解雇，你和我都知道，不管用什么方式解决，结果不会改变的。郑小姐，我喜欢你，但是按照现在的情形，即使你明年依旧来做暑期实习，我可以保证，你实习结束后也绝对留不下来。没有招聘名额，你明白吗？你看看这幢楼里面，每个律师现在都在担心，客户走了一个又一个，他们下个月怎么办。我们没有新的招聘计划，我说得清楚吗？"

郑懿直直望着他，一种巨大的无力感蔓延着："如果我愿意免费来这里呢？"

佩克曼叹了口气："有开香槟的时候，就有哭的时候，世界本来就是这样运行的。郑小姐，你可以免费来，我无法拒绝。但站在你朋友的角度，我希望你把时间花在更值得的地方。这里对你来说没有希望了。我不知道，可能有些中小所还有机会，那些 NGO（非政府组织），你需要打起精神重新开始，我只能说这么多。"

郑懿怔怔地待在原地。佩克曼走了两步又回来，郑重地说了一句："祝你好运。"

经济周期，有人说 7 年，有人说 8 年，其实屡见不鲜。但奇怪的是，当我们一路高歌猛进的时候，谁都不愿意相信，规律还是会起作用的。我们总愿意相信自己是独一无二的，所处的时代是特别的，奇迹是会发生的。但这所有的乐观，只需要一个泡沫的破灭，就会刹那消失。

林锐半夜醒来一个激灵，摸不到身边的郑懿，打电话也找不到人。惊慌失措披衣下楼，却发现郑懿一个人呆坐在楼下不开灯的客厅角落。

林锐很想像张思禹那样，轻轻松松地说一句："别担心，我养你啊。"但阴影叠阴影，郑懿的身影即使在最深的黑暗里，林锐都能想象她听到这句话的反应。绝对不会是感动，而是，你凭什么看不起我，认定我要被人养？

此时此刻，林锐忽然觉得，躲在学校里也挺好的，至少能熬到情况好转一点，至少没有身份问题不用灰溜溜打包回国。

"郑懿，还有两年呢，想开点，机会有的是。"林锐只好这样说。

良久，坐在黑暗里的郑懿"嗯"了一声。

*Chinese in Silicon Valley*

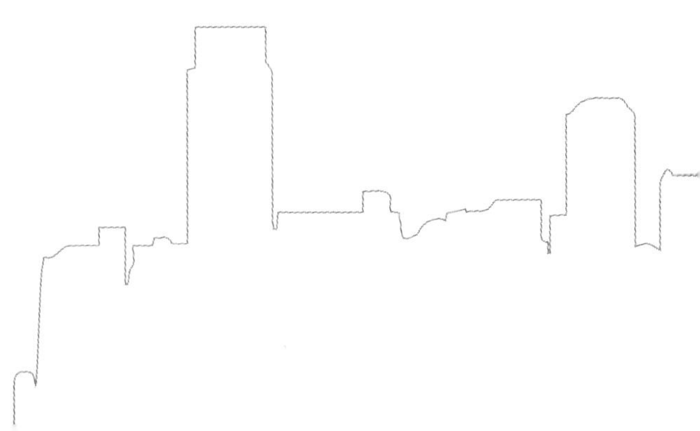

# 第三部分
# *Part 3*

## 惜分飞

冷战就像三月里的风筝，近在眼前，都以为扯一扯就能收回，可不由自主地越飞越高，手上再用力，都改变不了挣脱的方向。

## 第十一章
# 迷途险滩

郑懿的时间全部被排满了。下课跑各个教授办公室，混个脸熟然后套磁看能否替她引荐谁；报名各个律师协会的各种活动，社交假笑哈哈哈，手边随时带着一份简历；手机通讯录翻了又翻，从前收的名片找了又找，雪花般的E-mail发出去，开头都是客气的寒暄“好久不联系，最近怎么样”，最后都是巧妙的提问：“有些职业发展上的问题，可不可以出来喝杯咖啡聊一聊？”脚不沾地，在家的时间越来越少，一天晚饭时间，林锐猛然看到饭厅坐着的郑懿，还愣了一愣，冒出一句：“哟，稀客啊！”郑懿白他一眼。在外面假笑一天，回家除了白眼只有眉头紧锁。

是啊，怎么会变成这样呢？第一年时只需要上课，只需要拿A，只需要把绩点弄得漂漂亮亮，以为自然而然可以有光明前途，有人会把16万年薪送到自己手里，但忽然之间，这些想当然都被推翻了。这对郑懿是痛苦的，恐怕对所有中国教育体制下出来的好学生都是痛苦的。

寒窗苦读12年，我们都习惯了好好学习、高考、校招、找一份好工作、按部就班升职，最后走上人生巅峰这样的剧本。烂熟于心，天经地义。但常常在人生的某个关卡，会忽然发现原来并不是这样通关的。成绩好未必比得上背景硬，技术牛不一定比得上会来事，名校光环外企加持可能被泥腿子干翻，就像胡金柱感叹，当科学家最重要的素质是什么？——讲故事啊。不讲故事，谁给你钱让你待在实验室？但这些，竟然从来没人教过我们。或许是怕真相太复杂，过早让人绝望。

就在这大半年，艾玛从一个月子里只会闭着眼睛睡觉的小娃娃，到学会了翻身、学会了坐、长出了牙齿、朝着郝会会和冯品芝哈哈笑。

吃饱之后的艾玛真像个天使宝宝，不爱哭，逢人就笑，一逗就笑。就是这样平平无奇的五官，一笑起来，就像一整个春天在冯品芝面前绽放开来，看得她心都要化了。冯品芝对郝会会、胡金柱依旧板着一张臭脸，但总是趁郝会会洗衣服做饭的间隙，偷偷拿一个拨浪鼓两根磨牙棒溜上楼，对着艾玛“哒哒哒”地摇，痴心妄想地喊：“婆婆，叫婆婆，po——哎呀，你这个小笨蛋，叫人都不会叫，只会流口水。”艾玛不会叫，但拍手拍脚地笑，一看到冯品芝就笑。

艾玛满半岁的时候，郝会会早就吃白食吃得坐立难安，想方设法要出去上班。可上了班孩子谁来带呢？不上班怎么来钱呢？没钱怎么养孩子呢？人生的种种疑问，就像一个循环的死结，每隔一段时间就会出现，让人焦虑一下。而担负着养家责任的胡金柱，顺理成章地回家越来越晚，在家越来越威严：“现在这个经济形势，唉！”这一声“唉”，总唉到郝会会的心坎里，弄得她浑身愧疚，坐立难安。

“大妈，我还是想出去找点事情做。”郝会会没人商量，只好找冯品芝。

“找什么事做？”

“好像给人带孩子收入挺高的，哦？”郝会会一脸希冀，冯品芝有个同乡是帮人做月嫂的。

冯品芝上下打量她一眼：“你去帮别人带孩子啊？那你自己孩子谁带啊？靠你那个老公啊？”手掌用力朝郝会会敦厚的后背拍几下，恨铁不成钢：“你腰板挺起来啊！男人养孩子养老婆不应该啊？真是恨死我了。”

男人养老婆应该吗？这个答案在广大群众的心目中，比哈姆雷特的形象更难以捉摸。比如张思禹，从来把“我养你”挂在嘴上的人，此时此刻，心里也有了一些不同的感受。

金融危机的影响愈演愈烈，论坛上几乎每天都有大消息放出来。哪家公司裁员几百人，哪个同学含恨打包回国，种种这些都像一根长长的引线，直到有天中午跟中国同事一起吃饭，得知鹏叔被经理放在了 PIP 项目上，那颗雷才真实地在耳边炸响。

PIP，performance improvement plan，名义上是帮助后进员工提升表现，但更广为流传的说法，只是公司为了规避不当裁员的法律风险，给的一个温情脉脉的缓冲期。

鹏叔快 50 了，在硅谷的经历比旁人吃过的饭还多，平时吃饭吹牛，当年自己哪个哪个同学、同事就是现在的谁，以前某公司不过是个三流的小角色。作为老大哥，鹏叔还愿意分享一点美国生活秘籍，比如 401K 退休账户存多少钱最划算，找哪个中国医生能把牙医保险里的钱提现，电话用哪家的家庭套餐最划算……但此时此刻，这个“老年工程师”（senior engineer）黯然神伤。年近 50 岁，房子贷款还没全部还完，老婆不上班，家里三个孩子，老大马上要上大学。伍子胥一夜白头，煎熬的每时每刻，都是无法假设的未来。

“鹏叔，换组吧，我帮你问问我们经理。”“没事的，鹏叔，你朋友那么多，此处不留爷，自有留爷处。”

但所有的宽慰都只是唇亡齿寒的悲戚、隔岸观火的同情，并没有人的能保证你这关能闯过去。鹏叔夹了最后一口肉片到嘴里，盖上乐扣乐扣的盖子，对这群小兄弟叹口气：“单职工的家庭风险太高了，真的太高了。”

张思禹听了，心里不自觉地沉了一沉。

屋漏偏逢连夜雨，下午到办公室，张思禹一打开电脑，只见劈头盖脸涌进来三封邮件。

发件人是个中国女同事，叫冷敏，半年前刚刚从中国分部调到美国，江湖传言有些什么高层关系。冷敏人如其名，来了半年并不混中国同事圈子，常常跟“八国联军”嘻嘻哈哈。本来和张思禹两人在不同的组，产品链上下游，负责不同的模块，井水不犯河水。但大约金融危机也加重了冷敏部门经理的危机感，她开始跟张思禹的经理抢活干，手越伸越长，最后竟然抢了一块张思禹组的活，美其名曰一起合作新模型。

高层内斗，结果竟然是合作，而具体怎么合作，就落到了张思禹和冷敏的头上。第一次开会，张思禹就感受到了冷敏的咄咄逼人，自己写的备忘录每条都被冷敏挑出错来，其实大多都是细枝末节，很多属于大家理解不同并没有对错之分，但经由冷敏劈头盖脸一口气说出来，仿佛张思禹就真的如此无能了。

走出会议室，张思禹的经理拍了拍他肩膀：“这未必是针对你的。”

不是针对张思禹，那就是针对张思禹的经理。但这个推测并没有让张思禹更好过。覆巢之下，安有完卵？

硅谷传说：印度人抱团，一个公司招了一个印度人，他就会源源不断牵进来一批印度人；而中国人只会内斗，招了一个中国人，他就只会针对另一个中国人。张思禹对冷敏这个打手的观感，也不例外。

冷敏喜欢发邮件，明明当面沟通或打个电话三言两语就能说清楚的事，非要发邮件，而且必须抄送两个经理以及所有项目相关人员。美国人下班就是下班，下班后不会再管工作，然而冷敏的邮件会晚上 10 点、半夜 12 点、早晨 6 点发来，有时没及时回复，她第二第三封就杀了过来——没有收到你的及时回复，我想多问几个问题。

现在的张思禹，看到 outlook 里躺着三封署名 Min L. 的邮件，头皮发麻，有种即将裸考硬着头皮上的僵硬。

果然，三封邮件，前两封彼此发送时间间隔 5 分钟，各列了一个张思禹还没有解决的 bug，最后一封是项目的阶段总结，洋洋洒洒，把该她说的不该她说的都说了一遍，仿佛整个项目进展到现在，都是她的丰功伟绩领导有方，而张思禹的名字，像个路人躲在一两个隐蔽的角落里。即便张思禹好脾气，此刻火气也不禁腾的一下蹿了上来。

但工程师，调试容易，吵架难，尤其还要用英语有理有据地吵架，简直是从未接受过的学术训练。张思禹写了删删了写，当讨伐檄文刚刚准备发出去的那刻，忽然冷敏经理的邮件进来了。邮件中高度表扬了项目的进展和冷敏的领导力，张思禹还在愣神，自己经理的邮件也进来了，只有两个单词——good job。

一瞬间，张思禹的身上仿佛被扎了一针，满腔的气，就这样渐渐泄了出去。他呆呆地望着电脑屏幕，平复了下心情，开始解决那两个 bug。

一行行指令，一行行代码，一分一秒的时间。正当张思禹又敲下一行回车时，办公桌上的手机忽然响了，程悦欣在电话那头娇嗔：“你到底回家了没有啊？我们晚上吃什么啊？”张思禹一看表，都 7 点多了。

“我马上就回来了，今天有点事情在加班。”

“我饭都烧好了，就等你回来烧菜了。我跟你说，我肚子饿死了！今天中午在学校就没吃好，那个大食堂关门了，只有旁边小食堂卖三明治，冷的，里面的火鸡肉一点都不好吃，我吃了两口就扔了，一下午都饿肚子，现在还没晚饭吃。”电话那头的话语一浪接一浪，让人晕眩。

“那我马上回来，你把青菜先泡一泡，肉先切成片。”张思禹开始关笔记本电脑。

“不喜欢切肉，上次切到手了，你不记得啦？你说过以后菜都留着等你来切的。”程悦欣不满地咕哝。

张思禹定了定神：“好，那等我回来切。”

果然，等张思禹回到家，那块肉还完完整整地躺在砧板上，毫发无伤。程悦欣噘着嘴：“都几点啦，你最近怎么老是加班？”

张思禹不作声，收拾掉饭桌上的泡面盒子，去厨房切肉。

“你少做一点吧，我之前太饿了，吃了碗泡面。”程悦欣一边调电视一边说。

张思禹“嗯”了一声，刀剁在砧板上，哆哆哆哆。

“我们那个老师太严了，一篇作文叫我改了三遍，”程悦欣想到社区大学里那个教英语的老头，不禁皱紧眉头，“最后还给了我一个B，你说气不气人？喂，你怎么啦？今天怎么不说话？”

“没什么，在想工作的事。”张思禹打开油烟机，开始炒菜。

“在美国真没意思，每天都好累啊。”程悦欣窝在沙发上抱怨。

那如果，我也被PIP了，找不到工作必须回国，你会开心吗？张思禹这个念头一闪而过。

吃完饭，程悦欣继续写作文，时不时大呼小叫，张思禹打开电脑，邮箱里静静躺着冷敏一封新邮件，语气凛然有指责意味：那个解决方案能及时给我吗？

张思禹忽然想到中午鹏叔忧愁的脸和微秃的头顶。彼时谁都不知道，金融危机对大家的影响，并未局限在工作和事业上。

## 第十二章

# 昨日今日

郝会会刚刚出月子的时候，程悦欣和张思禹回去看过一次。当时还不知道艾玛·胡的奶粉危机，程悦欣拉着张思禹兴致勃勃在斯坦福购物中心逛了大半天，最后在蒂芙尼里买了一把银勺子。

“这么贵，不如送柱哥柱嫂点购物卡。”张思禹无奈地摇头感叹。

“那怎么一样呢！送别人东西，当然要送点别人不会自己买的啦。人家都说含着金勺子出生，咱们艾玛银勺子总是要的吧。”程悦欣的眼睛闪闪发亮。

张思禹喜欢看这样的程悦欣，眼睛晶莹剔透，脸上一派天真。那年他拿到伯克利的录取通知，去杭州找老同学玩，正好遇到老同学社团聚餐。聚餐饭店离公交站只有三个街口，但这么近程悦欣都迷路。最后电话打到餐厅，叫人出去接她。张思禹就这样跟老同学一起出去了。

那天程悦欣披着头发，因为找得急刘海粘在了脸上。她面前有一对母子，可怜巴巴拉扯着她的衣角。程悦欣一边用力点着头，一边从背包里往外掏钱包。

张思禹提醒她可能是骗子。

“怎么会是骗子呢？不会的！他们钱包在火车站掉了呀，我上次在火车站就差点掉钱包。”程悦欣当时的眼睛就是这样晶莹剔透。

“那我就给他们 10 块钱坐车可以吗？就 10 块钱。”程悦欣眨眨眼，又不甘心地问。张思禹的心不期然地软了一下。

从此以后，这双眼睛在张思禹面前哭过、笑过、柔情似水过、撒娇妩媚过。张思禹曾经以为自己永远不会错过这双眼睛所有的变化，可渐渐地，他有些害怕面对这双眼睛。

这双眼睛会委屈：“为什么你永远在开会？今天 VTA（圣克拉克谷交通管理局）罢工，我在车站等了你一个多小时！”

这双眼睛会愤怒：“那个老师太变态了，社区大学的课而已，真是拿着鸡毛当令箭！”

这双眼睛会不甘：“张思禹，你看你看，我们科去意大利出差了！连小王都去了！我还没去过欧洲呢。”

这双眼睛会失神：“我觉得自己好没用啊。你是不是也觉得我没用？你说，你是不是烦我了？”

“没有，怎么可能烦你！”张思禹例行公事地说。但面对这样一双眼睛，他也很多次欲语还休：我好累，公司里那个冷敏太过分了，如果我也被裁了怎么办？不可能有回答。那双眼睛不可能给他任何回答，它只会惊惧：那怎么办？那我们怎么办？

他怀念起和林锐、胡金柱同住的日子。当时三个单身汉，周末去打球，回来喝冰啤酒，好市多的羊肩肉片下来烤串。未来是那么远又那么近，天高海阔，山高水长。每当这时，他会保存好敲了一半的代码，确认身边的程悦欣已经沉沉睡去，然后去客厅给自己开一罐啤酒。

这一天张思禹正一边看视频网站一边喝酒，忽然听到身后有脚步声。程悦欣睁着睡眼惺忪的眼睛，一脸惊愕。张思禹心里一沉，刚想解释，只听她喊了一声："郝会会刚刚打电话，说郑懿搬走了！"

"什么叫搬走了？"

"好像跟林锐吵架，就搬走了。我打她电话打不通，你给林锐打一个？这么晚了，郑懿一个人在外面怎么办！"程悦欣激动地说。

电话那头响了两声，被挂断，进了语音信箱。林锐的声音一如往常吊儿郎当："我是雷伊，我现在不在，有事请在'哔'一声后留言。

"哔"一声之后留什么？张思禹脑袋一片空白。想了想还是给胡金柱打电话，谁料胡金柱还在实验室没回家，一问三不知。郝会会只会翻来覆去说："我也不知道啊，就听他们在房间里吼了几句，后来没声了。再过一会儿就听到大门'砰'一声，我一看郑懿拖着个箱子走了，我要追锐哥还拦我。"

"吵架发脾气离家出走，也很常见哦！"程悦欣问。

"郑懿不是那种没事发脾气作一作的人。"张思禹抓了抓头。

言者无心，听者有意，程悦欣嘛起了嘴："你什么意思？谁是那种没事发脾气作一作的人？"

张思禹懒得解释，好在程悦欣的追问也被郑懿的电话打断了。

"我没事，你们放心吧，"郑懿的声音有些嘶哑，但语调一如往常的平静，"我住回学校里去了，同学房间刚好有空。"

"你现在到宿舍了吧？"

"嗯，到了。"

“那你和林锐——”程悦欣小心翼翼措辞，“你们到底怎么了啊？”

“一句两句说不清楚，反正就先分开一段时间大家冷静下吧。”郑懿淡淡地说。

窗外树影婆娑，月亮只剩细细的一弯。程悦欣在床上翻了个身，摇了摇张思禹：“你说，他们会不会真的分手啊？我听郑懿的口气很认真啊。”

“谁知道呢，希望不会吧。”张思禹叹了口气。

“他们分手也太可惜了。你记得那次在大峡谷吗？郑懿为了救林锐命都差点豁出去了。他们要是分手了，我就不相信爱情了。”程悦欣的手指绞着被子。

张思禹翻了个身，手搭在程悦欣的手臂上。月有阴晴圆缺。那一弯细细窄窄的月亮，照过那么多悲欢离合，又有什么是真的不可能的呢？

“你说，他们为什么吵架啊？”程悦欣的手臂冰凉，在张思禹的摩挲中抖了一抖，然后一下抱住了张思禹的腰。

程悦欣的脑袋在张思禹的怀里，声音似有若无：“我们要是哪天吵架了，你不能离家出走，好不好？”

张思禹的心也跟着抖了抖。

同一轮新月下面，林锐瞪了一晚手机。他幻想了无数次，等郑懿电话打来，他就把来电摁掉。摁掉三次，非等到第四次才接。接的时候还要装作在梦中被吵醒，充满不耐烦的口气：“什么事儿啊？东西忘拿了吗？我明天给你送过去啊。”

哦，不不不，计划有疏漏，不能摁掉电话，要让电话响到自然停，这样才能显得自己毫不在意。摁掉是赌气，赌气就是在意，在意就输了。林锐一边想一边气血翻涌，随手就摁掉了一个来电。摁掉之后心里“咯噔”

一下，定睛一看，还好还好，只是张思禹。

手机寂静。林锐把手机在两个手里来回倒。他忽然开始担心，这么晚，一个姑娘在外边会不会有事？她到底去了哪里，怎么还不回来？连电话都不打一个？林锐开始穿外套。又想，这不是自己先服软，江湖道义都不应该让一个姑娘半夜流落街头啊！

正在这时，郝会会打电话的大嗓门传进了屋里："你到宿舍啦？那就好那就好，那你跟林锐说一下呗——"于是"蹬蹬蹬"的脚步就近了，林锐一开门，看到郝会会尴尬的脸。她举着手里的电话："挂——挂掉了。不过锐嫂没事，到学校宿舍了，跟同学一块住。"

林锐心中冷笑一声："果然，她早都安排妥帖了啊。"

郑懿要去纽约实习的事是决定了才告诉林锐的。那天林锐特地去学校等她下课，两人看了场电影，吃了顿快餐，吃完开始抹嘴的时候，郑懿轻松地说："对了，我接了一个暑期实习的录取通知，纽约的一个中型律所。"

林锐笑起来："那好啊，喜事啊！恭喜你啊！"但心底到底掠过一丝不悦。多多少少，他也期待着，女朋友得到好消息时能第一时间通知他，当他说："那还犹豫什么啊，赶快接啊！不接别人接啦！"她才如梦初醒般雀跃地去回复E-mail。但这样的郑懿只存在于想象中。现实中，她怎么找的，什么时候面的，林锐统统不知道。只有在她一切搞定事事安排好之后，才会不经意地通知他一声："哦，我接了纽约一个律所的offer。"

林锐再吸了一口面前的可乐，不甘心地问："那你以后是不是要留在纽约工作了啊？那我还得去纽约找工作？"

郑懿想了想："我争取看看吧，吴昊说这个职位只是暂时的，正好他们有一个中国客户……"

林锐顿了一顿——吴昊这个名字听着很耳熟。他望着郑懿，郑懿居然依旧一副泰然自若的样子。林锐不可置信地问：“就是你那个前男友？”

林锐刚认识郑懿的那个暑假，郑懿是有男朋友的，一个叫昊昊的律师。以前是纽约大学的法律博士，毕业后还经常回学校接学妹，在论坛上一副过来人的样子，给刚申请上的学生答疑解惑。林锐死缠烂打要来了郑懿的 MSN，每次看到郑懿秀恩爱的照片，就会暗暗吐槽：三角眼花心，嘴唇薄薄情。意大利西装金丝边眼镜，演斯文败类都不需要化妆啊！好白菜怎么都让猪拱了！

有一晚，郑懿的 MSN 签名档换了“你既无心我便休，从此，我便要用双倍的心来爱自己了。”

林锐直接从电脑前蹦起来了，此时不动，更待何时？

故事很老套，郑懿法硕要毕业了，那段时间比较迷茫，不知道该找工作还是再念个博士，结果喜欢搭讪新生的昊昊又搭上了更新的新生。回国出差时两人把房也开了。不太老套的是郑懿的处理方式，直接全部通信方式拉黑，连博士也不在东部念了，隔了 5 个小时的时差，来了硅谷。

“就是你那个前男友昊昊？”林锐又重复一遍。很多年没有听过这名字了，仿佛郑懿从来没有过前男友。

“你不要那么激动。”郑懿看了一眼快餐店里其他的人。

“他又联系你了？”林锐不甘心。

“我联系他的，”郑懿顿了顿，低下头没有看林锐，“我需要一份工作。”

“他那时候那么对你！你还去找他？”林锐难以置信。

“这是两件事情，你不要混在一起。”郑懿难得有点心虚。

林锐冷笑一声：“我不要混在一起！那他呢？他混在一起了吗！你这样千里迢迢去投靠前男友是什么意思？我林锐养不起你吗！”

声音太大，快餐店里一片侧目。郑懿对朝这里探头的店员挤出一个笑容，以示两人没事，免得好事者报警。

“我们走吧，出去说。”郑懿缓缓道。

最冷的冬天是旧金山的夏天。5月的天气，晚上阴风凄冷。

林锐在停车场抓住郑懿的肩：“我不希望你去纽约，哪怕你毕业找不到工作，没关系！我陪你回国。你不想回国，你说香港律所容易找，那我陪你去香港。总之，我不希望你接受这份实习，别再跟那个姓吴的有任何联系！”

郑懿的肩膀被抓得有点痛：“林锐，你成熟一点好不好？你博士都没毕业说走就走了？”

林锐嚷起来：“我他妈这个博士不要了，我拿个硕士走，行吗！”

郑懿难以置信：“你怎么对自己的前途那么草率？你辛辛苦苦读了那么多年，就算了？”

“我不是为了你吗！不是你他妈把我逼到这份上的吗！”

“我没有逼过你啊！”郑懿声音也高起来，“我希望我们都对自己负责，好吗！你跟导师有矛盾，就去解决，你不要拿我当借口来逃避。”

林锐的眼中闪着怒火——为什么有那么不知好歹的女人？他怪叫了一声，一拳打在旁边停车场的柱子上，旁边的几辆车警报声大作。

保安闻声赶来，一步挡在林锐和郑懿中间，问郑懿：“小姐，你没事吧？”郑懿脸色煞白，点了点头：“我很好。”西裔的保安人高马大，比林锐高出半个头来，鄙夷地看了他一眼，对郑懿说：“小姐，你车在哪，我送你过去。”

郑懿走了两步，回头对林锐说：“等你冷静下来我们再谈这件事情。”

林锐说了这晚让自己最后悔的一句话：“呵，真是好一个不需要靠男人的独立女性！”

郑懿的眼睛里一闪而过的失望和愤怒，然后渐渐地，恢复了平日里的严肃。她的风衣在风中摇荡，高跟鞋的踢踏声就此远去。

## 第十三章

# 三月风筝

林锐和郑懿的冷战就像三月里的风筝，近在眼前，都以为扯一扯就能收回，但不由自主的，越飞越高，越飞越远，手上再用力，都改变不了挣脱的方向。

程悦欣隔两天就上 QQ 问郝会会：“他们有没有和好？”“林锐有没有去找郑懿？”郝会会总是回答:“还没有吧，我看林锐这两天还是黑着脸。”

程悦欣一嘟嘴：“林锐是不是男人啊！吵架了哄一哄女朋友嘛！这点身段都放不下，我要是郑懿也不理他。”

但在林锐看来，这不是普通吵架哄一哄就过去的事。他夜里辗转反侧，牙根咬碎，觉得郑懿十分现实，而自己不过是在她的现实面前，失去了雄性竞争力。好强也是女人天性，贪慕虚荣也好，逼老公回国创业也好，现实的女人根本不在乎你掏心掏肺和哀求的泪水，只能用金钱、名誉、地位让她们乖乖就范。所以归根到底，他和郑懿之间的问题，是两人之间根本的权力关系失衡。

为了一个实习的机会，郑懿可以回头去找吴昊；那么只要自己手里有郑懿想要的东西，她当然就会主动回来。林锐熬得满眼血丝，只望到昏蓝的天边渐渐出现一抹红晕，这是太阳初升前的最后一刻。呵，律师，不就是个乙方吗！做上市，不就是跟在投行后面喝点汤吗！

天渐渐亮了，林锐干燥的嗓子里有生痛牵扯。他去厕所洗脸，对着镜子里那张胡子拉碴的脸说："去他妈的博士，爷不念了！"

程悦欣并不知道林锐的大计，还是一遍两遍地着急：他们怎么还不和好？她前一天还在 MSN 上给郑懿大段留言：林锐不认错你千万不要先理他！现在就敢跟你横，以后结婚了还不知道怎么样呢。你看张思禹，结婚前对我多好，现在还不是天天板着张臭脸！男人都一样，千万不能惯着他们。隔了一天，课上到一半又要发短信：林锐真的没找你啊？你要不借口回去拿东西，去看一看啊！柱嫂说他脸色不好，他是不是病了啊？肯定是想你想的，好可怜啊。

皇帝不急太监急。程悦欣就是那个只想看大团圆结局的"太监"。终于拉着郝会会商量决定，趁郑懿放春假的那周一起去旧金山找她，务必让她和林锐破镜重圆。"否则多可惜啊！"程悦欣感叹，她一直记得大峡谷边郑懿那只血肉模糊的手。郝会会扭捏道："行，我也正好有件事情想告诉你们。"

程悦欣去旧金山，就像中学生去春游，欢欣鼓舞，筹划良久。早上张思禹把她在轻轨站放下，叮嘱半天："你不要坐过站了，先换 Caltrain（加州火车），再坐 Bart（湾区快速公交），到 Civic Center（市政厅）那站下。"程悦欣摸着她那个装满零食鼓鼓囊囊的双肩包："知道啦，知道啦，你都说了八百遍了，烦不烦啊！"张思禹看她一眼，叹口气："我今天早上开会，你自己当心点。”

项目马上要收尾，今天是在副总裁和大组面前汇报。张思禹加了一个星期的班，汇总数据，做 PPT，去合作的各组要反馈结果，心里憋了一口气，一定要把那个冷敏比下去，把该属于自己的功劳抢回来。进会议室前，他深吸一口气，博士答辩时都没这么紧张，现在竟然为了办公室斗争这点破事坐立难安。

一进办公室，只见冷敏正和副总裁谈笑风生，她的笔记本电脑已经连上了屏幕。张思禹跟着自己的经理坐下，瞥了一眼半娇半嗔满脸挂笑的冷敏。她今天穿了条墨绿色的针织裙，曲线妖娆，外面套了件剪裁精良的白西装，在一群穿汗衫拖鞋的男工程师里，确实是得天独厚的靓丽。张思禹摇了摇头，和身边同组的马克核对两个昨天还不能确认的数据。

人陆陆续续到齐，不一会儿，大会议室里人已经坐得八分满。副总裁微笑着感谢了两个组为这个项目做出的努力，然后眼睛晶晶亮地朝冷敏望了一下：“格洛丽亚，你先开始吧。”

冷敏开始放 PPT，英语流利，口音地道，举手投足都有职业风范。但张思禹看着她的 PPT，忽然脑中“嗡”地一震。他难以置信地望了一眼马克，马克也望了他一眼。

虽然 PPT 格式背景全部不同，但这些表格，这些数据，这些图表，和张思禹做的，一模一样。

张思禹震惊地望着冷敏，眼神渐渐愤怒起来。但冷敏浑然不觉，还顺口开了个竞争对手的玩笑，引得会议室哄堂大笑。

张思禹问马克：“怎么回事？我们 PPT 上的数据怎么都跑到她那里去了？”

马克依旧一脸狐疑：“格洛利亚上周说我们两组负责部分不同，但有一些小数据是重合的，希望核对一下，我就把我们PPT的初稿给她了。但我真的没想到她就这样直接拿过去用了。天啊，这个女人！”

张思禹用力握住面前的桌子，努力让自己镇定下来：不可能，那几个数据上周还没有，是前天他刚刚放上去的，这绝对不是初稿。他很想拍案而起，立刻站起来质问冷敏：这根本不是她负责的部分！这些都是他们组辛辛苦苦做了两个月的成果！血冲大脑的那一刻，突然，办公桌上张思禹的手机响了起来。

来电显示——“Yuexin（悦欣）”。

如此响亮、刺耳，把张思禹满胸的愤怒戳了一个窟窿。

张思禹手忙脚乱摁掉电话，对着一屋子人尴尬笑了笑，从喉咙里拽出一个“sorry”。副总裁耸了耸肩，示意冷敏继续，冷敏刚开口说了半句话，张思禹的手机又执着地响了起来。

“Yuexin。”

张思禹的脑袋忽然炸了。

程悦欣缩了缩肩，让一群嘻嘻哈哈的男女从自己面前经过，她抹掉了眼泪，第三次执着地给张思禹打电话，但这次连响声都没有，直接按了语音信箱。程悦欣“哇”一声在语音信箱里哭了出来：“张思禹，我迷路了，我找不到Bart站了！刚刚有个人好吓人，浑身都是臭的，在我身边绕了好几圈，手上还拿着个针筒。你快点来接我吧！”

但语音信箱只有自己呼吸的回响，程悦欣颓然地挂掉了电话。抽泣着想了想，又给郑懿打了电话：“郑懿，我迷路了，我找不到Bart站了。”

郑懿“扑哧”笑了出来：“我就知道。你现在在哪儿啊？你Caltrain下来下早了啊！张思禹没跟你说哪站下吗？F打头的站多了啊，是个F你就能下啊？你原路走回去，再买张票，坐两站，两站啊！你快点，郝会会早就到了，我们就等你了，保证你看到我们的时候吓一跳。”

在 Caltrain 又等了 20 分钟。程悦欣在心里咒骂美国的公交系统。国内的公交车，5 分钟一班，10 分钟一班，美国倒好，30 分钟一班，还要拿张时间表在那里对，每次坐公交车回家，都像过雪山草地。早上张思禹开车 20 分钟的路程，下午放学两辆公车一倒，起码花掉 1 小时。

心里骂着骂着又开始对刚才那个流浪汉心有余悸，渐渐地所有怨气都指向了张思禹。越想越气，越气越想，一个接一个电话打过去，语音信箱里劈头盖脸一顿发火。挂了电话觉得没发挥好，重新再打补充一下。想想或许又有点过分，再留言修正一小部分之前自己说过的话：“好好好，我先收回是你没说清楚那句，但是在我最需要你的时候，你竟然挂我电话，到现在都不回我电话！张思禹，你就是这样对我好的是吗！如果不是郑懿，你老婆可能都不见了你知道吗？！你就没老婆了！”

张思禹未来会不会继续有老婆这件事程悦欣并没有纠结太久。当她看到站在路口的郝会会又鼓起来的肚子，只想马上抓住张思禹的肩膀摇：“天啊！天啊！”

郝会会有点羞涩，重复了一遍对郑懿已经说过的话：“二胎肚子松了，其实才 3 个多月。”

“胡金柱要死啊！你不是剖宫产吗？你不要命了啊！”程悦欣眼珠骨碌碌转，“我姨妈说，剖宫产要养三年的啊！三年！你这才多久！”

郝会会又解释一遍：“美国跟中国不一样，妇产科医生说了，没关系，隔半年以上就行。”

程悦欣愣了愣：“美国医生心真大。”

郑懿“哼”了一声：“不是医生心大，是他们心大。”

郝会会不好意思地低下头。三个多月，圆鼓鼓的，蕴含着无限希望的小生命。郝会会的眼睛温柔了起来，伸出手在肚皮上摸了摸。

其实都没在旧金山好好玩过呢。读书的读书，打工的打工，不会开车的也没有去学。三个人叽叽喳喳围着地图，坐着当当车，爬过九曲花街，去世博会遗址看建筑。程悦欣从背包里掏出一包又一包零食："吃不吃薯片？""话梅糖要不要？""柱嫂，你爱吃甜的，是不是这胎又是女儿？"

郝会会的脸色变了一下，把糖从嘴巴里吐出来："不是，我想吃酸的。"

渔人码头广场上有人变魔术。把自己五花大绑，然后点燃了绕在身上的绳子。火苗慢慢蹿高，越烧越快，明知道魔术师最终会逃脱，但围观的人心不由得提了起来。程悦欣和郝会会看得眼睛都直了，在魔术师解开最后一根锁链时，由衷欢呼起来。

哪怕你知道结局，过程依旧可以惊心动魄。更何况结局未卜呢？

"郑懿，你真的不打算跟林锐和好了啊？"在海边吹着海风看海狮时，程悦欣终于找机会问了出来。郝会会把脸凑过来，一脸期待地听郑懿的回答。

"很多事情，不是你打算怎么样就能怎么样的。"郑懿看着两只海狮正为一块浮板打架。败者轰然入水，继续伺机而动。

程悦欣和郝会会对视一眼，咕哝了一句："我怎么觉得你不大爱林锐呢？"

但要是不大爱，为什么又能拼命去救他呢？

郑懿的眼睛有点迷离。什么是爱，什么又是不爱呢？

生死关头，一个人可以为另一个人挺身而出，却未必愿意在生活里迁就他，是爱吗？一个人愿意为另一个人事事迁就，百般委屈，但同时也爱着别人，是爱吗？一个人希望另一个人生活顺遂，但却不愿意停下自己的脚步，是爱吗？

爱是什么呢？是像郝会会这样愿意一个接一个给老公生孩子，自己低到尘埃里仰望他？还是程悦欣那样可以理直气壮地在一段关系里予取予求？

郑懿的思绪回到很久很久以前，那间小小的房，昏暗的客厅，黑白的遗像。窗外本来汽车轰鸣，楼下摆龙门阵的笑声嘈杂，但那一刻，忽然安静了。

重庆的夏，日头毒，蒸笼一样，汗从身上滴滴滚落。

“一一，你同意吧？”郑懿记得她妈妈问她。这个问话里有不容辩驳，目光里有期盼。

她记得她爸爸最后几个月里夜夜呻吟，这种呻吟仿佛依旧弥漫在屋子的角角落落，但是，那张薄薄的相片却要消失了。

“嗯。”郑懿缓缓点了点头。

初中以后她就住校了。每次回家，房间似乎比从前更小，客厅似乎更暗。只有一家三口的全家福刺眼地挂在沙发上方——妈妈、继父，和她同母异父的弟弟。郑懿在一家三口的注视下，在沙发上辗转反侧。翻得久了，仿佛那咿咿呀呀的疼痛和呻吟还会从角落里钻出来。那些疼痛和呻吟都是属于她一个人的。黑暗中，郑懿独自打了个冷战。

## 第十四章

# 当时明月

林锐的脑子里，现在只有毕业一个念头。

当年申请的时候，林锐的老板还是一个在拼终身教职的预科生，做的方向由于太前沿，毫无市场应用价值，毕业去工业界的学生还要改换门庭，所以门下冷落。林锐出国前是不知道这些的。现在回想，高考填志愿，出国选方向，重要关头的人生大事，永远是两眼一抹黑。

人的一生，仿佛像一场闯关游戏，永远觉得幸福就藏在这关的高手之后。小时候觉得高考完就幸福了，结果没有；大学时觉得出国就幸福了，结果没有；读博士的时候觉得发文章毕业就能幸福了，现在发现，依然没有。博士，能卖多少钱一斤？比得上华尔街的翻云覆雨吗？比得上人模狗样的律师搞几个上市公司吗？你有身份吗？你有工作吗？有钱吗？

要有钱，要有很多很多钱。

林锐把自己的决定告诉老板之后，犹太老板的反应很激烈：“雷伊，我不明白你为什么要做这个决定？你已经博士第6年了，你不觉得可惜吗？”

林锐坚决地问道：“不管我做什么决定，这6年都已经过去了，我现在要做对自己最有利的决定。”

老板耸耸肩：“你确定？据我所知，现在就业市场并不理想。”

林锐下意识握了下拳：“《圣经》里不是说了吗，上帝尚且养活一只飞鸟，何况我一个大活人？我们中国有句俗话，车到山前必有路。”

老板身体往后一仰，挑衅地看着他：“如果我不同意呢？”

林锐的火一下子蹿了起来。6年了，卖命卖了6年了。为了他评终身教职，忙项目忙论文忙经费，但好事从来没自己的份。业界实习机会不给，去欧洲开会的机会不给，论文在读第4年时就发够了，不行，不给毕业，必须发顶级会议。

气急攻心的那一瞬，林锐忽然想到那次被入室抢劫后自己买的一把枪。

“那我无话可说。”林锐咬着后槽牙，磨出了一句话。

走出办公室的那一刻，背后传来一句：“雷伊，我很失望，非常非常失望。”

林锐砸门而去。此刻感觉天旋地转，楼间的风灌满了夹克。心像在火上煎烤着，翻来覆去的炙热，可手心里全部是冷汗。有一股气顶着他向前，嗡嗡声、嘈杂声从左耳传到了右耳，还有巨大的咽口水的声响。

心怦怦跳，脑袋一片空白。他不知道自己是怎么开的车，怎么回的家，满脑袋只有那把枪，那把锁在床头柜里的枪。

砰！脑海里一声巨响。林锐颤抖着拿出了枪。

郝会会正在给艾玛做辅食，见到风一样进家的林锐，只觉得他面色白得吓人。冯品芝坐着看电视，瞥了林锐一眼，挪屁股过来问郝会会：“吓人吧？跟他打招呼都不睬，怎么了啊？”

郝会会放下手上的搅拌机，正想跟上去看看，只见林锐又风一般地下来了。

郝会会对他笑："这么快又要出去啊？"

林锐没转脸，也没有回答，目光冷冷地直视前方。

满地爬的艾玛正在按玩具，林锐的夹克带风，被冯品芝一拉："当心！小孩啊！"

林锐一顿，夹紧的腋下松了松。一把枪掉在了地上。

就像炸弹被点燃了引线，空气里满是火药味。

郝会会扑上去抱起了艾玛，冯品芝下意识退到了沙发的角落，林锐愣了愣，捡起了枪。

"锐哥，你要干吗？"郝会会的声音里有哭腔。

林锐没有理她，继续大步往外走。

"锐哥！"郝会会尖叫着。被紧紧抱住的艾玛几乎在郝会会胸口喘不上气来，"哇"一声大哭了起来。

林锐终于回头朝郝会会看了看，哑着嗓子说了句："跟你们没关系。"

"林锐，"冯品芝的声音颤抖，"你想想你爸妈啊，你爸妈把你养大不容易啊！你做什么要死要活的啊！"

林锐站住了，像有一根针从头到脚钉下来，把他钉住了。

这天，郑懿眼皮跳了一早上。左眼跳财，右眼跳灾。她一边觉得幸好自己跳的是左眼皮，一边心里又七上八下的。宪法课上到一半，光头教授正在讲建造华盛顿时没有造法院，最高法院整个机构在地下室办公，所有人都听得津津有味，这时郑懿的手机响了。

上课时她手机一直调成静音，但偏偏今天忘了。郑懿本来想按掉，竟鬼使神差按了接通。手机里传来郝会会夹着哭腔的大呼小叫："郑懿，你快来呀！"

郑懿赶到的时候，林锐已经把自己反锁在房间里了。冯品芝在念阿弥陀佛，郝会会抱着艾玛在转圈，看到郑懿立刻两眼放光，像遇到救星一样敲门：“锐哥，你快开门！锐嫂回来了！”

里面没有一点反应。郑懿转了转门把手，从背包里掏出枚硬币来。家得宝统一采购的三夹板门，一拳一个窟窿，用硬币能直接开锁。

林锐坐在书桌前，正在打实况足球的游戏。

“枪呢？”郑懿问，声音无悲无喜。

林锐不理她，继续按着手柄，梅西中场长传。

“林锐，你想干吗？”郑懿沉默了一会儿问道。她从教室跑出来的时候，室友抓住她的手：“你不是去自投罗网吗？”郑懿呆了呆：“自投罗网？”她并没有想过林锐的目标可能是自己。“真的，失恋男人杀前女友的新闻还少吗？”但郑懿抽出了手：“不可能。”

不可能，林锐的目标不可能是自己，那是谁呢？

“你也想学卢刚吗？”郑懿忽然提高了音量，“好，就算你不杀人，拿把枪吓唬吓唬他出出气，这也是重罪你知道吗？！”

终场哨声吹响，1 ∶ 3 输。林锐再开一盘。

“林锐，我好累啊。你什么时候能成熟一点！你什么时候能像成年人一样解决问题？”郑懿坐到床边，觉得每一节脊椎都在酸痛，力气像被抽走，一点点要瘫软下来。

裁判吹哨，红牌罚下，点球进球。郑懿突然哭了，那呜咽声听在林锐耳朵里，那么奇怪，那么陌生。

林锐从电脑机箱上摸出那把枪，扔到了床上。他依旧没有回头看郑懿一眼。

林锐刚买枪的时候，神气活现地对郑懿说：“以后那群孙子要是再来，来一个我灭一个。”他们周末去靶场打枪，郑懿 10 个飞碟能中 6 个，林锐只能打 3 个。林锐可怜巴巴地对郑懿说：“以后那群孙子来了，还是你去灭吧。”

郑懿抽泣着把枪放进了背包，最后，四处环视了这个房间，还有那个背对着她打游戏的人。

“林锐，我们分手吧。”她轻声说，然后带上了门。

程悦欣和张思禹已经冷战很久了，自从上次迷路打了张思禹几十个电话不回，程悦欣就真的生气了。她生气地端着架子，张思禹回家时她狠狠地“哼”了几声，故意不吃张思禹做的饭，自己泡方便面，晚上睡觉拿屁股对着张思禹，还用脚把张思禹踹到床的另一边去。

“你是不是不爱我了？！”程悦欣憋着这句话，在心里默默演练了很多遍。想着张思禹若来求饶时，自己该用什么气势什么情绪说。

但憋久了，这句话就变成了一个空荡荡的问号。张思禹依旧回家做西兰花炒牛肉，盛两碗饭，但见到程悦欣吃方便面也不说什么。睡觉的时候，他小心地只睡床的半边，让程悦欣找不到机会踹他。早上送程悦欣上学，周末去中国超市买菜。一切平静得跟没事一样，但这一样，让程悦欣心里七上八下。

冷战到第四天，程悦欣实在忍不住，把泡好的面倒了，坐下吃饭；到第七天，见到张思禹回家不“哼”他了，晚上试探着把脚伸到另一边；第九天，装作若无其事地对张思禹喊：“我作业忘带了，你送我回去拿作业！”

他们渐渐又和好了。该说的话，该做的事，又跟从前一样。但程悦欣心里像裂开了一个窟窿。

她知道，有些事情不一样了，她知道，张思禹不是那个捧着玫瑰花说“我养你一辈子”的人了。程悦欣想，如果这里不是美国，如果还在国内，该有多好。她可以跑去娘家，她可以不要吃他的饭坐他的车刷他的卡花他的钱。她可以理直气壮地朝他大喊：“张思禹，你这个大骗子！你这个大混蛋！”

张思禹，你这个大骗子，大混蛋。你说过一辈子对我好的。你说过老婆说的话都对，老婆发脾气也好看。你说过我是高维修女孩，但你就是愿意维修我。

程悦欣夜里辗转反侧，那些甜言蜜语、海誓山盟仿佛依旧在耳边回响。窗外的那轮明月似乎与一年前刚来时一样，但现在，她已经没有望着月亮哭着思乡的机会了。

哭，是要有人哄的。可她现在不确定还有没有人会来哄她。她猛地坐起，望着身边那个人——我到底为什么会在这里?

张思禹并没有太领会到程悦欣在这场冷战里的心情起伏。鹏叔教他御妻术——敌进我退，敌疲我扰。“这个婚姻啊，跟职场一样，哪有什么相敬如宾。不是东风压倒西风，就是西风压倒东风，说到底都是权力斗争，主动权必须牢牢掌握在自己手里。”鹏叔顺利换组，新经理对他不错，之前 PIP 的阴影散去了，中午吃饭时又活跃起来。

倒也不是想东风西风，张思禹想，可总不能自己开会时候手机上有几十个未接来电吧? 事业上已经颇不顺心了，家里总要太平一点!

果然不出意料，基于上次冷敏的优异表现，冷敏组的印度经理顺利踩掉了张思禹的经理，抢到了一个核心项目。经理对他冷言冷语了几天，但见到印度经理，两个人依旧谈橄榄球谈度假，非常热络。

这一点张思禹是佩服老外的。中国人吵完抢完，总是有我没他，老死不相往来，而老外这种相互捅完刀还亲亲热热的，真的就是职业素养了。没有职业素养的张思禹心里松了一口气——项目被抢就被抢吧，总算不用再跟冷敏这个女人打交道了。

可越怕什么，越来什么。这天中国同事又在一起吃午饭，只见冷敏捧了一个饭盒走了过来。

“聊什么那么开心？我能加入吗？”冷敏笑得一脸温和。

所有人都听张思禹抱怨了几个月冷敏，此时大家的目光都集中在张思禹脸上。

张思禹对冷敏怒视了一下，愤愤地说：“我们快吃完了。”

“哦，没关系啊，我吃得很快的。”冷敏拉了把椅子，很自然地坐了下来。从午餐饭盒里拿出一碟切好的香肠：“我自己做的腊肠，你们要不要尝尝？”

伸手不打笑脸人，冷敏旁边的女同事伸筷子夹了一块。

“哇，真的好吃唉，你自己做的啊！”女同事由衷地夸了一句。

一群吃货的眼睛亮了，没人再看张思禹。鹏叔率先站起身：“我尝一尝，好久没吃腊肠了。”

“大家都吃啊，我做了好多呢。”冷敏干脆拿着盒子站起来，绕了一圈每人分了一块。绕到张思禹身边的时候，凑到耳边说了一句：“还生气啊？”

## 第十五章
# 人在屋檐

一顿饭吃完，又到了吹牛闲扯的时候。股票房子升大学，硅谷华人的经典老三样，翻来覆去覆去翻来，说的人如打鸡血，听的人津津有味。张思禹冷眼望了望对面的冷敏，出乎意料，分完香肠后她并没有想象中那样活跃，只是安安静静听着别人的高谈阔论。

张思禹预感来者不善，冷敏估计是冲自己来的，不知道又要耍什么鬼花招。可散场的时候冷敏什么也没说。中国同事带饭，统统乐扣乐扣罐子里饭菜合体，外边用超市塑料袋一装，讲究点的装个无纺布袋，但冷敏饭有饭碟，菜有菜罐，干干净净地归置到一个小碎花的野餐饭盒袋里。她掏出湿纸巾认真地擦了手和面前的饭桌，看到张思禹的注视，微微笑了笑。

不在一起做项目了，冷敏反而经常出现在了张思禹身边。有时是中午吃饭，有时会议室擦肩，有时遥遥望见她和别人谈笑风生。这是故意挑衅吗？还是又在酝酿什么阴谋？

“你说，这个女人葫芦里卖的什么药？”张思禹吃了一口日式便当问林锐。林锐瞥了他一眼：“关你屁事，她爱晃就让她晃呗。”

林锐千辛万苦，终于拿到了硕士的文凭。学院、院长、各种委员会、写 E-mail、到门口堵人、找别的教授说情。虽然老板最后依旧臭着一张脸，管他呢！总算赢了这一局。当然，很多年后，一篇微信文章爆红。作者旁征博引讨伐中国教育体制，鞭挞中国学生心浮气躁，便引用了这位已经成为副院长的犹太教授的评语：“我对之前招过的一个中国学生很失望，不管他现在多成功，我都不确定招这样的学生是正确的决定。”遥相扳回一局。

不管怎样，2009 年，林锐终于可以拿着 OPT（专业实习）许可开始找工作了。没有了身份障碍，举目四望，真实的焦虑这才浮出水面。

金融危机后，多米诺骨牌效应才刚刚展现。招聘冻结，股市腰斩，百业萧条。房价跳水，市场上越来越多被银行收回的法拍屋，新闻里被赶走的屋主在房子里喷猩红的漆。在无数次希望失望的起伏循环后，林锐去华尔街的愿望渐渐落空。不得不接受现实，开始刷力扣（LeetCode）题库，频繁来南湾面试。

“你这次去面了哪家公司？”张思禹问。自从上次替林锐内推失败后，张思禹总觉得欠兄弟一份工作。

“一个小公司，不提也罢。”林锐叹口气，有种虎落平阳的感觉。

“面得怎么样？”

“还行吧，这公司我都忘了什么时候投的简历，反正就这样了吧。”OPT 只有一年，一年找不到工作，办不下工作签证，在美国的前途就判了死刑。林锐的心里开始焦急，感觉那本“瞎了你的狗眼，老子如今发达了”的脚本正渐渐从指缝里溜走。

“上次的Google没消息了？”张思禹再问。

“没，肯定是被那个老中黑了。”林锐愤愤然，“你看人家老印，多抱团，进来一个就把三姑六婆全带进来。中国人就会内斗，同胞坑同胞，什么玩意儿！”

张思禹不说话，想到了坑自己的冷敏。但他好歹比林锐幸运，早一年毕业，至少现在有份工作。这一丝侥幸让张思禹对林锐的处境添了一分没必要的愧疚，于是转移话题：“对了柱哥柱嫂怎么样了？”

“别提了。”林锐翻了个白眼。

自从父母走后，二房东胡金柱一直着急找下家。现在这任房客，是胡金柱当年科技考察时回国结识的某部长的儿子。送出来读语言，语言读完读大学，钱不是问题，问题是老爹不放心，将在外君命有所不受，就怕儿子在国外撒野。

胡金柱赶紧胸脯一拍：“包在我身上！”部长再往上升一升，胡金柱衣锦还乡的愿望就更进一步。

官二代詹姆斯，就这样住进了原来张思禹那间屋。

“我就没见这小子好好上过课！什么玩意儿啊？拽得二八五万，看人都从鼻孔里看。还半夜放摇滚，我有次差点没憋住报警，”林锐愤愤然。

可无奈胡金柱点头哈腰伺候得欢啊。伺候大肚婆从来都没那么上心，尤其做完B超，得知又是一胎女娃。

胡金柱先是帮詹姆斯写作业，渐渐詹姆斯那群狐朋狗友的作业都到了胡金柱手上。胡金柱也不恼，教育郝会会：“这就是咱们结交的人脉，这都是我们以后回国的资源！”有时半夜还会接到詹姆斯的催魂夺命call，当车夫去旧金山的酒吧里接人。从来没尽情花过钱的胡金柱，这小半年眼界大开，把旧金山大大小小的酒吧、脱衣舞俱乐部、夜总会都跑了个遍。

到家后躺在床上扳手指，啧啧回味：“老外真会玩。”

林锐感叹：“你说柱哥这是图啥？堂堂博士后，给这种小屁孩当狗腿。”

张思禹道：“你又不是第一天认识柱哥，柱哥就喜欢掺和这些事，结交些有头有脸的人物。”

林锐不屑：“结交结交，咱俩平起平坐才叫结交。你没有利用价值人家会正眼看你？做他的春秋大梦去吧！”

从找工作谈到经济形势再谈到朋友近况，这顿午饭一直吃到下午两点，这时林锐才恋恋不舍地往回开。回去，就是回到睁眼闭眼刷题写代码的日子，回到对着日历数自己还剩多少时间可以合法留在美国的日子，回到越来越没自信能拿钱砸郑懿的日子。

张思禹回到公司，狭路相逢，在门口见到了冷敏。本来想装没看到，但冷敏忽然叫了他一声：“张思禹。”张思禹顿了一下，事情过去那么久，一起吃饭吃了那么多次，难道就这么装没听见么？就这么一迟疑，冷敏赶了上来。

“你见到我就想躲啊？”冷敏笑了笑，专注地看张思禹的表情。

张思禹脸微微发涨：“哪里。”

“我知道，上次做项目是得罪你了，跟你道个歉吧。”冷敏继续说。

没料到冷敏这么单刀直入，一瞬间，张思禹倒尴尬起来：“没有的事。”

“真的没有？”冷敏凤目凌厉，射得张思禹躲闪。冷敏笑起来：“生气也应该，要是别人这样抢我的功劳，我可做不到像你一样大度。”

伪君子碰到真小人，倒是吃亏的那个落了下风。张思禹的心思被点破，心虚得脸红。

“所以还是要跟你道个歉，”冷敏诚恳地说，“你知道，我不像你们，在美国有学历有文凭，我是国内调过来的，要是PIP被淘汰了，连退路都没有。好不容易有机会出来闯一闯，就这么回去，真不甘心啊。”

“你在PIP项目上？”张思禹震惊了一下。

“是啊，”冷敏叹口气，“原来调我过来的老板走了，一朝天子一朝臣，现在的经理看我不顺眼很久了。人在屋檐下，怎么办呢，只好抓紧机会抱大腿表忠心。误伤你了，对不住啊。”

冷敏的表情云淡风轻，张思禹却从中读出了无数的百转千回。他心里微微起了一些波澜，说不出是敬佩还是感慨，只回答了一句：“算了，你也不容易。”

“害你们组丢了那么大个项目，光嘴上道歉太没诚意了，这样吧，明天晚上我请你吃饭吧。”冷敏眨了眨眼睛，还没等张思禹表态，冷敏又补充道，“说好了啊。”

张思禹这天回家看到程悦欣时，没来由地心虚起来。晚饭后不但殷勤地洗了碗，还主动带程悦欣去看了场电影。一部爱情轻喜剧，程悦欣笑得前仰后合，抱着张思禹的手臂又敲又拍。张思禹望着那张一团欢喜的脸，忽然发现，原来程悦欣英文已经进步那么多了，可以看得懂电影了。

他不由得伸出手在程悦欣的鼻子上刮了刮。程悦欣转过脸问：“怎么了？”张思禹摇头：“没什么，看着你高兴。”程悦欣娇嗔地瞪他一眼：“你今天有点奇怪。”

晚上辗转反侧，张思禹开始了内心的斗争。要不要去呢？孤男寡女去了，还是晚饭，总感觉有些不好；但换个角度，不过是顿赔罪饭，光明正大为什么不去呢？不去反而是心里有鬼。

第二天送程悦欣上学，程悦欣下车走出几步，忽然三步两步跳回来：“老公，今天发上次测验的成绩唉！我觉得我上次考得很好，你猜我这次拿不拿得到A啊？”

程悦欣的眼睛晶莹闪亮，一派天真。张思禹不由得心里一软：“没问题。你拿了A，晚上我们庆祝一下。”“怎么庆祝？煎个牛排好不好？”程悦欣摇着他的手。“好，”张思禹温柔地点了点头，“你买好等我回来煎。”

这天上班，张思禹总是心神不宁，敲着敲着代码，心里就会怦怦跳，然后下意识默念：“哦，不好意思，晚上答应了跟老婆吃饭。”随着下班时间的临近，张思禹的思绪更乱了：她会失望么？她会说什么？如果她坚持要吃饭，我应该怎么拒绝？

真的到了下班时间，没等来冷敏，倒等来了鹏叔。

“还不下班啊？”鹏叔笑嘻嘻。

“啊，马上走了，还有点活没干完。”张思禹匆忙回答。他不太想让鹏叔看到等下冷敏会来找自己。

“别干了，明天再说了。走，冷敏请大家吃饭，一起去。”鹏叔拍了拍张思禹的背。

张思禹愣住了：“什么？”

“冷敏请客，江苏江（Jang Su Jang）烤肉，一起去啊，就等你了。”鹏叔一脸吃白食的兴奋。

张思禹的心像坐了一次过山车，极力掩饰着脸上的尴尬：“不去了，跟老婆说好了回家吃饭。”

“老婆天天能见，冷敏请客不多见啊。”鹏叔撺掇着，“听说他们经理这次给她发了好几千股股票，还不是你的功劳？你怎么能不去？”

鹏叔一路推搡，张思禹心里就更烦，拎包走到电梯口，却看到了冷敏和一群同事。

鹏叔笑起来："正好，张思禹说他回家陪老婆不去。"

"难得聚一次啊。""我给你老婆打电话，保证只是同事聚餐。"

盛情难却，张思禹也拉不下脸一走了之。在餐厅等位的时候，冷敏忽然凑过来问："我都请吃饭了，你怎么看上去还是不高兴？"

张思禹脱口而出："我以为你说我俩一起吃饭。"

冷敏笑起来，目光逼人："原来你想的是我俩单独吃？"

张思禹一时语塞，接不上话来。

程悦欣接完张思禹同事聚餐的电话，气冲冲走到厨房，就要把两块煎焦的牛排倒了。锅还在冒着烟，烟雾警报器被抠掉了，电池躺在水槽旁边。程悦欣在垃圾桶前停了一下，望了一眼橱顶上的泡面。肚子咕咕叫，觉得手上的两个盘子好沉。最后，她沮丧地倒掉了煎得黑乎乎的那块，把剩下不那么焦的那块留在了自己的盘子里。

"说话不算话，"程悦欣气鼓鼓的，刀切在牛排上刺啦刺啦，"我好不容易才拿到Ａ！"

# 第十六章
# 身份焦虑

林锐收到那家小公司录用通知的时候是上午9点。他昨晚刷题刷到凌晨2点，刚刚睡醒，一边泡咖啡一边顺手打开了邮箱。在浏览纽约时报的新闻时，忽然一封新邮件就进来了。打开后第一眼看到一个“恭喜”，心里突突地跳。他逐字逐句把整封邮件反复念了几遍，然后猛然打开了窗——加州的蓝天真美！

冯品芝正蹲在后院摘鸡毛菜，林锐从二楼兴奋地朝她大喊一声：“早啊！”

冯品芝按住差点吓掉的草帽，看着胡子拉碴的林锐，硬生生把到喉咙边的“太阳都晒屁股了，早什么早！”压了下去。人家是拿过枪的人。冯品芝于是只好朝他笑笑，连连道：“早早早！”

林锐心情舒畅地打开了论坛上的“待字闺中”版，笃定地看着满版的“面经贴”，有种“我已经脱离这个段位”的欣慰，顺手搜了一下该怎么跟公司讨价还价。

就在这时，郝会会脸色仓皇地在林锐门口张望了一下：“锐哥，你有空吗？能不能帮我看个东西？”

林锐跟着她走到了詹姆斯的房间，只见扫把和簸箕旁边躺着一个布包，包里有一个玻璃罐子。圆圆的底，长长的瓶颈，旁边还有个分支。试管不像试管，尿壶不像尿壶。郝会会把罐子捡起来伸到林锐鼻子下面：“你闻，这是什么怪味道？”

林锐皱了皱鼻子：“哪来的啊？”郝会会老实回答：“我扫地时在詹姆斯床底下找到的，我原以为他跟我们家金柱一样是做什么实验的，但今天房间里有股怪味儿，我一闻，就是这里的味道。”

林锐把玻璃罐从郝会会手里接过：“柱嫂，以后你别进这个房间，这个不是什么好东西，你挺着大肚子，别闻这个。”

“这是啥啊？”

“大麻，听说过吗？这个叫烟枪，里面点着这里吸。”林锐点着两个管子。

“麦什么拿？”郝会会一脸困惑，“怎么那么臭呢？”

“大麻，明白了吗？”

“大麻？！他吸毒啊！”郝会会惊叫起来，把刚端着一盆鸡毛菜进客厅的冯品芝也吸引上来了。

“大麻吧，严格意义上讲也不算毒品，很多老美都用，什么高中生、大学生开 party，聚在一起 high，挺普遍的。”林锐嫌弃地把那个烟枪放回布兜里，用脚踢回床下。

“大麻怎么不算毒品？！”冯品芝跳起来。从小就被鸦片战争教育的中国人，怎么能允许这种毒品存在自己的房子里！冯品芝一边用手捏住鼻子，一边大叫：“叫他滚！在我房子里吸毒？滚滚滚！你老公呢？把他叫回来啊！什么宝一样的往家里带，带回来一个吸毒的啊！念什么贵族学校，我呸！”

胡金柱被紧急叫了回来。刚进门还没搞清状况，就被冲到眼前的冯品芝指着鼻子骂开了。从拖欠水电费骂到他老爹老娘再骂到郝会会洗坏她的真丝开衫。只要是和他胡金柱有关的，除了艾玛，其他都是来跟她讨债的讨债鬼。

“你现在就打电话！就站在这里打！叫他回来卷铺盖滚蛋！”冯品芝气势汹汹地叉着腰。詹姆斯回来后倒二话没说，箱子一装面无表情就上了停在门外的宝马跑车。胡金柱哭丧着脸扒着车门：“詹姆斯，这真不是我意思，你放心，就两天，我一定去接你。”詹姆斯翻了个白眼：“算了吧，我本来就不爱跟我爸的眼线在一起。”说完吹了声轻快的口哨离开了。

完了，完了。胡金柱感到人生一片灰暗。一张张脸看过去，直看到郝会会，两只眼睛像要冒出火来。败家婆娘啊！败家婆娘！胡金柱恨不得一脚直接踹上去。

胡金柱两个大学同学在国外合伙开了一个生物制药公司，许多通关文牒没要到，胡金柱嘴一张，胸脯一拍，自己和谁谁多熟，他们的孩子都是拜托自己在美国照顾的。就是这么一层关系，胡金柱算是技术入股了，拿了 10% 的股份。现在好了，詹姆斯跑了，装了大半年的孙子白装了。

他咬着牙经过郝会会的身边，恶狠狠地“哼”了一声：“要你多事！”郝会会浑身抖若筛糠，林锐看不过眼：“柱哥，别拿老婆撒气啊。”

此时此刻，程悦欣正开心地向郑懿发短信：“我们马上要拿到绿卡啦！”

绿卡，一张绿油油的卡，一张学名叫作“永久居民证”的卡。

有了这张卡，无论你是坐飞机头等舱来的还是轮船偷渡来的，无论你是毕不了业还是丢了工作，你都能在美国这个国家名正言顺地生活下去。你能在受压迫时挺直腰板对老板说一句“老子不干了”，你不必去大使馆排队看签证官的脸色，还要小心谨慎地赔笑，你能在进海关的时候不在乎那些审视的目光，你能不用再生活在“哪天卷铺盖走人”的恐惧中。

为了这张卡，人被分成了三六九等，绝大多数中国留学生都被划到了一个叫“EB2（职业类移民）”的格子里，等着自己的雇主花上一笔不菲的律师费，在一个公司兢兢业业熬上六年七年的绿卡监。而张思禹因为是博士，又有导师的推荐信，只用了半年多，就轻而易举地走完了 EB1（杰出人才移民）的整个流程。

郑懿收到程悦欣的短信，不是不羡慕的，回复了一句：“恭喜！”没料到程悦欣又回了一条：“你也应该快了吧？你来美国也三四年了。”郑懿被噎了一下，半晌才回道：“我还早呢。我先要找到工作，然后公司要能替我办绿卡，就算开始办我也只能 EB2，再排个五六七年都很正常。”

程悦欣拿给张思禹看：“我是不是说错话了？郑懿会不会生气啊？”张思禹叹了口气：“算了，郑懿不是那么小气的人。”

张思禹拿到绿卡，公司里的华人同事热闹得不得了。自从上次冷敏请客开了个头，每一两周总有人组织聚餐。不是 A 又发了一个专利，就是 B 趁楼市新低买了套房，要么就是 C 升职。人情，是要转的，这次终于轮到了张思禹。张思禹一口答应下来，但去哪里吃成了一个大问题。不能吃太差，不能吃太好，还要宾主尽欢。还是冷敏提议：“你上次不是说你家那边有 BBQ 的区域吗？不如我们去你家吃烧烤吧。”大家一致赞成。

程悦欣本来觉得，烧烤应该是很简单的事情。大学时候去森林公园秋游，就是一群人一起烧烤；她周末也在小区里看到别人家烧烤，垫一张锡纸，好像也不是什么难事。无非就是买点饮料水果，还有各种肉。于是定了周日中午的聚餐，早上10点程悦欣还是安心地化着妆。

但没想到，还没等她粘好假睫毛，第一批人已经陆陆续续到了。鹏叔看着贴着蝴蝶的壁纸，开心地说："张思禹，还是弟妹有品位，你看公寓都布置得这么好，这里搞点花那里贴个粉红贴纸。"程悦欣有点得意，用肩撞一下张思禹："听到没有，人家夸你老婆呢！"

冷敏到得晚，她提着蛋糕进门的时候，程悦欣正在用电视机给大家放婚礼照片。照片里的张思禹已经有点醉了，满脸通红地笑，一手搂着程悦欣一手端着酒杯。程悦欣娇嗔地说："张思禹其实不能喝酒，两杯就醉了，喝完两分钟后就去吐了。"张思禹在大家的哄笑中挠了挠头，转头看到靠着门框淡淡笑着的冷敏。

烧烤的时候风大，程悦欣无论站在哪个方向都觉得有烟跑进眼睛里。她嚷嚷着眼睛痛，冷敏替她吹了吹，告诉张思禹："确实挺红的。"张思禹只好说："那你拿点饮料出来给大家倒倒。"

冷敏站在张思禹下手，从容地往鸡翅和羊肉串上撒盐和胡椒，缓缓说："好市多买的羊肩肉吧？精肉切成小块，肥肉也剃下来切成小块，然后精肉油肉相间串起来，这个人真是好耐心。"

张思禹笑道："夸我呢？谢谢，我昨晚弄到11点。"

"我还以为你老婆串的呢，一般男人没这么好的耐心。"冷敏看他一眼。

"我老婆……"张思禹刚想调侃两句程悦欣，忽然不安了一下，硬生生扭回来，"我老婆忙别的呢，有更重要的事情做。"

冷敏望着程悦欣花蝴蝶一样穿梭在同事里嘻嘻哈哈的身影："看出来了，你老婆真是好福气。"

张思禹没来由脸红了一下："我也好福气。"

风又一阵吹来，冷敏别过脸，耳朵上的珍珠耳坠在张思禹眼前晃了一晃。

冷敏挥了挥烟笑起来：“那边快焦了，应该熟透了吧？”然后顺势凑过身子，就着张思禹手里的羊肉串咬了一口：“味道不错，就是肉有点烤老了。”

冷敏头发上的香味夹杂在羊肉的焦香里，猛地钻进了张思禹的鼻子。张思禹本能地想往后面退一步，但冷敏顺手接过了那串羊肉串，泰然自若地说：“我有个新疆的朋友教我的，吃羊肉串不用先腌入味，就拿洋葱一切二泡水，然后把羊肉串放在洋葱水里浸，要吃的时候再拿出来沥水，直接烤，烤的时候再撒盐啊胡椒啊。”张思禹听着这普通的话，但一颗心扑通乱跳，手臂上似乎还是冷敏身体靠过来的温度。他想回应些什么，但口干舌燥，一句也说不出来。

程悦欣闻到香味直扑过来：“你们已经开始吃了？我也要吃！”咬了一口大叫：“好吃的！”

林锐抱着两个西瓜姗姗来迟。来了后看见程悦欣在野餐桌那边和一群人有说有笑，张思禹和一个黄色长裙的女人在另一头忙活着。程悦欣一抹嘴：“林锐，你来啦！快来吃鸡翅，这批刚刚烤出来！”

林锐放下西瓜，向张思禹那边扬扬脸：“禹哥跟谁一块呢？”

程悦欣着急四处找刀切西瓜，随口回答：“他同事，叫冷敏。”

林锐“哦”了一声。程悦欣拉着他向大家一一介绍，末了说：“锐哥刚刚找到工作，厉害吧，这个世道，说找到工作就找到了！”

林锐笑了笑：“吹啦，没成。”

程悦欣讶异：“怎么啦？”

林锐耸耸肩：“小公司，没处理过外国人身份问题，连我需要办工作签证都不知道。”

鹏叔问：“那你 OPT 还有多久啊？”

林锐装作不在意：“一个多月吧。再说吧，此处不留爷，自有留爷处。

今朝有酒今朝醉，今朝先吃鸡翅膀。”看着愣在一旁的程悦欣，又说：“禹嫂，禹哥叫你呢，快去！”

“叫我了吗？没听见啊。”

“叫了叫了，快去！什么耳朵。”林锐恨铁不成钢地看了她一眼。

**第十七章**

# 重新出发

硅谷的冬季阴雨连绵，要滴答到来年三四月，程悦欣的伞在公交站台，开了又收，收了又开，像路边无名的花，无人赏识地绽放，又静悄悄地收场。

到美国的第三年，程悦欣渐渐体会到了这里的不同。国内老的地方，全部是景点，生活里都是匆忙的新。新的商场，新的公司，新的气象，匆匆忙忙，你追我赶，生怕一不留神就错过了什么。而美国不同，到处是五六十年代的老建筑，孩子跟父母是校友，甚至教课老师也是同一个人。电视里播放广告，一个花店店主声称“我们家族三代都在这里开花店，为我们的社区提供了 4 个就业岗位。”哇，才 4 个岗位，三代人只不过开了这一家花店，也值得那么自豪？

可渐渐地，程悦欣在这种缓慢中觉出了安全。社区大学里有各式各样的人，同一间教室里，有长了白发的奶奶，也有来修大学预修课程的高中生，但所有人的眼睛都闪闪亮亮，充满了对未来的期望。50 岁的同桌说：“我不想再当服务员了，等我英语过关了，我想考个证书换个职业。欣，你之后想学什么专业？”程悦欣愣了一愣。同桌叫伊莎贝拉，来自罗马尼亚，来美国后一直干体力活。程悦欣原来觉得，自己在国内好歹也是大学生，比班上大多数的同学都要“高贵”点。而这一刻，看着伊莎贝拉雀跃的棕色眼睛，她忽然有一种说不出的感动。

50岁的人还那么认真在想自己要开始什么新事业，对生活还充满那么大的热情和希望，程悦欣，你才27岁啊！没当科长又怎么样？奔三了又怎样？和别人比起来一事无成又怎样？你才27岁啊！程悦欣第一次认真地想，自己以后到底要做什么。大学念工商管理，是父母定的；毕业后当公务员，是所有人眼中的“好工作”；工作了就要搞关系升职，是分内应当；精致女人应该吃什么喝什么买什么，是广告规定了的。连嫁给张思禹，都是水到渠成不需要多加思索的人生选择。生平第一次，忽然要想：我这辈子到底要做什么呢?

硅谷的雨季，阳光显得格外珍贵。于是再逢艳阳高照，人们便三三两两出动了。鹏叔提议午饭后散步，浩浩荡荡七八个人绕着公司园区遛弯。走着走着，冷敏和张思禹就慢慢落在了后边，和讨论公司股票到底什么时候能冲到20块的鹏叔一行拉开了距离。

“你有没有参加过创业者沙龙？”冷敏侧过脸，“我有个朋友是斯坦福的MBA，上周末他们搞了个活动，我也去了。你下次要不要一起去？挺有趣的，听听别人的创业心得。”

“创业？我和MBA没什么共同话题吧，我们做技术的。”张思禹笑笑，心底里，觉得冷敏的心思真是深不可测。

“硅谷这里没有技术背景的还不好混呢，”冷敏笑，“就像我这个小本科，还不是美国学历，人家不一定瞧得上。张思禹，你有没有想过也念个 MBA？你看我们老大，不就是念了 MBA 转到销售，然后才创立了公司吗？”

“我哪能跟老大比。”张思禹有点心虚。

“你怎么就不能跟别人比？”冷敏一脸认真，“时势造英雄，但英雄也要看得清时势。你看之前回国的那批海归，查尔斯是麻省理工学院，李是卡内基梅隆的，可伯克利也不差啊。再说了，罗宾不也就是个硕士！”

张思禹一颗心怦怦跳，没想到冷敏会说出这么一番话来。

“我以前在国内，就想出国，想看看美国什么样，我老公还不高兴。”冷敏笑了笑。

张思禹心里“咯噔”了一下，没想到冷敏在国内还有个老公。但立刻，又为自己的失望惭愧起来。

“你结婚了啊？看不出来，以为你挺年轻的。”张思禹笑容僵硬。

冷敏看了他一眼，眼神似笑非笑，一层接一层的旋涡，抿了抿嘴：“年轻就不能结婚了？”

“但现在，”冷敏朝正在号召大家集资买房做翻新的鹏叔仰了仰头，“你看，华人在美国，生活也就这样了，小富即安，但是……我反正觉得，我这一辈子，应该更精彩点才对。”

晚上，程悦欣把一年前那本选专业的指导书又翻了出来，咬着铅笔在台灯下勾勾画画，问在一边回邮件的张思禹：“你说，我去学教育好不好？我大学时候做志愿者，可喜欢给小孩上课了。”

张思禹抬头：“教育学？博士吗？文科博士可不容易，我有个复旦师姐念社会学，念了 9 年还没毕业。”

程悦欣吐了吐舌头：“哇，9 年，那我不是都 36 了？也不一定要读博士，念个硕士出来也可以吧？那心理学呢？我出国前差点去上国家二级心理咨询师的课。”

张思禹继续打字，心不在焉：“心理学，好像要学大脑结构什么的吧。”

“社会工作呢？我觉得这个适合我，”程悦欣叫起来，“我觉得我挺喜欢帮助别人的，我去念社工吧！”

张思禹叹了口气，把工作邮箱界面最小化，然后在谷歌上噼里啪啦打了几个字。电脑屏幕一转，对着程悦欣：“老婆大人，你是怎么做到随便一选，就把美国最难找工作收入最低的几个专业一网打尽的呢？”金融危机后十大难就业的专业，果然三者赫然在列。程悦欣的满怀信心被戳了一个窟窿。

看着一脸沮丧和委屈的程悦欣，张思禹凑过去放低了声音：“老婆，你有没有想过回国啊？”

“啊？”程悦欣叫了出来，“我刚刚来美国干吗要回国？！”

“你不是之前一直想回国吗？说美国这里不习惯那里不习惯？”张思禹试探。

“但是，但是……”程悦欣一口气闷在胸口，不上不下。

“但我来了美国什么都没干啊！”程悦欣委屈大叫，“我还没开始上学呢！”

张思禹搂住她：“好好，不回国不回国，我就随便一说。”

程悦欣狐疑地看看他：“你怎么就想起回国来了？你说，是不是胡金柱跟你说什么了？”

胡金柱正在和林锐把酒言欢，连打三个喷嚏。

“没想到啊没想到，不到一个月，你留下来了，我倒要走了。”胡金柱摸着自己的脑袋，志得意满。

林锐的工作 offer 是最后一刻搞定的。最后一个月，他已经开始打包行李，把台灯家具留给了胡金柱，把红色野马车挂上了 Craigslist（分类广告网站），准备卖掉，忽然接到一个电话。某年校友会烧烤时有一面之缘的一个师兄，在电话那头懒洋洋地说："林锐啊，你毕业啦？到我这来面试一下吧。"

林锐当时已经被打击得心灰意冷："师兄，你能办 H-1B 吗？"

"能啊。"

只要这一句"能"，林锐连公司是什么具体职位、干什么都没问，直接开着野马去了。到了之后，那个师兄领着在办公室里转。"原来你都不记得我在哪个公司。我们前年 BBQ 的时候，你女朋友还问我呢，你觉得你们公司以后怎么盈利？我那时候哪知道啊，当年跟你现在一样，毕业没找到合适的工作，进来就先做起来呗，想着骑驴换马慢慢换。没想到现在还发展得挺好，我都混成元老了。"然后压低声音说，"这几个面试官里有三个是以后组里的同事，你好好面，别给我丢脸。"

天上掉馅饼，林锐有点懵。

面得很流畅，技术题目不刁钻，behavior question（行为型问题）也很正常。最后一个问题，一位叫布里安娜的女面试官微笑问道："你是我们的用户吗？"林锐点点头："是，我 2006 年就用了。是我女朋友……是我前女友让我开的 Facebook 账号。"

人生中总有很多当年未知的巧合，硅谷总有柳暗花明的传奇。比如，当年哈佛有一个毕业生，实在找不到工作，只能去了一个叫谷歌的小公司；比如，法学院刚刚毕业两年的律师，拿了一个叫阿里巴巴的公司的企业总法律顾问；比如，中年危机的程序员被裁三月，忽然接到了一个叫Netflix（奈飞）公司的招聘电话。人生是努力重要还是选择重要？说到底，恰好的时间你恰好在那里，常常并不是因为努力，也不是因为选择，只是巧合。

相比较林锐，胡金柱的故事就励志多了，颇有些"苦心人，天不负"

的意味。又一次在中国领事馆组织的某省海外招聘会现场，胡金柱作为硅谷学联代表，发表了一通心系祖国和家乡的感慨，又高度表扬了中国大学对学科建设的投入和建成世界一流大学的决心。

省团西部宣讲完去东部，两周后，胡金柱就收到了面试通知，邀他回国一叙。郝会会替胡金柱收箱子的时候觉得肚子一沉，好像有情况。但看着胡金柱拿着机票意气风发的样子，便什么也没说。

胡金柱回国面试的第三天，郝会会早产，给艾玛生了一个妹妹。胡金柱 Skype 连线时笑得合不拢嘴，指着日历说，她是周三生的，我是周三面试的，就叫温迪・胡吧。温迪早产，在新生儿 ICU 里照了一星期的紫光，三个月后天价账单寄来，让胡金柱十分肉痛。

到底是为了逃账单让老婆孩子跟自己回国呢？还是为了保持绿卡身份，先让郝会会和两个孩子留在美国呢？胡金柱和林锐喝酒的时候还没拿定主意。

“真要回国了，心里还是有点忐忑啊！”胡金柱的感慨里未免有卖弄的得意，“希望下次见面，咱们能再喝一次庆功酒啊！”

胡金柱沉浸在自己的喜悦里，吃了把中国超市买的炸花生，“当年来美国，两个大箱子，连炒菜的锅都是千里迢迢背过来的，现在一转眼，就要回去啦。”

林锐横了他一眼：“柱哥，你人还没回国，国内那些官腔都会打了啊。”

胡金柱“嘿嘿”一笑：“锐哥，我现在也算是放弃美国绿卡和高薪，毅然回国报效祖国啦。现在国内刚刚开始求贤若渴，再过两年，我这个资历怕是不行了。不过话说回来，我看过了，他们招的其他那些人，资历还不如我呢。我好歹是发过 *Cell* 的人啊。”

子刊，是子刊。林锐刚刚想开口嘲讽一下胡金柱，忽然自己的领英页面跳出个提示，郑懿更新了自己的简历。最高法院见习，排在让林锐沉默的暑期实习之后。郑懿领英的照片看上去职业又高冷，林锐踌躇了很久，还是没有点击那个“恭喜”按钮。

# 第四部分
# *Part 4*

## 长相思

《阿飞正传》里说，有一种鸟，没有脚，宿命就是一直往前飞。我觉得我大概是永远穿着战衣在打仗的阿修罗。有时候好想停一停。

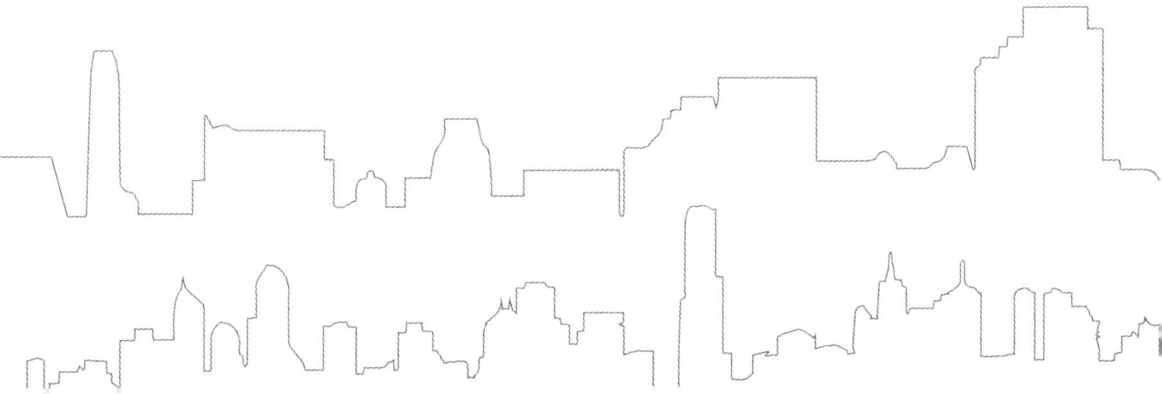

# 第十八章
# 天下熙熙

胡金柱欢天喜地回国后没几个月，同样海归的涂博士在玉泉校区 11 楼一跃而下，一封“国内学术圈残酷、无信、无情”的遗书刷爆论坛。一些看客就开始借题发挥，吹嘘自己的经历。妇女论坛上的侧重点就不一样了，从“老公要海归怎么办”“海归也是为了父母，独生子女该怎么养老”很快变成了“海归必出轨”的控诉大会。整版整版的“我同学”“我朋友”“我同事”“我亲戚”的四大类人出轨轶事。郝会会看着看着，一颗心跟着往下沉。

冯品芝是骂过她的，而且很直接：“丈夫丈夫，一丈以内才是夫，要回去一起回，把老婆孩子扔在这里算什么事？”郝会会帮着辩解：“大妈，金柱说了，他先回国一年试试看，不行还要回来的，我们留在美国可以维持身份。”冯品芝翻个白眼：“他当然这么讲，好拍拍屁股走，反正吃亏的又不是他。我看你就一肚子气，可想想又关我什么事情。别烦了，先交房租！”

房租是要交的，哪怕搬到最小那间软磨硬泡冯品芝少收 50 美元也是要交的。胡金柱归国前，留了一万美元存款，还有“保住绿卡”的托付。温迪早产有湿疹，吐奶又严重，日夜黏人，郝会会在中国超市的班不能上了。夜深人静，夹在两个女儿间辗转反侧。

一万美元，坐吃山空，房租怎么办？医疗保险怎么办？生活费怎么办？两个女儿又怎么办？她一会儿担心胡金柱会和涂博士一样被骗不得志，无法施展抱负；一边又担心胡金柱过得太如意，灯红酒绿，莺歌燕舞。

她周末和胡金柱连线，胡金柱正忙着帮系主任改一个国家基金的申请报告，敷衍着听郝会会啰唆温迪又吐了几次奶，艾玛会说了哪几句话。摄像头那边滔滔不绝，讲了十几分钟，翻来覆去就是这些话。胡金柱不耐烦道："行了行了，别再烦了，我忙得很。"

郝会会识相地把吵着叫"爸爸"的艾玛从摄像头前抱了下来，说了个喜事："金柱，我找了份工作。"

胡金柱抬了抬眼皮："什么工作？"

郝会会笑："我上星期去公园，碰见了一家台湾人，她家两个儿子，跟艾玛玩得可好了……"

胡金柱"哼"了一声，觉得她讲话抓不住重点，文化层次相差太大，交流太累。

可郝会会浑然不觉，继续炫耀自己的战绩："她家有个邻居，白人，也有个2岁的孩子。他们对中国特别有好感，想让孩子从小学中文，我问能不能去打工，他们答应让我带着艾玛一起去！一小时给15块钱，一天三小时……"

胡金柱越听越不对，把鼠标一放："什么什么？你去干吗？给人当保姆？"

现在自己是堂堂的副教授，每天出入饭局被人恭维，结果教授的老婆当保姆？胡金柱心里的火噌噌往上升。

"不是保姆。"郝会会不明白胡金柱为什么火大，"就是帮他们管管孩子，顺便说说中文。他们家有保姆，不用我干活。反正我在家也是管孩子，就是想找点事干……”

胡金柱看着郝会会唯唯诺诺的样子，一脸的不耐烦，只想破口大骂，但就在这时，一封邮件跳了出来。

周蔚——看到这个名字，胡金柱的心怦怦直跳。一丝喜悦漫上心头，看着屏幕上喋喋不休的郝会会，忽然心里也一松。管她呢，她想干什么就干什么吧。胡金柱挥挥手：“好了好了，你想去就去吧。我有事，先挂了。”

胡金柱开始回邮件：“当然记得你，那天讲座你提的问题我印象深刻。叫胡老师太见外了，你可以叫我弗雷德，美国人说起来，就是 on a first name basis（直呼其名），显得亲切。如果你真的有读研究生的志向，欢迎你到我大学办公室来，我们可以好好聊聊。在美国，大学生都会给自己找个 mentor（导师），跟中国大学的导师不一样，mentor 是从过来人的角度给你们人生建议。我在伯克利的时候就有一个 mentor，给我的帮助很大。现在我当教授了，也十分愿意把这份善意回馈给年轻的同学。”

胡金柱把这封邮件读了两遍，修改了几个词语，觉得自己既亲切又权威，很好地突出了自己的美国背景和教授身份，实在是佳作。

周蔚，胡金柱眯起眼睛，指关节在桌面上来回敲。白裙长发大眼睛，问完问题侧着头听，恭敬之余还有几分清纯可人，神似那个送《光荣与梦想》的校花。胡金柱舒了口气：年轻真好啊。

远隔重洋，程悦欣跟张思禹正陷入新一轮冷战，彼此都不愿意率先低头。

起因是张思禹的父母驾到。

张思禹结婚前，父母来美国玩过两次，结婚后，二老还是第一次来。之前程悦欣与公婆基本是 Skype 上的点头之交，这次公婆过来，她拿出了以前接待领导的劲头，准备好好表现下自己的贤良媳妇人设。一室一厅的公寓，程悦欣首先提出，把卧室让给老人，他们睡客厅沙发。公婆来后，程悦欣爸妈前爸妈后，周末催着张思禹带他们去奥特莱斯大采购，还给报了一个华人旅行团的东部游。公婆来了一个月，其乐融融，程悦欣满怀信心，郝会会的悲剧绝对不会在自己家里上演。

可就是那一天，她回家早了点，隔着门，就听到婆婆的声音：“你过的什么日子啊！”

张思禹回答：“妈，我过得不是挺好吗！”

沉默。然后是公公的叹气声。

“好什么好！”婆婆继续，“结婚前我以为，年纪小贪玩娇气一点，没什么了不起，结了婚就好了。现在一看，结了婚更糟糕。饭来张口衣来伸手，她到美国都 3 年多了啊，待在家里什么都不干，还每天要等你回来做饭啊！”

程悦欣一瞬间手脚冰冷，她忽然明白过来，原来是在说自己。

公公说：“好了，你说有什么用。”

婆婆声音提高了：“我心疼儿子！每天那么辛苦，又要赚钱又要养家。本来以为结了婚总有人照顾他了，可以帮他分担些，我们在国内也好放心，结果呢？”

张思禹说：“妈，你别这样说。悦欣也进步很多了，现在在家洗衣服、扫地，家务不少干。再说她不是还在上学吗？”

“上学都上了几年了？没完没了地上学。我和你爸爸以前想，不上班那我们总能早点抱孙子吧？结果呢？昨天当着我们面说，还没玩够。什么叫还没玩够？吃你的喝你的，就想着玩？她是寄生虫啊？要榨干你啊？你也是，博士读出来有什么用，一天到晚被她欺负！”

“好了好了，你少说两句，等下她回来了。”

程悦欣拔腿就往外走，头昏脑涨。

还说拿我当亲生女儿！让张思禹凡事多让让我！

巨大的委屈像海浪一样袭来，前尘往事滚滚而至。她发足狂走，没头没脑狂走。

“一直想要个女儿，小时候还把张思禹当女孩打扮。现在好了，总算有个女儿了。”

F× ×k You！

在外面游荡到8点多，按掉了张思禹4个电话。程悦欣的手脚慢慢不冷了，委屈跟愤怒渐渐退去，看着黑漆漆的路，一股悲凉油然而生。

异国的月光，岁月里面目全非的人。程悦欣忽然想，张思禹根本没帮自己说话。10月的硅谷，日夜温差大，白天依旧灼热，但夜晚冷风刺骨。程悦欣忽然又想，原来现在自己离家出走，都没地方可以去。

吃张思禹的，喝张思禹的。养我一辈子，我就是寄生虫？

程悦欣抽了抽鼻涕，翻遍了通讯录，给郑懿拨了过去。

“回家吧，”郑懿说，“你们家离downtown近，那个区治安不好。”

程悦欣倔强地说：“我才不回去！回去干吗？被人说寄生虫吗？”

郑懿顿了一下：“程悦欣，我跟你分享一点寄人篱下的心得。别人只要表面上对你好就够了，他们心里想什么，你管不了，也不该你管。”

程悦欣委屈：“他们一家子联合起来欺负我！背后说我坏话！口是心非，还说拿我当亲生女儿，比起张思禹这个臭小子更喜欢我！”

郑懿忍不住扑哧笑了出来：“这种场面话你也信？你要是辛辛苦苦养大一个孩子，会对一个外人比对自己孩子好？你会不帮他帮一个陌生人？”

程悦欣瞠目结舌：“什么，怎么是陌生人？”

郑懿叹口气：“如果不是张思禹，你和他们不就是陌生人吗？他们为什么平白无故要对你好？”

“但也说得太难听了！”

“程悦欣，我可以跟你一起骂张思禹骂你公婆，但这对你不会有任何帮助。站在张思禹的角度，他在这场婚姻中获利确实比较少，而你应该考虑的，是如何增加自己的价值。”

“婚姻是讲利益的吗！”

“不要说婚姻，就是亲情，又哪能不掺杂一点利益呢？好一点的，不过是大家在感情基础上再谈利益罢了。”

“你真是冷血！”程悦欣愤愤，差一点跟出一句“怪不得就这么把林锐甩了”，但在丧失理智前，挂掉了电话。

郑懿握着电话，看着旧金山的夜色，听着耳边的警笛，想着那句“冷血”。

是冷血吧！但难道这不是事实吗？茫茫人海，每个人始终都是爱自己多一点，为自己考虑多一点。她和妈妈不是没有相依为命过，但之后，有了继父有了弟弟，她自然就要退到了那个家庭边缘的位置。难道她也能要求和弟弟同样的待遇吗？那个家的顶梁柱是继父，她对于那个家，也不过是个陌生人而已。一张要吃饭的嘴，一只伸出拿学费的手。能怎么办呢？

感情，混着利益；利益，也混着感情。

她考上北大，去了北京；她出了国，来了硅谷。于是“我女儿”“我姐姐”这亲切的称谓才频繁出现。林锐说大不了回国，因为他回得去；而她的人生里，是没有退路的。

程悦欣虎着脸回到家，无视张思禹“你到底去哪里了”的追问，径直跑去了卫生间。洗完澡，婆婆进来收拾，猛然发现程悦欣今天自己收拾了浴室洗完了衣服。

“放着我来弄吧。”婆婆说。

“没事，妈，以后我自己来。”程悦欣面无表情。

## 第十九章
# 锦绣前程

“女人当自强！”程悦欣信誓旦旦地在 MSN 上改了签名。张思禹发了三个问号给她，她都无视了。挑灯夜战，把改了三周的个人陈述改完了，把申请网页上那些令她不高兴的问题写完了。在点击“提交”之前，程悦欣有过一丝犹豫，要不要让张思禹给她把把关，看看有没有语法错误，可最后还是咬咬牙，直接提交了。

“早晚有一天！”程悦欣听着张思禹和父母客厅里的说笑声，默默在心里想。

搞得我是个外人！程悦欣愤愤，出门倒水时故意把动静弄得很大。张思禹正在给他爸展示新出的 iPad 的功能，没几天二老就回国了，张思禹的购物情绪高涨。原来，程悦欣是不在意这些生活细节的，可现在，忽然就满心委屈。

在国内，哪个周末自己不去逛商场？哪家下午茶没去过？美容院的卡难道不是几千几千往里充的？现在呢，20美元以上的衣服都要考虑半天，永远在看打折网站，永远在算计信用卡返现。还要被人说寄生虫，靠老公养！程悦欣愤恨地看了一眼张思禹手里的iPad，想到自己用的那个Windows手机。

“悦欣，一起坐着看电视。”张思禹的妈妈招呼她。

“不用了，让思禹陪着您看，我要进去写点东西。”程悦欣礼貌地说。她憋着一口气，把原来的“爸”“妈”称呼都省掉了，取而代之，用上了尊称“您”，明显冷淡，但滴水不漏。关门那一刻，她心里想：我又不是没当过公务员！

想来也伤感，当年她就是嫌在办公室搞这些太麻烦，满心欢喜结婚出国，以为可以避开庸俗现实的生活，但谁能想到，有一天，终究还是要把在职场的心思用回到家里来？

张思禹送父母去机场回来的那晚，只见程悦欣端坐在笔记本电脑前，噼里啪啦打字。

“你回来了？”程悦欣一脸严肃，“正好，看下这个。”

一张Excel表格，竖栏列出了从“每天擦灰”到“三周洗床单”共98项家务。

“我们平分，一人49项，大家不吃亏，你看看还要不要加点什么。”程悦欣气鼓鼓的脸上，隐约又有些得意。

张思禹并没有领会到程悦欣最近又在生什么气。谈恋爱的时候，小作怡情，程悦欣三不五时的闹脾气，点缀了张思禹枯燥无聊的异国学习生涯。但不知道从什么时候开始，张思禹对这种“永远要讨好，总是在认错”的生活有些力不从心了。也是心甘情愿过的。坐一夜火车只为一早送上她称赞过一次的生煎，飞十几个小时为了在她办公楼门口掏出戒指。明明这都是几年前还让张思禹心旌摇曳的瞬间，现在却连回顾都有些疲惫。

“你这个表格做得不科学啊，”张思禹随口开了一句玩笑，“每样的权重不可能一样的，比如换卫生纸肯定和拖地强度不一样啊，这怎么可能公平。”

程悦欣这时愣了一下，然后眼泪以肉眼可见的速度积聚到了眼眶，先是眼睫毛战斗，随后鼻头红了，两片嘴唇抿了又抿，最后哭腔和着咆哮：“你现在已经要跟我算得这样清楚了是吗？！”

张思禹想说：“是你先算的啊，”内心里又明白，自己应当立刻表态“我开玩笑的，我不是这个意思”，但最终，他什么都没说。那股疲惫感压倒了一切。

2010年3月3日，这一天，腹诽汹涌但邦交正常的局面被打破，两人关系下降至无语言交流床上沙发划三八线的冷战对峙状态。

周末张思禹和林锐去Mission Peak爬山，爬到一半，忍不住长叹了一口气：“结婚真没意思。”

林锐横他一眼：“早干吗去了？怎么着，你也想跟柱哥一样产业结构升级？”

胡金柱为了维持绿卡，半年要回一次美国。上次回来，酒足饭饱，便指点江山，高谈阔论。“教授在国内，待遇虽然上去了，但还是相对清贫的，就是社会地位高一点，”胡教授已经能打一点官腔了，“我有几个下海做生意的同学，好家伙，啧啧啧。那种高档会所你们去过没有？一晚上开酒就好几万。”胡金柱摸着自己的胸口：“还是要守住初心啊。”

看林锐和张思禹并没有预期中的向往，又拿出iPhone来翻照片：“就是这个家伙，现在混得好啊，那次我们同学聚会，他就拿个麦克风在那里喊——忘记你的上半身，忘记你的上半身！你看，这是我们那次同学聚会合影。”

一时手滑，多翻了一张照片，出现了校园里夕阳下的周蔚。林锐和张思禹对望一眼，胡金柱慌忙收起了手机。

“怎么着，柱哥，产业结构升级了啊？”林锐似笑非笑。

“哪有，”胡金柱打哈哈，“一个要考我研究生的学生，学生。”

“太不厚道了，”林锐脚步飞快，踢走路上的石子，折回来对着张思禹，“早干吗去了啊？我早跟你说了吧，你家那个是个雷，trouble 啊 trouble，你非说茶包你也乐意。现在又后悔了？叫我说，人家程悦欣没错，人家从来就这样，现在非要说，哎哟，你怎么跟不上我成长的脚步啊？虚伪！明明自个儿变了还非得把屎盆子扣对方脑袋上。”林锐拿手上的登山杆杖戳了下路边的石头，愈加愤愤。

张思禹没有说话。又到一年的四月，从山顶看下去，漫山遍野的绿草里渐渐开始夹杂枯黄。三年前的四月，也是这样还没有出太阳的早晨，自己在 Blue Nile（钻石珠宝网络零销商）上选钻戒，林锐搂着郑懿在旁边沙发上看《迷失》。郑懿忽然脑袋凑过来，指着其中一款：“这个不错啊，大方简洁。”林锐嘻皮笑脸：“不能够啊，咱眼界可要高一点，以后哪能在网上买钻戒？蒂芙尼、卡地亚走起！”

物是人非，变的到底是这个世界，还是我们自己？

一身臭汗爬下来，林锐还要拉张思禹去吃早茶，张思禹面露难色：“约了人了。”

“回去负荆请罪？”

“不是，有一个活动，‘硅谷星期六’，各行各业的一些人聚聚，碰碰头，还有国内来的。”张思禹说，“你要不要一起去？”话说出口，他就后悔了，一阵心虚。

还好林锐没兴趣："这种活动有什么意思！一群人互相发发名片找找感觉，浪费生命。人越多越没用。禹哥，你怎么现在也跟柱哥一样，喜欢搞这些没用的？"

张思禹脸红一阵白一阵："去看看嘛，长长见识。总比一到周末就去超市好啊。"

林锐望他一眼："你家茶包一起去？"

"她不去，她最近在学车。"张思禹笑了笑。程悦欣长本事了，自己从论坛上问到了一个中国的驾校师傅的信息，张思禹掏了 400 块现金给她做学费。

"那你跟那个冷敏一起去？"张思禹正要开车门，冷不丁背后传来林锐的一句。

张思禹尴尬地笑了笑："多参加活动，认识认识人，总是好的。下次一起去吧，你现在不是都带人了吗，肯定能聊很多东西出来。"

"算了吧，没兴趣。"林锐不以为然。

所有人都在以不同的姿势往前走。开始油腻庸俗也好，开始迈向成功也好，不管你对此冠以什么称呼，所有人都必须往前走。曾经以为不会变的东西都会变，曾经以为会到达的彼岸，却是从不同的道路。

林锐折回去又爬了一次山。这次一个人登顶后，莫名其妙大吼了一声。他打开手机，再看了一遍郑懿发来的那条短信："5 月 16 日，我毕业典礼，你来参加吗？我给你留了一张票。"

这并不是郑懿的求和。郑懿的 Facebook 上早就昭告了她毕业要去一加纽约律所，所有考 BAR（美国律师资格考试）有关的消息，都是纽约 BAR。真的要走了？算是跟加州的过去握手言和，好好说再见？

林锐冷笑了一声，想得倒美，想来就来，想走就走？

下山的时候，他的脚步有些踉跄。是不是所有人都走了，只剩他一个人留在原地？

风吹过春天，被日头一照，突然就炎热了起来。五月头上，程悦欣收到了一封邮件。

“恭喜你，被我校儿童及青少年发展专业录取。”

“恭喜你。”程悦欣看着这个单词傻笑。来美国快三年了，不同的人跟她说过不同的话，但第一次，有人对她说了一句“恭喜”。

她和张思禹的冷战渐渐缓和，已经恢复到“晚上吃啥”可以通过发邮件交流的程度了。她想了又想，删了又删，斟酌自己转邮件时该写点什么才好，但最后，只是直接把整封邮件转给了他。不到两分钟，张思禹回复邮件，两个字——厉害！

两个字，看得程悦欣眼泪都快下来了。但紧接着，被捂住的嘴巴还是情不自禁往上翘。程悦欣很想让全世界都知道，自己被录取了，自己终于在美国有事干了，终于不会被叫作“寄生虫”了！她立刻拿起手机，给那个叫自己“寄生虫”的人拨去了电话。

“恭喜啊，”郑懿叫起来，“你终于迈出了第一步！”

“我马上还要会开车了呢！”程悦欣得意得像个小孩，“我师傅说了，再练几次就能去考了，我上周末已经敢上高速了！”

“不错啊，程悦欣同学，看来你能开车来参加我的毕业典礼了！”

“林锐来不来？”程悦欣立刻八卦起来。

“不知道，”郑懿在电话那头顿了一下，“他没回我。我以为，我们就算不能一起走下去，也算是共度过青春里一段美好时光的。”

“你算了吧，先走的那个人才这么说，留在原地的那个人可不这么想，”程悦欣“哼”了一声，“你跟你之前那个怎么老死不相往来？”

郑懿难得沉默。

“我就不明白你跟林锐怎么就不能和好，你又不是真的跟那个吴昊在一起了。”程悦欣噘起嘴巴。

郑懿毕业的那天，在场馆外拍了很久的照。她的妈妈、继父和弟弟千里迢迢从国内来观礼，郑懿笑得很拘谨，但也很开心。八角的博士帽，金黄的穗，从这边拨到那边，就是三年的寒窗苦读，未来的千里迢迢。美国的同学更加热闹，博士袍外还挂着一串串的花环，美元做成的装饰，代表鹏程万里，贷款高筑。

郑懿的眼睛始终在搜寻，希望从哪个角落，忽然走出来那个人，跟她说一声“恭喜”，或者只是简单一声“嗨”。

“进去吧，你同学都进去了。”吴昊拍拍郑懿的肩膀。好事的程悦欣给林锐发了四遍短信：“你真的不来？”“我们要进去了，你没门票了！”

那一天，在旧金山市政中心附近，有一起打架斗殴事件。警察赶到的时候，一个华人男子正和一个流浪汉在地上扭做一团。流浪汉说，自己不过是问对方借一块钱，对方就对自己大打出手。华人男子说，流浪汉想抢自己的手机。流浪汉大叫：“他不是好人！他从中午就在这里闲逛，探头探脑，逛到现在。警官，把他抓起来！”

警察把两人分开，检查两人都没有明显的伤痕，问华人男子：“你的手机摔坏了，要不要去警局做笔录？”

华人男子看了看自己的手机，自言自语道：“从前的短信都看不到了？”

然后摇摇头，踉跄离开了。

## 第二十章
# 且听风吟

郝会会第一次见到凯拉，凯拉正在打电话，一手扶着门对她点了点头，一边皱着眉头对手机里说："哦，第一名的报价比你客人的高多了，但是抱歉，我不能告诉你具体数字。"她个子高，郝会会一眼望去只见到她胸前的双C胸针，还有一头泛着光泽的瀑布一般的红棕发。郝会会抱着不断在自己怀里扭动的温迪，一时进退失据，凯拉的扑克脸上鱼尾纹显现，但妆容精致，眉目犀利，浑身都是白人中年女性的职业感。

等她打完电话，郝会会磕磕绊绊地准备自我介绍："I, I am …"对方却露出了8颗牙齿的微笑："我知道，你一定就是郝。让我猜猜，这个是温迪对不对？欢迎你们！"郝会会想起胡金柱曾经说，美国人对牙齿的重视，世界第一，整齐如贝壳的牙，是体面的基本标准。郝会会不禁闭上了嘴，盖住了自己的四环素牙。

凯拉是个地产经纪人，确切地说，是个broker（代理人），有自己的经纪公司，手下养着5个经纪人。2010年，金融危机后哀鸿一片的硅谷房市逐渐复苏，随着奥巴马“8000美金房税补贴”政策出台，房市升温明显。那个法拍屋空挂半年也无人问津的时期过去了，虽然怀揣着现金的中国买家还没有大规模杀将而来，但为了房税补贴，八九个人抢一个房子开始多了起来。凯拉的生意，熬过了最难的两年，渐渐开始变好。她后来常对郝会会说“survive the climate”，郝会会回答：“知道，我们中国人说过冬。”

“我想要学一点中文，你知道，这里是硅谷，亚洲工程师越来越多，他们都需要买房子，虽然我有一个中国人经纪，但自己也想学一点。”凯拉一边带郝会会参观房子，一边说。郝会会斟酌了半天，才挤出不大流利的英文：“You want learn Chinese. Not your son? ”凯拉逗着地上爬的雅各布，又露出亮白的牙齿：“Both, both.”

2010年的夏天，晃晃悠悠。胡金柱离开大半年了，郝会会有时候在家，听到新来的房客的拖鞋踢踏声、咳嗽声，依旧会心里一荡，以为下一刻开门的就是胡金柱。但夜是长的，被艾玛和温迪的哭哭醒醒分割出的长，只有在凯拉家里是暖的。中国人的房子，买得再大，里面常常都是各种打折时收来的不成套的家具。而凯拉家里，有烛台，有熏香，有在埃及买回来的地毯，和日本淘回来的镜子。这对郝会会来说，是一个新奇的世界，新奇到让她小心翼翼，又无比雀跃。新奇到，让她暂时忘了牵挂大洋彼岸那个联系渐少的人，此时此刻到底在做什么。

入秋后的某天，郝会会照例抱着温迪去凯拉家。门钥匙刚转了半圈，凯拉就一副遇到救星的样子：“郝，你能帮我个忙吗？”郝会会有点懵，“Yes”说得犹犹豫豫。她的英语进步了，比刚来美国时候进步，比在中国超市打工时进步，但还没进步到确定能帮凯拉忙的地步。

“我的中国经纪人出车祸了，她约了客人看房，客人已经到了，是中国人，你能帮我做翻译吗？”

“我啥也不懂啊，”郝会会开始发愁。做翻译，要求多高啊！她拿温迪当挡箭牌：“孩子怎么办啊？”

凯拉说：“我已经叫了保姆，让温迪和雅各布在一块儿。”

郝会会涨红了脸：“My English, no good.”

凯拉笑道：“足够了。客户会说英语，但你知道，我需要一个中国人替我看很多微妙的文化上的东西。重要的信息很多都不在语言里。”

客户是一对刚搬到硅谷不久的小夫妻，都是工程师，家里赞助了首付，打算买套交通便利的房子。第一次买房，两个人一开始都很兴奋，但现在看到第三个月，渐渐不耐烦起来。价格、地段、房型，夫妻俩争执不下，看到最后一套，又开始翻旧账，怪来怪去，说错过了之前的哪套哪套。

争执到最后，女的发脾气说：“你光挑离你公司近的！”男的说：“上高速明明到你公司更快好吗！”女的说：“现在不是堵车，可早高峰101堵得死死的！”

徒劳无功的一天。凯拉对郝会会笑道：“生活就是这样，有时候客户看一年都不一定买，有时候一下午就买了，我们这行就是这样。谢谢你，郝，我会按小时给你算钱的。”郝会会慢了半拍，在地图上看了半天刚才看的三套房子。

一星期后，郝会会去凯拉家时带了一张纸，上面是每天早高峰时，从三套房子出发去小夫妻俩各自单位的时间。凯拉诧异地看着郝会会，郝会会涨红脸：“I tried. Morning time, evening. I drive.”

两个月后，经纪人艾米养好腿回来时，小夫妻的房子已经买好了。因为郝会会的表格做到第15套时，夫妻俩都不好意思再看下去了。凯拉开了香槟，给了郝会会2000美元提成：“Hao, You are awesome.（郝，你真棒。）”

“awesome”，郝会会体会着这个词，浑身像过了电，笑容再也憋不住。她坐在车上，朝温迪挥着支票：“温迪，你看这个是什么？不是妈妈当保姆的钱，妈妈会挣别的钱啦！”回到家里，不由得对着冯品芝也笑，笑得冯品芝心头发毛，白眼一个一个甩过来：“春天过掉了呀，花痴这个季节不发来！”

憋到周五晚上，兴致勃勃地讲给胡金柱听。胡金柱坐在床上，睡眼惺忪地虎着脸：“好了好了，两千块美金就把你高兴成这样，真是头发长见识短。”郝会会赔笑：“你还没睡醒啊？昨晚又睡很晚啊？”胡金柱“嗯”一声：“昨天跟系主任陪科技部的人吃饭，多喝了几杯。”

郝会会劝：“你又不能喝，喝个啤酒就脸红脖子粗，少喝点。”

胡金柱脖子一梗：“妇道人家，你懂什么？”

郝会会诺诺：“我就担心你身体，你不是胃不好吗，在实验室里熬坏了……”

胡金柱不耐烦：“我自己的身体我知道，你少叨叨。以后我的事你少瞎出主意。还有事吗？没事我挂了，一天的活！”

郝会会愣了一愣，胡金柱的脸消失前，她似乎在被子的一角，看到了一样粉色的东西。似乎是内衣，又似乎是睡衣，或者是毯子。但是，确确实实是粉色的。郝会会的心咚地坠了一下，脑袋嗡嗡作响，手脚发麻。

程悦欣拿到驾照后非常得意，接手了张思禹的丰田，每天兴致勃勃到处开。刚开始不敢上高速，再远的地方都走普通公路，练到了8月，想着开学后还是走高速方便，胆子就渐渐大起来，一咬牙上了高速。

郝会会是她驾驶路上的明灯。驾校老师就像中国大厨，跟你讲手感。程悦欣问：“我左转到底打到什么程度呢？”师父一瞪眼：“你看着路就知道了啊，你手上有感觉啊。”只有郝会会是西式厨子，按剂量写说明：“你打两圈半，看看差不多了再调整下。”所以敢上高速后，程悦欣三天两头就千里迢迢地去找艾玛和温迪玩。小裤子小衣服，玩具奶粉，程悦欣得意地想：就刷你的卡就刷你的卡！我不给自己买，给艾玛和温迪买，气死你！张思禹依旧不求饶，她卡就刷得愈发厉害。

郝会会终于没忍住，苍白着脸：“禹嫂，你说，我们家金柱……”

还没等她说完，程悦欣就跳起来：“你再打过去问他！让他把事情说说清楚！”

郝会会的腿软得像踩住了棉花，应付道：“我可能眼花了，大惊小怪。”

程悦欣皱眉：“宁可你大惊小怪，也要说清楚啊！这是原则问题！你不打我打。”

郝会会一把按住她的手：“禹嫂，别打，真的别打……”

冯品芝正跟着视频学跳广场舞，在一旁嗖嗖放冷箭：“小程，你别管她。不到黄河心不死，到了黄河还要骗自己这是红颜色，蛮好看的。”

程悦欣还要义愤填膺，冯品芝一把拽过她，轻声细语：“你不要逼她了，她一个女人，两个孩子，真要是摊牌了，她怎么办啊？小姑娘动动脑子，人人都是你家张思禹啊，把老婆捧在手里的啊？”

程悦欣看着郝会会，心里不禁软了一软。冯品芝的话钻到她心里，她忽然心头一热：是啊，张思禹跟胡金柱比起来，已经很好了。自己还在闹什么呢？

冷敏要去斯坦福读 MBA 了，大家为她践行，告别饭吃到一半，张思禹接到了程悦欣的电话。冷战刚开始时，程悦欣憋着气不给张思禹打电话，张思禹打过去，也只是冷冷的“嗯”“啊”回应。这两个星期，总算会打个电话问问："你加班吗？几点回来？"口气越冷，越装得若无其事，也就越委屈。张思禹有两次加班回家，看到程悦欣在床上打字的样子，也会有些恍惚。似乎下一刻她就会像新婚时那样雀跃地跳起来："老公，你回来啦！"

但今天，明明说过同事聚餐不回家吃饭的，程悦欣为什么又打过来？

"你们还在吃啊？"程悦欣的声音难得有了温度。

张思禹看一眼被起哄着喝了一杯酒的冷敏，心虚地"嗯"了一声。

"哦，"程悦欣的声音软软的，"我今天去看过艾玛了，现在回家。"

"晚上你开慢点，"张思禹忍不住叮嘱，"你开最右边的道，被人滴两下就滴两下，安全最重要。"

就是那种温暖的口气，唰的一下，就把程悦欣已经松动的心温暖了。

"哦，"她乖乖应了，"那你，你早点回来啊，我等你啊。"好久没撒娇，忽然有点不自然。

张思禹愣了愣。等回到饭桌上的时候，鹏叔已经兴奋了："张思禹，你说冷敏该不该再喝一杯？听说斯科特给冷敏的推荐信上连用了三个super（优秀），说她是stellar employee（优秀雇员），举的例子就是你们去年那个项目。你说她该不该喝一杯谢谢你？"

张思禹看到冷敏已经两颊绯红，媚眼如丝，就拦着："别让她喝了，怎么搞得像在国内一样，她待会儿还要开车呢。"

一个女同事笑道："鹏叔，你好好跟人家张思禹学学，怜香惜玉。你这么盯着冷敏，人家以后发达了可不带着你。"

另一个同事起哄："冷敏发达是指日可待，人家现在是去斯坦福念MBA！"

鹏叔不依不饶："发达不发达是以后的事，今天我们不能先放过她啊。"

冷敏也不多话，一杯啤酒倒满，直直看着张思禹：“要喝。张思禹，我谢谢你。”

酒气袭人，冷敏的眼神里有说不清道不明的妩媚和跳跃。仰头一饮而尽，一点残酒，顺着她雪白的下颚往下流。张思禹的心忽然漏跳了一拍。

吃完饭各回各家，冷敏走在前面，却一个踉跄，被张思禹一把搂住。张思禹回头就怪鹏叔：“叫你别灌酒！”冷敏摆手：“没事，今天我开心。”等同事们的车一辆辆开出广场，冷敏的步子却不动了，头沉沉地抵住张思禹胸口。

张思禹一瞬间以为她要吐，但接着，从胸口开始，整个身体燥热起来。他不敢动，也不想动。夏夜的风吹在身上，一抬眼，月明星稀，整个世界在倾倒。

不知过了多久，张思禹觉得怀里一动一动，渐渐有极细极细的呜咽声。冷敏一抬脸，绯红的脸上泪珠晶莹：“张思禹，我要走了。”

怀里有一盆丢不掉的火，张思禹平复了一下呼吸，挤出一个笑容：“你不是一直想去念 MBA 吗？”

冷敏动了动，把脸枕在张思禹胸口：“得到了想要得到的，但不知道失去的，会不会后悔。”她的脸滚烫，连带着张思禹的皮肤也烫了起来。

“《阿飞正传》里说，有一种鸟，没有脚，宿命就是一直往前飞。我觉得我大概是阿修罗，永远穿着战衣在打仗。有时候好想停一停。你看今天晚上，月亮那么美，风也刚刚好，风里还有夏天的声音，有从前的声音。”冷敏的声音时高时低，最后变成喃喃的轰鸣。她似乎在哼一段旋律，永不止息的旋律。

张思禹醉了，在自己战鼓一样跳动的心律中醉了。他不记得是怎么开始的，也不记得是怎么结束的，那个吻铺天盖地，仿佛在茫茫尘世等待了很久很久。

张思禹到家的时候，先在车里呆坐了一会儿，脑海中久久盘旋着冷敏的气息还有那个绵长的吻。忽然，程悦欣的脸跳进了他的脑海，像一道闪电把他惊醒。

他们的公寓在车棚正上方，程悦欣平时总是埋怨楼下的车吵，但此时，屋里那盏橘黄的灯，却像一个无声的惊雷，钻进了张思禹的车，用宁静搅和着本就翻江倒海的心。张思禹握着方向盘的手在发抖，后悔、愧疚、沉沦、欢乐，一阵阵袭来。他忽然想，如果自己抽烟就好了。他打开短信，写了删删了写，最后终于完成一条短信："对不起，我想我们以后还是不要见面了。"可心潮起伏，始终按不下发送键。

等张思禹收拾好心情，上楼打开了房门，只见程悦欣和衣睡在沙发上，笔记本电脑里还在放着连续剧。张思禹轻轻合上电脑，却不料程悦欣猛然坐起，半梦半醒地喊："老公，你回来啦。"她顺势抱住了张思禹的手臂，顺理成章地把头靠了上来，又迷迷糊糊地埋怨："怎么那么晚，我不是告诉你早一点的吗？"那盏橘黄的灯打在程悦欣的脸上，她像小孩一样皱着鼻子眉头，好像谁都欠她一块饼干。张思禹被这久违的亲昵感染了，心里的愧疚忽然如山洪暴发。他捏了捏程悦欣的手："下次不会了，我保证。"

## 第二十一章
# 凛冬将至

秋天来的悄无声息，正中午的日头依旧火辣，但到底一早一晚，渐渐凉了下去。当程悦欣在校园里踩到第一片黄叶的时候，愣了一下。

杭州的秋天也是非常美的，整个城市遍布着落叶木，梧桐、风香、水杉，灯笼，红黄斑斓，像一场令人安心的梦。以前实习单位的门口有一棵银杏，有天早上，她自顾自低着头踩地上的银杏落叶，忽然有人叫她“宝宝”。她眯起眼，秋日的阳光还未盛开，斜洒在一树金黄的银杏上，然后纷纷倾倒在树下的张思禹肩上。他一脸得意和雀跃，掏出捂在怀里的一个保温盒。“你上次说喜欢吃的生煎，我买的第一炉，现在还是温的！”

程悦欣本来想，明知道要异国，干吗还来追自己？可那一盒生煎真的还是温的。她咬了一口下去，并没有像网上说的那样汁水饱满，但抬起头，却说：“那你什么时候带我去上海吃刚出炉的？”

想起旧事，程悦欣不禁心里柔软了一下。她拿起手机拍了张落叶给张思禹：“树叶黄了。”

年年岁岁的落叶，岁岁年年的人。程悦欣举目四望，有一个念头忽然击中了自己——我要 30 岁了！一种说不清道不明的焦躁从心底泛起。30 岁，仿佛一个大限，像怪兽一样张着血盆大口，喷着火，冒着烟，一点点焦灼着程悦欣的心。

她焦虑，不只是因为一事无成，还有郑懿嘴里的“寄生虫”，更重要的，是发现原来上了学，日子也不会一下子变好起来。电视剧里的女主角，无论离婚还是破产，只要下定决心，喊一声“我是希瑞”，就能大杀四方。

可她不行。哪怕自己信了郑懿，哪怕一遍遍对自己喊“程悦欣你要加油啊！”要看的书并没有减少，课堂上依旧不敢参与讨论，怕被人笑话口音，听不懂同学间的聊天。夜深人静，“儿童大脑发展”的字符都幻化成一只只小虫，爬入自己的四肢百骸。张思禹叮嘱她，不会的单词用荧光笔标出来，多查查就知道了。她听了，于是一页书上大半页都是闪着荧光的黄色，嘲笑着她，让她屈辱地想扔掉字典大叫“什么皮层灰质翻成中文我也不懂啊！”

这个时候，张思禹却分外有耐心，搬一张凳子坐在她身边：“别着急啊，我刚上学的时候也听不懂。”程悦欣委屈地摔了一下荧光笔：“那我要什么时候才能听得懂？”张思禹说：“慢慢就听懂了。”

程悦欣望着他的眼睛，银杏的金黄色在张思禹的眼眸中闪烁。程悦欣一噘嘴：“我刚来美国的时候你也是这样骗我的！你说我慢慢就习惯了，都三年了！我都快 30 岁了！”

张思禹安慰她：“30 岁怎么了？我也 30 了啊。”

“男人跟女人怎么一样？”

“那有什么不一样，女人 30 也很好啊，就像冷敏……”张思禹说到一半，忽然停住了。

“冷敏，我怎么跟冷敏比？”程悦欣没有意识到张思禹的辗转，愤愤地说，“人家是去斯坦福念MBA，我怎么跟人家比？我又老又笨，还一事无成！”

张思禹抚摸着程悦欣的头发，一波又一波的内疚袭来，他的手势愈发轻柔。

“我发现，你最近对我变好了，为什么呀？”程悦欣发完小姐脾气，抽了抽鼻子。

张思禹很尴尬：“我对你一直很好啊。”为了掩饰心虚，他王顾左右：“算了，今天别看书了，我去Bedbox租个碟，我们一起看电影吧。”

程悦欣一拍书桌：“不要，我今天非要看完不可！”

这时来了短信。张思禹走到厨房倒水，心一阵怦怦直跳。他的手机在裤兜里发烫，冷敏的那条回复短信像一颗定时炸弹，永远让他在程悦欣身边心惊肉跳。

——今晚的事你别多想，我只是把你当好朋友。

好朋友，是什么意思？只要一想到这里，张思禹的唇边颈项就一阵发麻，仿佛还停留着那一夜的旖旎温度。她是为了自己考虑吗？到底是真心还是假意？日日踌躇，日日不忍，于是这枚定时炸弹他便饮鸩止渴地留了下来。

发呆过后，心神渐渐回到了这个公寓，回到此时此地。张思禹拍拍脸，泡了一杯蜂蜜柚子茶端给程悦欣：“你喝点热的。”

“张思禹！”程悦欣看到茶，忽然正色望着张思禹，让他又一阵心虚。

但就这一刻，顽皮的笑终于从程悦欣绷着的脸上露了出来，她捧着茶开心地说：“我知道你为什么又开始对我好了。”

“为什么？”

“我们成功度过了三年之痒啊！”

生活并不会因为你打了鸡血就变得容易了一点。但是打鸡血，失落，下坡；再打鸡血，再失落，再下坡。程悦欣咬着牙看书、查字典，逼着自己每堂课发一次言。一次又一次，灰心了躺倒一会儿，休息够了再战一回，跌跌撞撞，竟也走过了开头。

夏令时结束了，很快，感恩节来了。

今年的感恩节，郝会会热情高涨，左一个电话右一个电话，要把张思禹、程悦欣和林锐都叫过来。“都来啊，不用带菜，我请客！”郝会会的声音高八度，震得人耳朵疼。

“不要你请，”程悦欣说，“叫林锐请！他升职了，他们公司快要上市了，让他请！”程悦欣终于在张思禹的督促下开了个领英账号，没过多久，就跳出来个通知——你的朋友林锐荣升经理，快去恭喜一下他吧。

“林锐，你现在管多少人啊？”程悦欣端着冯品芝的罗宋汤，一脸八卦，“你那么快就升职了啊？我们张思禹比你工作时间还长呢。”

“没几个人，”林锐还是一脸不在乎的表情，“我那个师兄不是跳去推特了吗，还带了几个人走，没人干活了，我之前就帮着顶了半年。嗐，我还不想做什么经理，烦。”

“当经理多好啊。”程悦欣看了一眼张思禹。

张思禹笑笑：“美国跟国内不一样，国内你要升职，就肯定走管理线。在美国，除了管理线，还有技术线，很多人做技术做到老的。”

“真牛逼的工程师谁愿意管那摊子烂事啊。”林锐敲着桌子，幽幽叹口气。

“林锐，我学了句北京话，送给你，”程悦欣笑，“你少装大尾巴狼了！”

“我去，你从哪儿学的啊？你用得对吗？”林锐忍不住也笑。

“吃饭吃饭！”郝会会和冯品芝的菜一道道端上来。冯品芝把肉一放，就去沙发上扳艾玛的手：“哎呀，艾玛，你别给妹妹吃那个！”

热闹，嘈杂，仿佛又回到了几年前那个感恩节。只是火鸡端上来的那刻，程悦欣没过大脑地说了一句：“会会，你烤的火鸡没郑懿烤的好看！”

瞬间冷场。

林锐的筷子停了一下，立刻装作若无其事，轻描淡写地说了一句：“对了，我在爬山群里认识了个姑娘，改天出来大家聚聚。”

程悦欣没说话。她本来以为，兜兜转转，哪怕分在东西海岸，林锐和郑懿总会复合的，就像在大峡谷那永不放弃的一瞬间。但转眼，郑懿的Facebook上已经贴出了她和吴昊的合影，林锐也终于要开始新生活了。

就像歌词里唱的——谁是唯一谁的人……那自己呢？程悦欣想着，不禁捏了捏张思禹的手。

过了一会儿，出去买饮料和蛋糕的几个现任房客也回来了。屋里更嘈杂了，大家忙着寒暄、攀熟人校友、加Facebook好友。每当这个时候，程悦欣都是尴尬的。不知名的母校，没有金光闪闪的公司和职位，说到学教育专业，又跟硅谷遍地工程师格格不入。

有人问了一句：“那你出来是要当小学老师中学老师吗？”程悦欣答道：“其实都可以啊。”有人问：“老师收入高吗？”程悦欣尴尬地笑道：“肯定跟工程师不能比。”马上有人安慰：“但你们福利好啊，你们有工会。”这种安慰其实是场面话，程悦欣的标签，立刻又被打上了“张思禹老婆”五个字。七嘴八舌的疑问聚集到了林锐身上。

“所以林锐，你在Facebook啊？”

FLAG：Facebook，Linkedin，Apple，Google，硅谷四大标杆。

恍惚间，程悦欣觉得有点灰心。行业差距那么大，自己拼命到达的终点都比不上别人的起点。

“禹嫂，禹嫂！”没等程悦欣食不知味太久，郝会会忽然过来轻轻拉她。

“你跟我来，跟我来。”神神秘秘的，弄得程悦欣一头雾水。

郝会会拉程悦欣到二楼卧室，锁上门，偷偷摸摸从衣橱深处摸出一个粉红色竖条纹的袋子。

Victoria's Secret（维密内衣）。

程悦欣大张着嘴拎出几条镂空蕾丝，震惊地上下打量郝会会。

郝会会很忸怩：“那个，凯拉陪我买的，好看吗？老外的眼光，会不会中国人接受不了啊？”脸涨得通红，却一脸期待。

“好看，但这个，你想干吗？”程悦欣一时没回过神。

郝会会的脸上要红出血来：“那个，不是金柱圣诞节要回来了吗，我想……”声音越来越低，终于用手蒙住了眼睛。

程悦欣哈哈大笑：“我还以为你要搞外遇呢。哇，那胡金柱这次回来，还不鼻血狂喷啊！”

郝会会把内衣赶快塞回柜子里，忸怩地说：“我就想吧，这次……这次我给他生个儿子。”

生个儿子是不是就能绑住老公的心？半年来在郝会会心里挥之不去的那个东西是粉红色的。那镂空蕾丝，是不是就胜过了粉红？

“你怎么也开始重男轻女了啊，”程悦欣泄气，“艾玛和温迪以后知道了会伤心死。”

“你不懂，男人都是想有个儿子的，没有儿子，人生不完整。”郝会会为自己辩护。

“胡金柱说的啊？下次他再这么说，你告诉他，奥巴马，两个女儿；克林顿，一个女儿；比尔·盖茨，也有女儿！他们都不完整啊？轮得到他说人家人生不完整吗？真是的！留学有什么用！还博士后，还教授，就是个农民！”

郝会会很尴尬：“我们那，跟你们城里不一样。”

“有什么不一样啊！”程悦欣气鼓鼓的，连取笑情趣内衣的兴致都没有了。忽然反应过来：“那你怎么认定这几天你一定能怀孕呢？”

“我算过了，那几天是我排卵期。”

“那就能保证你这次一定生儿子？万一又是女儿呢？”

郝会会摆手：“不会的！我这次有准备，包生儿子。我网上看到的，妈妈要是酸性体质，就生女儿；碱性体质，就生儿子。我这次特地托人买的小苏打片，吃了大半年了，药房的人说，包生儿子。”

程悦欣听愣了，哑口无言。

“禹嫂，我这次要是成功了，给你也买，包你给禹哥生个大胖小子。你记住啊，不光要吃小苏打片，平时吃的东西也要讲究，少吃……”郝会会越讲越兴奋。

儿子，要有个儿子，要给老胡家留个后。

她的婚姻，她的家庭，她的人生希望，都在这奇妙的 pH 值里，在这点复杂的小心思里，在这荒诞无稽却只能把握的一线生机里。那扎心的粉色，那敷衍的笑容，那遥远的大洋彼岸和教授身份，郝会会都不去想了。她满心沉浸在自己给自己找到的出路里。

有了儿子，一切都会好起来的。

## 第二十二章
# 圣诞快乐

圣诞节前，林锐换了自己的Facebook头像。他剃短了头发，穿了件球衫，站在山顶上手插口袋，半是不羁半是笑。郑懿愣了愣，她从林锐的笑意里，看出来对面拿着照相机的那个人。她犹豫了一下，不想留下自己访问过的痕迹，于是并没有点进大图，而是径直关掉了页面。桌上叠着两排厚厚的文件，看不完的文档，写不完的报告，让她并没有过多心思停留在生活的细微差别上。

“懿，那么晚还在。”同事迈克尔端着咖啡经过。迈克尔比郑懿高一级，是个挂着精英笑容的典型白人。郑懿和他素来就是电梯遇到后以礼貌笑容互问“How are you? ”的交情。两人分属的合伙人经常明争暗斗抢客户，下面的小兵自然也主动保持距离。更何况，郑懿是吴昊开后门塞进来的，并没有走传统的招聘流程，自然也和迈克尔这群人玩不到一块去。工作辛苦，难得一二年级的律师一起去酒吧，郑懿也总是格格不入。

可今天迈克尔显然没有打完招呼就走的意思，而是装作不经意地靠上来问：“对了，听说达斯汀要跳去 L 所了，昊也一起走，是不是啊？”人事变动，表面上总是波澜不惊，但私底下波涛汹涌。可这次，郑懿觉得荒谬：“谁说的？达斯汀度假是本来就安排好的，昊不在办公室是因为打篮球脚伤了，在休病假。”

“哦？”迈克尔意味深长地看着她，想从她脸上看出点什么来。最终耸耸肩，露出一个神秘的笑容，留下一句“take care”。

纽约，终于又回到了纽约。跟自由土鳖的西部不同，纽约是纸醉金迷的，皮草、时尚、酒吧、艺术，果然与郑懿大学时候看的《欲望都市》一模一样。纽约是个大熔炉，各种皮肤各种信仰，但同时，又壁垒分明。哪个阶层的人，住哪个街区，去哪个餐厅和酒吧。

郑懿永远记得她第一次给全组定聚餐餐厅时，秘书望着她说：“哦，我们不去那个餐厅。那个餐厅是 W 和 S 那样的大所才能去的。”哦，是的，三六九等，她差点忘记了。这不是大学生靠做一个网站就能变成独角兽的西部。

夜深了，城市更加喧嚣。郑懿揉了揉眼睛，手机振动，是吴昊的消息：“郑小姐是否赏光周末一起吃个饭？”郑懿打字：“你脚好了？”吴昊一个电话打过来：“所以要有劳你先来我家接一下我。”吴昊的声音跟林锐不一样，磁性厚重，却听不出任何情绪波澜。

郑懿正要说话，忽然手机又一振，提醒私人邮箱里收到一封邮件。郑懿习惯性一瞥，发现是秘书发的。秘书问：“还有人没有安排好 L 所的面试吗？”

郑懿闭着嘴没说话，她回想起和迈克尔的对话，然后往上翻邮件页面，发现了吴昊的邮箱赫然也在收件人栏内。组里其他人都在。

她定了定神，问听筒那边也沉默着的吴昊："你看到勒妮发的邮件了吗？所以她是不小心把我也加进去了是吗？那你呢？你是本来就应该在上面，还是同样不小心被她加上的？"

吴昊缓缓说："郑懿，你先不要激动，我本来周六也准备跟你说的。"

郑懿连珠炮般地发问："克洛伊也走吗？瑞安呢？"

吴昊的沉默算是回应了郑懿。

郑懿觉得气短，站起来呼了口气，然后走了几步。合伙人带着整组跳槽，却没有她。还有哪个合伙人可以投靠？还是只能等开除信了？郑懿的脑子一瞬间有些混乱，以至于自己对吴昊的失望是后来才渐渐浮现出来的。

"那，"郑懿清了清嗓子，"既然我已经知道了，看来周六就不用麻烦再一起吃饭了。"

吴昊"嗯"了一声："郑懿，希望你不要生气，达斯汀不想事先泄露消息，我也很无奈。你会怪我吗？"

郑懿把从喉咙里出来的怨气生硬地打个弯，又深深地咽下去。怪他？自己有什么资格怪他？自己当时来找吴昊，是仗了从前的一些亏欠一丝暧昧，但得寸进尺，又凭什么呢？

于是她生硬地回复："不怪你。如果我是你，我也会这么做。公事公办，是应该的。"

吴昊在电话那头轻轻叹了口气："郑懿，我有时候在想，如果你怪我的时候，真的就哭出来说你怪我，我们之间会怎么样。我当年不会让你走的。"

郑懿不禁笑出来："所以，看来还是我不对了？吴昊，你真是个好律师！"她顿了顿，在挂电话前又说："谢谢你吴律师，给我介绍了第一份实习，第一份工作。"

纽约的夜特别地亮，特别地长。电脑屏幕上密密麻麻的字，脑海中千丝万缕的结。郑懿知道自己应该顺着那些线，去找一找，哪个合伙人最近在扩张中国业务，哪个组现在正在招新人，过去一年里，名片夹里放进去的哪些名片应该拎出来用一用了……但这一刻，她只觉得排山倒海地疲倦。她合上电脑，自嘲地笑笑：客户和项目达斯汀一定都会带走的，自己白白做了那么多无用功呢。但这疲倦的最深处，竟然隐隐有一丝着陆的安全感。一年多来要靠着安眠药才能入睡的郑懿，这一刻，却枕在一堆文件中沉沉睡去了。

梦中，郑懿置身在一个鸟语花香的花园里——大片的草坪、层层叠叠的鲜花，阳光懒散、和风拂面，心里有一阵温暖接一阵温暖，仿佛终于回到久违的家园；树丛后面传来孩童的笑声，清脆、响亮、无忧无虑；郑懿踮起脚，想要拨开眼前的树丛，忽然，一个惊雷在耳边响起来，她浑身一颤，心像钟摆来回荡个不停。

桌上的手机响了。

以为长长的一觉，其实不过睡了十几分钟。郑懿喘着粗气，看到手机屏幕上跳动的“程悦欣”三个字。

郑懿吸了口气，疲惫地接起电话。刚“喂”了一声，程悦欣气势汹汹的声音就冲了出来，“郑懿，你认识不认识离婚律师？！”

郑懿“啊”了一声：“你要和张思禹离婚？”

程悦欣气鼓鼓地说：“不是我找，是替郝会会找！她快被胡金柱欺负死了！”

胡金柱这次回来，比从前和气多了，再也不动不动对着郝会会大呼小叫，话里话外都很客气。对艾玛和温迪也有了很多耐心，行李箱里还带了许多玩具，吃完卤面逗两个孩子玩了很久。

这也让郝会会的一颗心踏实了许多。有男人在，家才像个家。所以她下决心，这次一定要生个儿子出来。

晚上洗完澡，郝会会喷了程悦欣送她的香水。程悦欣之前教她，香水要喷在空气里，人从中走过。他觉得那样太浪费，于是狠狠往自己身上喷了几下，呛得打了两个喷嚏。她红着脸往下看自己的身体，觉得裹着维密内衣很别扭，不禁臊得跺了下脚，然后裹上外套往卧室冲。一颗心怦怦跳个不停，进屋却发现胡金柱已经睡着了。

刚下飞机，累了。郝会会安慰了一下自己正在下沉的心。

当年媒人介绍他们第一次见面时，郝会会站在屋里，胡金柱站在屋外，太阳照下来，并不高大的胡金柱显得格外耀眼。“他是博士啊！”郝会会立刻低下头，心里开了花。此刻，身边这个人不但是博士，还是个大教授。这么熟悉，又那么陌生。郝会会忐忑地用手背去碰了碰胡金柱的背。那点体温，像过电一样传到了她的心里。她放开胆子，另一只手也攀过去，拦腰抱住了胡金柱。

半夜里，郝会会猛地惊醒，发现身边空了。一种不祥的预感涌上心头，穿了拖鞋奔出卧室，在厨房的角落，见到了正在喝红酒的胡金柱。

胡金柱看到了郝会会，朝她点点头：“睡不着了，你也来陪我喝点，我们说说话。”

郝会会的心跳得更厉害了，推脱道：“我睡觉了，温迪半夜醒了找不到我要哭，我上去睡觉。”

“过来。”胡金柱拍拍旁边的椅子。他的脸色严肃，有一种落寞与威严。

“我刚来美国的时候想，我一定要出人头地，一定要让那些看不起我的人，那些把我踩在脚底下的人看看，我胡金柱是不会让他们瞧扁的！”

胡金柱的脸渐渐泛红，在灯光下映着两鬓微微的白发，让郝会会觉得心酸。

“但就像《无间道》里说的，三年又三年，三年又三年，到底什么时候才是个头啊，”胡金柱给郝会会斟满，“会会，谢谢你，这么多年，在我最苦最困难的时候，都陪在我身边，支持我，鼓励我，这杯酒我敬你。”

郝会会心虚地说道：“你今天说这些干啥。我不要你谢，你别谢我。”

胡金柱没管郝会会，红酒当作白酒，一口闷。再倒第二杯：“我们结婚那么多年，老实说，你也没跟我过上什么好日子，这点我有愧于你。但是呢，你现在总算有绿卡了，有身份了，我也就稍微放心点。”

郝会会的心一颤，笑得僵硬，重复地说着：“你说这干啥？别说了，别说了。”

胡金柱叹了口气，看着郝会会说：“我回国的时候，留了 1 万块钱，这次我又带了 1 万块钱来。”胡金柱在怀里左掏掏，右掏掏，掏出一张汇票来，塞到郝会会手里。

“金柱，你这是要干吗？”郝会会颤抖着。

“会会啊，”胡金柱拍着郝会会的手背，“我们两个夫妻缘分已尽，结束吧！”

什么已尽？为什么已尽？为什么要结束？郝会会直愣愣地看着胡金柱。

胡金柱的声音忽远忽近：“我也是不得已。她怀孕了，我不想让我的孩子没爸爸。”

郝会会不懂，她很想问，那我的孩子就不是孩子吗？但她口干舌燥，依旧开不了口。

胡金柱接着说：“会会，是我对不起你。但周蔚是无辜的，她也觉得很对不起你，你看她给艾玛和温迪买了那么多玩具。她是很单纯很天真的小女孩。”

郝会会咬了咬嘴唇，觉得她既不单纯也不天真，更不是小女孩。

“总之，你就当是我欠你的，下辈子我补偿你。”

下辈子？那这辈子怎么办呢？这辈子还那么长，长到发冷。

等郝会会回过神来的时候，只剩她一个人呆呆地站在客厅里，身上还穿着那套可笑的维密内衣。

郝会会没有答应去大使馆办离婚。她忍着，憋着，在人前人后依旧忙忙碌碌。管孩子，做家务，替胡金柱把衬衫一件件熨好，皮鞋一双双擦干净。没人的时候，胡金柱对她说话，她要么逃开，要么就朝着胡金柱咧开嘴卑微地笑，却一声不吭。

胡金柱眼看回国日期就要到了，急得像热锅上的蚂蚁。打电话给张思禹商量，没过半天，程悦欣的电话就追过来了："胡金柱，没你这么欺负人的！你要离婚，好啊，我们找律师，法庭上见！"

郑懿犹豫道："我不是做 Family Law（婚姻家庭法）的，也不认识这专业的人。"

程悦欣在电话里喊："但我们就认识你一个律师啊！你不帮郝会会，她就被欺负死了！快过圣诞节了，张思禹他们公司都放假了，你还在忙哪？"

郑懿揉了揉眼睛："没有，我没什么要忙的。我回来看看你们吧。"

## 第二十三章
# 有时有雨

郑懿第一次离开家是去上住宿中学的那次。时隔多年，她已经记不清自己当时的心情。或许是方言里那一点细枝末节的不同，或许是大街上人们的穿衣打扮，或许是遥远而疏离的人潮和商场，她心里渐渐有一种漂泊感——自己不过是一个拿着所有行李而又无家可归的异乡客。

后来去北京上大学，不再坐长途汽车，坐的是绿皮火车。帝都的十月秋高气爽，周围乌泱乌泱都是人，公交车上时而传来京腔。同学问她，家乡是哪儿。她嘴上说四川，心里却不确定。再后来出国，从纽约到硅谷再到纽约。习惯了蜷缩在经济舱的座位上，起飞、降落，在机长“感谢您选择我们的航班”的问候语中愣神，自己到底又到了哪里。每个地方都很熟悉，但每个地方又是随时会离开的陌生。

“我是谁？这是哪？为什么来？几时走？快乐吗？会不会怀念？

——遇见你，也这样问。”

林锐开车来机场接她，隔着人潮，仿佛一脚踏回到了5年前。但郑懿并没有愣神太久。林锐的野马已经换成了宝马，嚣张的红色却变成了低调的银灰色。从副驾驶上跳下来一个穿着粉红运动装的女孩，推了下林锐的肩：“快替你朋友拿行李啊，就是这么没眼力见儿！”她的口气是责怪的，但肢体语言是亲密的，是一种微妙的主权宣示。

“其实不用麻烦你们，”郑懿跟王佳佳客气，“我自己打个出租车就行了。”

“那哪儿行！”王佳佳笑，“这又不是国内，叫出租车太麻烦了。况且咱们住得也不远，是不是林锐！”

郑懿笑了一下。她现在倒并不确定，到底是林锐还是这个新女友，想要对自己示威。

一路上，林锐沉默地开着车，王佳佳三不五时地从副驾驶上扔两个问题过来。

“东部的雪现在已经很大了吧？本来想去波士顿找朋友玩的，他们都让我等到春天再去。”“听说你是律师，是做哪种业务的？”“你喜欢东部还是西部啊？”“圣诞节你们一般去哪里玩啊？”

林锐从后视镜里看了看郑懿，见她一脸倦容，忍不住说：“行了！刚下飞机，让人家休息会儿。”

王佳佳瞪了林锐一眼，忽然回头盯着郑懿：“你们以前感情很好吗？”

郑懿愣了一下，错愕地看了一眼同样惊慌的林锐。

王佳佳忽然笑出来，转身坐好：“我是说你们跟以前的室友感情怎么会那么好，别人离婚，你还要特地飞回来。”

郑懿也笑了笑：“人在异乡，多个朋友总是更容易点。”

王佳佳仿佛自言自语：“我倒觉得，人总是要向前看。朋友只是人生中同走一段路，谁还能陪谁一辈子呢。是吧，林锐？”

林锐咳嗽了一下，嗯啊了几声。眼角眉梢的窘迫让郑懿觉得好笑，也很亲切。人的审美真的是很难改变，林锐再重振旗鼓，喜欢的还是这种咄咄逼人的女孩。

就像胡金柱，错失过女神，被人当过跳板，但回过血来，选择的依旧不是郝会会。

“有没有办法不离婚？”郝会会在程悦欣骂了半小时胡金柱后，挂着眼泪鼻涕，可怜巴巴地望着郑懿。

“会会啊，你有点志气好不好啊！”程悦欣气急败坏。

郑懿说道：“我不是加州律师，我也不做 Family Law，所以我不能给你法律建议。但站在朋友的立场上，我觉得你现在应该做的，是保证自己经济利益的情况下，尽快协议离婚。”

“为什么要协议离婚？！”程悦欣跳起来，“就去法院告那个不要脸的胡金柱！他出轨找小三，还有什么脸做教授！”

郑懿摇摇头：“法院又不是居委会，出轨不违法。”

程悦欣愤慨：“那让胡金柱把钱全交出来，让他净身出户滚蛋！”

郑懿依旧摇头：“美国大多数州，包括加州，都是无过错离婚，不存在过错方的说法。无论是什么原因导致婚姻解体，个人财产归个人，共同财产一人一半。”

“那问他要赡养费！还有抚养费！”

“抚养费是根据收入固定支付的，但赡养费……这么说吧，美国是个个人主义的国家。所谓个人主义，就是要自己靠自己。像会会这样婚姻没到 10 年的，本身又比较年轻，法院判赡养费的概率不高。再进一步说，就算有赡养费，也不是终生的。不是让你维持原先生活水准不变，而是给你提供必要的经济支持，让你能尽快返回社会、经济独立。”

程悦欣顿时语塞，一瞬间有巨大的愤怒：所谓的美国法制社会，竟然是这样的？

“而且，”郑懿顿了顿，“胡金柱回国的话，美国这边的法院其实没有执行力。关键是，他在美国没有什么财产，他在国内的收入当然是共同财产，但一来不多，二来你查不到。真要找律师查也不是不可以，但费用不便宜。作为朋友，我觉得，对你来说最好的情况是，利用胡金柱现在还内疚并且着急离婚的心理，不要上法庭，起草一份对你来说最有利的协议。不要拖，不要拖到他愧疚心没有了，胜负心起来了。离婚案很多最后结局都不好，就是两人的着眼点都不在维护自己权益上，而在一定要让对方过不好上了，宁愿把钱付律师费也不给对方。”

“我不要他钱，”郝会会颤抖着嘴唇，“我什么都不要，我不要离婚。离了婚，孩子怎么办？我不离婚。你们去跟他说，只要不离婚，他跟谁在一起我不管。好不好？我也不要他钱，我自己能赚钱。好不好？”

垂死的人，总要抓向空气。明知道什么都抓不住，但依旧不肯松开手。

夜里，郑懿跟着程悦欣回到了南湾。张思禹奉命去胡金柱的旅馆做思想工作，郑懿和程悦欣进屋后并排躺在床上，有一搭没一搭地聊。

“你说会会肯离婚吗？”程悦欣问。

“很多事，不是你不肯就不会发生的。”郑懿回答。

“太不公平了！”程悦欣愤愤，“胡金柱这种人简直狼心狗肺！”

郑懿没回应，任由程悦欣骂骂咧咧许久，方才说：“你知道吗，美国的离婚率都快 50% 了。如果你知道今天有 50% 的概率外面会下大雨，你又没有伞，最理智的做法是什么呢？”

程悦欣没有答案：“是什么呢？”

“不要出门。”

整个圣诞和新年假期都被胡金柱和郝会会的离婚事件占据了。有人说，人接受失去通常要经历 5 个步骤：拒绝、愤怒、挣扎、沮丧、接受。

郝会会的挣扎，很快在胡金柱的决绝里消磨殆尽了。郑懿算了一个数字，虽然让胡金柱肉痛了许久，但为了奔向新生活，他最终还是签了字。

去大使馆办完手续后，胡金柱和郝会会一前一后走在寒风刺骨的旧金山街头。郝会会很想说些什么，说些豪迈的或伤感的话，让胡金柱后悔羞愧。总之，她很想说些什么，给这段婚姻的结束一个仪式。但她还没开口，胡金柱已经一个箭步冲了出去。他借的车在街上停车超时了 10 分钟，正赶上警察贴条。

她对着胡金柱的背影说："金柱，你一定会后悔的，但你后悔的时候，我已经走了。金柱，你现在那个小女朋友对你肯定不是真心的，你以后绝对不会遇到比我对你更好的人了。我以后肯定能变得很厉害，让你踮着脚尖都够不上，到时候你跟在我屁股后面喊，我一眼都不看你。我就奔着前方去，一眼都不看你。"

胡金柱跟警察周旋完后，看到站在风里哭成泪人的郝会会。他有些不忍，又有些不耐烦，问了一句："怎么了？"

郝会会抹抹眼泪，摇了摇头："没事，风大。"

郑懿走的那天，本来说是程悦欣送，却没想到等来了林锐。

郑懿问："怎么是你？"又看了看副驾驶："你女朋友没来？"

林锐话不多说："上车。"

一路上两人没有话。没法像从前那样聊天，也尚不能像老友重逢相逢一笑泯恩仇。只有音响里飘荡的音乐，从前野马上的那盘老狼："忧伤，开满山冈，等青春散场。"

临下车，郑懿才故作轻松地说："我在你女朋友心目中，一定是那种阴魂不散特别讨人厌的前女友吧。我挺喜欢你现在的女朋友的，王佳佳对吗？我觉得比我适合你。”

林锐眉头紧锁：“我们现在要比谁更大度了吗？我是不会祝福你跟那个吴昊的。”

郑懿顿了顿：“那我还是祝福你们。林锐，我祝你幸福。”

郑懿并没有说谎。她确实觉得，王佳佳比自己更适合林锐。王佳佳会在爱情受到威胁时跳起来保护，王佳佳会让林锐知道自己的喜怒哀乐。不像自己，永远保持着一个抽身的姿态，随时准备着打包去下一站。郑懿回想起吴昊问她的话：“你为什么不能在怪我的时候直说你怪我呢？”她想起林锐问她：“你为什么认定我不会跟你一起走呢？”

可能，是害怕吧。如果有 50% 的可能下大雨，她就会害怕，她会选择在屋内不出去。老天爷并不会眷顾她，她必须自己照顾自己。

飞机降落到肯尼迪机场，郑懿去卫生间化了个妆，对着镜子微笑了半分钟，然后拨通了电话：“嘿，罗杰，新年过得好不好？有没有时间出来吃个饭？”

郝会会的沮丧期格外漫长，漫长到她开始愧疚，觉得辜负了身边所有人对自己的一番好意。

按照励志片的做法，她应该在离婚第二天就容光焕发。但她没有。她身心俱疲，对温迪和艾玛都失去了耐心，对吃失去了兴趣，对做家务、去凯拉家打工都意兴阑珊。她对着自己喊：“郝会会，你说好要让胡金柱后悔的！”但没用，虽然她强撑着不想让所有人失望，可精神状况还是一点点糟糕了下去。到了开春，着实地大病了一场。

病得昏天黑地的时候，郝会会反而有一种坦然。胡金柱留下的钱，省吃俭用，够她们用几年。那就这样吧，烂泥扶不上墙，那就瘫着吧。她有时闭着眼都能感受到冯品芝盯着她的目光。她也能感到，冯品芝是知道这病是怎么回事的，但她不想睁眼，不想解释。前途茫茫，就让自己闭着眼，沉到底吧。

凯拉是郝会会病到第二个月时来的。郝会会以为凯拉是来通知她不用再上班了，没想到凯拉对她说："郝，等你好了，我希望你去考一个地产经纪执照，到我的公司来上班，现在我有很多中国客户。"

郝会会摆手，着急道："No！我不行，英语，no good。"

凯拉按住她的手："你听着！我15岁的时候生了我儿子。"

郝会会瞪大眼睛："15岁？"

凯拉笑："哦，不是雅各布，是我大儿子。我15岁怀孕，生了我第一个孩子，变成了单亲妈妈。我父母非常失望，你知道人年轻的时候，脑袋不清楚。我生了孩子，没有上大学，还有很多坏习惯，又被从家里赶了出来。我那时候做过很多工作，但不论我做什么，我都觉得，我的人生完蛋了。我30岁的时候遇到我前夫，就是雅各布的爸爸。是他让我的人生安定下来。我30岁开始上社区大学，然后转到一个好大学。我35岁才大学毕业，38岁才开始做现在的工作。如果你要问我有什么人生经验，我要告诉你，永远，永远不要让别人告诉你，你不行了，你这辈子完蛋了。如果还有比这更重要的事，就是永远，永远不要跟自己说，我不行，我这辈子完蛋了。这辈子太长了，郝，太长了。你没有资格现在就说完蛋。"

凯拉用的词简单，郝会会能听懂大概。她眨了眨眼，还没开口说话，眼泪却慢慢溢出来。

"你不相信自己，你要相信我。我说你可以，你就可以。"凯拉扔下两本书，"你没时间生病了，你现在需要学习。你可以继续伤心，但请在工作结束后再伤心。"

*Chinese in Silicon Valley*

# 第五部分
# *Part 5*

## 绮罗香

他一下子理解了胡金柱说的，“回国之后，才觉得自己活过来了，才觉得自己是个人。”那是从芸芸众生中，突然站到了舞台中央，有追光，有掌声，有鲜花。

## 第二十四章

# 有人出去有人回来

房地产经纪这行准入门槛不算高，是个标准的服务性行当。和国内的中介不同，国内的中介往往垄断了房源或者房产信息，除了服务费，更收了一笔隐性的信息不对称费。美国没有独家房源，所有信息统统挂在网上，面积、要价、历史成交价、房屋检测报告……“而且，房产中介，既为买家服务，又为卖家服务，是非法的，”凯拉上课时说，“经纪要为客户的利益服务，这是我们的宗旨。”郝会会热血沸腾。

连蒙带猜过了考试后，郝会会才意识到凯拉的高屋建瓴她一时半会儿没有机会体悟，她首先要面对的是生存问题。在中国超市打工的时候，每个月好歹旱涝保收有两三千现金。现在换上了职业装拍了美颜大头贴，但没有客户的话，就只能喝西北风。

2011 年，中国买家大批涌入硅谷。凯拉知道，她应该再招一个中国经纪了。

凯拉让公司里原本的台湾经纪艾米带郝会会，但试想一下也知道，怎么有人肯把自己的客户分给别人？艾米很不开心。因此，她没少给郝会会白眼。她嫌郝会会土，嫌她学历低，嫌她英文不好。

但偏偏郝会会是个特别白目的人，对冷言冷语冷面孔都视而不见，锲而不舍地每天跑到她电脑旁，傻乎乎地笑："艾米，有什么我能帮你的吗？上次那个利率的计算，你再给我讲讲呗。"艾米只能转变战略，语重心长跟她说："做我们这行，积累很重要，一个是多看房，一个是从底层做起。"于是扔了几个要租房的客户给她。没钱要求又高，跑断腿的活就让她做咯。

郝会会当了两个月地产经纪，腿跑瘦了，只替一个客户租到了房。她一脸愁容，某天晚上跟冯品芝说："大妈，要不我还是去中国超市卖熟食算了。"冯品芝一瞪眼："西装穿上去还脱下来啊？人家不给你客源你自己找啊！你除了那个艾米不认识别的人啦？"

郝会会盘算了半天，鼓起勇气给林锐打了电话。

林锐这时正意气风发。Facebook 要上市已经沸沸扬扬了很久，员工们一个个脸上都带着"我是未来千万富翁"的骄傲。业务发展迅猛，手下招的人也多，当林锐每周都要花个一两天来面试招人的时候，他的头衔顺理成章地变成了高级经理。

他替郝会会开了张，买了套在 sunnyvale 的独栋屋。看着郝会会兴奋地用蹩脚的英语向凯拉汇报，王佳佳私下对林锐说："到了美国，不说英语，还是只能做中国人生意，真没意思。"

林锐想了想说："其实很多人都是这样。出了国，依旧吃中餐，去中国超市，除了学习工作必须用英文，朋友圈都是中国人。哪怕公司是外国公司，有外国老板同事，但工作内容不是做中国客户，就是跟国内团队打交道。"王佳佳摇了摇头："真悲哀。"林锐看了她一眼："也不能说悲哀吧，有些人自得其乐，而且日子过得不错。”王佳佳白了一眼：“我可看不惯这种人。那他出国干吗啊，在国内待着得了，出了国就应该融入主流社会！”林锐若有所思地调侃道：“那你该找个白人男朋友啊！”

郑懿念法学院的时候曾修过一门上庭诉讼课。小时候，她爸爸喜欢借录像带，大多数都是些打打杀杀的武打片，但有时候放罪案片。叔叔伯伯聚在客厅，背心大裤衩，喝酒划拳，笑声轰隆隆。但电视机上，有人头戴白手套，有人身穿大黑袍。架着金丝边眼镜的律师在法庭上走来走去，很酷地问：“你只需要回答我，是，或不是。”

直到郑懿开始上“证据法”和“上庭诉讼”的时候，她才知道，律师那样的问法，叫 leading question（诱导性问题），有诸多限制；而诉讼多以控辩交易结束，走到庭审的只有极少数，远不如电影里那样跌宕起伏。但当她站在模拟法庭，看着高高的法官席时，郑懿依然心潮澎湃，仿佛那么多年后，童年时的念念不忘，现在终于有了回响。

但可惜，她不是那些从小立志做检察官的白人同学，她是中国人。华尔街、时代广场、中央公园，鳞次栉比的高楼，星罗棋布的律师楼。混迹其间的黄皮肤黑眼睛律师，不是做并购重组，就是跨国贸易，要么就是知识产权。再往下，就要去到唐人街，在华语报纸上登“移民律师帮到你”。郑懿决不能做移民律师，她是北大的本科，NYU 的 LLM，全奖念的 JD，她不能容许自己沦落为唐人街移民律师。

入职 K 律所的那天，秘书带她参观办公室，边走边八卦：“那些中国客户特别难缠，每次钱都收不上来。听说你在中国也做过律师？中国人是不是很不尊重专业服务？”郑懿礼貌地笑：“其实客户都差不多。”秘书做了个耸肩的动作，深 V 领上的夸张假项链晃了几下：“没有冒犯的意思。

我很高兴你来了，你知道吗？每个人简历上都写着会中文，但一面试根本不是这么回事。彼得最后只好买了本中文书放在会议室，来了先读一页书。彼得让你读书了吗？”郑懿继续微笑：“没有，彼得知道我是从中国来的。”

《傲骨贤妻》里有一集是开董事会的场景，一个黑人律师看着满屋子的白人，对艾丽西亚说：“哦，我就是那个黑人，你就是那个女人。”郑懿笑出了眼泪。是的，无论什么场合，比她的名字懿更先被人记住的，是“那个中国女人”。

程悦欣倒没被当成“中国女人”，她充其量是“亚洲女孩”。欧美人种青春期身体就已经非常成熟了，有些到了二十几岁就出现中年面部特征，对比起来，程悦欣这种白瘦纤弱的，哪怕快30岁了，还是经常被误认为高中生。去赌场被查身份证，买酒也是，上门推销的人，看到她会问“我能跟你父母或者这家的主人说话吗？”程悦欣原本也非常愿意被人这样误认，直到她开始实习。

上完一年课，第二年就是田野实习和撰写论文，程悦欣被分到了一所离家30分钟车程的幼儿园。跟她一起搭档的布兰娜其实才20出头，但这个黑人女孩是气场全开的性格，爽朗地笑，打机关枪一样地说话，加上浓妆艳抹，很快就让所有人都以为在她和程悦欣之间，她是占支配位置的那个。当她们意见相左的时候，布兰娜总是没等程悦欣开口，就按自己的方式做了。有时候程悦欣说话，她会瞪大眼睛喊出一句“What？”那种戏谑的微表情，让程悦欣舌头打结。

程悦欣气呼呼地想：如果是说中文，我一定把你骂得哑口无言。可心里想，也只能用中文想，英语说出口，就更瞻前顾后，渐渐地，连对着孩子的时候都不大敢开口——我的口音他们能听懂吗？

开车回家，车熄火后却不下车。并没有多累，也没有多苦，就是浑身疲乏。

反光镜里照出自己的脸，按国人的标准，保养得并不怎么样，这个年纪会出现的细纹眼袋法令纹，一个不少。程悦欣忽然想，要是自己看上去再老一点或许也不错。老一点，是不是看上去资历深一点？是不是更有权威一点？

站在 28 岁的年纪，想要的不再是粉红色的玫瑰童话。

三十而立。轻盈的、欢快的、无忧无虑的尘埃都渐渐落下，从前被青春幔帐蒙住双眼的人，此时赤着脚踩在地上，惶惶然望着未知的前路。

在张思禹看来，程悦欣的失落有点风花雪月的无病呻吟，他脑海中此时盘旋着的是另一件事。

那天中午午饭时，鹏叔神秘兮兮地说："你们记得那个钟嘉吗？就是那个实习没留下来，最后灰溜溜回国的那个？"2009 年的时候形式不好，因为身份原因，回去了一大批人。

张思禹问："他怎么了？"

鹏叔摸着蓄到一半的胡子，半是感慨半是卖弄地说："我国内有个同学，找我打听钟嘉，说他在国内混得不错，打着美国的学历硅谷的牌子，做了技术总监。"

"总监？"一桌人哗然。

"你们猜年薪多少？ 60 万人民币，60 万！"

60 万人民币，换算成美金，并不算太夸张，或许跟当时留在美国可以持平。可让人震惊的是，原来国内开出的薪水可以和美国持平了！

"钱不去管他，但你知道他带多少人？现在手下带了 100 多个人啊！"鹏叔慨然。

常常有人拿在硅谷的印度工程师和中国工程师做比较。同为亚洲技术移民，印度裔在硅谷占据了诸多大公司的高管职位，而中国工程师，常常到了 40 多岁，也不过一亩三分田做到老，最后带个几个人的小团队做一个技术主管。可现在，一个刚毕业的钟嘉，一个留不下来只能回国的钟嘉，竟然摇身一变管起 100 多号人来。

张思禹心里受到了震动：这不是钱的事，这真的不是钱的事。这是忽然一瞬间，玻璃天花板被打破后，射进来的那道光，那道让他内心痒痒的光。他一下子理解了胡金柱说的，“回国之后，才觉得自己活过来了，才觉得自己是个人了。”那是从乌泱泱的人潮中，从不起眼的芸芸众生，突然一下子到了舞台中央，有追光，有掌声，有鲜花。

张思禹想到从前冷敏问他：“他们都行，你凭什么不行？你比谁差吗？你就准备这样过一辈子吗？”

一颗种子一旦种下，渐渐就会生根发芽。就在那半年，张思禹忽然觉得身边都是海归的故事。论坛上、熟人嘴里、熟人的熟人传说。世道不同了。谁谁谁回国了，年薪百万；谁谁谁做了个 APP，竟然被收购了；谁谁谁创业了，打着美国学历和硅谷旗号，竟然混得如鱼得水……

张思禹听多了，思绪便有些飘荡。有一次试探着问程悦欣：“你说，假如也有人给我年薪百万，让我带一队人马，我们也回国好不好？”

“不好！”程悦欣斩钉截铁。到美国后，她一事无成，所有的虚荣都在一张绿卡上。怎么回去？回去怎么说？更加上“你是不是看到胡金柱回国很开心也动心了啊？我告诉你我可不是郝会会！哼！”

张思禹没有说话，心里默默地想：从前哭着要回国的是你，现在坚决不回的也是你。

冷敏的电话，便是在这个当口打来的。

## 第二十五章

# 更好的世界

冷敏问："好久不联络，最近好吗？有时间出来一起喝个咖啡，我们catch up一下。"程悦欣在耳边的抱怨声忽然离张思禹很远很远。他的一颗心起伏跌宕，仿佛回到了那个夜晚，夜风轻轻柔柔地抚摸着自己的脸颊。

"张思禹，我跟你说话你听到没有？"程悦欣噘起嘴。她看到张思禹下意识拿着手机往后藏，忽然起了疑心："你干吗？藏手机干吗？拿过来我看看！"

张思禹愣了一愣，把手机捏紧："没什么，以前一个老同事，约我出来聚聚。"

"老同事，哪个老同事？"程悦欣追问。张思禹躲闪的神情让她起疑："给我看，你快拿给我看！"

正胶着的时候，一条新短信"叮咚"响了。程悦欣直扑过来，掰开张思禹的手指抢过手机："到底谁发的短信那么见不得人！"

张思禹屏住呼吸，脑海里一片空白，生生望着程悦欣紧皱的眉头。

一瞬间，时空仿佛暂停了。随后，程悦欣的眉头舒展开来，把手机扔回给张思禹："没做亏心事鬼鬼祟祟干吗？聊聊就聊聊咯，冷敏我又不是不认识，干吗像做贼一样。"

那条新短信写着："我跟几个同学一起做了一个项目，你有空的话想听听你的意见。对了，我记得你之前有个朋友叫林锐，现在是不是在Facebook？他有空的话叫上他一起啊！"

张思禹悬着的心彻底放了下来，如此无懈可击的短信，毫无暧昧，秉承着一个老同事完美的礼貌和界限。可隐隐约约，巨大的失望在内心里翻滚，于是他板起脸对程悦欣抱怨："你看你，现在怎么变得一惊一乍，疑神疑鬼。"

程悦欣没有辩驳。刚才事出突然，她完全是下意识反应。但此刻，回味起来，她心里掀起了阵阵沮丧——程悦欣，你，竟然也变成了这样的女人？对自己的婚姻患得患失神经过敏，歇斯底里地查老公手机的疯女人？惶恐和无助席卷了她。是啊，什么时候开始，那个骄傲得没心没肺的程悦欣，变成了这种电视剧里让人喘不过气来的泼妇？

委屈上涌，眼泪直下。程悦欣抬起脸，怔怔问："张思禹，我现在是不是特别让人讨厌？"

张思禹的心软了下来，过去抱她："没有没有，你别胡思乱想。你要是不喜欢，我就不跟冷敏见面了。"

程悦欣摇头："不要，你去吧，你们谈工作。你一定要去，叫林锐一起去！"

先是寻死觅活拦着老公回国，再盘查老公的女同事女性朋友？不，不能变成那种自己讨厌的人。程悦欣想：哪怕我一事无成，哪怕我谁都不是，我都不能变成自己曾经最看不起的那种人。这是最后仅剩的一点自尊和骄傲。

冷敏约在了门洛公园的星巴克，就在沙丘路（Sand Hill Road）上。当大家戏称帕洛阿托是宇宙中心的时候，沙丘路是当仁不让的风投中心，俗称 VC（风投）一条街。在这条短短几公里的路上，每间咖啡馆，从早到晚，都有身怀梦想的年轻人进进出出，他们碰撞着各种将要改变世界的主意。当然，确实有人实现了梦想。从这条路上走出了 20 世纪的网景、雅虎，又出现了谷歌、特斯拉。这条街上，有乔布斯的用餐位，有“PayPal 黑帮”最初的聚餐点。走走停停，就能看到大半个硅谷的历史。有太多的传奇，也给人太多太多的遐想。

当然，从这里出发，开车不久就能来到帕洛阿托的律所聚集区。与 IPO（首次公开募股），M&A（兼并收购）业务同样红火的，是永远有做不完的破产案子。生有时，死有时，花开有时，花落有时。

“其实一开始这只是我在一门课上做的项目，但是教授非常喜欢，”冷敏侃侃而谈，“后来正好看到这个创业大赛，我就想，不如顺便投投看咯，反正资料都是齐全的，没想到这么顺利就进了决赛。看来一定有一些闪光点我自己还没重视。”

一年多不见，冷敏更清瘦了一些，两颊轮廓鲜明，依稀有点美国女强人的方脸型。她讲话速度更快了，音调抑扬顿挫，听上去自信而有感染力。

“现在网购越来越流行，很多人都开始在网上买衣服，但商家的很多照片都和实际产品不符，卖家秀换成买家秀，就变成了一场笑话。所以我们这个 APP 要解决的痛点，就是让你在购物的时候，就能够清楚地知道自己穿上这件衣服会是什么样子，所见即所得。”冷敏按着鼠标，一张接一张的滑动页面。每一句话，每一个停顿，都似乎经过了反复的排练，配合着纹丝不乱的笑容。

演示到最后一张幻灯片，一行大字：“Mirror mirror on the wall, and I am the fairest of them all.（镜子镜子告诉我，我是这世界上最美的人。）”

张思禹挠挠头：“你刚才说让用户上传自己的身材数据和几张照片，然后根据这个做个模型出来。这个我理解，但不同衣服，材质不同，技术上是不是真的能像你设想的那样，展现出来很真实的上身效果。这方面你有没有考虑过？”

冷敏说：“所以我们可以分几个阶段，第一个阶段先做一个大概的框架，之后再慢慢细致优化。”

林锐叉着手，朝张思禹看了看，懒洋洋地问：“我就问一个问题啊，你们这个想法，实现到哪一步了？”冷敏笑道：“我刚才说了，这本来是一个课程作业，我目前的计划是，如果有启动资金，下半年就正式启动。”

走出星巴克，林锐一边摇头一边跟张思禹说：“拿份 PPT 就出来忽悠人了，这个女人脸皮也真够厚的。”

张思禹为难：“别人就是征求下意见，也别说得那么难听嘛。”

林锐又啧啧称奇：“就这样还进决赛了，这比赛得有多不靠谱啊？”

张思禹问：“那你还去看吗？冷敏不是给了我们两张亲友票。”

林锐“嘿”了一声：“去就去呗，开开眼，看看其他 9 个决赛项目都是哪路神仙。硅谷啊，奇迹诞生的地方。”

决赛那天在圣克拉拉会议中心，几百人的会场坐了八成。张思禹和林锐坐在了第三排中间。主持人是旧金山一个华人电台的名嘴，读嘉宾名单时读错了三次。这个致辞，那个致辞，有些似乎是名人，引得观众群里一阵赞叹。所有人都有一堆冗长的头衔。

林锐和张思禹埋头研究着日程表上的 10 个项目。有可以变身成滑板车的鞋，有可以连在 iPhone 上教小孩刷牙的牙刷，有在 Facebook 上打赌用的小游戏，还有针对本地农场产品的团购网站。排在冷敏之前的是个英语教学视频网站，信誓旦旦要原汁原味的线上英语课程卖给国内家长。

然而，不管是牙刷还是小游戏，不管是团购水果还是英语教学，无论站在台上的戴着眼镜的工程师，还是穿着清凉的学生妹，大家的口径都是一致的——我们这个创意，将让世界变得更美好。

“还真没想到，原来世界就是这样变美好的。”林锐偷笑。

风口，痛点，B2B，B2C，O2O，张思禹不断消化着信息，好像自己重新学习了一门外语。

终于轮到冷敏登场。她穿着剪裁合身的黑色职业装，袖口露出一截亮色衬衫来，既干练，又妩媚。和别的选手上来就直奔主题或不知所云不同，冷敏的开场是互动：“我想先问一下，我们今天在场的有多少人在网上买过东西？哇，真不少，或者这样问，有多少没买过？”

张思禹回头望整个会场，熬到第 8 个项目已然昏昏欲睡的人们，开始纷纷抬起头望着台上。

“我们为什么愿意在网上买电子产品，却更少买衣服？我做了一个小范围调研，这是排名前 5 位的答案。”幻灯片上赫然出现一个答案——因为我是男人。会场里顿时一片笑声。

之后，便很顺利了，张思禹看到过的幻灯片一张接一张出现。冷敏的口才极佳，这次演讲比起在咖啡馆演练时更多了一些煽动力。连林锐都忍不住赞叹：“看来冷敏还是可以的，全靠同行的衬托。”张思禹刚想回应，忽然间，两人都愣住了。

团队成员的幻灯片上，赫然出现了张思禹和林锐的照片。

张思禹，伯克利大学博士，就职于 N 公司，资深计算机图形工程师。

林锐，伯克利大学硕士，就职于 F 公司，数据分析高级经理。

当然，在他们之前，还有冷敏，斯坦福大学 MBA。还有冷敏商业设计课的教授。白人的照片和斯坦福的头衔熠熠生辉。

张思禹一时不知道该如何反应，只听林锐在身边连“靠”了三声：“咱俩什么时候是她团队的成员了？”

但显然，博士和大公司的头衔对冷敏而言，简直如虎添翼。评委提问时，首先都要肯定：“你们团队的架构很好，既有商业背景，又有技术背景。你们在一起工作多久了？”

冷敏微笑：“我们一直是非常要好的同事和朋友。技术团队的支持对完成这个 Mirror 项目至关重要。”

林锐拂袖而去。只留下张思禹，呆坐在位子上，看着台上的冷敏巧笑倩兮，口吐莲花，摇曳生姿。

在公布比赛名次前，张思禹也离开了会场。停车场密密麻麻都是车，张思禹有点恍惚，一时忘了自己的车停在了哪里，只得绕着走了一圈又一圈，随机地按着车钥匙。

这时手机响了，冷敏来电。铃声响了一遍又一遍，张思禹望着屏幕上“冷敏”两个字，心情跟着铃声起伏。屏幕暗了，不一会儿，一个语音留言进来：“张思禹，你和林锐都走了吗？我们拿了第三名！”

“我们？”冷敏说得这样理直气壮，张思禹倒有点犹豫起来，他翻来覆去地回想，当时冷敏是怎么跟他说的？那天在咖啡馆到底发生了什么？

等冷敏再一次打电话进来时，张思禹便接了。

“我现在跟几个风险投资人聊呢，你们要不要一起过来？他们对我们很感兴趣。”冷敏兴奋的声音传来。冷敏说的是事实，只是张思禹没有听出来“他们对项目感兴趣”和“他们对我们感兴趣”的区别来。

“林锐已经走了，我也准备走了。”张思禹推托。

“来吧，张思禹，等下还有庆功晚宴，可以认识很多人，”背景声音里有笑声，中文的，英文的。冷敏压低了声音，“张思禹，我真的需要你，来吧，好不好？”

那突然柔软下来的声音，猝不及防，击中了张思禹的心。那个春风拂面的夜晚又回来了，那个含情脉脉依偎在胸膛的温度又回来了。

“我真的需要你。”

张思禹情不自禁地“嗯”了一声。他只是没有办法拒绝。

# 第二十六章
# 骑士精神

中国人在国外思乡或者聚会，要么川湘馆子，要么火锅店，但如果办大事请客，一定是去香港人开的粤菜馆。

早茶——“饮咩呀？虾饺啊，芥蓝要不要？”

海鲜——“龙虾有。螃蟹有。今天虾不错啊，有大的啊，要不要来两斤白灼？象拔蚌做个刺身拼盘啊。”

服务员开口都是广东话，但近年来，她们也努力地学着普通话发音。如果有香港的朋友领路，还能在某些门面小小的店门口，看到周润发的签名。

张思禹就跻身在这样一间海鲜酒家里，主办方没订到包间，只能在大厅里攒了三桌。明晃晃的水晶吊灯，张思禹的右侧是一整排玻璃缸。玻璃缸里面的波士顿龙虾意兴阑珊，偶尔抽动一下胡须。冷敏站起来说：“张思禹，走，我们去那桌敬个酒。”

那一桌坐着几个评委和国内来的投资人，正激烈讨论着国内热火朝天的O2O，一个在说家教，一个在说家政。冷敏翩然而来：“几位评委老师，孟教授，吴总，来，我们来敬敬你们。”

纯社交的局，主办方并没有专门准备酒。桌上两瓶纳帕的红酒，每人酒杯里倒上浅浅一圈。为了配合中美高端交流的主题，就算敬酒，大家也都是克制地抿上一小口。敬完后，冷敏自然地在空位上一坐，加入聊天：“对，我看现在都说千团大战，真的有那么大市场吗？”

冷敏从前在公司里，调试程序并不在行，张思禹和她说设计制作思路，她也总是慢半拍，可张思禹从来不觉得她笨。首先，冷敏可以迅速领会新东西的皮毛，并熟练运用这些皮毛来做PPT。其次，冷敏有对人过目不忘的本领。无论是名字一长串的俄罗斯人，还是名字拗口的印度人，又或者在张思禹看来面目极其相似的黑人，冷敏永远能够一次记住对方的名字。不但能记住名字，还能记住所有细节。比如某次开会，茶歇时冷敏就很家常地问副总裁：“对了，斯科特，你儿子的乐高比赛成绩出来了没有？”

并不是读了名校博士，就能学会所有技能。但是，有一个名校博士，在很多场合，又是何等重要。

某天使基金的吴总说：“你们那个项目，项目本身，还是有很多不成熟的地方。但你们这个团队的背景，实在是非常好。尤其是张，硅谷工程师，伯克利的博士。”

评委刘总聊兴大发：“你们那个项目啊，关键问题，是没有前人已经走通的模式啊！你们看啊，有ICQ，就有了QQ；有了Facebook，就有了校内网；有了Twitter，就有了微博；有了Groupon，才有了现在这些所谓的千团大战。现在投项目，很重要一点，你要告诉别人，你对标的是什么。你说不出你对标的是什么，别人就很难想象这是个什么东西，有多大的市场，你知道吧。”

主办方的裴主席也加入进来："所以我们做这个硅谷圆桌会谈，真的是非常有必要。你知道我上次在旧金山碰到的几个年轻人，跟你们一样"80后"。那天吃饭大家天马行空谈，都说旧金山停车太难了。有一个就说，他是坐 Uber 来的，另一个就说，那 Uber 这个模式能不能复制到国内去？这俩人一拍即合，再拉了两个人，4 个人，就开始想怎么做中国版 Uber。前两天我跟他们联系啊，一问，已经都回国了，第一笔天使都拿到了。所以思维和资源的碰撞，真的非常非常重要。"

离开中国 8 年，张思禹发现自己已经听不懂中文了。痛点、风口、B2B、B2C、O2O、用户黏性，当然，还有满桌人都在谈的天使，A 轮，B 轮。

推杯换盏之间，裴主席忽然问："冷敏，我们现在缺一个长期组织活动和联络的理事，我觉得你挺合适的，你有没有时间？"冷敏侧头浅笑："那你需要兼职的还是全职的？"

吴总说："其实我有一个朋友，刚刚做了一个基金，想在硅谷这里看看项目。敏啊，我把你联系方式给他一下好吧，你们可以一起聊聊。"

裴主席心痛："哎呀，你在跟我抢人啊！"

…………

同样的夜风，同样的夜晚，不同的，是不知何所踪的两年时光。光影明暗，张思禹看冷敏的侧脸，不经意地说："我没想到，你会做这样的职业选择。"

冷敏一愣："什么职业选择？"

张思禹说："我总以为，你读个商学院，是为了进投行或者咨询。我记得你说你是好不容易才来了美国。"

冷敏想了想："你说得对。但你看我们身边的这些中国工程师，北大、清华、卡内基梅隆、麻省理工，又怎么样呢？进了 FLAG（Facebook，

Linkedin，Apple，Google）拿个大包裹又能怎样呢？每天早上堵在 85 号高速路，上班敲代码，中午带饭，微波炉一转一层楼都是韭菜的味道。买房子，生孩子，接送孩子上课后班，一年开车去一次洛杉矶迪士尼，周末买菜、爬山、打乒乓球，还时不时约了一起加加班。你说，这样的生活，跟在国内当公务员有什么区别？都是一眼望得到头。所以我不想再这么待下去了，我觉得我跟他们不一样，我要读 MBA。但是，张思禹，你知道哈佛 MBA 毕业的平均工资是多少吗？”

张思禹猜：“20 万美元？”

冷敏摇头：“11 万美元。美国最牛的商学院，毕业生平均工资，也不过 11 万美元。比我当工程师时候还少。我以前是想进投行，就像我从前一心想来美国一样，但我现在觉得，那不是我发挥自己最好价值的地方。读商学院给我最大的启发，就是人要判断风向，要看大势。今时不同往日，现在的中国，已经不是你出国时候的中国，也不是我出国时候的中国。以前最好的毕业生去哪里？出国留学，去投行咨询，进外企。你要是去民企，那一定是混得很差了。现在呢？创业。

“我想通了，投行咨询说白了也不过是乙方。年薪百万又能怎样？中国第一代移民在美国的天花板永远在那里，我们永远是外人。但现在不一样了，我有别人比不了的优势，我可以利用信息不对称和技术优势来对接两边的资源，我为什么要穷极一生替别人做上市？我可以自己站到纳斯达克去敲钟。张思禹，我跟你说过，我们是阿修罗，现在我们的战场已经打开了。”

张思禹喜欢看冷敏的眼睛。这双眼睛，时而精光闪闪，时而肃杀无情，时而含情脉脉，时而含雾悲伤。这双眼睛让张思禹战栗。是的，让人战栗。

过去两年，张思禹时常在想，冷敏到底有什么不同。自己和她开始的相处并不愉快，甚至可以说是敌对，但为什么会被她吸引？不，绝不只是从那个夜晚那个吻才开始的。相反，正是从最初就开始的她那种掌控全局的姿态。明知她的强势是故作的，柔弱是伪装的，可她就是有让人目不转睛的能力，有让人无法说不的手段。或许，就像冷敏自己说的，她是阿修罗，她是 predator（捕食者）。而张思禹，在波澜不惊的人生前 30 年，或许从来没有意识到，在内心某个隐秘的角落，自己会有想要做魔女骑士的愿望。

冷敏说："张思禹，我需要你，你愿不愿意相信我一次？"

2012 年的春天，蛰伏许久的硅谷房价，忽然躁动了起来。凯拉告诉郝会会，对于刚入行的经纪人，目标是一年要成交 4 套房子。是的，干 12 个月，能成交 4 套，足以让你在这个行当站稳脚跟。这是一个靠判断，靠口碑，靠经验的行当，虽然入行门槛不高，但赢者通吃，只有站在行业顶端才有肉吃。剩下的那些，慢慢熬过没饭吃，慢慢熬过喝汤，慢慢熬出判断、口碑、经验，才能有肉吃。

但 2012 年不同。市场一下子水涨船高，所有人都有肉可以吃。

自从给林锐买完房子后，郝会会忽然对自己有了前所未有的自信。没做过的时候，左右担心，前怕狼后怕虎，但真的走过一遍，就有了底气。虽然法律文件依旧看不懂，什么是 Marketable Title（可转让权）仍一知半解，但郝会会找到了自己的优势——肯下笨功夫。

她愿意陪着那些挑剔的客人耗着，愿意给办公室其他经纪打杂偷学个一招半式。第二笔生意来自林锐的同事，第三笔生意是艾米嫌给的预算太低的一对新婚夫妇。很快，就有了第四笔生意，她自己在华人论坛上热心回答问题而找上门来的网友。

这第四笔生意，让郝会会兴奋无比。首先，按照凯拉的说法，她算是站稳脚跟了，可以吃这行饭了；其次，这个客人是她自己找来的，不是谁谁谁的好意，也不是捡别人的漏，而是真真正正，她自己的客人。客人是办了投资移民来的朱莉，老公在国内做生意，她带着孩子来美国洋插队。锦衣玉食的富太太，到了异乡，要阿姨没阿姨，要司机没司机，在朋友家里煮了一星期方便面，还没等自己房子过户，就吵着回国了。

临行前给郝会会打电话：“我不行了，我要回国休整一下。房子装修你替我盯一下，我们到秋天再来。”

秋天他们还会不会回来呢？郝会会估计还是会的。虽然在朱莉眼中，美利坚的光环已经破灭了，但是为了孩子的教育和中上产的面子，他们应该还会踏上这片土地。但朱莉的房子，却已经在她朋友的推荐下开工了。

包工头老罗个子不高，剃着光头，一脸横肉。他叼着烟给郝会会开了门，郝会会吓了一跳。

“这里说都换成地板，颜色还要跟餐厅的配套，我去，这个颜色可难配了，现在都买不着！”老罗手插口袋，带郝会会四处转悠。到了主卧，赫然见到一个人劈着一字马在那里铺地板。老罗见郝会会惊讶，笑道：“我跟你说，这家伙以前是少林寺武僧队的，到美国来表演，黑下来了。你看那个，那边那个刷漆的。”郝会会依言看过去，果然见到一个斯文的中年人。

老罗抱怨：“这个我跟你说，活真好，漆刷得特别好，特别匀，就是干活慢。我去，可不得慢吗，人家国内画油画的。我这按天结工钱啊，看他刷漆我这心里的火啊，哎呀！”

这伙人都是奇才呀，郝会会回去讲给冯品芝听。

冯品芝一边给温迪喂饭，一边问：“那个老罗，他自己干吗的呀？”

郝会会如实道：“不知道，没敢问，看着特别凶。他说他之前当过兵。”

“美国当兵还是中国当兵？”

“好像在美国当过兵。”

冯品芝“哦”了一声：“我知道不少人这样拿身份。”

“看紧着点，不要被他偷工减料。他看你呆头呆脑的，肯定要欺负你，我跟你讲。”冯品芝白了郝会会一眼。

## 第二十七章
# 二维码

老罗领着郝会会，郝会会捧着 iPad 和朱莉越洋视频，把房子上上下下，里里外外都参观了一遍之后，朱莉的脸色暗了下来："怎么就装成这个样子，衣橱门都是斜的！"老罗斜着眼说："我这都是用水平尺量的，不可能斜。"朱莉大叫："我这里看出来明明就是斜的。"老罗工装裤后口袋扯出水平尺："我量给你看，是不是直的？你说歪，那是你家二楼地板歪！"

二楼地板怎么会歪呢？郝会会拿个乒乓球往地上一放，咕噜噜球就往下滚。朱莉气急败坏："郝会会，你说房子没问题的，现在竟然连地板都是斜的！你这是欺诈，我可以告你的！"好好的房子，disclosure（信息披露）里都没提到这点，看房子的时候也没发觉，怎么搞了一个衣帽间，地板倒变成斜的了呢？美国也有豆腐渣工程？

老罗捧着一杯星巴克冰美式，从早捧到晚，现在已经变成了温水，看着面前抱着 iPad 发呆的郝会会，又猛吸了一口。老罗骂道："我去，这个老娘们儿，还不准备付钱了是吧？美国的房子都他妈是木结构，几十年了，歪个一点两点不很正常吗？她有本事把房子扒了重新造啊！说好了，我可不管，剩下一半工钱我就盯着你要了。”

客户要告欺诈，包工头要讨薪，郝会会没料到地产经纪的风险原来这么大。魂不守舍地回到公司，在凯拉办公室门口晃了几圈，还是没敢进去。她忽然后悔了，她想到胡金柱对她的评价——成事不足，败事有余。是啊，初中都没念完，英语都说不清楚，老公都留不住。她就应该一辈子老老实实地待在中国餐馆端盘子，在中国超市给人打盒饭，给人做保洁带孩子。到底为什么，她会有种自己可以穿西装的幻觉呢？

台灯下，郝会会看着艾玛和温迪肉鼓鼓的脸。艾玛这半年已经学会认字了，一张嘴会背“鹅鹅鹅”；温迪脸上的湿疹还没好，红红的一片，睡梦中还不停地挠，还好冯品芝给剪短了指甲。郝会会想：像我这么没用的妈妈。

这时冯品芝披着外衣趿着拖鞋来骂她：“你拿这个灯这样照着小孩，她们脑子会变笨掉的知道吧？笨到跟你一样，完结了！来来来，你跟我出来，等你等到现在。”两人走到室外，冯品芝拿出一个小本：“这个月哦，房钱、托管费，我来帮你算一算。”一五一十，冯品芝学习了律师给账单时间单位精确到6分钟的做法，把托管时间精确到20分钟，四不舍五入。“愣着干吗啦，你手机拿出来算一算，这个数字对吧？明天交钱。”

郝会会吸了口气：“大妈，我是不是真的特别没用啊？”

冯品芝上下打量她：“用嘛确实也没什么大用。”看她一脸萎靡不振。“就这副样子最讨人厌。平时哇啦哇啦也就算了，一碰到事情就变成煨灶猫。你知道我那个时候怎么来美国的？坐船在海上漂了多少天啊！又闷又臭，动都没地方动，旁边两个人病得东倒西歪。我那个时候就想，只要没死掉，只要让我到美国，我一定要好好活下去。你跟我比，你算是碰到多大点事情，又一副想不开的样子！”

郝会会嗫嚅了一下：“也没什么。”

冯品芝“哼”了一声：“没小姐的命，就不要装林黛玉。你把身板挺直，给两个小孩做出榜样！钱明天不要忘记给我，亲兄弟明算账，不要以为装得不开心就可以赖账。”

郝会会愣了半天，忽然觉得自己真是命贱，非要被冯品芝这样骂几句才心定。

程悦欣是被大学下铺室友小圆脸教会使用微信这样的高科技的。小圆脸生完孩子后变成了大圆脸，整个人像气球一样膨胀，肉里都是幸福。在旧金山机场接到小圆脸，她对程悦欣大叫：“狗子，你怎么还是那么瘦！”程悦欣的自豪没持续多久，小圆脸就看到了她的小丰田车说：“你开丰田啊？美国的车价格不是很便宜吗？你怎么不买辆宝马开开？”

“美国的房价那么便宜，你这房子还不到 80 万美金？那也就，算算，500 来万人民币呀，哇，好便宜啊！那你们怎么还没买房？你毕业了没有？找到工作了？有多少钱？ 5 万美金，那换成人民币也有 30 多万，那也还行，那你干吗不买房？你老公赚多少钱？”

小圆脸和她老公一路叽叽喳喳，程悦欣从最初的老友相逢的欣喜中渐渐沉默了下来。以前在论坛上有人说，在国外待久了，回国会觉得人与人之间的距离太近，太热闹，不习惯。程悦欣一直觉得这种人矫情。现在轮到自己，她忽然有点失神：到底是自己已经不习惯，还是自己确实过得不怎么好，不值得向周围人炫耀？

吃饭的时候，小圆脸照样感叹了一下美国的龙虾和海鲜好便宜。程悦欣看着一桌海鲜，有些发愁：本来这顿应该自己请的，可现在奔着 200 美元去了，着实有些肉痛。正在这时，忽然见到小圆脸掏出了 iPhone 手机，对着手机说道：“宝宝，爸爸妈妈刚刚到，在跟阿姨吃饭呢，你乖乖的啊！”程悦欣怔住了：“你这是打电话吗？”小圆脸开心地说：“不是啊，我在给我儿子语音留言。这是微信啊，很好用的，你也去下载一个，我们班还有班级群呢，你现在就下载，我把你拉进去。”

那顿饭，最终是小圆脸的老公上厕所回来顺手结账的。小圆脸的老公说：“其实现在国内也挺好的，你老公有没有想过回国啊？这几年互联网公司的待遇都不错。”程悦欣调动对张思禹工作的仅有认知，说：“我老公不是做互联网的，他是做硬件的。”

“硬件？”小圆脸老公感兴趣，“什么硬件？”

“就什么 GPU 啊，图像处理啊，什么的……”

程悦欣没底气地声音越来越小。

“那是不是做 Google Glass（谷歌眼镜）之类的啊？”小圆脸很兴奋。

Google Glass 是什么？程悦欣觉得自己作为硅谷居民，不应该向远道而来的老同学求教这类问题。只是微笑着含混了过去。但小圆脸夫妇那一刻眼神中射出的兴奋，让她憋屈了一个下午的心，有了一点点的释放。

当晚，程悦欣等到晚归的张思禹，问他：“VR 是什么东西啊？”张思禹愣了一愣：“就是 Virtual Reality（虚拟现实），你怎么想到问这个？”程悦欣顿了顿：“没什么，就是今天小圆脸他们问我，我不懂，就问问你。”张思禹犹豫了一下，不知道该不该告诉程悦欣，冷敏现在就想做一个 VR 加教育的项目，自己现在常常加班，其实就是在替她想到底有哪些技术可能实现。他觉得应该让程悦欣有个心理准备，给她一个铺垫，可一时又不知道如何开口。

程悦欣倒是岔开了话题："他们还让我下载了一个 APP，叫什么微信。这样就省得打电话了，你也下一个，我让郝会会和郑懿也下一个。"张思禹笑她："你在美国干吗老用国内的 APP？我看你 Facebook 和 Twitter 都不怎么用。"

程悦欣撇撇嘴，她就是不爱用 Facebook 和 Twitter。从前是因为不认识美国人，后来上了学，又觉得和同学们也没什么太多的可聊。人的交朋友功能是不是到 20 多岁就自动关闭了呢？以至于自己怎么融入，都融入不进新的圈子，无论怎样都对现在的生活没有归属感。

程悦欣是 5 月毕业的，找工作不算顺利，兜兜转转，总算在一家私立幼儿园找到了工作。本来可以立刻入职，她却拖到了 9 月。从前待在家的时候，心里想，有一份工作就好了，哪怕是最简单的打字工作也可以。可现在即将迈入新生活，她却有点害怕。过去已经过去，未来还没有到来，她卡在无处安放的现在。自己真的喜欢当老师吗？自己真的适合当老师吗？

郑懿收到程悦欣的好友请求时，正忙得焦头烂额。律所是 UP OR OUT 机制，不升职就出局。7 年升到合伙人是理想模板。加班熬夜是常态，加班到凌晨，再跟人去喝一杯，为了社交也是常态。所有人都西服笔挺，笑容闪亮，仿佛有永远用不完的精力。

郑懿现在的大老板是哈佛 JD 加 MBA 的双料文凭，脑子快得像电脑，每天工作到半夜 2 点，然后 6 点起床跑步，再精神抖擞来所里上班。她的直属上级是耶鲁毕业的，带她的 senior，身边工作的所有同事，无一例外都是 14 所美国顶尖大学毕业的。一个学校的标签和校友的社交网络，影响远比从前想象的要深远。当看到同事们谈笑风生，用一种自己人的姿态讲些自己听不懂的笑话，郑懿有时会瞬间懊悔——当初自己不该为了全额奖学金去加州读一个普通的法学院。可又一想，出国读书已经花光了自己的工作积蓄，她是不能开口问家里要钱的，她也不愿意背着几百万人民币的学生贷款活着。

人穷志短，短的是视野。顾不了长远，只能要眼前的安全感。

就像她也忘了自己最初为什么会想做律师。有一次到客户那里开会，路过法院，一群人正排着队走进去。在那扇半开的门里，郑懿忽然脑补出了港片里那些法庭的镜头，那夸张的白假发，那咄咄逼人的“你只需要回答是或者不是”。但她没有出神太久，她手上还有两个尽职调查报告要赶，还有几十封邮件没有回。7 年做到合伙人，是她给自己定下的目标。比不了别人的学校背景，比不上别人几代人都是律师，也比不上别人的语言能力和社会资源。她只有更加勤奋。每天灌 4 杯咖啡，每天睡不到 5 个小时，渐渐成了她的生活常态。

她的价值在中国市场，出差必不可少，自然对国内的风吹草动格外灵敏。郑懿此次出差回国，连转了 5 个城市，在机场转机时，忽然微信被程悦欣加了好友。不一会儿又被拉进了跟郝会会的三人群里。她一边敲改着 PPT，一边瞥着手机上的微信信息。程悦欣和郝会会在争论着朱莉的控诉。

“房子买完就跟你没关系了，你本来就是帮她忙好不好，现在反过来还要告你，真是好心没好报！她做什么的啊？”

“不知道啊。她说她是 boss wife。”

“boss wife？这个也算职业？笑死人了！”

“但是那层楼，确实有点斜。而且现在包工头收不到钱，总是打电话给我。”

郑懿叹口气，打字说：“你告诉朱莉，包工头收不到钱，可以去法院告她违约，法院会放一个 Mechanic's Lien（施工留置权）在她房子的

title上，会影响她房子的估值，也会不好卖。至于欺诈，她没有办法证明你有主观意图，就不能构成欺诈。这两条你掌握了，再好好跟她商量，她在美国人生地不熟，也不想惹麻烦，你多拿点诚意出来。”

郝会会在屏幕那边点头，是啊，自己应该多拿点诚意出来。

老罗在另一个工地给厕所贴瓷砖的时候，郝会会端着星巴克咖啡出现了。老罗斜着眼看她：“你那活没法弄，我们地板只能随地铺，什么再给它整一层整平了，不可能。”郝会会从大背包里翻出一本装修书来：“罗师傅，你看这页，还有这页，上面写了，可以铺的。”

“这得一点点填，太麻烦，耗不起这力气，”老罗不耐烦地撇嘴，“我真是受不了你们这些稀奇古怪的要求。看见这家没有？本来跟我说厕所墙贴小瓷砖，我答应了，又说要贴点花样。花样就花样，结果叫我贴出一个二维码来，什么玩意儿啊？说坐马桶上对这二维码一扫，能扫出他博士论文来，我去他奶奶的！上次贴完扫不出，还让我重做。我真是被你们烦死！”

郝会会堆着笑：“罗师傅，你有啥不耐烦做的，告诉我，我帮你打下手，我不怕烦。”老罗横她一眼：“你一个老娘们儿，别开玩笑了，我能用你？”郝会会从贴瓷砖那个人手里接过二维码图纸：“我能干，我真能干。罗师傅，我们这行就做个信誉。我刚开始干不能砸自己招牌，既然揽了事就负责到底。罗师傅，工钱我一定让朱莉给你，你多费的这点工夫，我出钱，行不行？你们旁边歇着，我来排这个二维码，一定不出错。”

## 第二十八章
# 往高处走

朱莉再来美国的时候，带上了 6 岁的老大、2 岁的老二、58 岁的老妈，还有 63 岁的大姨。一行人大包小包来到铺整一新的二楼，从这个房间逛到那个房间，两个男孩撒着欢地跑，两个老人喘着气在后头追。郝会会提着一口气偷看朱莉的脸色，她指望能看出一丝兴奋和嘉奖来，可朱莉面无表情。

郝会会只好自己邀功："朱莉，你现在量量看，地板完全水平，还有后院亭子的几根柱子，我都让人用水泥加固过了，保证一点问题都没有。"朱莉闷闷地"嗯"了一声，不一会儿明白过来了郝会会的意思，用十分委屈的口吻说了一句："工钱我一分不会少你的。"

郝会会不是很明白朱莉在委屈什么。说起来同样三十出头，朱莉貌美如花，身材苗条，依旧是二十出头的青春形象，两个儿子带在身边，更像一种与奢侈品同等重要的人生装饰。郝会会反观自己，浑身粗糙满脸晒斑，每天跑东跑西伺候人，晚上还要哄孩子。一边是别人的锦衣玉食，一边是自己的疲劳奔命，郝会会想，人跟人真是不能比。自己要是像朱莉那么好命，做梦都会笑醒。

所以朱莉到底委屈什么呢？郝会会在三人群里问这个问题。

郑懿说：你知道洛杉矶有个二奶村吗？

郝会会惊讶：我知道啊，罗兰岗，我们公司在洛杉矶也有分公司。你是说朱莉是二奶？

郑懿的文字看不出温度：二奶村那是从前的事了。从前暴发户不能在国内生，都把二奶弄到国外来，但现在谁还养二奶？现在的有钱人都精着呢，越精越抠。现在都是把老婆孩子送出来，自己在国内好逍遥自在。

郝会会又想到从前，想到胡金柱，想到了胡金柱现在的老婆：自从离婚后，她刻意把自己和这些信息摘开，但忽然此刻，心上像开了一个血窟窿，千头万绪咕咕地往外冒：他现在的老婆到底是啥样人？他们生的是男孩还是女孩？他现在得意了吧？回家不再老绷着脸了吧？他对现在的老婆孩子说话，应该轻声细语的吧？

他还会想到自己和两个女儿吗？

郝会会四肢酸软，头昏脑涨。往事桩桩件件明晃晃地在她脑海里翻腾。她以为自己早好了，自己已经站起来了，自己痊愈了。不都是这样劝人的吗？跌倒了，站起来，伤口痊愈了就往前走。不，不是这样的，原来即使往前走了，都还没有好，都不可能好。心里有一块是空的，跑得再远，都要绷紧神经很小心才能不掉进那个黑窟窿里。

我可真没用啊。郝会会眼眶湿了，一时竟然找不到擦脸的纸巾。

老罗的工钱，虽然拖了小半年，可他并没有计较，拿到支票乐呵呵的。他和郝会会不打不相识，郝会会刚替一对小夫妻换了学区房，装修就介绍的他。

老罗这个人，在国内也曾人五人六。到了美国，算是虎落平阳，只能干体力活当包工头。因此他格外讨厌那种装模作样的华人中介。

但郝会会又不一样。一个地产中介竟然买了装修的书自己研究，屋顶能爬墙能钻，牛皮膏药一样贴上来看施工过程。皮又厚，老罗瞪眼骂娘她也不怕，吵架吵完买杯星巴克又凑上来：罗师傅，你这个走线再教教我。老罗被她磨得没办法，最后不得不承认，这个女人他服气。

看得上，又服气，就好办了。老罗心里转过的念头，就跟她摊牌了。

“现在房价都涨了吧？”老罗收了支票，问。

“是啊，涨了不少，就我刚介绍你的那家，加了8万才买下来的。8万啊，那一片房子去年能比现在低十好几万。”郝会会感叹。

那套房子拿得不容易。前任屋主在这房子住了30年，养大了自己的三个子女，现在卖房套现准备去内华达州养老。郝会会的客人虽然加了8万，但依旧不是出价最高的。是郝会会求着卖家中介见了前任屋主一面，态度诚恳地拿出一张客人的全家福照片：“你看，这是我的客人，夫妻俩都是电脑工程师，他们家两个孩子，如果你把房子卖给他们，这两个孩子也会在这套房子里长大。”

老头老太太眯着眼睛看了半天照片，郝会会趁势递上她嘱咐客人写的亲笔自我介绍信，这才做成了这笔生意。凯拉教的套路，郝会会现在已经领会。前任屋主卖房子当然是想套现，但是，住了30年的房子到底是有感情的。有感情，当然就会考虑钱之外的因素。

“市场那么好？”老罗装作随意地说，“其实我看好多人买了房子，也是重新装修一下再拿出来卖，挣了好多钱。”

“对，就是flip，我看好多人都在这么干，专买那些老房子破房子。”郝会会附和。

“那咱们也干呗，”老罗盯住郝会会，“你买房卖房在行，我装修在行，咱俩合作，赚了钱一人一半。”

郝会会愣了一愣，咽了下口水：“可我没钱啊！”

老罗乘胜追击：“我这种拿现金的不能向银行贷款，你不是有正式工作吗，你能向银行贷款啊。”

郝会会想了想说：“我考虑考虑。”

郝会会回公司就找凯拉想侧面打听一下，却被凯拉冷冷打发了：“郝，你刚刚对工作上手，我希望你多花点心思在工作上。”

郝会会回到家闷闷不乐，翻来覆去地想，可能是自己把事想得太容易了。赚钱哪那么容易？可又想，现在市场那么好，自己为什么不可以做呢？当经纪人基本工资低，去银行贷款也贷不到多少钱啊。

愁眉苦脸，艾玛吵着要她念书也心不在焉。看见哼着小调在脸上敷黄瓜片的冯品芝，便厚着脸皮求教。

“你手上买卖过几套房？”冯品芝的凤眼从黄瓜片里射过来。

“就替客户买过 4 套，没卖过。”郝会会没底气。

“买房子都会了？”

“差不多吧，但有一些法律文件和贷款文件还不是太清楚。”郝会会老老实实地说。

“那个装修的老罗，靠得住吗？”冯品芝上下打量郝会会。

“他说他也会投钱，”郝会会心更虚了，“但跟他就认识没几个月。”

冯品芝“哦”了一下，闭着眼睛拍脸。

郝会会好像明白了，果然自己太想当然了，哪有那么容易的事情。看来冯品芝和凯拉的意见都是一样的。

晚上郝会会陪孩子睡觉时，冯品芝轻手轻脚进了房间。她手上抱着一只超级大的泰迪熊毛绒玩具，把头藏在熊后边，贼头贼脑的。这只大熊一直放在冯品芝房间，是温迪和艾玛的最爱，郝会会想不明白冯品芝为啥抱过来，难道要送给两个女孩了吗？

“你们搞房子，我入一股。”冯品芝关上门，轻声轻气。从大熊背后拉开拉链，一捆一捆往外掏现金。

“大妈！”郝会会瞠目结舌，眼睁睁看着床上的票面越堆越高。

“我给你 25 万，都在这了。”冯品芝守财奴一样地点着床上的钱，眼睛放光。

“大妈，你真的相信我啊？”

“老了老了，我再搏一把，这把要是搏对了，我就不申请廉租老年公寓了，就在这套房子里安心养老。”狠了狠心，把钱推到了郝会会面前，“要是这把搏错，我无儿无女，以后你就帮我养老。你不要动歪脑筋，你两个女儿跟我特别好，你敢对我不好，我以后叫她们也对你不好，我不怕你的。”

郝会会头皮发麻，心里是无可言表的感动，可背后却出了一身冷汗，仿佛置身梦中。而眼前各种版本的美金大钞，是真实的。

“大妈，算了，凯拉说我不行，让我做好本职工作。”郝会会心虚推托道。

“她当然说你不行！”冯品芝翻个白眼，“她要你帮她赚钱唉，她资本家唉！你要是自己有钱了，还会安心帮她赚钱啊？放我我也不肯让你知道赚钱更便当的方法。”

郝会会心里有点懵——是因为这个原因吗？凯拉是因为这个原因才不让她做 flip？

“不会，凯拉一直对我那么好，给我工作，带我入行，她不是这种人！”郝会会声音大起来，艾玛在旁边一哆嗦，翻了个身。

冯品芝拍了下郝会会的头："要死了你，声音那么大干吗？我又没说凯拉不是好人。她帮过你是事实，人家帮过你，你就要放在心里，以后报答人家。但她为什么帮你，是不是以后一直帮你，这是另外一回事。我就是跟你说，她首先是你老板，她就是用老板的角度思考问题，有什么不对啊？"冯品芝一边说，一边又把钱塞回泰迪熊里。"钱不能放在你这里，你什么时候办事我什么时候再给你。你这个人没脑子，我不相信你。"

郝会会脑子还是一团乱，但强挤出笑容："大妈，你这熊就这样扔在房间里，艾玛和温迪经常跳来跳去的，你放心啊？"

冯品芝得意地笑："你这就不懂了吧。最危险的地方就是最安全的地方。我锁起来的柜子里只有点零散小钞票。"

郝会会回想起来，果然，多年前冯品芝从上海探亲回来，知道房子差点被人入室抢劫，第一反应也是冲到她房间去抱这只熊。当时程悦欣还说："没想到她还有这样少女柔软的一面。"现在看来，少女柔软的才是程悦欣。

于是郝会会又问："大妈，这不是你全部积蓄吧？你房间里其他地方是不是还藏着钱啊？"

冯品芝一手叉腰，怒目而视："关你什么事啊？我关照你，你要是出去乱讲，我把你的牙齿都打掉。不对，敲你女儿牙齿，看你敢不敢！"

冯品芝关上门离去，郝会会在床上，太阳穴旁边的神经一跳一跳的。她先是兴奋地把之前自己看过的几套合适的房子在脑子里理了理，然后开始想着应该怎么装修，到哪儿买建材划算，忽然又想到自己卖房子没经验，应该多跟别的经纪讨教一下。本来都是可以问凯拉的，可现在……想到凯拉，郝会会嘴角的笑容冷了下来。

她忽然想到了之前的地产经纪人，那个台湾来的艾米。艾米在自己进公司不久后就单干了，中国客户越来越多，她早就不满意凯拉给她的分成比例。所以凯拉看好自己，到底是帮助自己绝境求生，还是从她自身的角度出发，要多一个更容易掌控的下属呢？

郝会会定了定心，自己还是认认真真做好事情，多给公司赚钱就好了。但内心深处，她忽然触碰到了一些她绕开而不敢深想的东西。

开始做 flip 了，真的赚到钱了，她还能够像从前那样一心一意给公司打工吗？她是不是就辜负了凯拉，辜负了她的帮助？她是不是就对不起凯拉了？如果此一时彼一时的论调成立的话，那么，胡金柱当初抛弃自己，又有什么不对呢？

他当初和自己在一起，有当初的考虑，后来离开她们母女，也是为了自己更好的发展。这和她万一翅膀硬了要离开凯拉，又有什么不一样呢？人往高处走，有错吗？

郝会会不敢深想，让这些疑惑埋在自己的心底。她翻了个身，拍着艾米和温迪，告诉自己：我会好好干活的，会替公司挣更多的钱。

郝会会想做 flipper 的事没告诉程悦欣和郑懿。她想，要等她在这里面真的赚到一笔钱再说。

但张思禹，却接到了胡金柱的消息。“来出差，到旧金山逛两天，找你和锐哥一起吃顿饭，有空吗？”

*Chinese in Silicon Valley*

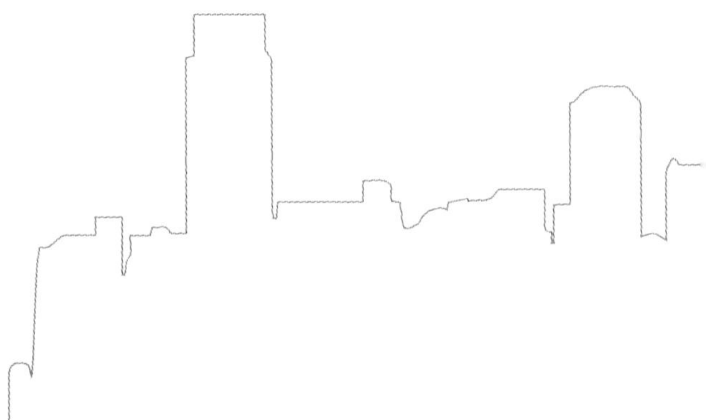

# 第六部分
# *Part 6*

## 一剪梅

红酒缓缓经过张思禹的喉咙，一嘴的酸和涩。酒的产地，葡萄当年日照的长短，他一概不懂，唯一清楚的是那些和外语滤镜同样闪闪发亮的东西，正如沙漏一样从自己生命中溜走。

## 第二十九章
# 俗人俗事

程悦欣本来严禁张思禹和胡金柱见面。这不光是交友不慎老公被带坏的问题，在程悦欣看来，这是阶级情感革命立场的大问题。之前胡金柱来和郝会会离婚，最后几天住在张思禹家的客厅，程悦欣坚持每天早上 6 点半开始用大功率吸尘器吸客厅，每天晚上坚持在沙发上看美剧到深夜，生生逼着胡金柱掏了几百美元出去住宾馆。

程悦欣对张思禹放狠话：“你跟胡金柱这种人来往，道德品质的问题比出轨还恶劣！”张思禹不太理解这种逻辑，但也只好找借口回绝了胡金柱。没想到林锐私信他：“好久没聚了，来吧，我也正好有事要宣布。”张思禹说：“不是我不想来，来了就有家庭内部矛盾。程悦欣不让我来。”

林锐直接跟程悦欣说：“胡金柱这次带他新老婆来，你不想看看？”

答案当然是想看的。女人之间的较量，从发梢到脚心，丝毫都不能怠慢。程悦欣来美国时间长了，渐渐被大农村感化。什么遮阳伞碎花连衣裙高跟鞋，都被束之高阁，整天 T 恤牛仔裤马尾一扎。许久没有和同性 PK 的机会了，未免用力过猛。

当天，程悦欣选了一条杀气腾腾的红裙，化了个睫毛能粘住苍蝇的大浓妆。上班的时候从园长到学生家长都侧目以对："程女士，今天晚上有安排吗？"程悦欣咬牙切齿："有个很重要的约会。"

傍晚，斗志昂扬的程悦欣，终于在大塞车后赶到饭店。第一眼，就看到了发福的胡金柱和坐在他身边刷手机的周蔚。林锐本来在点菜，只听程悦欣重重地放下包，桌面颤了一颤。他抬起头来，只见程悦欣的目光里刷刷往外飞刀，从头到脚把周蔚戳个遍，然后突然一咧嘴，粗浓的眼线下边露出了藏也藏不住的笑容。林锐心里"哈"了一声，怕自己真笑出声，赶紧低下头研究菜谱。

程悦欣盯着周蔚，心底舒畅了许多：本以为是怎么样的三头六臂，原来也不过是个略显清秀的小家碧玉，产后略微有些发福，这几分清秀倒显出几分憨态。

周蔚似乎是没有察觉到程悦欣的目光，拉着王佳佳在讨论化妆品打折，连连感叹："那 BG（Bergdorf Goodman，美国时尚传统百货公司）什么时候才搞活动啊？我想买 LA MER（海蓝之谜）！"程悦欣撇了撇嘴：庸俗。跟油光满面啤酒肚的胡金柱正好般配。但听着听着，又生起气来：凭什么她就能买 LA MER 了啊？以前都会会有过什么啊？

胡金柱在国内跟人合伙开了一家公司，席间眉飞色舞，某部长某主任，某总裁某董事，都是他信手拈来的朋友圈友人。因此听到老婆讲 LA MER，也只当是寻常，全然不是从前为了信用卡 0.5% 的折扣打 20 分钟投诉电话的干老了。程悦欣越想越气，食不知味，完全看不出这家店为什么能在 Yelp（美国最大点评网站）上有 1000 多个五星评论。灯光昏暗，周围一桌桌西装革履的人，衬得眼前的场景格外地荒谬，尤其是胡金柱一张口，对林锐和张思禹喊出“林总”“张总”的时候。

“现在鼓励全民创业，你们这些硅谷工程师回国都是直接有市场价的，”胡金柱侃侃而谈，“说真的，要回早点回，先占住坑。我是过来人，国内的花花世界，比这里可有意思多了。”

程悦欣瞪了张思禹一眼。她知道张思禹和冷敏在搞一个什么创业项目，似乎还联系了国内的什么人，但程悦欣已经明确表达过她的反对了。

胡金柱继续吹：“真的，等你们回国，我带你们去次我一个朋友的会所，保证你们大开眼界。”说完，他旁若无人地笑起来，得意里泛着一丝油腻。程悦欣诧异地看着他身边的周蔚，依然在全身心地讨论着化妆品和包，仿佛对胡金柱的这番言论无动于衷。

“你什么意思啊？”程悦欣不满。

王佳佳也“哼”了一声：“我就知道你们这些男人想回国都没憋着好主意。”

林锐笑起来：“嗳，别把我捎上啊。确实都是回国，我跟胡教授的目的不一样，手段也不一样。我能有什么坏主意啊？”

张思禹诧异：“你要回国了？”

林锐从胸口掏出名片：“这两天七七八八弄得差不多了，正好跟哥几个打声招呼。”

——蔚蓝科技创始人，CEO，林锐。

林锐笑：“随便起了个名字。主要是做大数据，给企业提供战略咨询和市场分析。”

张思禹赞叹：“挺好，大数据现在特别火。你本来在Facebook也是做数据分析的。”

程悦欣皱着眉头问：“什么叫大数据啊？”

林锐望着程悦欣的迷糊脸，压了压解释的欲望，笑着说：“大数据啊，就是 teenager sex（青少年谈性）所有人都在说，装得头头是道，谁知道自己在说什么？”

一桌人大笑，只有王佳佳脸色阴郁，一脸不快地望着林锐。

等甜品的时候程悦欣上了趟洗手间，在隔间里听到门外王佳佳和周蔚的对话。王佳佳抱怨林锐非要海归，自己哭也哭了，闹也闹了，不惜以分手相逼，都没用。周蔚推心置腹地给她出主意：男人啊，千万不要跟他的抱负作对，关键时刻你得支持他。他要回国你就陪他回，你为他牺牲他就欠你的。要应酬要出去玩是难免的，你睁只眼闭只眼，他心里知道又欠了你。欠多了两个人就分不开了，搅在一起，结婚生孩子，打断骨头连着筋，你把钱看住了就行。

程悦欣连马桶都没敢冲，屏声敛气听完周蔚这番高谈阔论。

这番仿佛来自 TVB 豪门恩怨剧的议论出自周蔚，程悦欣本来是不惊讶的。没有这样腐朽酸臭的觉悟，怎么会抢到胡金柱这样的活宝？可没想到，王佳佳竟然也附和了几句。本来对王佳佳替代郑懿，程悦欣就是反感的。可想来想去，毕竟郑懿是主动离开的，林锐和王佳佳也在一起不少时间了，程悦欣也就慢慢接受了林锐的这个女朋友。

程悦欣后来当面问过林锐，为什么会跟王佳佳这样的女孩在一起。林锐说，跟郑懿那一段感情太累了，费了太多心力。那时候只想谈一段简单点的恋爱，找个可以预测的女朋友。

什么是可以预测的女朋友？就是她需要你陪，她会情绪失控，她拿不定主意会来问你，她会疑神疑鬼你是不是还爱她。她不开心了，你给她买套化妆品，再不开心了，就买个包。“这样多简单，多好！”林锐感叹。

程悦欣想自己是不是这样简单的人呢？现在看来，她似乎是，似乎又不是。

但程悦欣那天走出洗手间的时候，是带着底气和自豪的。她用鼻孔看周蔚和王佳佳，觉得自己和这样庸俗的女人并不是一国的。

签完账单等信用卡回来的时候，程悦欣决定抓紧时间报复下胡金柱。她整晚第一次插入王佳佳和周蔚的谈话："全球资产配置？那你们来美国买房啊。找郝会会就可以啦，反正她跟胡金柱也很熟，柱哥你肯定放心的哦！"

张思禹拉了她一下，程悦欣反而更来劲了："装修现在也可以找会会。她现在跟人做flip，过得特别好，风生水起的，赚了好多钱。我跟会会说，早知道有现在就应该早离婚。男人才是女人成功路上最大的绊脚石！还给女人分三六九等，说这个女人旺夫，那个女人克夫。照我看，十个男人八个都克妻。"

胡金柱和周蔚的脸色黑得像猪肝，张思禹也是一脸尴尬，只有林锐憋不住笑得前仰后合。

程悦欣回到家迫不及待地把这场胜利和郝会会与郑懿分享。郝会会蹲在装修工地看老罗改水管，看到程悦欣偷拍的周蔚照片愣了半天神。那套粉红色的内衣一直像是悬在她头顶的剑，终于见到正主，有种剑终于劈下来的感觉。等到半夜，才回复了一条：金柱确实一直喜欢这种圆头圆脸的清秀姑娘。

至于郑懿，在听到林锐要回国的消息并不十分惊讶。她经常出差回国，深知已经今非昔比。

当年他们毕业时，最好的毕业生除了出国，就是去外企。拿到投行咨询的offer，有所谓的Global Pay，是鄙视链的顶端；次一点的去外企当管培生；实在不行也是去四大保底。律所也是同样，那时候还没有所谓的红圈内所，大的外资所是所有人的向往。如果是民企，或者单干，简直是混得不好的标志。现在时代不同了。BAT（百度，阿里巴巴，腾讯）的大手笔，创业暴富的神话，被一遍一遍地重复。林锐海归创业，是天时地利，唯一让郑懿担心的就是人和的问题。林锐的个性真能在国内一展拳脚吗？

几个月后，林锐的朋友圈似乎证明了郑懿的多虑。CBD的夜景，与各种有名有姓投资人的合影，再加上林锐从小到大在北京的人脉，新闻通稿一篇接着一篇。大数据的风口，硅谷的标签，Facebook的经历，一时间，成了海归创业明星。蔚蓝，似乎真的正通向星辰大海。

张思禹的情绪，也被这层层叠叠的照片挑逗着，达到了顶点。什么时候才能轮到自己？轮到自己站在这场繁华深处？张思禹的心怦怦作响。冷敏的话在他脑海中回响得越来越激烈："他们都可以，你为什么不行？"

"用VR颠覆传统教育，这是个10亿级别的大市场，我们的产品将改变世界，改变未来。"一周一次的碰头会，冷敏总是信心满满地说。张思禹被冷敏感染，仿佛真的置身于一场旋风，而他就是这场旋风的中心。他陆续提交了三个专利的申请，冷敏拿到USPTO（美国专利商标局）的回执时，同时开始在国内申请。他们蓄势待发，信心十足。

"公司的名字就叫阿修罗吧，"冷敏提议，"我们是战神，战无不胜，横扫千军。"

2013年，有大数据、VR……各种技术名词下的暗涌热浪。浪潮之下伴随的都是真金白银。更确切地说，是真金白银的响声和许诺。

程悦欣担心的事还是来了。张思禹郑重地提出，自己要辞职回国创业。

"不行，那我怎么办？我刚刚开始工作，生活刚刚进入正轨！"程悦欣抗议。

"你回国也可以做老师啊，国内现在有很多民办的幼儿园，你都可以去。"张思禹认真地说。

“张思禹，你一直知道我的态度，我不想回国。之前你说你是兼职，我才让你兼职的，我从来没答应过你可以辞职去创业，”程悦欣愤愤地说，“当初你说来美国我才来美国的，现在我来了你又让我回去？”

“情况一直在变化，人当然也要跟着变化。当时出国，对我们来说是最好的选择。现在回国，对我们来说也是最好的选择。你不要老是翻旧账啊。”

“或许对你是最好的选择，但对我不是，”委屈的眼泪慢慢流下来，程悦欣哭得鼻头通红。她忽然想到了胡金柱和郝会会，忽然想到了周蔚和王佳佳的那些高谈阔论。除了委屈，心里还有什么呢？还有恐惧。

原来“女人成功路上最大的障碍是男人”，也只是说说的。她不是郑懿，她只是和王佳佳一样的俗人。

张思禹看到程悦欣的眼泪，心里更加烦躁——她就仗着她会哭，女人怎么都这样呢？也不是，冷敏从不会这样。张思禹脱口而出：“你不要老是哭，哭不能解决问题。都是女人，你为什么不能跟冷敏一样，格局大一点呢？”

“你拿我跟冷敏比？我是你老婆，冷敏是你的谁？你开口闭口冷敏冷敏，每个周六你们都混在一起，你以为我不知道你们的破事！”

程悦欣发脾气口不择言，但忽然，她看到了张思禹脸上的表情。张思禹慌乱了。他心虚了。

程悦欣脑子里嗡嗡作响。这么久以来，被她刻意忽略和压抑的那些点滴，终于串联成了一条线索。这条线索隐隐约约，却又那么明显，在时光的长河里波光粼粼，反射出一波又一波的旋涡。

“你真的跟冷敏？”程悦欣听到自己的声音颤抖着。

“没有。”张思禹摇头。

他说了没有，要不要相信他？周蔚说的，女人，就要大智若愚。她应不应大智若愚？

## 第三十章

# 被羡慕的人

张思禹收回躲闪的眼神，斩钉截铁地重复一遍：“没有，我跟冷敏没有任何不正当关系，你不要胡思乱想无理取闹！”

“每次你们打电话都打一两个小时，一到周末你就跑出去。你现在说我胡思乱想无理取闹？”

“我是为了工作！为了工作！你能不能不要那么肤浅？你的眼界格局什么时候才能大一点？”

程悦欣大怒：“所以现在倒变成了我的错？怪不得网上说，当一个男人不爱一个女人，她哭闹是错，静默是错，活着呼吸是错，连死了还是错！”

张思禹皱眉：“你一天到晚在看些什么东西？你到美国这么久了，不是看中文八卦论坛，就是看那些没营养的三姑六婆鸡汤。要么追剧，要么玩游戏。你身边那么多优秀的人，你为什么不向别人多学学？大家都在往前跑，你就准备这样混吃等死一辈子吗？”

程悦欣愣住了，委屈地皱着鼻子，眼泪噼里啪啦往下掉，半晌才鼓着脸说：“我没有混吃等死，我有工作。”

眼泪让张思禹更加心烦意乱，他脱口而出：“就你那份给小孩子擦屁股的工作？”

程悦欣怔住了。

她还清楚地记得她找到工作的那天，他们去吃了日本烤肉。清酒上头，程悦欣的脸颊泛红，她钩住张思禹的脖子：“从今天开始，你老婆就是有工作的人了！”张思禹刮了下她的鼻子：“了不起，程老师。”

程老师？原来程老师在他心目中只是个给小孩擦屁股的。程悦欣的脸憋红了，她仰起头来望着客厅上忽明忽暗的灯，最后用颤抖的声音憋出一句：“胡金柱出轨前，就是这样嫌弃郝会会的。”

“砰！”程悦欣冲进卧室时狠狠地摔上了门，随即，传来了痛哭声。张思禹愣了一愣，想要去敲门，但终究只是坐倒在地，背顶房门。

结婚六年，他从来没有这样口不择言——他今天乱了章法。或许是被戳到了软肋，才会用最恶毒的语言攻击对方，以图自保。他可以为自己辩护，他和冷敏在这个项目上，确实清清白白。他想回国，并不完全是为了冷敏。就像冷敏说的，在硅谷再待下去，无非就是老婆孩子热炕头的小农日子。他已经快35岁了，体内的生物钟滴答作响，身边的人潮水般来去。那些辉煌，那些喧嚣，难道就真的跟自己无关吗？

胡金柱、林锐，一个个都回国了，而且做得风生水起。短短半年，林锐手下已经有一个几十人的团队了。几十人，这对应的是谷歌的T几，脸书的E几？自己一辈子按部就班在硅谷，有希望升到这个级别吗？张思禹不想嫉妒朋友，可是，明明自己并不比他们谁差呀。就像冷敏说的，VR现在正处在风口，他明明是可以御风飞翔的啊。

程悦欣的号啕声渐渐低了下去，只剩下断断续续的抽泣。张思禹敲了敲门："老婆，我刚才态度不好，话说得不对，我道歉。但是我希望你支持我。"

良久，程悦欣沙哑着嗓子问："你真的对现在的生活很不满意吗？我们现在过得不好吗？"

张思禹出神地想了想："我们现在过得挺好的，只是……我确实有点心猿意马了。"

对生活心猿意马，这是什么意思？程悦欣挨着门，用手抠着门板上不均匀的油漆。

张思禹的声音有了几分哀求的味道："你就让我试一次，可以吗？"

"如果我说不可以呢？"程悦欣反问。

她想，如果张思禹说，听老婆的，她就答应他。或者他说，那我找个跟冷敏没有关系的项目，她也答应他。

可是张思禹什么都没说。公寓的墙壁很薄，左手隔壁的印度人家里传来了咖喱味道，他没有回答她。右手隔壁的东欧小夫妻传来不可描述的声响，他也没回答她。程悦欣的手抠累了，面向床铺，倒头就睡。只留下门板上坑坑洼洼的几排小洞。

张思禹和程悦欣又开始了冷战。两个人用微信交流各自日程，刻意回避回国的话题。偶尔所谓好好聊聊，几乎又都以程悦欣把张思禹拉黑结束，再过两天短信说话说不清楚再从黑名单里放出来。

程悦欣想，自己真的要离婚了吗？以前郝会会和胡金柱离婚的时候，自己觉得那么理所当然，还嫌郝会会太拖沓，不够果断，现在轮到自己，却这样狼狈。

她不敢和郝会会说。或许内心里，她向来还是对郝会会抱有优越感的吧。

哪怕郝会会现在卖房子赚了很多钱，但说到底，自己才一直是那个被老公疼爱的女人啊。她不想接受郝会会的安慰和同情，也不想听郝会会分享离婚女人的心路历程。

程悦欣也没有办法说给郑懿听。郑懿一定会冷静而残酷地说："我早就告诉过你女人不能靠男人。"是的，自己冥顽不化，自取其辱。是自己莫名其妙地自信，张思禹会爱她宠她一辈子，这个男人永远翻不出自己的手掌心。

她当然也不能跟家里说。当年，是自己铁了心要出国，扔掉了父母找好的铁饭碗，信誓旦旦地说："去美国怕什么？没人敢欺负你女儿，借张思禹十个豹子胆，他也不敢！"这两年，好不容易让父母放下心来，拿了到了绿卡，拿到了学位，找了工作，成为亲戚嘴里那个好命的被老公养的女人。她要怎么跟父母说？怎么跟那些亲戚朋友说？

随后的日子程悦欣总是精神恍惚，上班时候连连犯错。校长找她谈话时，她一着急，胸口一闷，竟然吐了出来。

到医院检查尿检呈阳性，程悦欣怀孕了。已经过了8周。妇科医生诊室里挂着女人的子宫图，还有三个阶段的胎儿图。瘦瘦的医生推了推眼镜，又拿出一样道具来，指着黄豆大小的一个点说："你看，8周的小朋友就是这个样子。"程悦欣直愣愣地看着她，问："加州可以堕胎吗？"

加州是深蓝州，最维护女性堕胎权利的州。医生看了看程悦欣："你30岁头胎，要不要跟孩子的父亲商量一下再做决定？"程悦欣沉默了。

晚上11点，程悦欣听到张思禹回家的声音。不用问，又是跟冷敏碰完面回来的。

厨房的微波炉声，马桶的抽水声，然后是人睡在皮质沙发上的吱吱嘎嘎声。一直到半夜1点，客厅里的灯才完全暗下来。程悦欣的心狂跳，她内心有报复的快感——你回国吧，我们一拍两散！

晚上的梦断断续续，或真或假。程悦欣把怀孕的报告扔在张思禹面前，挑衅地对他说：“你不是心猿意马吗？我已经把你的孩子打掉了！”

梦里有畅快和得意，然而醒过来，发现只有一枕头的泪水，和胸口被钝刀拉扯般的疼痛。

早上，程悦欣对着收拾完洗碗机的张思禹说：“我今天请假了，要去个地方。”

张思禹愣了愣，“哦”了一声，并没有追问去哪里。

程悦欣来气了：“我等下不能开车，你送我去。”她不想告诉他去哪里，但要他亲自送她去。这是日日夜夜殚精竭虑里最重要的一环。

张思禹迟疑了一下，想说，我早上有个会。但他看了程悦欣一眼，或许意识到这是恢复关系的难得机会，于是点了点头：“好啊，我送你去。”

一路上，两人都没有说话。在离手术中心两个路口外的快餐店，程悦欣让张思禹停了车。下车以后，她深深地吸了口气，用力拍了拍车顶，几乎大吼地问道：“张思禹，你还是想跟冷敏回国是吗？你到底是要冷敏还是要我？”

张思禹愣住了，看了看周围的过往行人，叹了口气说：“老婆，我跟冷敏真的没什么，我希望你支持我。”

程悦欣咬了咬嘴唇，大步向前走去。

她想：宝宝啊，你不要怪妈妈，妈妈已经给过爸爸机会了。她又想：宝宝啊，不是妈妈不要你，是你来得不是时候。你下次再来，妈妈一定把你生下来。她又想：宝宝啊……可心里这句话没说完，整个人就蹲在地上，号啕大哭起来。

程悦欣哭得上气不接下气。硅谷十月的阳光依旧猛烈，却半点照不到她的身上。

张思禹的车在公司车库里还没停稳，就接到了程悦欣的来电。犹豫着要不要接，他很害怕程悦欣又唠唠叨叨掰扯不清，耽误自己开会。于是任手机响了十几声，自动跳入了语音留言。谁料程悦欣锲而不舍地打了第二个，张思禹扶着方向盘，叹了口气，接起了电话。

程悦欣哭过的声音沙沙的："张思禹，我怀孕了。我现在就在手术中心门口，本来约了 11 点的手术。你看怎么办吧。"

张思禹的脑子一片空白。

程悦欣怀孕了？她用这个孩子要挟自己不回国？但——他有别的选择吗？

他风驰电掣地往快餐店赶，脑子里只剩一个念头：我老婆怀孕了，我要当爸爸了。

郝会会知道程悦欣和张思禹要买房时，拿出了看家本事。不但大手笔地把凯拉给自己的佣金全部返还给他俩，还亲自跑遍了他俩意向区域里所有在售的房子。郝会会对程悦欣说："你好好歇着，全交给我了。我不给小侄子找个满分的房子，我这郝字倒过来写。"

郝会会最终列出来三套房子，都是有学区、步行指数高、交通便利的潜力房。其中有一个屋主还没拿到市场上卖，就被她软磨硬泡搞到了钥匙。郝会会走到二楼，推开主卧的窗说道："怎么样，这个风景无敌了吧！你别看这三个房子装修老，又破，但性价比高。你拿出 10 万来，不，拿 8 万来装修下，我打包票，绝对不比周围贵 20 万的房子差。"

张思禹笑道："你现在是专业人士啦。"

郝会会毫不谦虚："专业不敢说，但我们之前装的两个房子，比市场上普通的flip房质量好太多了。禹哥禹嫂，你们要是装修，我保证天天来工地给你们盯着，老罗什么懒都不敢偷。禹哥，你喜欢要哪套？”

张思禹望了望程悦欣：“看悦欣，她喜欢哪套就哪套。”

程悦欣微笑着说：“你决定吧，选这个区离我上班的地方近，离你公司远，房子看你喜欢吧。”

张思禹温柔地说：“只要你喜欢的，都好。”

郝会会“呀呀呀”地搓着手：“人家都说七年之痒，你俩真是越来越肉麻，比禹嫂刚来时候在家里互相喂饭还肉麻。我受不了了，你俩慢慢商量吧。我去读下这套房的disclosure。”

郝会会下了楼，张思禹和程悦欣就相对陷入沉默。两人神色尴尬地自顾自走动着看起来，摸摸壁橱，翻翻窗帘，一直到郝会会风风火火再上来，才又客气地笑了笑。下楼的时候，张思禹一路扶着程悦欣的手，护着她的腰，又让郝会会牙酸地取笑了一阵。

郝会会在三人群里感慨地说：“还是有老公疼的女人最好命。郑懿，你没见禹哥今天紧张的那个样子，把我都羡慕死了。我这一辈子，就从来没有一个男人对我这么好过！”

程悦欣看了一眼正在厨房烧饭的张思禹，微笑着说：“你跟老罗不是挺好？”

郝会会发了段夹杂不清的语音，大概意思是，革命战友，还是保持纯粹的革命友谊更好。更何况现在自己根本不想谈恋爱结婚，觉得没意思，又不是每个男人都像张思禹一样是宠妻狂魔。

郑懿一般是不在群里发言的，今天却忽然接了一句：“@悦欣，你书也念了，工作也找了，房子也买了，孩子也要出生了，禹哥还是一如既往对你那么好，确实让人羡慕。”

程悦欣笑得肌肉有点酸，于是放下手机去吃饭。饭吃到一半，张思禹却拿着手机，脸色迟疑。

程悦欣淡淡地问："有事吗？"

张思禹看着她的脸色："冷敏他们，这个周末就回国了。今天一组人都在外面唱歌，想让我也去一下，算是给他们送行。你看呢？"

程悦欣细细嚼着嘴里的肉，点了一下头："好呀，送行也是应该的。"

张思禹舒了口气，拿起外套，雀跃地往门外走。忽然又折回来："你吃完了碗留着，我回来洗，你早点休息。"

程悦欣点了点头，用岁月静好的笑容回应："好的，谢谢你。"

## 第三十一章
# 一面湖水

林锐曾经深刻分析过外语滤镜这个问题。

有些东西是永远不能本土化的。比如王佳佳要买包，把那些Logo换成中文大字，立刻显得廉价，恐怕放在地铁商场里都没人要；我们总觉得意大利歌剧如何高大上，可等千方百计找来歌词，原来唱的也无非是“哎哟妈呀”和柴米油盐；米其林餐厅听上去多么高档，那幽暗的灯光一打，花体菜单一印，发到朋友圈很有面子。可餐馆名字千万不能翻成中文——“亚历山大牛排馆”“法国洗衣房”，仿佛自驾游到了河北地界。

冷敏的散伙饭，就在当时刚刚摘掉米其林一星的亚历山大牛排馆。昏暗的烛光里，人人窃窃私语，伴着刀叉碰盘子的声音撕扯着牛排的各个部位。冷敏举起酒杯，丹唇轻启：“干杯。祝我们阿修罗前程似锦，也祝张思禹，家庭美满！”

红酒缓缓经过张思禹的喉咙，一嘴的酸和涩。酒的产地，葡萄当年日照的长短，张思禹一概不懂，他唯一清楚的，是那些和外语滤镜同样闪闪发亮的东西，正如沙漏一样从自己生命中溜走。

张思禹本来负责的是 GPU（图形处理器）加速和三维场景重建图像。他退出后，冷敏立刻找了卡内基梅隆的博士丹尼尔来补位。可一个刚刚毕业的博士，从没做过产品，真的能胜任自己的角色吗？一个几乎连中文都不会说了的 ABC（华裔），回中国创业能适应？张思禹冷眼旁观，深表怀疑。他心里甚至有隐隐的气愤——原来自己这么容易就被替代了？

因为丹尼尔在，大家说了一晚上的英文。装模作样地把漫长的西餐吃完，鹏叔提议再去唱卡拉 OK，丹尼尔就识相告辞了。酒不醉人人自醉，张思禹在一片婆娑间，只见冷敏修身的小黑裙摇曳的背影。

冷敏的歌声低沉："我有花一朵，藏在我心中，含苞待放意幽幽。朝朝与暮暮，我切切地等候，有心的人来入梦。"

这首歌是唱给他的吗？张思禹不敢细想，可心底一层一层翻上来许多羞愧。鹏叔坐在他身边，仿佛有坐立难安的焦躁，双手搓了一圈又一圈，终于开口："兄弟，跟你商量个事。丹尼尔进来之后呢，我们的股权又重新分了一分，投资人的意思呢，就是，我们还是需要按照合同办的。"

"合同？什么合同？"

"就是当时我们签的合同嘛。"鹏叔从皮包里拿出了当时的股权分配合同。

冷敏放下话筒，紫红色的指甲指着高光标出来的部分："你看，我们合同上是有 clawback clause（收回条款）的，也就是说，你退出了，之前承诺的期权就作废了。上个月我确实说过，想给你再保留一定比例的期权，但是呢，投资人那边立场很坚决，我也没办法……"

张思禹看着冷敏为难的样子，立刻点了点头："这个我知道。是我没办法跟你们走，这个我认了。”

冷敏看了鹏叔一眼，鹏叔又拿出一份新的文件来，迟疑地看了看冷敏。

冷敏轻声细语：“这个呢，其实是合同中本来也有的条款，但是投资人那边的律师希望我们能再确认下，让你签个确认书。之前，你在阿修罗工作中，申请的那些专利，还有一些工作项目的 IP（专利），其实在法律上讲都属于 work product（工作产品），是属于公司的。投资人希望你再签一个确认。”

张思禹愣了，没想到原来吃散伙饭，来 KTV 唱歌还有这个目的。他还是捏着鹏叔递过来的笔，大笔一挥就签了。算了，是自己临阵脱逃。过去的就让它全部过去吧，算是对冷敏和公司的补偿。

冷敏抽掉那页给鹏叔，又指着底下那页：“这个呢，是一个 non-compete agreement，不竞争协议。”酒精有些上头，张思禹眯起眼睛，只看到一个 5 的数字。

“5 年？”张思禹喃喃。

“对，5 年内希望你不要加入我们的竞争对手，或者有可能成为阿修罗竞争对手的公司，”冷敏解释，“没办法，我们的想法、模式，你都太熟悉了，投资人觉得……”

“那你呢？”张思禹打断她。左一个投资人，右一个投资人，一切都用投资人当挡箭牌。张思禹忽然开始失望，继而愤怒——原来自己已经被防着了？

“我？我当然是相信你，你为公司做了那么多贡献，可以说没有你，我的那些想法不可能会落地。但是——”重点永远在“但是”的后面，“但是商业社会的规则就是这样，我希望你能够理解。”

“好啊，”张思禹闷闷地，把协议在手里拨了拨，“商业社会嘛，那我找个律师咨询下再答复你。”

“张。”这半年来，冷敏喜欢把张思禹的名字缩减成一个姓。以前只觉得特别，现在却感觉出一种疏离。“站在投资人的角度，我能理解他，他们看得多了。几个朋友一起创业，最后分道扬镳做竞品；有个创业想法找朋友聊，转头朋友就把这个想法剽窃走了，自己做起来了。投资人想要控制风险，这其实也是很合理的。”

所谓的投资人，根本不是重点。张思禹看着冷敏，他忽然明白，原来他俩之间，也不过是商业伙伴关系，是他想多了，一直以来，都是他想多了。

“我觉得这对我不公平，”张思禹声音高了一些，“我已经把我所有的都给你了，还不够吗？”

“但是你选择离开的。”冷敏也咄咄逼人起来。

“原来是场鸿门宴。”

一时间，鹏叔有些尴尬，拍了拍身上的口袋：“我出去上个厕所。”

KTV 的背景音乐一直在放，大张伟在屏幕上上窜下跳着《嘻唰唰》。

冷敏换了口气说：“张，我无数次告诉过你我的梦想是什么，我一直以为，那也是你的梦想，你会站在我身边帮我完成这个梦想。是你在公司和家庭间选择了家庭。作为朋友，我理解你。但你能不能理解我？从我选择出国的那天起，我就跟自己说，我不能像一般女人那样过一辈子。嫁个人，生个孩子，然后守着老公守着家，我做不到。我想要的东西，我都是靠自己争取的。每一场仗，我都要靠自己打，每一块骨头，我都要靠自己啃。我也想做好人，跟你谈感情谈信任，我也想今天只是跟大家一起叙叙旧，吃吃饭，唱唱歌。但有谁替我冲锋陷阵？有谁可以替我唱白脸？没有人，只有我自己顶上！”

从阿修罗成立开始，张思禹看到过无数种状态下的冷敏。长袖善舞的、信心满满的、金刚怒目的，但唯独，没有看过这样的冷敏。

冷敏看了他一眼：“曾经我以为，是有的，但我想错了。大男人嘛，总是会选更需要他的人，像我这样的大女人，只好自己硬扛，是不是？”

冷敏的眼神里有一种幽怨，张思禹的心头一荡。冷敏说的对，自己选择留下，完全是因为程悦欣更需要他。他怎么能拒绝？一想到程悦欣站在手术室门口，一想到程悦欣肚子里的孩子，他根本没有选择。可的确是他辜负了冷敏。

张思禹从遥控器旁摸出刚才那支笔，在协议书上龙飞凤舞地签上了自己的名字：“祝你们一切顺利，前程似锦，祝你早日完成自己的梦想。”

“张，”冷敏喊住已经走到门口的张思禹，“你说错了，你不是什么都带不走，我也要送你一样临别礼物。”

冷敏的气息在靠近，再靠近：“你闭上眼睛。”

张思禹的呼吸急促。他明白自己应该立刻离开，他明白程悦欣在家里等他，可他不自觉地，闭上了眼睛。多年前的那个夜晚呼啸般席卷而来，张思禹在等待一次重温，等待一个句号。

可出乎意料的是，触碰到他嘴唇的，并不是那一片温暖。似乎是被硬硬的指甲戳了一下，再然后，是一点冰凉。张思禹摸上嘴唇，是一片水泽湿润。他奇怪地睁开眼，见到了面前挂着两行泪水的冷敏。

冷敏说：“再见了，张。”

张思禹呆立在那里。那些旖旎风光已经烟消云散，取而代之的是无以复加的震撼。他的心战栗了。嘴唇上还残存着的那半滴眼泪，慢慢地风干到了肌肤里，钻进了周身肌肤的每一个毛孔里。

“再见了，张，也祝你幸福。”

从此，张思禹便经常失神。有时是在公司，有时候在妇科医生的等候室，有时是在给孩子冲完奶一抬头看到窗外的雨滴。有些东西折磨着他。从前，他可以说是那未尝实现的人生可能，可以说是未曾施展的雄心壮志，而现在，所有的原因都清清楚楚。

——是因为那滴眼泪。

无法自欺的张思禹对家庭格外愧疚，可在愧疚的间隙，又生出一些愤怒和惆怅。心情的起伏，在日复一日的琐碎忙乱中翻滚。就如同隔着一个太平洋的时差，日夜颠倒。

郑懿是 2014 年回到硅谷的。

上法学院时，有个教 Remedies（救济）的教授，是个犹太老太太，经常说笑话。她一本正经地说："听着，上三年法学院很辛苦，但当律师，其实你只需要记住两句话。第一句，This is my money.（这是我的钱。）第二句，Do not sleep with your client.（不要和你的客户睡在一起。）"无疑，郑懿并没有牢记住这番教诲。

当她重新回到硅谷时，似乎时光倒流，一切又像回到了原点。

但一切又是不同的。郝会会开始穿套装了，她的照片和所有硅谷华人地产经纪人一样，占据着广告的一大半，贴上了中国超市的墙壁。程悦欣生孩子了，儿子安安虎头虎脑，哭起来声如洪钟。她再也不是那个打扮得白白净净的美少女了，经常蓬头垢面，顶着两个黑眼圈。

有一晚程悦欣被婴儿逼疯了，一路开车北上，来到了冯品芝家，郝会会就把加班中的郑懿也死活拽来了。三个人窝在客厅沙发上，开掉冯品芝一整箱啤酒。

快乐吗？半夜捂着嘴咯咯傻笑，最后借醉酒玩一圈真心话大冒险，说一件不可思议的事。

郝会会先说：“我去年收到一封邮件，一个不认识的人。她说她要到网上曝光胡金柱，还要写信给什么学校党委纪委，叫我给她提供材料。”

“曝光什么？”

“不知道，我没理她，”郝会会摇摇头。过了半天说：“我想，他毕竟是艾玛和温迪的爸爸。”

“那我说一个，”程悦欣笑着，“我觉得，张思禹已经不爱我了，我也已经不爱他了。但不可思议的是，我们现在不吵架了。特别好，相敬如宾。两个人搭伙带孩子，配合特别默契。你们说爱情是什么东西？我告诉你，星座早就说了。在星盘里，爱情，谈恋爱，那是在娱乐宫，跟婚姻宫一点关系都没有。所以婚姻需要爱情吗？不需要。我现在想通了这点，豁然开朗，日子过得特别好，特别简单。”

轮到郑懿，她什么都没说，倒头大睡。

## 第三十二章
# 偶然方向

每个孩子都是天使，但他的父母，却应该学习收起自己的翅膀，降落凡间。要收起自己的光芒、自己的野心、自己的棱角、自己的姓名，甚至自己的喜怒哀乐。一对平凡夫妻，一对平凡父母，才能衬托出天使的光芒。

张思禹做到了。他开始减少关注 Facebook 和朋友圈。北京 CBD 的夜色还有三亚的创业团队都慢慢离他远去了。五星级酒店，投资人 pitch，晚宴，媒体报道，就像一片飘走的云，渐渐淡出到天幕背景里。他上班、下班、买菜、做饭、给安安拍嗝、查孩子每个月的行为 milestone（发展阶段）。他停掉了健身房会员，在家里照顾孩子。

程悦欣也做到了。休完产假，又休了一年无薪假。毕竟，她每个月的税后工资还不够支付保姆费。所以，用张思禹的话说，工作内容也只不过是“给孩子擦屁股”。去给别人的孩子擦屁股，不如多在家里给自己孩子屁股。

日子像流水一样无边无际，她周而复始地喂奶、看大便颜色、做家务、推孩子去公园。

在公园晒太阳时，听来带孙子外孙的中国老人抱怨：“美国就是人间地狱。保姆还有工资，我们连工资都没有。”程悦欣总是谦和地对这些叔叔阿姨笑：“我也是没办法。我爸妈公务员，刚退休，出不了国。我公公婆婆身体也不好，就不麻烦他们了。”老人们都说她懂事，毒辣辣的阳光从树叶的缝隙里洒下来，让程悦欣晃眼：从小到大，好像她都没被夸过“懂事”呢。

可程悦欣真的懂事了。她开始做家务，上网站找促销，从报纸上剪优惠券，囤奶粉和尿布，在 Ross（美国低价服装店）看到一件超过 30 美元的衣服会咋舌：哇，这件好贵。张思禹回到家她会主动问候：“你回来了啊。”吃完饭会主动把碗放进洗碗机。睡觉前，夫妻俩会例行公事地围绕着孩子谈半小时的话，然后默契地互刷手机，绕开所有可能让对话不友好的话题。

程悦欣睡觉前会刷两集电视剧。她已经不看美剧了，后知后觉地追《甄嬛传》。甄嬛的母亲入宫，对甄嬛说：“哪怕是寻常夫妻之间，也少不得谨慎二字来保全恩爱。”程悦欣想，其实国产剧还挺好看的。

2013 年的冬天，加州连续第三年大旱，整个雨季只不痛不痒地下了几场小雨。河床突兀，电视上农民焦虑，市政府寄来听证会的通知，又要涨水费。到了来年春节前后，狂风大作下了一场急雨，把程悦欣家后院的遮阳铁伞都吹倒了。郑懿的航班在旧金山机场上空转了好几圈才最终降落。程悦欣笑郑懿：“你是雷公电母。”

郑懿回来，让程悦欣感到有些安慰。

她时常觉得自己在岁月中误入歧途，而郑懿和郝会会，才是见证她来路的人。现在那些和她交往的，都是在超市，在公园，在图书馆，一群和她同样面目模糊的妈妈。而更隐蔽的情感或许是：郑懿和郝会会似乎也并没有成为人生赢家，这让程悦欣略有愧疚地感到安慰。

——或者根本没有人会成为人生赢家。

2月里的一天，程悦欣带着安安去图书馆。每周一下午社区图书馆有给孩子的故事时间，孩子们爬满一整间房，跟着工作人员唱唱跳跳，再听两个故事。几十分钟过去后，孩子们奔向玩具柜，拿出各种玩具。妈妈们扎堆儿聊天，聊八卦，骂老公，吐槽孩子多难带。

陆嘉是程悦欣在图书馆认识的中国妈妈，她戴着眼镜，扎着马尾，满脸晒斑，不修边幅，经常身上一摊奶渍就出门了。有时候谈话谈到一半忽然摸自己脸："今天早上好像忘记洗脸了。"

但程悦欣对陆嘉发自内心地佩服——她有三个娃啊！

老大已经上小学了，老二3岁，老三跟安安差不多大。程悦欣经常看见陆嘉随手拿起地上一本书让老三啃着，一边泰然自若地把老二抓过来闻屁股看要不要换尿布。动作熟练，神情坦然。程悦欣不由得反省起自己鸡飞狗跳的育儿生活，真心钦佩。

陆嘉"嘿嘿"笑："《育儿百科》上说的，不养育两个以上孩子的母亲是没有真正的育儿自信的。像你学什么幼儿发展，每天记这个数字看那个量表，还什么科学育儿。其实你只要生了老二老三，立马知道，母亲育儿是本能，根本不用别人教，也轮不到别人教。"

但对育儿这样坦然的陆嘉，这几天也遇到了让她不能坦然的事情。

程悦欣来得晚了，没赶上念故事，刚坐下给安安拿了一个拨浪鼓，陆嘉就抱着老三拽着老二坐过来了，从鼓鼓囊囊的妈妈包里翻出一封信和一个信封来："来来来，你也签字，签完后我等下去邮局寄。"

“什么信啊？”程悦欣好奇地问。信封左上角完全是一个陌生人的名字。

“这人是我们这个选区的议员，我们要表达自己的愤怒，要求他反对SCA5。”陆嘉在包里翻着找笔。

“反对什么SCA5？什么意思啊？”程悦欣一脸茫然。

陆嘉把老二赶去搭积木，一脸正色道：“你知道AA吗？Afirmative Action（平权法案），帮助黑人、墨西哥人进大学的。加州宪法是禁止AA的，现在有个bill（议案），就叫SCA5，要废除加州宪法里禁止AA的这条，Assembly（议会）已经通过了，Senate（参议院）要是再通过，州长一签字，就变成法律了！那还得了？我们必须制止啊，这对我们华人的小孩不利啊！”

还是没听懂，程悦欣一脸茫然。

陆嘉慷慨陈词：“美国那么多少数族裔，只有我们亚洲人，被叫作model minority，模范少数族裔。我们犯罪率最低，工作最勤劳，让我们交税我们就交，让我们加班就加。我们的文化，不偷不抢，不争不吵，别人欺负到我们头上，我们都先反省，是不是自己哪里做错了。但就有一样，我们不能忍。”

孩子的教育，绝对不能忍。

“同样申请大学考SAT（美国高考），就说申哈佛好了，我们亚洲小孩SAT分数要比白人高100多分，比黑人墨西哥裔高200到300分才能录取，凭什么呀？只有加州的公立学校是最公平的，是不看族裔的，大家凭本事录取。现在那些民主党议员看加州大学里亚裔太多了，想把族裔因素也加进来，我们当然要反对！”

程悦欣不好意思无动于衷，于是附和着“嗯嗯”点头，在抗议信上签上了自己的名字。陆嘉欢欣鼓舞地把信装入已贴好邮票的信封：“我们现在的策略，就是用雪花般的 snail mail（邮递信件）堵住他们的邮箱，让他们听到我们的声音！”程悦欣觉得不可思议：这有用吗？自己这个签名到底代表了什么呢？真的能改变一个法律吗？

之后她又被陆嘉拉到一个反 SCA5 的微信群里。她从不冒泡说话，但看着一群人每天发文章，招义工，到超市门口摆摊要签名，骂议员讨论抗议策略，都觉得很有趣。这是一种从未有过的新鲜体验，让她回想起大学时候的社团活动。

郑懿是程悦欣唯一认识的法律专业人士，但郑懿却反应冷淡。

“AA 有什么不对吗？黑人和 hispanic（讲西班牙语的美国人）确实得到的教育资源很少，他们的父母不像中国移民父母，为孩子创造了那么多的学习条件。很多黑人小孩从小生活在帮派区，他们的人生，就是男孩十几岁加入帮派，然后死去，女孩未婚先孕，然后生很多孩子。他们没有更好的人生选择。给这样的弱势群体多一点机会，有什么不对？让他们看到人生有别的可能，他们也可以过上主流社会 decent（体面）的生活，又有什么不对？”

程悦欣用群里学来的话反驳：“帮助穷人和弱势群体没错，但亚裔里就没有穷人了吗？要帮助穷人就帮助穷人好了，干吗还要看穷人是什么族裔？”

郑懿打字飞快：“现实就是黑人和 hispanic 缺少教育资源，他们根本不可能公平地和亚裔孩子竞争。亚裔在美国人口里只占 5%，但是加州公立大学里亚裔比例高达 30%—40%，这对别的族裔公平吗？”

“为什么不公平？亚裔也是靠自己的努力才考上大学的啊。别的孩子玩的时候，他们在学习；别的孩子看电视的时候，他们还在学习。多少华人高中生为了 GPA（平均分），高中 4 年每天都只睡 4 个小时，我觉得你告诉他们，是因为他们皮肤颜色问题，所以必须把位置让给学习成绩比他们差得多的别的族裔的孩子，这才是不公平！”

这天下午，当郝会会下完两个买房订单打开微信时，发现郑懿和程悦欣在群里对发了上百条微信，最后显然是不欢而散了。

郝会会研究了半天，看不懂SCA5是什么，也不知道什么叫平权法案。发了两个笑脸打圆场：“哎呀，这有什么可吵的呢！我给安安买了条裤子，可帅了！”但是裤子的照片发出去半天，只见程悦欣硬邦邦地回了一句“谢谢，我也给艾玛买了条裙子。”而郑懿再也没出过声。

郝会会头痛。她去年替客人买过一套很好的房子，装修也很讲究，客厅还铺着一张从土耳其运过来的地毯，唯一的顾虑，是套离婚房。这对讲风水的中国客户显然不是个好兆头。郝会会于是只好打听原屋主为什么离婚，结果却让她哭笑不得——政治理念不合。

政治理念不合也犯得着离婚吗？她去中国超市买菜的时候，瞥了两眼华人报纸上关于中期选举的报道。这个人说什么，那个人说什么，搞得她脑仁儿疼。她跟老罗聊起来，老罗说：“你管他们呢，多翻新两套房子赚点钱不好吗！”

郝会会有些伤感，可想不清楚自己伤感的原因。她英语没那么好，如果她把困惑告诉郑懿，郑懿或许会翻译给她听，这是对grow apart（产生隔阂）的伤感。不是只有夫妻恋人才会产生隔阂，朋友也会。

就像胡金柱最初追求周蔚时引用的一句徐志摩的诗：“我是天空里的一片云，偶尔投影在你的波心。你不必讶异，更无须欢喜，在转瞬间消灭了踪影。”

胡金柱确实开始后悔，当初没有坚持住“你有你的，我有我的，方向”。让在野党成为执政党，让偶然成为必然，是一种失策。

未婚教授追求女学生，在民国是佳话，现在也未尝算大错。但已婚教授潜规则想来报考自己研究生的女学生，在校内 BBS 上闹出来，就真的不大好了。本来那个女生不是自己学校的，系里护短，不大想管，帖子删了就完了。可没想到有女生发到了微博上。这本来也没什么大不了，但没想到被美国华人论坛上的无聊男女发现了，于是各个 ID（账号）都出来挖坟。

这个说胡某人以前在玉米地里念博士时如何如何，那个爆料他最早搬运过一个学妹被踹了，再一个说，不对吧，明明是他海归之后抛弃糟糠。最后大家统一认识——原来教授现在已经三婚了。

楼盖得高了，便有好事者出来写总结帖。偏偏那个人文笔了得，写得幽默风趣，再把高楼里 Fred Hu 从前当北美猥琐男偷厕所卷纸等细节一加上，顿时可读性非常之强。出口转内销，这篇总结帖再回到国内，瞬间就变成了爆款。

胡金柱教授做梦都没想到，他原来是这样红的。

# 第七部分
# *Part 7*

## 鹊桥仙

张思禹很怀念曾经有个人和他一起喝咖啡吹风的日子，两人从三楼窗口望出去，一片都是未来的蓝图，鹏程万里。事实上，那滴眼泪，即使隔着一个太平洋，他也并没有真的觉察到他已经失去了。

# 第三十三章
# 最远距离

车停在酒店门口，滴滴司机看了胡金柱一眼，努努嘴，示意目的地到了，手却忙着在手机上抢下一单的活儿。胡金柱对这种服务质量很不满意，关门时候把门摔得很响。

虎落平阳啊！从前他出来开会，或者被请去讲座，哪次不是有人妥帖地替他安排好用车的？现在只能靠抢打车优惠券，看司机脸色，胡教授心情不免愤懑。

酒店门口竖着大牌子——2014 信息科学与大数据高端论坛，一楼宴会厅。两排易拉宝嘉宾海报，从入口处延伸排开，上面都是行业精英的大头照，笑露八齿，下面是个人介绍——什么学历，主导过什么项目，在什么公司工作。恨不得把简历都打上。

胡金柱一边给林锐发消息说自己到了，一边研究这些嘉宾的履历，还翻墙去谷歌上查一查一些人的经历。包装光鲜没用，几斤几两看几个关键词就能搭脉。胡金柱一路查一路“切”，忽然看到一张突兀的，整张海报上没有照片，介绍也只有短短两三行字，在两排海报里好不扎眼。胡金柱不禁愣了愣，再仔细看，果然是林锐这小子。

——林锐，蔚蓝科技创始人 &CEO，Facebook 资深经理，美国加州大学伯克利分校硕士。

大片留白里，似乎都是林锐式的不耐烦。

会场里已经有人在发言了，底下坐着几百号人，大屏幕上是图表和眼花缭乱的英文。门口围着几堆人，男士西装革履，女士衣香鬓影，兴奋地交谈着。故意压低的音量变成了撩人的嗡嗡声，钻到路过人的耳朵里，搅得人心里痒痒得忍不住想窥探。

胡金柱侧着耳朵仔细听，嗡嗡中飘出来一些数字和名字，什么种子轮，BAT，红杉，几千万，美金，估值……胡金柱百爪挠心，暗自艳羡：还是出来创业好啊，比留在高校里担个虚名风光多了。

“柱哥！”林锐的嗓门打破了这层嗡嗡声，一只手拍到胡金柱的背。虽然宾馆里开着暖气，但在四月的北京，见到在一群西装里穿着短袖 polo 衫的林锐，胡金柱还是吃了一惊。“你怎么穿成这样啊？”胡金柱心里感觉很复杂，“你不是还是 keynote（主讲）嘉宾吗？”

“硅谷回来的，谁穿西装？”林锐的回答声音不低，引来了周围人的注目和指点。但林锐不以为意：“我早讲完了，不想听那些人胡说八道。走，我带你吃涮羊肉去。”胡金柱惊讶道：“你真的就这样？没外套？”林锐横了他一眼：“我又不傻，怎么会没穿外套？”

胡金柱对林锐的感情一直很复杂。

其实论出身和性格，他和林锐并不是同路人，两人如果在国内，是绝对成不了朋友的。就因为同在国外留学，同样有过蹭讲座中的“免费比萨”、捉襟见肘要找室友的经历，两人才有交集。说起来，虽然是4年室友，但熟人大过朋友，两人都是跟张思禹在一起更自在些。

林锐这款北京小爷未必看得上胡金柱，而胡金柱这样的凤凰男就一定看得上林锐吗？看着神气活现的林锐，胡金柱心里也是有一丝黯然的。本来以为林锐这样的嚣张性子只适合美式文化，没想到回了国，自己混得还是不如他。

“怎么样呀？”林锐不断地搅着面前的麻酱，似笑非笑地看着胡金柱，“最近胡大教授可是彻底火了一把啊！事情摆平了没有？”

“唉，”胡金柱叹口气，“我冤啊，本来就是你情我愿的事，现在倒好，我一百张嘴都说不清了。我请了半年假，先避避风头，也让学校保留点面子。”

林锐似笑非笑地说：“冤不冤的，也不是第一回了吧，要我说你就认栽吧。你那新老婆怎么说呀？”

胡金柱：“别说她了，我跑北京来一半就是为了躲她。这次算让她逮到机会了，天天跟我闹啊！让我房产证上加她名字。那房子是我买给我爸妈的，凭什么加她名字啊？”

林锐瞥他一眼：“你那点伎俩能糊弄谁。你们还住在学校借给你的房子里吧？你倒好，拿钱给爹妈买房子，不带她，那换谁谁乐意啊。”

胡金柱反驳：“她自己不肯跟我爸妈住，非要让他们出去住，我当然只能买房子了……行了行了，这些破事不聊了，一说一肚子气。我算是看穿了，女人啊，终归是要庸俗的。白玫瑰，要变成米饭粒；红玫瑰，要变成蚊子血；珍珠，最后变成鱼眼珠。你说得真对，女人就是麻烦。你跟你那个麻烦怎么样啦？我老婆说，你硬是拖着人家不肯结婚。”

林锐笑了笑，不置可否。

胡金柱笑起来："我要是你，我也不结婚。你看看你，现在春风得意，身边女人一堆一堆往上扑吧？"

林锐喝了口啤酒："没这个爱好。人㞞，怕得病，不能捡到篮子里都是菜啊。"看到胡金柱讪讪的，似乎脸上有点挂不住，往回圆一句："反正王佳佳最近不催了，我让她念 MBA 去了。"

胡金柱心里"Oh! My God"了一声，看林锐的眼神多了些崇拜："锐哥，你真是发达了，连有钱人甩女朋友那套都学会了！听说你刚融了 3000 万美金？估值都上亿了吧？"

林锐望了望胡金柱，有种鸿门宴的预感，所以打哈哈："通稿肯定是这样吹，可哪那么容易。所有通稿上的金额都得打个折。更何况，就算真的给 3000 万，那也不是一次性就给了。跟挤牙膏似的一点点给，天天给我定指标，一个月翻一番，以为我是孙猴子。拿点钱跟拿了催命符似的。"

胡金柱叹口气："你那也是成功人士的烦恼，总比我们这种高校里的强。几十万几百万的项目经费，有屁用，钱也到不了自己口袋里。最多买设备时候卡点油。不像你，都是为自己奋斗。"

胡金柱这话，听着丧气，可林锐却觉出了他的"花花肠子"："柱哥，你也想出来干？你能下这个决心？"

胡金柱说道："也不算出来干，我之前不是在我朋友公司挂着股份吗。他那家公司现在转型，开发一些基因测试的产品，正好我也有兴趣，就想着能不能多参与点。"

"基因测试？这两年涉足这个领域的公司挺多的，行业竞争很激烈，我有个客户就是做这个的。"

"对，"胡金柱眼睛冒光，"所以我就跟我朋友说，其实可以问你讨讨经验，问点消息。"

“这个不大好吧，”林锐懒洋洋，“客户的信息，我们都是签了保密协议的。”

“也不需要什么特别保密的信息，”胡金柱笑眯眯，“这么说吧，我们其实是可以合作的，我们公司以后肯定也会有很多数据需要处理，而且合作顺利的话，你也可以在我们公司占点股份。”

“这个更不好了吧，”林锐靠倒在座位上，打量着面前的胡金柱，“我这基本的职业道德还是要有的，否则传出去我以后怎么混啊。”

“别人怎么会知道，你信得过我，我可以帮你代持啊。”胡金柱早就有盘算。

林锐眯起眼睛。心想，代持？先不说这事自己会不会干，就是干，也不会跟胡金柱一起。一个人可以抛弃给自己生了两个孩子的女人，还指望他对兄弟讲义气吗？林锐可没那么自信。

爱情嘛，譬如朝露。一个男人不爱一个女人了，不见得非用责任把他捆在婚姻里。但一夜夫妻百日恩，不是爱人了，到底也做过战友，没有爱情至少还有义气。离婚时候克扣对方，费心算计，林锐实在瞧不起这样的做派。

他“嗯嗯呀呀”敷衍着，胡金柱也察觉出了意思，转而开始让林锐替自己公司给一些投资人牵线。两人谈着谈着，忽然林锐盯住了刚进餐厅的两个人。男的40来岁，穿着干净朴素，消瘦的脸上棱角分明，正笑眯眯地侧耳听着身边的女人说着什么。女人神采飞扬，绿色的羊绒大披肩盖在隆起的腹部，如果不是下意识地用手按肚子，或许还看不出孕态。

林锐“靠”了一声：“冷敏怀孕了？”

胡金柱顺着林锐的眼神去看那个绿披肩，好奇道：“冷敏是谁？”

张思禹那点事，林锐只知道三分，但脑补能补全七分，讲得胡金柱频频回头看冷敏。

“我好像听过阿修罗这个公司。”胡金柱搜肠刮肚。

“人家公关部有 KPI，半个月一篇深度报道，一个月一次行业前瞻，微信微博全刷屏。就禹哥做的那个星空教育的 demo（演示版），都拿出来吹了小半年了，地铁广告都打起来了，当然牛了。”林锐一边烫牛肉一边摇头，“禹哥这是送佛送到西，为人做嫁衣啊！”

“不是刚回来没多久吗？怎么就怀孕了？不像你说的女魔头啊。那男的是谁？孩子是不是他的呀？”胡金柱看到冷敏的侧脸，想象着这个有故事的女同学。

“我哪儿知道呀，反正这女人不简单，圈子里故事多着呢，”林锐笑笑，“还好禹哥没回来蹚这浑水。”

胡金柱认同：“禹哥这人，回来就是在大保健的地方给人留名片想救风尘的，不坑他坑谁。”

林锐哈哈笑起来，眼角还在瞥冷敏的肚子：这是几个月了？不管几个月了，这速度可够快的。

张思禹是从朋友圈里发现冷敏怀孕的。早上 6 点被安安吵醒，换完尿布喂完奶粉，斜倚在床头刷手机“上早朝”。最初看九宫格小图时，只是冷敏惯常的健身房瑜伽照，张思禹顺手点了个赞。可点开大图一看，他愣住了，盯着冷敏的紧身运动背心发了一会儿呆。他脑子一片混沌，往前翻冷敏的照片，怎么会一点蛛丝马迹都没有？确实没有，之前的不是背影就是半身照，或者有宽大的男式西装遮掩，竟然毫无预兆。

张思禹的心冰凉一片。可他又想：自己有什么资格难过呢？冷敏结过婚，他不是不知道。当初放开冷敏的手，就能预料到会有这样的一天。可没有想到会这么快，这么突然。他点进那个头像，一条信息写了删，删了写，最后发了一条：“看到你的照片，是怀孕了吧？恭喜你啊。”

发出去后算了算时间，国内已经快晚上 11 点，看来是得不到回复了。整个上午他都有点心猿意马，工作时三番五次停下来，把微信翻来覆去地看。中午吃饭的时候，忽然见到鹏叔更新了朋友圈：“北京的凌晨 4 点，我也见过！最棒的团队，最棒的阿修罗！刚刚完成一个 milestone（里程碑），接下去能睡两天好觉啦。”配图是一张自拍照，熙熙攘攘 20 多个人，冷敏被围在中间，笑得神采飞扬。

张思禹又点回到他和冷敏的对话里，发了一会儿呆。就在他准备退出微信时，忽然手机一震，冷敏回复——谢谢。后面有个笑脸。张思禹其实很想问她，从前她说跟老公关系不好，现在是又重新复合了吗？他还想问，孩子是男孩还是女孩，一边创业一边生养孩子是不是会很辛苦。可最后只写了一句：“早点休息，注意身体。”想了想，也加了一个笑脸。

他很怀念曾经有个人一起喝咖啡吹风的日子，她叫他“张”，两人从三楼窗口望出去，一片都是未来的蓝图，鹏程万里。事实上，因为那滴眼泪，即使隔着一个太平洋，张思禹也并没有真的觉察到他已经失去了。但此时此刻，看着那个礼貌而遥远的笑脸，忽然有一种疼痛蔓延到了他的全身。

## 第三十四章

# 以彼之道

“为母则刚”这句话在陆嘉身上得到了完美展现。连续四个周末，在各个超市和农夫市场的收集签名摊位前，都留下了她左手推老二右手抱老三，一边舌战群儒的光荣事迹。“战神”之名不胫而走。

程悦欣受陆嘉的感染，虽然没走到“前线”去发传单要签名，但也帮忙做过不少后勤工作。晚上安安睡着后，她不再追剧，而是对着电脑设计传单、标语，整理文档。累了倒头就睡，一觉到天亮。日子充实了，她再也没有疑心过。

张思禹对这样的活动不以为意。第一，加州是深蓝州，民主党是压倒性优势，西裔政治势力强大，白人也很愿意牺牲亚裔的利益来讨好西裔。第二，一群草根毫无从政经验，SCA5本来也就得到了诸多华裔议员的背书。这个法案已经万事俱备，只欠过场，怎么可能因为一小部分华人的螳臂当车而改变呢。

更何况，还有西方主流的“政治正确”。帮助弱势的少数族裔，增加黑人和西裔的大学入学率，怎么讲，都是光荣正确的。“你们这样做，是得不到其他族裔支持和理解的，只会让别人觉得中国人自私。”张思禹断言。

是自己太自私吗？程悦欣又想到了郑懿说的那些话。是不是像郑懿和张思禹那样，才是真正“融入了西方主流社会”呢？

微信群里的艾伦说：“如果民主党真想解决西裔和黑人的教育问题，就应该解决加州失败的中小学教育系统，让那些孩子从小也受到良好的教育，在申请大学时和亚裔孩子公平地竞争。只降低大学入学要求，他们是觉得这些少数族裔靠公平竞争赢不了入场券吗？这才是真正的种族歧视。”

“但如果中小学教育现状积重难返，那从降低大学入学申请这里着手，也是一定程度上促进了教育公平吧。”

“战神”陆嘉发言：“教育公平这件事，我来讲个故事——”

陆嘉有个同学移民到法国，孩子上小学。一次欧盟统一摸底考试，法国各科排名，皆是垫底。同学于是联合几个家长去给学校提建议：“小学三四年级了，课后总该布置一点作业，不能光剩玩了啊。”老师回答：“不能布置作业。否则就是对家里没人能辅导功课的孩子的不公平。”

教育，到底应该如何做到公平？是把弱势的那方提上去，还是将优势的那方拉下来。社会问题、政治问题的玄妙，就在于没有标准答案。

程悦欣渐渐愿意和陆嘉他们在一起做更多的事。为了表达抗议，除了常规抗议手段，他们甚至一起做恶作剧。比如不断打电话给议员，“挤爆”他们的语音留言信箱；写大量的抗议信，塞满议员们的邮箱。程悦欣想，郑懿一定会觉得这种手段太低级了吧。但是就像陆嘉说的：“我们必须让自己的声音被听到。”

2014 年 3 月 17 日，加州众议院驳回 SCA5 提案，这意味着州议会不会在 2014 年底前就此提案投票，也意味着该提案的暂时搁浅。微信群里沸腾了。两个月来，义工们像打了鸡血一样连轴转，此时此刻，胜利倒显得有些不真实了。

程悦欣带着安安一起去了庆功宴。微信群里一个个头像此刻变成了鲜活的人，大家在一起喝酒吃肉，大声说话，讲起过去两个月的某些段子，哄堂大笑。可不知道为什么程悦欣总有些想哭。她想到了从前大学时候 BBS 版聚会，想到了寝室姐妹逛街前换衣服穿，想到了每周五下班了呼朋唤友去唱 KTV。太久了，像前半辈子发生的事。她已经太久没有感觉到身边有一群人，太久没有意识到，自己可以在一个集体里焕发光彩。

“怎么不叫你老公一起来？”陆嘉一边烤牛排一边问。

程悦欣笑笑说：“他没空。”她和张思禹提过一句，但张思禹不愿意参加。当然，认识程悦欣这样“给小孩擦屁股”的人的朋友，怎么能跟认识斯坦福 MBA 圈子的诱惑相提并论呢。程悦欣心里冷笑了一下。隐隐地，这也让她一身轻松。程悦欣心里在欢呼：这是我自己认识的朋友，是属于我的圈子！不是因为张思禹才认识的某某。这么多年，她终于有了自己的朋友，只属于她的朋友。她不愿意让这些人也沾上张思禹的影子。

酒过三巡，艾伦总结道：“胜利只是暂时的。民主党肯定会卷土重来，SCA6，SCA7 都不会遥远，我们必须做好心理准备。总结一下，这次我们的仗虽然打赢了，但用的是土八路的打法，不正规。我们这次联系了那么多议员，大多都不愿意出来支持我们帮助我们。除了有些政治理念不同，也是因为别人对我们不熟悉。在美国搞政治，就两样：选票，还有银票。别人竞选的时候，我们既没出过钱，又没有出过力，关键时刻人家凭什么要帮我们！马上要中期选举了，我觉得，我们下一步的重点要放在议员助选，推举能帮我们说得上话的议员，跟政客们建立长期的关系。我想，我们是不是先摸一摸几个选区候选人的底，最后集中力量替一个人助选。战神，你觉得怎么样？”

陆嘉叹口气：“艾伦你说得有道理。但是吧，我这两个月真的很伤。家里什么都没管，我们老大的学校老师请家长请了三次，一次说这个行为有问题，一次又说那个行为有问题。我老公都有意见了，问我，你说为孩子的教育在争取权利，可你看看你儿子现在这样能上什么大学？所以吧，估计我接下来应该没那么多时间当这个秘书长了。”环视一周，看到众人失望的眼神，忽然指着程悦欣：“但我建议，让程悦欣同学来接替我这个秘书长。”

程悦欣慌张：“我？我不行的。”

陆嘉道：“你怎么会不行？你是幕后功臣啊！”

艾伦也赞同：“我也觉得程悦欣合适。陆嘉辩论虽然牛，但说话太冲，像火药桶，当大将合适，管后勤做大后方屈才了。程悦欣说话斯文，又能干，确实很合适当秘书长。”

陆嘉笑：“什么意思啊？人走茶凉，现在就不认人了是吧？”

艾伦辩解：“我是说做秘书长对你是屈才了，我这个会长应该让给你当才对。”

众人哄笑，议论。程悦欣下巴抵着安安的脑袋，一颗心怦怦地跳，脸忽然红到了耳根。在那么多注视的目光里，她有些惶恐。有个声音钻出来，对她说：你跟他们不一样，你不是名校毕业的；你跟他们不一样，你是被搬运来的，不是自己读书读出来的；你跟他们不一样，你又不是工程师不是律师不是博士不是MBA。

程悦欣把安安换个方向抱，然后说：“我本来就想来打打杂，可大家这么信任我，这活也得有人干，那我就当仁不让了。如果以后有比我更适合的，我一定退位让贤。”

程悦欣到家的时候，张思禹正对着电脑跑 benchmark（基准测试），听到车库门响，出来从程悦欣怀里接过了安安。

“怎么这么晚才回来，”张思禹抱怨了两句，“安安睡午觉了吗？”

“下午睡了半小时。”程悦欣回答。

张思禹看了她一眼，埋怨道：“孩子还小，以后别把孩子带出去那么久，对孩子作息不好。”

程悦欣想还嘴，但她忍住了。

晚饭时候，安安果然开始闹觉，不肯吃饭，扯着嗓子哭着要睡，放到床上又饿得继续哭。张思禹和程悦欣手忙脚乱，好不容易才安顿好。张思禹阴沉着脸：“总算那个提案也结束了。”

程悦欣看了他一眼，小声说：“我们……马上准备中期选举助选议员了，可能还要忙。”

张思禹惊讶地看着她：“没完没了是吗？你休假在家到底是带孩子还是去给他们干活？”

程悦欣解释：“陆嘉要照顾家里，我顶替她位子，现在是秘书长了。”

张思禹愤怒：“她要照顾家里，你不需要吗？”平了一口气：“你去推掉吧，安安还小，这活你干不了。”

程悦欣气急：“我都答应别人了。”

“答应了又怎么样？不能改主意吗？他们给你钱了吗？你挣多少钱？”

“这不是钱的事情！我做的都是很有意义的事，你为什么不能支持我呢？我来美国 8 年了，好不容易找到自己想做的事，我不想就这样放弃！”

张思禹望着程悦欣，冷冷地说：“只有你有想做的事情吗？”他抄起桌子上的手机，关门进了书房。

程悦欣愣住了。

“只有你有想做的事情吗？”

她终于明白过来，这是张思禹的报复。她可以用家庭责任拖住他，他便也用家庭责任锁住她。不会有支持，不会有理解，他留下来了，但从来不甘心，他的怨气从来没有消失。

程悦欣有些茫然，比知道张思禹可能出轨冷敏时还茫然，比预感到张思禹要抛下她时还茫然。

她还记得那个捧着生煎包站在银杏树下的张思禹，那个单腿跪地求婚的张思禹，刚来美国时，恨不得把她捧在手心里的张思禹。之前的种种，程悦欣都感觉，哪怕他可能出轨，哪怕他要海归创业，哪怕他不爱她了，他还是那个敦厚的张思禹，那个好人张思禹。

但此时此刻，书房里的这个男人显得如此陌生。他原来那么怨她，他过不了自己想要的生活，就也不会让她如愿。

郑懿曾经说，她一定不会去做 Family Law。人性深不见底，曾经共筑爱巢的两个人，眼看着感情一点点破裂，所有的过往都变成了日后离婚时攻击对方的利器。律师费贵？不存在的，我哪怕都给律师不会便宜你。我不好过，绝不会让你好过；为了让你不好过，哪怕我自己也不好过。

“这种怨偶看多了，都会怀疑人生意义。”郑懿不屑地说。

程悦欣的身体一寸一寸冷起来。怨偶，自己和张思禹为什么会变成怨偶？像两根有毒的藤缠绕在一起，纠缠着、扼杀着，遮天蔽日地封锁着对方的天高海阔，把彼此拉低到尘埃里。外头看着再花团锦簇，相偎相依，根子里却是腐朽的、浊臭的。

是自己做错了吗？程悦欣更茫然了。

要找个宠自己的男人，她找了。要嫁鸡随鸡，嫁狗随狗，她随了。要宽容大度守护家庭，她守护了。要努力找到自己的人生方向，她也努力了。可为什么，日子会一步一步过成了这样？为什么，自己离怨妇只剩了一步之遥？

## 第三十五章
# 胜者为王

2014 年，不把“全球资产配置”挂在嘴上的律师，都不是好的商业律师。海外上市、离岸公司、海外并购、监管、外汇、SEC（美国证券交易委员会），这些名词无论从 PPT 上还是从郑懿的嘴里跳出来，总能让对面的人精神一振。当然，如果到了饭桌上，关键名词范围就扩大了：EB5 项目，美国绿卡，孩子上学，香港地下钱庄。

国内的律师和美国不一样。美国律师术业专攻，做知识产权的不懂税，做民事的对刑事是门外汉，哪怕都是做刑事的，专门写议案和上庭的都可能是两批人。但在国内，客户若信任你这个人，你就不光要管他公司的上市并购，他离婚跟老婆争孩子抚养权都会找你。这时律师要是说：“不好意思，这不是我的专业领域。”客户就会像看猴子一样看着你。郑懿常常在飞机上啃《税法》《物权法》《婚姻法》，啃到昏天黑地时，会有一瞬间茫然，分不清窗外的，到底是旧金山的薄雾还是北京的霾。

做到第5年，有野心的律师都必须要给自己一个交代了，是继续往上爬，做合伙人？还是退出律所，去公司让脚步慢下来？

“工作不是人生唯一的目的”“工作生活两平衡”……嘴上说得再好听，但在郑懿心里，后一种就是被淘汰了。她是不允许自己被淘汰的。可是做合伙人，又怎能只是看你做过什么案子、业务能力如何呢？要带客户，要养得起手底下一批律师，要给律所“交贡”，要能让小朋友们熬咖啡黑眼圈吹嘘“这个星期又80多个Billable Hour（计费工时）”。郑懿每次回国出差，总要多待一两天，多蹭几个饭局，多组织点活动。名片翻飞，像一场无穷无尽的樱花雨。

8月初，京城酷热，像极了当年大学报到时的天气，可坐在论坛主席台上的郑懿，已经不是那个怯怯的小女孩了。她望着台下那些面孔，每一张都能清晰地回忆起来自己曾经在他（她）名片上写的备注。身边的白人老板戴维正和商务部的官员细细交谈。间歇，戴维转过头来对郑懿微笑：“懿，干得好。”郑懿回报以微笑。

郑懿今天确实是得意的。年初刚刚转到硅谷办公室，用几个月时间就搞出一个这样高规格的论坛，她力争一鸣惊人。政府官员、商会领袖、知名公司代表、被看好的下一代独角兽，该到的都到齐了。郑懿微笑起身，走到演讲台上，作为主持人开场。当她把来宾名单念到一半时，忽然会场门开了一条缝，莉迪娅翩然而至。

莉迪娅是戴维手底下另一名中国律师，郑懿转来之前，向来是由她负责中国客户。一山难容二虎，两人相差一年进入律所，同样是中国人做中国客户，表面上和和气气互带咖啡，私底下早宫斗无数遍了。前天夜里，郑懿正在宾馆忙着敲定最后的嘉宾流程，莉迪娅来了封热情洋溢的邮件：“亲爱的戴维和懿，我来深圳出差了，应该明天能结束，正好能来参加你们的论坛活动，我可以来帮忙。请告知时间和地点。”

郑懿怒从心中起，自己辛苦了几个月搞的活动，她倒想轻轻松松来摘桃子！自己的客户，绝不可能拱手让人。郑懿立马挂了电话，赶在戴维之前回复，措辞犀利：“我认为没有这个必要。这个活动是我一手组织的，一切都在掌控之中。感谢好意，但是不必。”“不必”一词还全部大写加粗，十分粗鲁，全然不是平时和老板同事写 E-mail 时虚伪周全的样子。可那又怎样？必要时就要有自己的态度，这也是给老板看，告诉他：这件事上别惹老子。

郑懿很笃定，戴维不会帮莉迪娅。事实上，戴维根本没回复莉迪娅的邮件。戴维是不喜欢莉迪娅的。莉迪娅升了合伙人，就等于从戴维这里挖走一大杯羹，因此戴维才顶着纽约办公室几个合伙人的反对，收了郑懿。这几个月来，分项目时也明显更向着郑懿，郑懿这次又做了那么大的活动给他争了脸，怎么可能帮着莉迪娅？

而此时此刻，莉迪娅正笑意盈盈地坐在台下，大方地鼓掌，自然地与身边的来宾交谈，互换名片。郑懿仿佛能听到莉迪娅在说：“我也是今天的主办方，郑懿是我同事，以后你有法律问题找我也可以，这是我的名片。”

郑懿强压怒气，微笑有请领导讲话。全场掌声中，坐回主席台的郑懿侧头对戴维说：“莉迪娅来了，我让她不要来的。”戴维眯着一双老谋深算的蓝眼睛，对莉迪娅的方向望了望，点点头，轻巧吐出了一句：“很好。”

很好？郑懿望着戴维，电光火石间明白了一件事——戴维并没有更欣赏自己，他不想给莉迪娅的东西，同样不想给郑懿。

老狐狸！郑懿握了握拳头。谁说外国人单纯？制衡御下这套照样玩得溜溜的。

三天的论坛，下午结束之后就是一个又一个饭局。林锐从前说：革命就是请客吃饭。无论在中国还是美国，能在一张饭桌上的才是自己人。郑懿往常不会强迫自己场场都顾到，可这次不同，强敌在侧，虎视眈眈，她不能有半点疏忽。每天应酬得精疲力竭，回到宾馆还要打开电脑做事，睁眼闭眼只有一件件不能疏忽的日程，并没有半点空隙去想究竟值不值得。

遇到林锐是在第三天。晚饭还没散场，郑懿要赶去另一个局，在饭店门口等着自己叫的车。这时见到了一辆大红色的特斯拉。硅谷街头的特斯拉还不多，嚣张的红色更少，千里迢迢在北京街头看见，郑懿不免多看了一眼，却忽然见到了一张熟悉的脸。

林锐搂着从副驾驶上下来的王佳佳，王佳佳整个人挂在林锐身上，眉飞色舞，仿佛在说着世界上最好笑的事情。郑懿想了想要不要跟他们打招呼，就在他们擦肩而过的一瞬间，她下意识地背向了他们，低头看起了手机。

林锐停车前，郑懿预约的优步司机说 2 分钟到，现在却变成了 6 分钟。

王佳佳的笑声远了，被掩在了沉重的玻璃门后，郑懿才抬起头，舒了口气。

司机打电话来，说漏转一个弯，现在堵着过不来了。郑懿没说话。司机说能不能取消这单，再重新叫一单？郑懿还是没说话。司机着急说这个点车很多，等着才耽误时间；大家出来混口饭吃都不容易，高抬贵手吧。她这才回过神来，回答一声“好”。

郑懿以为王佳佳对林锐来说只是一个路人甲，就像曾经在自己生命里路过的形形色色的人。可没想到，从美国到中国，到现在，一直还是她。郑懿直到坐上再打的车，心才钝钝地痛了起来。

她设想过很多种和林锐重逢的场景。在一些想象里，她开口对林锐说，对不起。还有的是她对林锐说，你一定要幸福。可这些都比不上今天这样——擦肩而过，茫茫人海，相忘于江湖。自己祝不祝他幸福又有什么要紧？反正她已经亲眼见到了他的幸福。

北京的夜色，璀璨却疏离。林锐靠着玻璃门，目送着一辆捷达离开。他也设想过很多和郑懿重逢的场景。但每一种，都是自己特别拽地往门上一靠，一沓文件往郑懿的办公桌一扔：“我公司要上市了，大单，你想不想干？”经年累月，每个细节都被打磨得闪闪发亮。他也想象过那扇木门的图案，把手的触感，文件的厚度，郑懿办公桌上有一盆小小的仙人掌。可他看不清郑懿的脸，他看不到这个开场后郑懿的表情。

可无论如何，再次重逢不是现在这样的。林锐搂着王佳佳的手在颤抖。擦肩而过的时候，他特别想她看见，又不想她看见，以至于王佳佳的笑话讲了三遍他都没有听清。

总有一天，总有一天一切都会实现的。林锐抖了抖，思绪漫天飘扬。

据说，创业的成功率只有5%。100家创业公司，能成功活到5年以上的，就只剩下了个位数，再跨着尸山血海，熬到敲钟那刻的，凤毛麟角。这是基本的商业常识，冷敏心里很清楚。所以“阿修罗”再次在科技媒体刷屏时，是产后第三天就回到公司的冷敏，元气满满地回应：X公司确实有意向收购阿修罗，双方正在进一步沟通，具体细节不方便公布，但双方都非常有诚意，协商得很顺利。

一时间，阿修罗的估值被炒得天翻地覆。一家成立不到3年的公司，猛然间被巨头X公司看上，证明VR依旧在风口浪尖，硅谷海归确实不同凡响。冷敏一手抱孩子一手叉腰的照片一时间铺天盖地，媲美雪莉·桑德伯格（脸书首席运营官）。“人生赢家”四个字成了每篇爆款文章的标题。

在报道里，冷敏大谈改变世界的理想，谈教育的重要意义，谈女性在商业社会中如何自处，谈母亲的责任与担当。

张思禹第一次看到这样的微信文章，是在校友群里。跑完程序一翻手机，被一排人艾特。

“这是不是你之前在的那个公司？”

“师兄，你股票不少吧？恭喜财务自由啊！”

同事群里也炸了锅。但知道张思禹最后什么都没拿到，所以大家只是缠着鹏叔发红包。好几个还私信来安慰：“你这个真是错过了几个亿啊！不过以后还可以写简历嘛。”

张思禹五味杂陈。他首先为冷敏高兴，于是一条祝贺微信从初创时一起头脑风暴回忆到第一个样本做出，从鹏叔家的车库回忆到每次消夜去喝台湾粥。情真意切，不知不觉就写了一整屏。可点击发送后就立刻后悔了：会不会被冷敏看成自己在邀功？

可是不是真的在邀功？张思禹也说不清。他是签过放弃一切的协议，但，他的贡献也是毋庸置疑的。夸句海口，没有张思禹，就不可能有阿修罗的今天。于情于理，哪怕从道义上，自己总该得到点什么吧？张思禹没敢深究内心的这种期盼，他安慰自己，哪怕最后冷敏只是回复一句“没有你，这一切都不可能，感谢你的付出”，也就行了。

一颗心七上八下，代码敲得乱七八糟。

等到国内半夜，又只等来冷敏的两行字：“谢谢，期待下次还可以合作。”

张思禹努力在这冠冕堂皇的官话里找一点温情，他看了好几遍“谢谢”，又品味了一会儿“期待”，最后望着“下次”。他的心终于真的沉了下去，连鹏叔在同事群里发的超级大红包都懒得去抢了。

神奇的是，第二天就在领英上收到一封猎头的信：X 公司希望为他们的 VR 部门招一个总监或经理，你有兴趣吗？

张思禹回信：做什么方向？

猎头干脆直接约了通话："X 公司想组建一个 VR 部门，需要找一些图像处理的人才，觉得你的背景很合适，想不想跟公司聊聊，走出来看一看？"

邮件一封接一封，电话一个接一个。涉及领域有医疗影像、教育、旅游，但举的例子，对标的产品，统统都是阿修罗。几轮之后，X 公司的人直接挑明了：我们知道阿修罗那个"星空"项目是你做的，你想不想来我们这里直接做？不用回国，我们接下来准备成立硅谷办公室，你可以直接留在美国上班。

张思禹好奇：你们不是要收购阿修罗吗？那公司内部为什么要再成立一个类似的部门？

对方打哈哈：投资部是投资部的考虑，我们是我们，别说现在还没有收购，就是收购完成了，内部也可以有竞争嘛。

张思禹明白了。干儿子，终究不如亲儿子。但是有了亲儿子，还需要干儿子吗？

招聘经理说：你是最合适的人选，那些数据资料都不用我找给你吧？头衔和待遇，一切都好谈。

张思禹想，冷敏这时候，在怎么和 X 公司谈自己的头衔和待遇呢？

招聘经理又笑：你之前说你签过竞业协议，这个问题我咨询过我们法务了，你放心，在加州，竞业协议是没有法律效力的。

张思禹依旧迟疑：但你们是中国公司，在中国是有法律效力的吧？

电话那头，传来"呵呵"的笑声："这都不是你该担心的，你只要把项目做起来，其他所有的都不是问题。怎么样？希望你能认真考虑我们的建议。"

## 第三十六章
# 雁南归

一切来得都比张思禹预想的快。邮件、电话，有一次对方人员还出差来聊了半个小时，在张思禹还没有把一切都想清楚之前，聘用邮件就躺在了他的邮箱里。

“我们计划为你提供 xx 级别的职位，基本工资 xx，奖金 xx，股票 xx 分 x 年拿。如果我们这个 offer 发给你，你确定会来吗？”

张思禹有点蒙。最初和 X 公司接触，或许是跟冷敏赌气，又有点好奇自己能在国内卖多少钱。

时代不同了。当年他在国内念大学时，人人都是费尽心思出国，同学聚会时，硅谷能拉来的人比北京上海都多。但这几年，身边的人一个个都回去了，哪怕回去不是创业，只是当个技术带头人，在国内开出的薪资也已经能跟硅谷持平，甚至反超。

张思禹又看了几遍那几行字，几个数字相加起来，变成了一个很有魅力的总和，不输给 Google、Facebook。要不要试一试？

忽然，听到安安一声响亮的“呀”。张思禹往小床的方向看去，小孩的眼睛弯成两条月牙，亮晶晶地闪着光，正一边吃手一边朝着他笑。张思禹把电脑放下，伸手把安安抱了起来，笑着捏了捏膨起来的尿布：“你这个小坏蛋，醒了多久了啊？是不是又拉臭臭了？爸爸给你换尿布。”程悦欣坐起身来，从张思禹手上接过孩子：“我来吧。你继续看电脑。”

夫妻间的话越来越少。婚姻走到第 7 个年头，热战越来越少，冷战也越来越少，彼此间的冷淡，全然因为真的没什么可与对方说的。张思禹望着安安想，怪不得都说孩子是婚姻的纽带。

目光落到程悦欣身上，张思禹又有一点出神。生完孩子，程悦欣胖了一点，此刻刚刚起床，穿着睡衣裤，不修边幅地把散发扎了个马尾，动作熟练地给孩子换着尿布，嘴里唠唠叨叨：“你怎么拉稀了呀？你太臭了，臭宝宝，臭安安。”

“如果我换个工作怎么样？”张思禹忽然说。

“哦。”程悦欣随口应了一声。她能说什么呢？问多了张思禹嫌她烦，说多了张思禹嫌她不懂装懂。

“国内的公司，但是不用回国，就在这里的办公室。”张思禹补充。

程悦欣拿着湿纸巾的手慢了一下——还是想回国。没忍住刺了一句：“那是不是也要 996，签奋斗者协议？我要是不支持你出差，老板要说，这种老婆还要她干吗？”

张思禹皱了皱眉，程悦欣说完也有点后悔，只有安安“咿呀”的学语声飘扬在紧张的空气里。

张思禹问：最晚什么时候给你们答复？

X 公司回复：尽快吧，一周内可以吗？

和冷敏打对台，把属于自己的东西拿回来，起初想来是有点解气的，可机会真的攥到手里后，张思禹却开始迟疑。没有他，阿修罗不可能做起来，但没有冷敏，更不可能有阿修罗。他清楚阿修罗从零到初具规模，冷敏花了多少时间，投入了多少心血，他能这样对待冷敏吗？这样对曾经并肩战斗过的战友？这样对自己欣赏喜欢的人？更何况，是他自己先退出的，也签了所有弃权的文件，现在真的要这样翻脸不认人，反悔自己的承诺吗？

倒计时已经开始，张思禹心思杂乱魂不守舍，上班效率空前低。

周五下班前，张思禹终于郑重地在电脑前敲下了回绝信：感谢你们提供这个机会，但是经过考虑，目前并不是非常适合我。

邮件发出后，他长舒一口气。然后打开手机，刷了刷冷敏的朋友圈，给冷敏留言：X 公司来找我了，他们想自己做一个你们的竞品。

刻意没有提 X 公司是什么时候来找自己的，也没有提自己已经回绝它了。

可出乎张思禹意料的是，冷敏并没有回复他，X 公司的 HR 也没有回复，手机、邮箱都安安静静的，仿佛从来没发生过任何事。张思禹度过了一个百思不得其解的周末。

而周一来找他的，却是鹏叔。

早上一睁眼，发现微信里有鹏叔长长短短十几条语音。鹏叔的声音疲惫，前言不搭后语，断断续续地说着——X 公司的收购黄了，却挖走了公司的 CTO（首席技术官），现在新项目都停工，推进不下去。投资人是要看数字的，不是做慈善的，找不到公司接盘已经很不高兴了，现在 CTO 又跑了，项目搁置下一轮融资进不来，脸色都不好看，钱也卡住了。冷敏现在让他们这些高层每人拍 100 万出来把项目推进下去，阿修罗要靠自己咬牙挺过这关。

鹏叔叨叨：你是知道的，我老婆不上班，老大还在上大学，哪里有钱跟她一样 all in（孤注一掷）？现在公司风雨飘摇，上个月还想自己马上能财务自由登上人生巅峰了呢，现在就感觉公司离死也不远了。人生如梦啊，早知道当初就不应该回国创什么业，老老实实待在硅谷陪老婆孩子。

鹏叔继续絮叨：冷敏的眼光还是毒的，现在关键是要把新项目推进下去，这样才有新的故事讲，有新的融资能进来。你知道现在 VR 也没前两年那么火了，钱都去找新的风口了，如果这拨抓不住东西出不来，可能就真的前功尽弃了。

末了，鹏叔说：冷敏不让我找你，她说她既然当初答应让你留在美国照顾家庭，现在就不该再来打搅你。她还说，你如果能去 X 公司，对你也挺好的，你的专长能施展，背靠大公司，也不用像创业公司那样飘摇。但我总觉得你是公司元老，阿修罗是我们大家共同的心血，你不会就这样看着公司死的吧？

张思禹有些没听懂。他翻了翻冷敏的朋友圈，昨天刚刚转了一条某科技媒体对阿修罗的专访。访谈里还是一幅烈火烹油的景象，阿修罗的估值还上了亿，仿佛和鹏叔讲的完全不一样。

张思禹皱着眉头，把手机声音调大，重听了一遍鹏叔的语音。

张思禹有些感动。冷敏不让鹏叔来找自己，因为她答应过让张思禹照顾家庭，她不想再让阿修罗的纷纷扰扰来打扰自己的生活。张思禹的心里亮起了一道光，瞬间，一切都能说通了。为什么冷敏回国后对自己冷淡，为什么她从来不主动联系自己。

鹏叔最后问的“你不会就这样看着我们死吧？”让张思禹心潮澎湃。

正在纠结着，忽然觉得腿被人轻轻晃动，低头看见了在地上爬的安安。书房门开着，程悦欣背抵着门，低着头，不知道已经在那里多久了。张思禹一时不知道说什么。

“你要回国？”程悦欣淡淡地问。

张思禹缓缓地点了点头。

“英雄救美，是吧？”程悦欣冷笑。

“我希望你这次能支持我。”

“现在我支不支持还重要吗？”程悦欣感到疲惫，“过一不过二，你有这个心，我当然拦不住。但你就不要理直气壮地逼着我装贤惠了吧。”

“我们还可以一起回。”张思禹的辩白有些无力。

程悦欣看着他，怔怔地问：“是吗？”

郑懿曾经给程悦欣和郝会会普法，加州是共同财产州，婚姻中的一切所得，除去遗产继承、赠予等少数情况，全部一人一半。但是，共同财产的终结点并不是离婚那刻，而是一方明确表达了分居意愿。

也就是说，婚姻的结束，关键并不在于某一张证书。婚姻走到拐角，两人选择了不同的岔路分开，一切就都结束了。

跟两年前不同，程悦欣这次心情平静，并没有要死要活的。第一次是快刀，没有预料到，是先见血了才慢慢痛出来。而这次，慢刀钝钝地割了两年，神经都已经磨烂，到了终点，反而有一种“终于结束了”的释然。

没料到首先反对的是郝会会。

“你别犯傻，你这手一松，人就不见了。”郝会会打字不快，一着急就发了语音。

“不见就不见了吧，我以前觉得留不住心，留住人也行。但现在想明白了，留住一个怨恨你的人，又有什么用呢？”

“安安还那么小，你一个人怎么过？”

“你不是也一个人带两个孩子，离婚后反而过得越来越好。”程悦欣说道，“有你这榜样，我才不怕。”

“哪有那么容易！”郝会会说，“禹哥跟胡金柱一样吗？禹哥花了多少心思在这个家里啊？那跟胡金柱能一样吗？”

即使和胡金柱这样的人离婚后，郝会会也不是没有过后悔的时刻。

那一次温迪发高烧，郝会会赶着去工地，白天没有在意。晚上孩子就烧到了40℃，抽搐、惊厥，吃什么吐什么，又哭又喊说胡话。半夜抱着温迪冲去急诊的时候，郝会会以为怀里的孩子要死了。

医院里的空调真冷啊，郝会会忽然想，要是胡金柱在就好了。哪怕他从来没在温迪身边，哪怕他背叛自己，但他是温迪的爸爸啊。他抱她一下就好，他在电话里说一句“肯定会没事的”也好，哪怕他骂她一顿也好。她就不会那么刺骨地冷，跟着孩子一起抽搐。

后来温迪的烧退了，郝会会也穿回套装去上班了。但她很想告诉程悦欣，不是的，那些深不见底的黑暗和仓皇，你都还没看见。

劝说无果，郝会会最后问程悦欣：“你要不要问问郑懿？”

程悦欣飞快地打了几个字：“我看不用了吧。”

自从上次和郑懿争论后，程悦欣和郑懿的关系就开始变得有些微妙。女人和女人间的友情，牢固起来固若金汤，但脆弱处，一点莫名的自尊就能击溃。程悦欣想，郑懿对自己的优越感，是自己没有郑懿聪明，没有她能干、通透，没有她了解美国社会和文化。而程悦欣对郑懿呢？优越感在于“命好”，有一个疼她围着她转、事业又比自己强的老公。可如今，这两个方面都存疑了。

张思禹回国的前一晚，打印了厚厚一沓文档出来。程悦欣哄着安安睡觉，听张思禹在那里滔滔不绝地说，家里有几个银行账号，密码是多少，股票账户里还有多少钱。每个月房贷怎么还，车贷怎么还，如果要开支票要用哪本。以后草他不能割了，已经和隔壁邻居家的老莫说好了，他会来干，每个月几号付人家钱。

程悦欣忽然就哭了：“我们这算好聚好散吗？”

张思禹惊讶道：“不是散啊，谁说要散了！”

程悦欣摇了摇头，眼泪还挂在脸上，却冲着张思禹笑了起来，笑得张思禹心里发毛——

海阔天空，与其两个人烂在一起，不如就给你想要的自由。希望你不要后悔，也希望自己不要后悔。

飞机降落在首都机场，一到接机大厅，张思禹就看到了鹏叔和冷敏。鹏叔上来一把搂住张思禹：“太好了，我们三剑客终于又聚齐了！”

张思禹眼睛却看着冷敏。一年不见，冷敏还是老样子，穿着乔布斯同款高领黑毛衣，半点看不出刚刚生完孩子的模样。素颜，脸色有些憔悴，望着张思禹的眼神里有一种静谧。

张思禹朝冷敏点点头，努力露出一个笑容：“又见面了。”

冷敏递过一束花：“张，欢迎回来。”熟悉的香水味道将张思禹包围，两人非常西式地拥抱了一下。“谢谢，”冷敏轻轻在耳边说，“我是认真的。谢谢你。”

## 第三十七章
# 进退之间

商学院教Negotiation（谈判），主旨是找到共同利益，但大框架下，技巧万千。比如，人都不愿意第二次拒绝别人。拒绝第一次后，多多少少，都觉得亏欠对方，第二次往往一张嘴就是“Yes”。

张思禹这次回国，并没有救人于危难的英雄感，看到冷敏和鹏叔的那一刻，反而多出了一份曾经抛弃战友的愧疚。他到了鹏叔的出租屋稍做调整，顾不上倒时差，就直奔了办公室。

全民创业，万众创新。如果说硅谷的创业家们还只是分布在几条街，几个区域，那北京的每个咖啡馆里都藏着数十个发誓要改变世界的灵魂。

阿修罗的办公室离鹏叔他们租住的地方不远，坐落于政府规划的创意园区内，高楼林立，让张思禹回想起大学时在张江实习的感觉。马上快到饭点了，外卖的车密密麻麻停在各楼门口，红黄蓝绿簇拥着。电梯里，伴随着外卖的香气，身边陌生的人们在讨论着：“昨天日活到多少了？”“不行啊，才100多万怎么够？”“你说我们公司C轮的钱进来了吗？”

阿修罗的办公室很阔气，装修风格跟优步公司很像，采用简约凝练的风格，点缀着大片的室内绿植和亮色沙发抱枕，加上一大片开放工作区域，门口投飞镖、足球桌的休闲区，真的是洋气的创业公司了。冷敏亲自从门口迎接了张思禹和鹏叔，郑重其事地把全公司人召集起来，介绍了张思禹，“阿修罗第一任也是新任CTO。”

张思禹的脸有些红，冷敏滔滔不绝地介绍着他的学历背景，之前在硅谷的工作，他的博士课题，尤其是那句“可以说，张总在这个领域的研究，全中国不超过10个人”，让张思禹胆战心惊。倒不能说冷敏说错了什么，只是张思禹从来没想过，原来把自己的简历从某个角度提取包装一下，再巧妙串联一下，自己就能变身成一个实干的天才。

阿修罗发展迅猛，此时办公室里70多双眼睛，一齐亮闪闪地望向张思禹。张思禹努力维持着笑容和他的高人设，轮到他说话，只说了一句：“刚刚下飞机，时差还没倒好，就不多说什么了。以后有机会和大家合作，相互多指教，我们都相信阿修罗会战无不胜。”此时军心涣散，冷敏要用他来鼓舞士气，他自然不能掉链子。

可跟冷敏进了CEO办公室，他还是嘘了一声：“你口才比在美国时候更好了，有当老板的样子。”

冷敏朝他笑笑，扔给他一个三明治，转身穿了大衣：“辛苦你刚下飞机就来替我稳定军心。这样吧，你再辛苦一下，陪我去见见人。”

张思禹本打算找鹏叔了解公司现在的技术状况，但冷敏这样说，也只好跟了出去。

马不停蹄见了3个投资人。照例是强调了张思禹的背景和能力，既然他之前做出了“星空”这个项目，接下来的“极限”项目一定会按正常速度推进，让各位放心。张思禹端坐，面临着一轮接一轮的打量。

第一个投资人很高冷，似乎也投过一些技术项目，问了几个数据和目前阿修罗技术问题的解决方法，张思禹都一一回答，顺利过关；第二个投资人健谈，高屋建瓴地说了一通他对阿修罗的期望，从医疗说到通信，全然不顾阿修罗目前的定位；第三个投资人最和蔼可亲，整场都是在听冷敏讲，笑眯眯地点头肯定。

最后站起身来说：“我对你们公司一向是非常看好的，今天听下来太好了，太好了，我非常兴奋！中国的教育，不对，全世界的教育都面临着颠覆和改革，我看好你们，太好了，让我们为我们的孩子，我们的未来一起奋斗，一起改变世界！”又热情地握着张思禹的手：“哎呀，硅谷回来的，报效祖国，太好了！我们现在就需要这样的海归人才，有空多来玩，我就喜欢跟年轻人聊天。”

硅谷夜色宁静，只有在旧金山才有灯光和音乐，夜色繁华，却伴随着挥之不去的大麻味和尿臊味，8000 多名流浪汉、满地的毒品针头、成群结队砸路边车玻璃的盗贼。顺着 101 公路往南开往硅谷，越来越安全，但音乐和灯光也渐渐消失不见。扎克伯格们成为居家好男人，是有客观条件的限制和引导。但北上广显然不是。

张思禹被国内的夜色震撼了。

晚饭时，冷敏带他见了几个朋友，一桌子这个总那个总，倒时差的张思禹努力忍住瞌睡，只是整个人都感觉漂浮在饭局上空，根本听不清身边的人说什么。

他和冷敏还是早走了。坐到车上，张思禹已经累到极致，这一天的信息量太大，让他思维混乱，只觉得车里依旧燥热汹涌。开了点窗，冷风直扑到脸上，夜色的霓虹不断在眼前闪烁。

“你喝很多吗？”冷敏把大衣裹了裹。

张思禹反应过来，关上窗说：“对不起。”

冷敏望着张思禹恹恹的脸：“今天是我不好，让你一下飞机就这么累。其实这种场面，只是逢场作戏而已，不用太拼。”

那一晚，张思禹凌晨 2 点才睡，不到 5 点就醒了。白天所有的荒唐在他脑海中像电影画面一样重放，他的心一会儿像到了云霄，一会儿又沉入谷底，有一种满满的不真实感。这一刻，张思禹忽然想到了程悦欣，想到了安安。他忽然怀念起那上班下班买菜逗娃的日子来，想念起跟程悦欣的热战冷战相敬如宾的生活来。于是他打开手机，拨了视频通话给程悦欣。

微信通话声在空气里响着，响到第六下，被程悦欣摁掉了。

“安安已经睡觉了，什么事？”

张思禹想了想，回道：“没事，想看看你们。报个平安，我挺好的。”

半天，程悦欣回了简短的三个字“知道了”。

张思禹从这三个字里，读出了冷漠和生气。他甚至可以想象，程悦欣在说这三个字时的表情。

张思禹从来没有想过要和程悦欣离婚。他跟程悦欣在一起快 10 年了，从一无所有到有了事业，有了房子，有了安安。回国之前，他把所有的存款都留给了他们母子，那里才是他的家，是永远不可能被替代的、给他安全感的家。

可人不可能只活一个安全感。

张思禹明白，冷敏对他，只是一场镜花水月，他们之间不可能发生什么。冷敏也有家庭有孩子，即使没有，冷敏也未必会选择他。但是，他的心猿意马，他的奋不顾身，都让张思禹自身觉得快乐，让他感受到了自己活着，热气腾腾地活着。愈危险，愈诱惑，离开了安全区域，猎手探险时的紧张和刺激都激励着他。到后来，他已经分不清，这种刺激感是冷敏带给他的，还是跟冷敏一起创业能带给他的。

人，就像一枚硬币，正反两面都想拥有，小心翼翼地期望能立在正中。可哪有那么容易呢！回国第一天就让张思禹有点惊心，刺激来得要比他想象中猛烈得多。可看着程悦欣的回复，他也明白，自己没有退路了。

程悦欣的学校叫 preschool（幼儿园），收的是 3 岁以上刚摘掉尿布的孩子，除了看护孩子，还有一点学业上的要求。安安太小，只能送去专收小孩的 daycare（日托），收费几乎花掉了程悦欣大半的工资。家里的这套房子是在房市低点买入的，每个月还贷并不多。可即便如此，程悦欣的工资付完小孩的学费和房贷，几乎就空了。其余生活开销，只能从张思禹留给他们的存款里拿。

程悦欣并不喜欢这样。她本来想做个励志的单身妈妈，让张思禹知道，离开他，他们母子也能过得更好。但第一个月付完账单后，她就深深地失落了。一文钱难倒英雄好汉，原来是这样难的。

自从张思禹走后，她早晨会兵荒马乱地叫安安起床，费尽全力把他塞进车送去上学，再自己吃两口面包上班。下班后身心俱疲，没有张思禹做饭搭把手带孩子，程悦欣常常就胡乱对付一点。好市多的冰冻比萨，超市的冰冻水饺，都成了常见的盘中餐。有时候躺在乱糟糟的家里，看着满地的玩具和满是污垢的厕所厨房，程悦欣就会陷入深深的自责：

为什么自己就不能活成那种离婚后容光焕发的女人？为什么，明明是张思禹的错，现在却好像，这个家真的不能没有他一样。

张思禹走后第二个月，一个周末她趁安安午睡时洗澡。安安醒了，扒着门边敲边喊“妈妈啊妈妈”。程悦欣忽然崩溃了。她不想去开门，不想面对生活的一地鸡毛，不愿去想自己怎么把日子过成了这样。她冲到花洒的水柱里，眼耳口鼻，呛得都是水。

能不能就这样一了百了！

安安哭累了，尖叫得嗓子都哑了，最后躺在地板上哆嗦着喘气。

不知道过了多久，厕所的门终于开了。程悦欣红肿着眼睛，抱起地上的安安，把哭得浑身抽搐的小人搂在怀里："对不起啊，安安，妈妈以后不关门，一定一定不关门。"

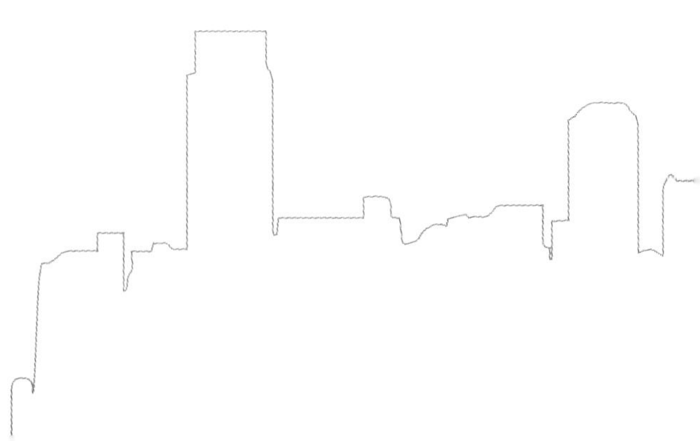

# 第八部分
# *Part 8*

## 行路难

从饭店出来，初夏的阳光打在郝会会满脸的晒斑上。她松了口气，决定不想自己到底变成了谁这件事。人总得活下去，路都得走下去，即使不喜欢，又能怎样呢？

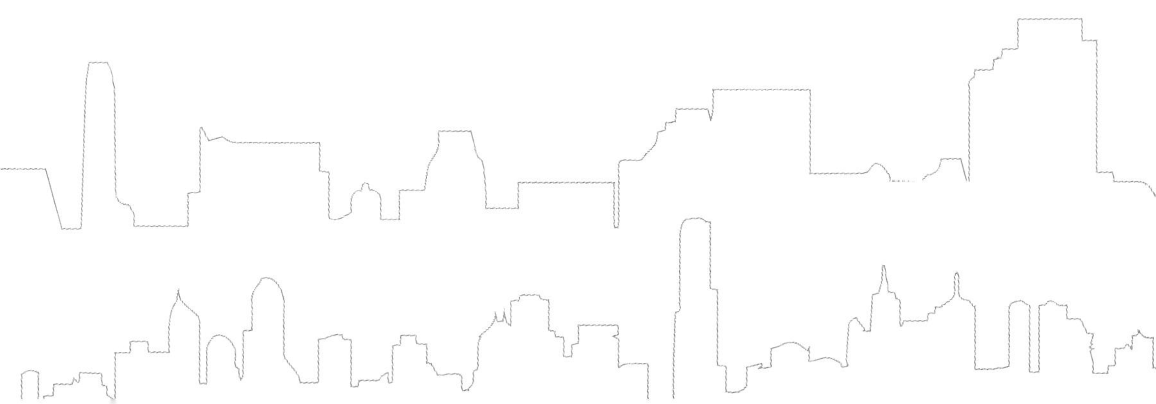

## 第三十八章
# 柳暗花明

还没到春节，郝会会已经在群里张罗着一起聚餐吃年夜饭了。硅谷这拨楼市从 2011 年开始高歌猛进，郝会会跟老罗的生意做到飞起。第一套房子买下来，两人都是抽空慢慢装，一装装 4 个月，没想到 10 万美元装修费下去，第一天开放就收了十几个邀约，转手就赚了 15 万美元。

15 万美元啊，是美元啊！等属于她的那份打到银行户头，郝会会搂着冯品芝又哭又笑，问冯品芝：“大妈，咱们是发财了吧？”郝会会想，这跟当时胡金柱一年的工资差不多了吧？不，比他的税后工资还多呢。

冯品芝悬着的一颗心放下来了。郝会会是实心人，还了她的存款，还当她是股东，称“咱们”。冯品芝翻个白眼：“赚这点钱就开心死了，没见过世面，乡下人。”

其实她的心也在抖。像当年坐偷渡的船去洪都拉斯，人跟人挤得像沙丁鱼罐头，挤着挤着，旁边就有人瘫下来。冯品芝在心里默念：坚持就是胜利，坚持就是胜利。船不分昼夜地晃荡，人的心也跟着晃荡晃荡，兴奋加恐惧，慢慢就是恐惧更多。

郝会会拿着计算器噼里啪啦，算出一个数字来："大妈，这份是你的。"冯品芝心想：再坚持坚持，好日子就要来了。想想就兴奋。

老罗显然也尝到了甜头，别人的活也不接了，三天两头打电话给郝会会，要再干一单，再干一单。一单接一单，做到后来驾轻就熟，从买下房子到再上市，最快的不到3个月，就这么一转手，少的十来万，多的几十万。那几年，硅谷到处是独角兽或未来的独角兽，谷歌、脸书给的包裹越来越大，股市天天向上，大把大把的钱涌到楼市里，欣欣向荣。

老罗和冯品芝都让郝会会别在凯拉那边做了，副业已然比主业挣钱，还做什么。可郝会会不肯。一来，她知道自己选房准，是因为在凯拉那里下了笨功夫，一套一套房子看出来，才知道哪里有机会；二来，凯拉在她人生最低谷时帮助了她，没有凯拉，她应该还在中国超市卖熟食，在中餐馆端盘子，在别人家里做保姆，披头散发，拉扯着两个孩子。想到这里，郝会会只有更加卖命。

但这两个月，她开始心神不宁。有一家中国人开的地产经纪公司来挖她。对方很有诚意，本来只做南湾生意，可中国客户量猛增，刚刚开设一个北湾办公室，想挖郝会会去打天下。她本来打定了主意不去，可对方说："我们手上有很多非常好的大客户资源，和移民律师、私人银行合作默契，上下游都打通了，也有做商业地产的规划。这么好的机会，你为什么不能考虑一下呢？"

郝会会做的多是拿着程序员工资的工薪族。无论是替客户置购第一套房，还是自己flip，也都是几十万，一百万顶天的小项目。她不是没想过，如果有大客户，做一单也够歇几个月了。对方见郝会会犹豫，泡了杯咖啡，打开了墙上的电视："真的希望你好好考虑一下。你看，这个电视机就是在我们南加州办公室刚刚成交的客户送来的。他们公司最新的产品。"

郝会会瞥了一眼，不懂：一个电视机有什么好炫耀的？这个年头做家电的还稀奇吗？好市多一千多刀能买个巨大的曲面屏了。况且这个牌子，LETV，乐视，根本没听过，国产的那也得是长虹和 TCL 才有名吧。

对方见她一副无知的无动于衷，只得提笔在纸上写了一个数字："如果你能来，你每次成交的单子，我们管理费只抽这个数字。"

正是那个数字，突然击中了郝会会。

郝会会没有答应，心里却很郁闷。她忽然明白了自己的市场价值，回头再看凯拉给自己的待遇，相差悬殊，隐约有点不平。这点不平一开始只是埋在心底的小泡泡，可每成交一笔，那个泡泡就翻滚一下，冒出头来。每成交一笔，她都希望凯拉会说：郝，你业绩这么好，我给你升职，你的管理费比例可以减少。

可从来没有。凯拉说恭喜，有时是开香槟，有时是带蛋糕，但从来没主动说，我给你升职加薪。

郝会会对自己说：做人要知恩图报，做人不能贪心。但那个泡泡很顽强，压下去，又会冒起来，咕嘟咕嘟在不知名的地方沸腾。更隐蔽的，郝会会内心怀疑：自己拿凯拉当救命恩人，当朋友，但凯拉这样不把自己该得的那份给自己，到底有没有拿她当自己人。

郝会会卖力地邀请郑懿和程悦欣一起来吃年夜饭，除了担心程悦欣的近况外，也是想跟郑懿发发牢骚，问问郑懿自己的想法到底有没有问题。当然更重要的，也希望郑懿和程悦欣这大半年来的别扭能在饭桌上化解。

财大气粗，郝会会提前一周去了中国市场，海参鲍鱼花胶买了一堆回来，单子上还有龙虾帝王蟹。冯品芝叉着手在厨房门口看，嫌弃暴发户：

“啧啧啧，这种东西，我是不会弄的，要烧你自己烧。”

约了除夕前的一个周末聚餐。郝会会一大早上就钻进厨房忙活，可那些海鲜让她傻了眼——是不是水里煮煮就能吃了呀？第一声门铃响，郝会会在心里祈祷：最好是郑懿。郑懿来了，还能指导指导，从前的火鸡就是郑懿烤的。

没想到来的是程悦欣。

安安已经可以跌跌撞撞走路了，看到陌生的地方，吊在程悦欣脖上不撒手。程悦欣也干脆，都不理冯品芝和郝会会，直接叫来了艾玛和温迪。果然，知子莫若母，艾玛顺利骗走安安。

“安安的头怎么剃成这个样子？像劳改犯一样。”冯品芝看到小男孩喜欢得不得了，但看着发型就来气。

“我自己剃的，”程悦欣不好意思地笑，跟冯品芝算了个账，“出去剃头就 8 块，还要加小费，我在亚马逊上买一套推子才十几块，多省钱。”

“你现在还会剃头啊？”郝会会感叹。从前胡金柱再省钱，都没让郝会会剃过头。诗人的内衣裤可以是破的，但脸面还是要的。

“Youtube 上有很多视频教程，”程悦欣一边满不在乎地回答，一边熟门熟路地去了厨房，“啊！你不做卤面和大肉包啊？我做梦都想吃你的卤面，我自己做的没你那个味道。”

但山珍海味勉强也是能将就的。程悦欣卷起了袖子，在厨房给郝会会打下手。程悦欣洗着龙虾，熟练地一摘一搓，剪龙虾壳的时候青筋暴起，指关节粗壮有力。郝会会看在眼里，不禁想到程悦欣当初住在这里时的那双手，嫩得像豆腐一样，白得映得出毛细血管。程悦欣在几个厕所里大方地摆着护手霜。洗一次手要涂好几层，一边涂还一边教育郝会会：“女人的一双手最重要了。你多涂一点，涂那么点有什么用？哎呀，先要用手心焐热，你没看过《康熙来了》里怎么教的啊？”

郝会会由此想到张思禹，又想到胡金柱，从感怀别人到感怀自己，最终又回到了程悦欣身上。于是轻声问：“禹哥过年都不回来啊？”

程悦欣摇摇头，若无其事：“忙，好像就放 3 天，没空回来。”她看了看郝会会那欲说还休的样子，先笑起来：“其实吧，我觉得婚姻制度以后一定会灭亡的。以后母系社会一定是常态，女人跟女人一起搭伴组建家庭，多好。你看你和房东，养两个孩子还能挣那么多钱，比一般婚姻效率高多了。过两天我也来加入组织。”

“真的吗？”郝会会当真了，“要不我替你留意留意，你把房子还是换到这附近，工作也重新找，我们离得近点有照应。”

程悦欣笑道：“谢谢啊，暂时不需要，不折腾了，现在挺好的。”

“真的挺好的？”

“当然，习惯了就好。人的生存本能是很强大的，你要对我有信心。”程悦欣笑嘻嘻。

郝会会狐疑，但没有再说什么。程悦欣跟从前不一样了，不再是那个削个苹果都要张思禹给弄的娇娇女，也不是那个喝醉了哭“我觉得张思禹已经不爱我了”的不设防。她准备好了迎接程悦欣的诉苦和眼泪，现在看到的是笑脸，反而让她更担心。

“可我还是担心你。”郝会会说。

程悦欣鼻子有些发酸，低下头去切黄瓜。这段时间，她常常夜读鸡汤，用一个接一个的正能量激励自己，提醒自己，不要沉沦在自己的委屈里，变成满身负能量的人。因为珍惜，所以更不敢在郝会会和郑懿面前诉苦，变成怨妇。但郝会会的关心是真诚的，没有八卦的意味，让程悦欣有些招架不住。

“不用担心我，”程悦欣缓缓道，“其实这段日子我想明白了几件事情。”

“第一件，人总是要受苦的。我以前想不通，总是想，凭什么是我？凭什么又是我？现在想通了，凭什么不能是我？你看你当时离婚，比我惨得多，不也过来了吗？郑懿爸爸那么早去世，她不也过来了吗？就连张思禹林锐他们，刚来美国的时候，睡地板，蹭免费比萨拿香蕉当饭吃，老板卡着不能毕业，毕业了没身份，但不都也过来了吗。别人都能吃苦，凭什么就我不能吃呢？况且我其实也没那么惨。”

“第二件，有些事情别人帮不了你，只有自己慢慢熬。就像你离婚的时候，我咋咋呼呼的，以为自己多厉害，其实现在想想，你那时候的心情我其实不懂。我不知道你经历了什么，也不知道你最后怎么走出来的。所以啊，很多事情，说多了词不达意，也招人烦，不足为他人道。”

“啥足啥道？”郝会会疑惑，“怎么还跟按摩扯上关系了呢？我不烦你，你有事就找我！”

程悦欣笑起来：“行，有事一定找你。还有第三点感想，就是忙才能治愈一切神经病。”

“你又上班又带娃，还不够忙啊？”

“身体忙，但心太闲了，”程悦欣擦擦手，“不过现在好了，你下周六跟我一块去游行呗。”

“游行？春节游行啊？”

“不是，”程悦欣在微信上转游行信息给郝会会，“挺梁大游行，在旧金山，现在已经有好几千人报名了呢。”

2014 年 11 月，纽约，27 岁的华裔警察梁彼得在跟队友一起在一幢犯罪高发的住宅楼巡逻时，因在黑暗中受到惊吓，失手朝楼面墙壁开枪。子弹在墙壁上反弹，射中了楼里的居民，黑人阿凯·格雷。格雷最终死亡，而纽约警察局决定将梁彼得移交司法审判。2015 年 2 月 11 日，梁彼得被定罪二级误杀，最高将面临 15 年监禁。

华人社区哗然，愤怒通过微信、脸书等平台迅速传播。自 2012 年的乔治・齐默曼案之后，黑人社区对警察暴力执法的不满日益高涨，在几个城市的抗议最终都变成了打砸抢的暴力行动。与此同时，一场声势浩大的“Black Lives Matter（黑人的命也是命）”的社会运动如火如荼地展开，黑人历史上所受的不公正待遇，加上眼下与警方的冲突，让美国社会面临着又一场不同族裔的撕裂。而正在此时，梁彼得案发生了。与以往所有警局对警察的护短不同，在华人社区看来，这样一次明显的意外最后被定罪成二级误杀，是华人成了黑人白人之间斗争的牺牲品。

“这次是全美大游行，旧金山就是下周六，一起去吧？”程悦欣的眼神闪亮。

# 第三十九章
# 御风飞翔

程悦欣滔滔不绝讲着案情和游行筹备情况，郝会会却并没有跟着义愤填膺。她觉得，在别人地盘上讨生活，偶尔被人挤兑一下都是很正常的，忍一忍，能赚到钱过活，孩子能健康长大，比什么都重要。她也提心吊胆：去游行啊，那多扎眼啊！其他种族的人怎么看华人啊！这会不会影响中国人的形象啊？现在针对中国人的犯罪已经很多了，视频网站上还有黑人歌手详细教人怎么打劫中餐馆，万一以后被更严重地打击报复怎么办？

郝会会觉得，美国这个社会她有太多看不懂的地方了。她以前当收银员时，有个白人大妈投诉她——对别的顾客，零钱都放在人家手里，偏偏把她的找零放在桌子上让她自己拿。顾客指着她的鼻子，大段大段地说英文，说她种族歧视。郝会会听不懂，只能赔着笑，事后问经理：不是说美国人要私人空间吗？不喜欢身体接触吗？但搞不懂的事情，她也不想探究得太清楚。她只知道现在日子好不容易好过了，自己要更珍惜才对。

因此在程悦欣忙着给她转发微信文章时，她却忙着拿眼睛瞄窗外的车。只见有一辆黑色的讴歌 MDX 开过来，郑懿从副驾驶上款款下车。驾驶室的车窗摇下来，是个挺英俊的男人，郑懿朝他挥了挥手，两人似乎还接了一个再见吻。

郝会会推程悦欣："快看郑懿的男朋友！"

政治是程悦欣的激情，八卦才是她的本命。程悦欣立刻忘掉了游行的事，也忘掉了之前自己和郑懿间的小摩擦，恨不得立刻把脸贴到窗玻璃上，来回看，争取不错过每个细节，直到把车牌号码都扫描了几遍才收回了视线。

"谁啊？"郑懿一进门，程悦欣就冲了出去。

"朋友。"郑懿也很坦然地换鞋。

"中国人啊？"程悦欣的眼睛里闪烁着求知的光芒。

"ABC，第三代了，不会说中文，"郑懿看了看她，摇摇头，"我怎么觉得我又回到大学宿舍了呢？好吧，我直接告诉你们。在美国相亲网站上认识的，他比我小两岁，现在在当住院医生，刚见了没几面，我们都同意先不确定关系，相处一段再说。都满意了吧？"

"医生啊，多好啊！而且挺帅的。"郝会会评论。

"我觉得比林锐差远了。"程悦欣撇撇嘴。

程悦欣这大半年，先是从张思禹和胡金柱身上得出了"男人都不是好东西"的结论。为什么都不是好东西呢？因为他们为达到目的，不择手段，见了高枝就攀，忘恩负义。那这就不禁要问自己了：那女人为了自己的前程，忘恩负义，抛弃男人就对吗？从理论联系到实际，渐渐就想到了郑懿跟林锐分手。思来想去，觉得林锐当年就跟现在的自己一样，是个苦命人。

张思禹觉得自己是小姐脾气，郑懿觉得林锐幼稚，可当初选择在一起的时候，他们就已经是这样的人了啊。所以，没有变的人，留在原地的人，反而要被变心的人指责，这是什么道理？时隔数年，程悦欣忽然隔空与林锐同仇敌忾了起来。

“林锐要结婚了。”郑懿淡淡地说。

“跟那个王佳佳？”程悦欣惊讶起来。虽然她希望林锐好好出这口恶气，可实在没有想到他真的会跟王佳佳结婚。在她心里，林锐和郑懿兜兜转转后总要大团圆结局的，或许也是她对自己和张思禹关系的期望。

“应该是吧，”郑懿笑了笑，“他寄了个电子请帖给我，婚纱照上新娘的妆化得太浓，没认出来。”

“那你会去吗？”郝会会问。

“看情况吧，我跟他说，如果那段时间正好回国出差就去观礼，如果不回国，只能遥祝他们新婚快乐，白头到老了。”

“这个回答真没劲。”程悦欣想，“如果我再结婚给张思禹寄请帖，肯定不想收到这样的答复。”程悦欣仔细打量郑懿：她是真的不在乎吗？好像也是，毕竟分手都这么多年了。

原来唯一在时间的长河里刻舟求剑的，只剩下了自己。

但也有的没有变。比如郑懿似乎永远是三个人中的主心骨。

对于郝会会和凯拉的关系，郑懿只说了一句：“人性是经不起考验的，所以如果你珍惜凯拉这个朋友，就不要把她放在被考验的位置上。你对她单方面的忍让，你积累的委屈就是对她的考验。直到你忍无可忍地爆发，关系破裂了，你就觉得没有道德亏欠了，该还的恩情都还完了，自己仁至义尽了。如果走到那一步，你当然可以说是因为凯拉没有经受住考验，你是受害者。可你自己难道就没有责任吗？你为什么不能在一开始，就让凯拉明白你的底线，让她不要变成加害者呢？”

郝会会愣住了。她从来没有想故意变成受害者，把凯拉变成加害者，为什么在郑懿的嘴里，自己倒像这一切的操控者呢？她愣了愣，想说什么，却没有说出来。隐隐约约，她想到了自己和胡金柱的婚姻——难道自己也有责任吗？难道胡金柱变成抛弃妻子的渣男，自己也有责任吗？

对于挺梁游行的事，因为上次 SCA5 法案两人看法相左，程悦欣做好了舌战郑懿的准备。没想到郑懿却并没有泼冷水。“我也觉得检方的控罪太高了，根本没有到 reckless（毫无顾忌）的地步，最多是 criminal negligence（过失犯罪）。”郑懿手机上查了一通新闻后下结论。

“但我觉得你想的那几个标语不大好，”郑懿看着“Justice for Asians（对亚洲人公平）”等几个标语说，“游行是政治活动，政治活动就是要团结所有可以团结的人，立的靶子要小要准。受害者是黑人，你们这样游行，很容易给人以中国人不把黑人的生命当回事的印象，容易造成族裔矛盾。最好把矛头就对着纽约警方，对着市政府。反正大家都恨警方和市政府。”

程悦欣立刻反馈到组织群里，得到陆嘉和艾伦的附议，程悦欣立刻借了郝会会的电脑，开始兴致勃勃地改标语。

2 月 20 日，全美 40 个城市爆发了挺梁游行，旧金山从贾斯汀 · 荷曼广场到联合广场，聚集了数千华人，坊间传言，人数超过了 1 万。游行开始前，草根领袖们举着喇叭讲话。有律师自费买来了庭审脚本，逐段解说其中的不合理之处；有人高喊“从今天开始，亚裔不再是哑裔”。每次有人说完，人群中就爆发出震天的齐声呐喊。漫天的标语里，安安的推车上绑着程悦欣手作的“NYPD is Guilty! NOT Peter Liang!（纽约警察局有罪，梁彼得无罪！）”

推车在旧金山起伏的街道上缓慢前行，上下坡有坐过山车的感觉；身边熙熙攘攘的人，时而振奋，时而沉静，路过唐人街的时候，有一块“天下为公”的匾，许多人特地拍照留念。安安很好奇，扭头看着程悦欣，妈妈的脸上有一种令他不熟悉的表情。于是他更安静了。大家都很喜欢这个镜头，一个推车里的小孩和他背后的标语，于是每隔几分钟，都有人上来给安安拍照。咔嚓咔嚓，安安更觉得，或许自己很重要，不哭不闹，瞪大眼睛，一张小脸颇为严肃。

张思禹是在一个老同事那里看到安安的照片的。湾区本地电视台和报纸报道游行时，不约而同都用了程悦欣一手推安安，一手举标语的镜头。同事转发给张思禹：“你老婆儿子火了。”

张思禹有点蒙。他把照片放大缩小，最后保存了下来。他去看程悦欣的朋友圈，发现自己依旧被屏蔽。再点回去看照片，照片上程悦欣背后的人山人海被虚化了，她整个人肌肉紧绷，一手推车，一手高举标语，嘴里正大声疾呼，整个人有一种一往无前的力量感，让张思禹陌生。

张思禹把视线从手机转到高铁窗外，忽然回想起那个夏天。那是程悦欣刚到美国的第二天，在伯克利校园里，纤细的她在人群里好奇而恐惧地看着眼前经过的游行队伍。张思禹让她去向别人要传单，她说，我不敢，你去。

那时候的程悦欣还会问他：我到底什么时候才会适应美国的生活呢？慢慢是多慢呢？

游行完，程悦欣和艾伦、陆嘉一群人又一起吃了晚饭。酒精助兴，一群人说说笑笑，又仿佛回到了并肩战斗的时光。

艾伦感叹：“好想你们这两员大将啊。陆嘉冲锋，程悦欣殿后，配合多好！现在大家都忙，像这样能让人凝聚到一起的突发事件又少，助选议员的事越拖越久，都没人干活了。”

程悦欣脑子一热：“我可以回来。”

陆嘉拉她："你算了啊，本来你老公就不支持，现在你一个人带孩子上班，哪里有空弄这些？"

程悦欣解释道："我现在有空。我想明白了，家里乱点就乱点，吃得简单点就简单点，老外天天面包加两片菜叶子不都在养小孩吗？我又不是什么了不起的完美女人，差不多就行了，不能对自己要求太高。不赌这口气，日子容易太多了。"

陆嘉再劝她："我劝你还是多想想。说实话，我们也不是为了自己，又不拿钱，可做些事情多难啊？你看上次反对 SCA5，到现在都有人说风凉话，有些群里的人你没看见，骂我骂得可难听了。我早就跟艾伦说了，不管你决定给哪个候选人助选，都摆不平，骂你盯着你的都在后边呢。政治这潭水太复杂，咱们就是些草根，图什么呢？"

艾伦没开口，程悦欣瞪着眼睛望着陆嘉："但人人都这样想，那该做的事情不是永远没人做吗？我们就是因为对现状不满意才要做事啊。"

一时没人说话，大家都望着程悦欣，望得她脸红。

陆嘉忽然笑了："说你傻还真是傻，说出来的话跟中学生一样。怪不得你老公说你幼稚。"

一桌人起哄，艾伦举杯："来来来，我们为幼稚干一杯。"连安安都在高脚椅上举起了小杯子。

程悦欣回到家的时候还一直沉醉在一整天的激动中。今天走在旧金山街头的时候，她忽然意识到，自己到美国快 7 年了。镜子里的自己已经 32 岁了，多可怕的年纪！她已经不大记得 7 年前的自己是什么样子了，可按张思禹的话说，自己依旧天真，依旧幼稚。所以只能跟幼儿园的小朋友相处，变不成微信公号文里闪闪发光的女神吗？

她抱起安安亲了一口："管他呢，变不成就变不成吧，安安你说对吧？"

这时手机响了，是程悦欣妈妈的视频通话请求。程悦欣对安安说：“小安安，别跟外婆说我们今天干吗去了，嘘！”程悦欣的父母对所有的社会活动都特别警惕，资本主义国家的社会运动也不行。高中时程悦欣跟着去抗议北约轰炸中国驻南斯拉夫大使馆，就被逮回来一顿臭骂。

“喂，妈，我刚出去跟朋友吃饭了，春节大家聚一聚。”程悦欣把早想好的说辞搬出来，但正要往下编，忽然镜头一转，看到了张思禹。

“悦欣，我来看看爸妈。”张思禹正举着筷子，夹着程悦欣妈妈的拿手菜，珍珠丸子。

“悦欣，这你就不对了，思禹回来出差你怎么不告诉我们啊？他昨天突然打电话来我还没准备，早知道就外面吃，把亲戚都叫上，一起热闹热闹。”

程悦欣有点蒙。她一直没告诉父母张思禹回国的事，父母肯定不允许她离婚，说了徒增烦恼，他们又要唠叨，干脆不说。每次借口不是张思禹在加班，就是还没回来。大年夜的时候，父母看不到张思禹拜年，还生了会儿气，觉得张思禹现在越来越没规矩。程悦欣想，事情早晚要穿帮。可没想到张思禹会去杭州，去家里给她父母拜年。

程爸爸喝高了，很开心：“思禹说，他找了份工作，以后经常国内美国两头跑，可以多回来看我们。还说公司发展很好，他们有个类似的公司，都准备在创业板上市了。我看啊，干脆你们俩都回来算了。国家现在大力扶持高科技公司，思禹回来正好大显身手。”

程悦欣“嗯嗯啊啊”敷衍，又把安安抱过来转移话题。等挂了视频，假笑的脸都已经僵了。

## 第四十章

# 人来人往

程悦欣给安安洗了澡，然后在床上讲故事。“有一只叫丹尼尔的小老虎要去上幼儿园，然后……”程悦欣始终在念同一页。等反应过来翻页的时候，安安已经睡熟了。她合上书。游行、喧嚣、酒精、激动，一整天的回忆此刻都已远去。她心里有说不出的烦躁，把手机拿起又放下，最后发了一条微信给张思禹：你为什么在我家？

张思禹回：初一的时候我爸妈打电话给你爸妈拜年，你爸妈旁敲侧击地问我俩是不是在吵架，有没有出问题，而且你爸支气管炎又犯了，听着说话声音很难受；我想还是来一次，让你爸妈放心点。

程悦欣一时不知回什么好，只见张思禹又发来一条：你爸支气管炎已经好多了，我给他们订了两台空气净化器，你放心吧。

程悦欣摩挲了半天，回了一个字“哦”。想了想，再加了一句“谢谢”。

春节前聚餐的时候，郑懿不经意说到阿修罗的近况，程悦欣不经意地听。郑懿说冷敏营销的天分一流，在北京、上海最知名的商场里，连开了5个体验展台，人流排队堪比网红奶茶店。再加上国内创业板红火，一家做医疗VR影像的公司马上要上市，阿修罗“VR+教育”的概念又红了一轮，B轮时候估值突破想象，和去年要张思禹回去时，境遇又是天上地下。郑懿没有下什么结论，程悦欣也没有多问，可心里有种不爽。

此时此刻，这种感觉更强烈了，翻江倒海。屏幕又亮了一下，张思禹回信：“不用跟我那么客气吧。安安好像已经不大认识我了。”

程悦欣把手机一翻，捂着头赌气睡觉。她说不出来，无以名状的难受。

如果郑懿在，她会刻薄而犀利地说，程悦欣终于没有办法在自己面前扮演受害者了。或许在程悦欣原来的剧本里，分居后自己会变成大女主，事业爱情双丰收，而张思禹事业失败，被冷敏抛弃，渣男灰溜溜归海求复合。自己趾高气扬地一脚踢开，用老套的结局复仇：当初你对我爱搭不理，现在让你高攀不起。但现在竟然没有。阿修罗的成功证明张思禹当初对事业的判断是正确的，他去安抚程悦欣父母说明他并不全然是人渣。

如果张思禹并没有错那么多，那么程悦欣算什么呢？

程悦欣在一晚的辗转反侧中并没有想明白这些问题。犀利如郑懿，或许也不会有答案。仿佛世事洞明的人，一样会在微博上问“我有一个朋友”的心理问题。其实谁又比谁高明？

程悦欣第二天起床，心口还有一点隐隐的沮丧，但立刻被安安的哭声打断。她风驰电掣地换尿布热牛奶，做了一圈家务，又去超市买了盒蛋糕到邻居家做客。斜对面新搬来一家中国人，家里有个小女孩克莉丝，比安安只大几个月，却已经出口成章，在爷爷奶奶炫耀下背唐诗了。公园遇到几次后，安安爱追在克莉丝屁股后面，一来二去两家人就开始约了周末一起玩。

那家男女主人都是程序员，房子买得晚了一年多，便多出了十几万。克莉丝妈妈跟程悦欣聊过几次，发现程悦欣出身的学校差，工资挣得少，跟老公还是半离婚，言谈间便有些疏远，早上在客厅露了个面就回楼上了。克莉丝爸爸倒是挺和气，夸奖了安安几句，说了几句客套话。程悦欣不得不打起精神跟克莉丝的爷爷奶奶聊，好不容易把两个小时待满，硬拖着不肯走的安安回了家。走出克莉丝家才发现，早上起床把衣服穿反了。怪不得克莉丝妈妈一副似笑非笑的表情。

“以后不去克莉丝家了。”程悦欣恨恨地说。

安安鼓着腮帮子，用仅有的技能发单音节：“去！”

程悦欣败下阵来。

回家后就发现艾伦的 E-mail 已经来了，附上了要助选议员的选区选民登记电话。深不见底的 Excel，拉完一屏又一屏，程悦欣还没拉到底，又被艾伦拉进了助选群。如何分配工作，打多少电话，能不能再找到人帮忙，讨论得热火朝天。程悦欣一忙，便忘记了早上见人衣服穿反的耻辱，和昨晚自己自怨自艾大半夜的惆怅。

张思禹从杭州再回北京时，在高铁上却足足伤感了几个小时。自从他回国后，带着团队一连赶了 3 个项目，几乎天天披星戴月，创业公司连 996 都是奢侈，人都恨不得睡在办公室里，手机随时随地在响，bug 层出不穷，冷敏总有新想法，投资人总有新要求。整个人像是一根被射出去的弓箭，没有时间停留，也没有时间伤感。每到周末和安安连线时，满脑子想的还是工作。春节休了几天，整个人像皮筋一样渐渐放松下来，一种巨大的失落和空洞才慢慢从心里透了出来。

窗外一片苍茫，张思禹的眼睛不知道该望向何方。安安出生的那一刻，医生问他要不要自己来剪脐带，他手一抖，推脱在拍视频，没有去剪。这样小的一个人，渐渐眼睛就睁开了，会笑了，会翻身了，然后抬头了，会爬了，一幕幕，就像永不褪色的电影。可忽然，胶片断了，再想接上昨天那个会走路，会说英语单词，看见自己害羞躲闪的儿子，却怎么也接不上了。

张思禹再回到办公室，有种恍如隔世的颓唐，他很想抽空找鹏叔一起喝两杯聊一聊，但鹏叔忙着带手下一群“90后”改变世界，偶尔的间隙也用来交流美股和A股的心得。张思禹开过两次口，最后都不了了之，心情起伏的缝隙，很快又被铺天盖地的忙碌填满，渐渐再也寻不出踪迹来。

2015年春节过后，中国的股市迎来大涨。跟着股市一起疯狂的，便是人心和创业圈里的神话故事。办公室人越来越多，HR忙到嘴角起泡，冷敏把剩下一半楼面也租了下来，可新人依旧找不到座。阿修罗距离冷敏规划的战神地位，仿佛近在咫尺。

一天，技术线开完会，张思禹忽然接到一个陌生来电。往常陌生号码他会拒接，但那天鬼使神差就接了。

“张思禹吗？我是王佳佳。”电话那头说着就哭了起来。

张思禹很头痛，抽了2个小时工作时间出来在咖啡厅看王佳佳梨花带雨。她从硅谷哭起，再到前女友郑懿，从工作忙哭起，到日渐冷淡和忽然翻脸。张思禹纸巾都递得不好意思了，只能给自己找事情做，给王佳佳面前的一壶伯爵茶来回加水。

“我就是不甘心，我想知道为什么，我到底哪里做错了。”王佳佳抬起一脸倔强。

张思禹向来对女人的眼泪没有抵抗力，此时坐立不安，只好把手机拿起放下，催了两声林锐。他忽然想，程悦欣如果在的话，一定会对这样的八卦兴奋异常；而冷敏呢，向来对跟自己无关的事毫无兴趣。他虽然欣赏冷敏的不八卦，但此时此刻，如果程悦欣在，自己就轻松多了。

胡思乱想的时候，林锐终于到了。他面无表情地走到王佳佳座位旁边，轻声说了一句："我们出去聊，不要耽误禹哥上班。"王佳佳顿了顿，似乎是不情愿，但最终还是顺从地跟着林锐走了。

隔着落地玻璃，张思禹看到林锐和王佳佳两人说话时的表情。王佳佳闹着要找林锐，但两人真见了面，却也没说几句，王佳佳就坐车走了。

等林锐再进来的时候，张思禹叹口气："你结婚红包我都准备好了，假都请好了，你说不结就不结了。说说理由吧。"

林锐挠了挠头："好像也没什么特别的理由，就忽然觉得没意思。"

张思禹问："王佳佳说，你是怕现在结婚对公司上市有影响，怕她以后多分钱？"

林锐笑起来："这就是我觉得没意思的地方。你知道，前段时间我去东南亚出差，让王佳佳操持婚礼和装修。上星期我回来，半夜的飞机，到家刚想睡觉，她呢，化了个大浓妆，穿得一身清凉，硬把我拖起来，给我看了个 PPT。"

"什么 PPT ？"

"装修进度、婚礼筹备，有数据有图片有列表，比较供应商和设计师，优缺点和市场评价，照片都是高清的，整整三十几页啊！你别笑啊。"

张思禹忍住笑："挺有画面感的。"

林锐摇头："那一刻我脑子是蒙的。我上班听这些，跟人讲这些，下班回家我还要听这些。我就看着王佳佳琢磨，她上个 MBA 怎么就学会做 PPT 了？那一刻我忽然发抖，意识到原来结婚不是结婚，结婚是要跟这个人过一辈子。而我，马上就要跟她过一辈子了。我一下子特别害怕你知道吗？"

张思禹想了想："其实，你以前不就是喜欢郑懿理性吗？我觉得做数据列表搞PPT这种事，郑懿也做得出来。那时候她选法学院offer，不就搞了个表，在那里算投资收益率吗？”

“但王佳佳不是郑懿啊。”林锐正色道。

当初在一起，就是因为王佳佳不是郑懿——不用费心，不用伤神，不用那么过脑子。可兜兜转转，等到分开的时候，也是因为醒悟过来，王佳佳不是郑懿。

“所以不是王佳佳的问题。”张思禹道。

林锐沉默着。他之前觉得是王佳佳的问题。夜半三更，却她像给老板述职一样，妆容精致，笑容谄媚，声音讨好得让林锐起了一身鸡皮疙瘩。郑懿也会这样吗？不，她不会这样。郑懿当年扎着马尾，一本正经，对着列表告诉他为什么选这个学校不选那个学校的时候，他只觉得好笑，怎么会有那么有趣的女生，怎么会有这么聪明又古怪的人。

但王佳佳不是郑懿，这难道是王佳佳的问题？

林锐承认：“不是王佳佳的问题。是我的问题，是我对不起她。”

“程悦欣总说，你跟郑懿不应该分开。”张思禹本来想说，郑懿的Facebook状态上周改了，又变成了in relationship（恋爱中），但最后只是说：“但我觉得，这么多年了，人都应该向前看。你现在对郑懿念念不忘，未必是因为你还爱着她，可能是因为失去之后不甘心。真的在一起，你确定你们就能幸福吗？”

“我不确定，”林锐回答迅速，“但我创业这两年压力很大，晚上睡不好，经常做梦。有一天我梦到我走在一个漆黑的隧道里，很冷，很吓人，周围一个人都没有。我走得后背都湿透了，还是走不出去，永远是看不到头的黑暗。忽然，我手上就有了一根绳子，我就听到有人对我说，别松手。就三个字，我忽然一点都不怕了。我特别安心，虽然这个人的样子都没有见到，但我就特别安心。你知道这个人是谁吗？我只知道，这个人肯定不是王佳佳。”

程悦欣在打了 3 周电话后，开始周末扫街发传单。“请支持凯瑟琳·B.，她的政治主张是打击犯罪，重塑教育体系，严格控制加税，让政府为自己的支出负责。”说了一下午，程悦欣已经对这段话倒背如流。

程悦欣事先给自己做了充分的心理建设，把自己当成销售员，做好了吃无数次闭门羹的准备。但或许是美国人民确实政治素养比较高，或许是因为她一个亚洲女人带着孩子看着很善良，又或许是那个社区居民年纪普遍比较大，正好想找人聊天；总之，传单竟然派得非常顺利。

## 第四十一章
# 夏日泡沫

在美国从政，通常是从竞选学区委员起步。学区是美国重要的一级行政机构，有权征税，负责本地区的教育政策，然后交由教育局执行政策。学区委员是民选职位，虽然实际权力很大，但没有报酬，全靠“为民服务”的热血或者日后的野心支撑。有了学委经验后，下一步就是竞选市议会，磨炼几年积累经验，增加了党内外曝光度后，得到党内支持的人，再向上走一步，就是州议会，即竞选选区的众议院代表席位。

可程悦欣他们这次支持的凯瑟琳，没有当过学区委员，没有当过市议员，从政经验基本为零，却想直接竞选议员席位。再加上共和党在加州被民主党碾压，怎么看都没有赢的希望。因为这点，陆嘉强烈反对艾伦助选凯瑟琳的决定。陆嘉理由充分：草根团体的力量本来就小，没有背景，我们要凝聚人心，让大家一口热血往前走，就必须永远从一个胜利走向另一个胜利，否则人心立刻就散；将唯一的筹码押注在希望渺茫的候选人身上，大家都输不起。

但艾伦也有自己的观点。凯瑟琳的闪光点：其一，她是公益律师，帮助家暴案、性侵案的受害者，心系社区，口碑很好；她出来竞选，是因为对犯罪率攀升和税负不断增加不满，并不是政治野心使然。其二，她是女性，在加州，女性候选人天然有 4000 张选票。艾伦对陆嘉说，我们出来助选的目的是“秀肌肉”。反对 SCA5 的时候，最初是找议员抗议，结果呢？华人不参政，只占人口 4% 却还懒得投票，根本没有议员把抗议放在心上，连见面会都懒得来参加。这次助选，赢固然是目的，但更重要的是“秀肌肉”只要替的凯瑟琳多拉到票，我们的目的就达到了，日后至少不敢有人轻视我们的存在。

陆嘉和艾伦本来只是理念交锋，并非朋友交恶，但群里争论不休，渐渐地就观望的多、出来做事的少了。程悦欣原来只是负责统筹给选民打电话的工作，渐渐地去选区扫街拜票也要参与，再之后凯瑟琳的选民见面会，以及竞选资金筹措，慢慢都变成了她的工作。陆嘉私下问她，如此劳心劳力，是否想竞选下任会长，程悦欣回答说：自己不想当官，只想做事。因为，忙才是治愈自己的良药。

忙起来，人像上了发条，不会疑神疑鬼安安开口是不是太晚，对面女孩能背 30 多首唐诗是否代表安安已经输在了起跑线，自己是个如何不称职的妈妈。忙起来，除了脑筋飞转，周身都是钝感，晚上沾枕就睡着，不会觉得一个人的被窝冷，也不会胡思乱想张思禹国内过的是什么快乐时光，过去 7 年婚姻哪个点滴其实已经预示了日后的破裂。忙起来，忙得脚底朝天，额头上冒痘，人才活了过来。

后来，程悦欣开始享受这种感觉。以前，硅谷离她特别遥远，伯克利、斯坦福、高科技公司、商学院，她在这里生活了 7 年，依旧有种走错台的疏离。可现在不一样了。她从一个出门必须靠 GPS 的路痴，变成了熟知社区里每一条街道，知道里面住的都是谁，拉着一个老太太能聊过去十几年的八卦。她认识了很多愿意出借场地给他们搞活动的餐馆老板，知道了哪家打印标语的价格便宜，从开口说英文要提前背稿子，到见面会上可以随口开凯瑟琳的玩笑讲美式段子。

竞选结果出来的那天，程悦欣和艾伦等人陪着凯瑟琳在共和党办公室等结果。安安已经非常熟悉这里的环境，一个人在角落用传单折纸玩，并不来打扰。票开到一半，凯瑟琳还落后 100 多票，程悦欣抱了抱她。凯瑟琳拍拍程悦欣："不用安慰我，从最开始我已经做好了一切心理准备。但我没想到有你们陪着我，让我走了那么远。"程悦欣有些伤感，两个女人又拥抱了一下，红了眼眶，凯瑟琳的竞选团队也开始伤感。

只有艾伦镇定："还有希望。程悦欣，你扫街的那区最后开，现在差得不多，我觉得有希望翻盘。"

又一次让艾伦说中，凯瑟琳逆风翻盘，最后领先 40 多票，艰难地拿下了这个选区 20 年来第一个共和党席位。

安安被人群的欢呼和开香槟的声音惊呆了，惊讶回头，看到被香槟浇了一头的程悦欣。

群里再次沸腾了。继陆嘉"战神"的称号后，又一个江湖代号诞生——"扫街女王"程悦欣。"扫街女王"被起哄着写拜票心得，程悦欣乘兴把自己过去几个月的经历凑了篇两千多字的文章，发在了协会的微信公号上。第二天起床看，竟然有了一千多个阅读量。

艾伦转给她一个 200 块人民币的红包。程悦欣刚想笑艾伦抠门，艾伦告诉她："这是读者打赏的。"

竟然还有打赏！程悦欣兴冲冲回去再翻文章，在打赏栏里看到了一个熟悉的头像——张思禹。

这是什么意思？男人总是在自己不需要的时候才出现？程悦欣心里赌气。她突然很想问郝会会，得知郝会会成为成功的地产经纪人时，胡金柱有没有觍着脸回头来找过她。

郝会会接到程悦欣电话的时候正在开车。她早上刚刚赶去老罗的工地看了一眼在装修的房子。老罗图省事，后院有个葡萄架明明柱子烂了，他只往上面多刷了几层新漆就完事了。被郝会会发现，两人一顿吵。

老罗说："房子又不是你自己住，修那么好干吗！"

郝会会说："你不修个新的，起码拆了，否则多危险啊，万一买家住进来后塌了怎么办。"

老罗说："拆了？你知道扔这点破烂多少钱？好几百块呢！"

郝会会说："我说拆了就拆了。"

老罗说："去你妈的！这活没法干，我们散伙！"

郝会会说："你不给我弄好散伙就散伙！"想想窝火，转头对老罗再骂回去："我去你妈的。"

旁边两个小工看得目瞪口呆，鼓掌："郝姐，现在厉害啊！"

听完程悦欣抱怨，郝会会对着红绿灯发了会儿呆。

小时候，她觉得村里的女人都粗俗，村头村尾都喧嚣，为一点家长里短一哭二闹三上吊，不是悍妇就是泼妇。郝会会不喜欢，她喜欢镇上学校里说话轻声慢气的女老师，她喜欢斯斯文文架副眼镜的男老师。媒人给她介绍胡金柱，她看一眼，就觉得喜欢。那是博士啊。

跟博士结婚那十来年，郝会会永远赔笑脸，轻声细语，有委屈也往肚子里咽。哪怕离婚了，胡金柱也要感慨，郝会会是个贤惠媳妇。如果胡金柱现在再遇到自己呢？郝会会想想要发笑，胡金柱能认识叉着腰指着老罗鼻子骂的泼妇吗？他如果看到，恐怕不会后悔自己离婚了吧。郝会会有些伤感，活了半辈子，活成了自己小时候最不想成为的人。

除了泼妇，她还有点怪自己成了“忘恩负义”的人。春节后，郝会会就按着郑懿说的，跟凯拉谈了，顺利涨了待遇，得到了符合市场价的对待。但从此以后，凯拉对郝会会有了细微的变化。不能说不好了，事实上比从前更好，凯拉会来主动打招呼，会特地带郝会会喜欢吃的蛋糕，说话神情眼角眉梢更如沐春风。可就是这样的特意才显出了疏远。郝会会常常在想，在凯拉心目中，自己是不是一个忘恩负义的人呢？从前的亲密，是否永远回不去了呢？

郝会会有点喜欢现在的自己，也有点不喜欢现在的自己。她需要吃顿好的，让自己内心的这场激辩往后暂延。于是她径直开车，去吃最近刚开张的热门小火锅。

一人一锅，午市还送绿茶，正吃到一半，忽然桌子上被放了一张小广告。郝会会捡起来看，是个团购外卖的 APP，一看就是中国人搞的，上面还有微信二维码。

推销的年轻人顺势：“这是我们搞的华人团购外卖群，就像国内现在的饿了么和美团一样，让大家最方便地享受到低价外卖服务。姐，你扫一下这个二维码……”

郝会会端详眼前这个寸头小男生，忽然喊了他一声：“你是詹姆斯吧？”

詹姆斯愣住了，端详着眼前这个穿套装的女人，一时没有反应过来。

郝会会再提醒：“我是郝会会，玛吉，你刚来美国时住的那套房子呀。”

詹姆斯想了半天：“你是弗雷德的老婆啊？”

詹姆斯刚来美国的前几年日子还是很好过的。离开冯品芝家后，继续过着荒唐而快乐的生活，后来找枪手代写的论文被查出来，差点被勒令退学。于是身份挂在语言学校，再辗转申请其他学校，反正一切有国内的人替他搞定，他只需要象征性地上上学就好了。学的专业也从金融转到市场营销，还是没找到人生目标。但快乐而混沌的日子，终结于某一个突然的节点。之后，人就必须清醒地面对生活中的每一次痛苦、每一个抉择。

“这是你自己搞的公司？”郝会会问他。

“一个朋友搞的，我算是合伙人，现在就几个人，慢慢来吧。”詹姆斯不好意思地说。

“你现在这个发型不错。”郝会会冲他笑。

詹姆斯摸摸自己的平头：“我爸的事，弗雷德都知道了吧。现在什么都要靠自己，我总要活下去，把大学念完吧。其实我想来想去，还是想转 CS（计算机科学），毕竟在硅谷好找工作，你说是不是啊大嫂。”

郝会会点了点头，递给他名片：“这是我名片，下星期有几个校友会搞活动，我赞助了一点，有一个广告位。你要是愿意的话，可以到时候来发广告，宣传你们这个 APP。”

詹姆斯挺开心：“谢谢你啊，大嫂，我一定来！”

郝会会望着他：“以后别叫我大嫂了，我已经不是你大嫂了，以后也别叫我玛吉，叫我郝会会，郝姐，都行。咱们都得活下去，有机会就相互帮助一下，山不转水转，是吧。”

从饭店出来，初夏的阳光打在郝会会满脸的晒斑上。她松了口气，决定不想自己到底变成了谁这件事。人总得活下去，路都得走下去，即使不喜欢，又能怎样呢？

2015 年的夏天，胡金柱又添千金。这位千金的待遇和艾玛、温迪都不一样，虽然是女孩，但生在胡总人生得意的关头。胡金柱觉得，自己人生的春天终于要来了。跟同学搞的基因测试公司正紧锣密鼓地筹划着上新三板，跟着金融圈人士炒股也炒出了人生财富的新高度。此时周蔚给他再生下二胎，一男一女凑成一个“好”字，胡金柱非常得意，觉得网上说的人生赢家，非自己莫属。

从贫困的农家孩子，到用自己的智商和努力鲤鱼跃龙门，再到出国读博士，最后成功海归，又下海经商。胡金柱觉得，能有今日的成就，除了不懈的努力奋斗，更重要的是自己在所有的节点，都做出了最有利于自己的选择。这证明了自己的眼光，自己的大局观，自己对每次时代变化的把握。于是，把千金的满月酒摆在五星级酒店。胡金柱广发英雄帖，一定要让所有人都见证自己的人生高光时刻。

张思禹和林锐是胡金柱一定要请来的人。一来，这是他引以为豪美国背景的见证人；二来，张思禹的阿修罗和林锐的蔚蓝科技都是当下的互联网关键词，必然更能替自己抬高身价。于是胡金柱一提再提，终于让林锐和张思禹都买好了高铁车票。

## 第四十二章

# 山雨欲来

2015 年 5 月，大江南北的空气里，都是人民币的气息。

冷敏容光焕发。对标的妖股 3 月 A 股上市，一连拉出了 30 多个涨停板。冷敏的局一场接一场，故事讲出了新高度，所有人都议论，纳斯达克已经没有吸引力了，还是祖国形势一片大好。接连带动的，就是阿修罗上下几百号人的心。

手机屏幕上，别家公司的股价从 20 块的上市价，翻到近 400 块，翻了 20 倍。创业公司谁还看基本工资？张思禹从 CTO 办公室的落地玻璃窗看出去，无论是刚刚毕业的大学生，还是有五六年工作经验的产品经理，每个人的脚上都踏着风火轮。财务自由近在咫尺。鲨鱼闻到了一丝血腥。

五一休假，阿修罗组织了一次近郊游，瞬间又刷屏朋友圈，成为永远不让人失望的“别人家公司”。最后一天的篝火晚会，老板给高管团队每人派出一辆豪车，抽奖的奖品从苹果电脑到 5000 元现金。张思禹和鹏叔拿着车钥匙傻笑的照片被林锐一通嘲讽：别人家是拿老板娘炒作省公关费，贵公司直接拿员工炒作，都是肥水不流外人田的自产自销经典套路啊！

正是因为形势一片大好，张思禹去喝满月酒的休假竟然顺利被冷敏批了下来。坐上高铁后，张思禹回想过去近一年，只在春节休了3天。在硅谷朝九晚五的生活已经恍若隔世。

到杭州后，张思禹先去看了一趟程悦欣父母。上次岳母抱怨过腰疼，张思禹上高铁前订了一个按摩椅送去，此时已经送到，正等他过去指导使用。很多年前，他还没跟程悦欣结婚时，对岳父岳母也并没有这么殷勤。他们不喜欢他，觉得这是个要把女儿从他们身边拐走的臭小子；而他也不喜欢他们，他自认是读书人，说不来那些场面话，拍不了那样谨小慎微的马屁。他和岳父岳母之间的纽带，只是程悦欣。

是岁月让人变得柔软了。现在程悦欣和安安远在美国，张思禹却觉得和岳父母间多了点别样的牵连。岳父老了，不再总是审视他，眼神里多了温柔，一杯黄酒下肚，滔滔不绝的国家政策解读也变成了亲人的絮絮叨叨。岳母学会了把安安的照片集制作成小视频，三天两头发给他。张思禹由衷地赞美，很多照片程悦欣并没有发给过他。现在，岳父岳母反而成了他和程悦欣之间的纽带。

张思禹调试好按摩椅后，岳母小心翼翼地问他："你跟悦欣，以后是怎么打算的？"

张思禹回答："妈，老板说顺利的话，公司明年可以上市。上市之后，看悦欣，我是希望她和安安一起回国，但她觉得美国对安安的教育比较好，那我也可以回去找他们。总之，我们不会一直两地的。"

岳父母交换了一个眼神。岳母欣慰地说："我觉得回国很好，现在中国发展那么好，有哪里比不上美国？我是希望你们都回来。"岳父咳嗽了一声："孩子们的事，让他们自己商量着办。我们管好自己别给他们添麻烦就行了。"

张思禹给了自己一个时间节点，一年。张思禹至今都不觉得自己回国是一个错误，哪怕他已经很习惯开口叫冷敏"老板"，冷敏也表现得越来越像一个老板。但有些事，一辈子总是要尝试一次，不是吗？在张思禹的心底里，程悦欣永远是一个随时能回去的家。朋友圈屏蔽也好，扬言说要离婚也好，分居也好，不过是程悦欣历来发脾气的一次升级。她应该永远都在那里等他回头。他需要她永远在那里等他回头。

相比张思禹对财务自由后人生的简单规划，胡金柱就豪迈多了。小女儿百日宴，五星级酒店包场，全场空运鲜花布置，繁复的三层手工翻糖蛋糕就 6 个，除了酒店的豪华套餐，还直接从法国酒庄订了 5 箱葡萄酒，外请了个日本寿司师傅当场制作空运来的生鱼片。

林锐啧啧赞叹："柱哥这是充分体现了从前囤手纸打印机时候积累的扎实功底，把仓储这个西方概念再一次带入中国，为下一步的中产消费升级指明了方向。真是站在时代前沿的开拓性的人物啊！"

张思禹看他一眼："你非要那么损吗？"

林锐摇头："我这哪是损啊，我这是高山仰止。"指着一身香奈儿套装的周蔚："你看，老婆数量孩子数量，人家都是仓储级的，这是多少男人的终极梦想啊。我还是第一次看到穿着职业套装给孩子办生日宴的，这代表什么？——人家是专业的。我感到自己终于跻身上流社会了，您要允许我平复一下语无伦次的激动心情。"

刚生完二胎的周蔚恢复得不错，只是略略有些发福，正和一群姐妹娇嗔争辩自己到底有没有胖。胡金柱应酬完公司同事和客户，志得意满地向张思禹和林锐这桌走来。路过周蔚身边时，用眼神扫了她一下，周蔚立刻乖乖跟上。

如果说周蔚只是略略发福，那胡金柱就胖得很明显了。挺着成功中年男士标配的肚子，哈哈大笑起来，每块肉都在志得意满地配合着发抖。

“胡总，现在是人生赢家了啊！”林锐笑道，张思禹没看出来到底是嘲讽还是夸赞。

“一般一般，也就那么回事。”胡金柱拖了把椅子在林锐身边坐下，手脚摊开，夸张地叹了口气。他递了支烟给林锐，被林锐摆手拒绝了。

“听说你们公司要上新三板了？”

“快了吧，码盘应该码得差不多了。”胡金柱吐了口烟，周蔚在旁边咳嗽了两声，但并没有说什么。“你们俩公司也快了吧？”

“说都是这么说，”张思禹笑笑，“具体再看吧。”

胡金柱敲了敲桌子：“别谦虚啊，禹哥，你们公司可没少上头条。怎么样？你手上到底有多少股？你是元老 CTO，肯定不少吧？有没有这个数？”

张思禹看着胡金柱贴近，比出数字的手势，觉得有些不舒服。他身体往后靠了靠：“没有，我不是中间退出过吗？”

“你是临危受命啊，”胡金柱惊讶，“你那是放弃了美国的高薪和优越的生活，毅然回国啊，锐哥，调性是不是该这么定？”

张思禹跟着笑，但没有接口。他刚回国时，冷敏跟他谈过一次，只说现在共克时艰。几个月后市场信心回升，人力资源来找他补签合同，上面的数字却有些出乎张思禹的意料。股权总数算下来比最开始少了不少，而行权抛售时的要求和时间表也严苛了很多。

人力资源总监是个小女生，咽了下口水，故作老成地说：“张总，我们公司现在的估值和最初肯定不一样了，其实您算一算，现在给的比当初多了呢。”张思禹没有说话，两人沉默了一会儿，小女孩绷不住：“老板说，如果您有什么不满意的，可以直接找她。公司现在情况其实您也知道，前两个月困难的时候，老板把自己的车都卖了。而且，今时不同往日，现在公司要对投资人负责，不是老板一个人说了算了，其实老板已经尽全力替您争取了。”

张思禹觉得，小姑娘说得很有道理。只是渐渐不知道从什么时候起，他也开始跟公司上下一样，开始称呼冷敏为“老板”了。

胡金柱又拉着林锐开始聊股市：“一万点，一万点只是个开始！”

林锐故意问：“胡总，看你现在的排场，这把赚了不少吧？”

胡金柱望望四周，神神秘秘地举起八根手指。

“80 万？”张思禹惊讶。

胡金柱不以为意地笑笑：“800。”又瞪一眼给他使眼色的周蔚。“这两个都是我那么多年的兄弟，说给他们听听怎么了。”

林锐也震惊了：“柱哥，你本金多少啊，就赚了这么些？”

周蔚半哀怨半得意地说：“你们帮我劝劝他，把卖房子的钱都放股市里了，后来还搞什么配资，我真是每天都提心吊胆。”

胡金柱一拍桌子：“男人谈事情你一个女人插什么嘴？你懂什么啊？”

胡金柱觉得，自己半辈子的运气就踩着这把行情上了。

自从公司准备冲击新三板，周蔚就做好了当富太太的准备，当了富太太，自然就不能一家五口人挤在三室一厅里。更何况，还是一套房产证上没有自己名字的三室一厅。借着大肚子，周蔚一再给胡金柱洗脑，二胎生出来，家里住不开，最好换两套房子，以后跟公婆分开住。随着公司上市的准备越来越具体，胡金柱一来二去也动了心，把预期收入撑死，决定鸟枪换炮，以旧换新。

没想到手上这套房子刚刚卖掉，就等来了房价一轮暴涨，看中的小区竟然高攀不起了。但也亏得没买房子，胡金柱才在几个搞金融的朋友鼓动下，毅然投身股市。一开始只转了一点买房款进去，后来全部满仓，最后跟潮流做杠杆，场外配资。

周蔚依旧没有拿到印着自己名字的房产证，但是看着股票账户上的数字，胡金柱给她画的饼确实是越来越大了。干吗还两套房子啊？直接买别墅不就完了吗？楼上楼下，给两个孩子可以疯跑的楼梯。周蔚开心起来，衣服包包尽心买，生孩子去最贵的私立医院，坐月子在最贵的月子中心。可偶尔想想，又觉得忐忑——男人有了钱，自然就有了诱惑，有了诱惑会干吗，她自己是清楚的。孩子生了两个有什么用？胡金柱美国那个前妻，不也有两个孩子吗？她现在也退化成了胡金柱的老婆，两个孩子的妈，也已经不是那个可以跟他聊存在主义的小蛮腰了。现在房产证上的名字，才是周蔚的存在主义。

“你们帮我劝劝他，退点钱出来买房子吧，否则我跟两个孩子住在出租房里，总觉得不对劲。”等胡金柱走了，周蔚对着张思禹和林锐诉衷肠。林锐打哈哈：“你放心，柱哥肯定有自己的打算。”张思禹刚想说点安慰她的话，却见周蔚脸色一变跑开了。胡金柱正牵着哇哇哭的儿子像没头苍蝇一样乱转，周蔚赔着笑脸接过儿子，然后亦步亦趋跟了上去。

张思禹忽然想到了郝会会，从前就一直这样赔着笑跟在胡金柱身后的郝会会。为什么胡金柱“产业升级”后找的女神款，最后也变成了郝会会？张思禹很困惑。

这时，只听林锐莫名其妙冒出来一句：“真他妈没劲。”

郑懿接到开会通知时刚下飞机。戴维火急火燎，语气严肃。于是郑懿直接打车到了律所。下车的时候在停车场看到了莉迪娅的车，她一个人坐在车上，既没有看手机也没有查电脑，就这样呆呆望着前方。郑懿向那个方向望了一眼，只是一排树，风一吹，层层叠叠地晃动着，再也没有什么别的了。

戴维在会议室里大发雷霆，原来莉迪娅一个周末不回客户邮件不回客户电话，客户一状告上来，威胁生意给别家做。戴维本来准备先骂莉迪娅一顿再把莉迪娅手头的客户都转给郑懿，没料到莉迪娅连紧急开会都不来。秘书一次接一次打电话，都转去了语音留言。郑懿几次想开口，说刚才见到莉迪娅就坐在停车场，但最终什么都没说。

“会不会出意外了？”秘书问。

戴维皱起眉：“那先不管她。懿，现在莉迪娅下面的客户都转给你，你加油，我相信经过这件事情，明年你就会有资格到一个更高的平台，你懂我说什么吗？”

这是一个大饼，却是郑懿期盼已久的大饼。

那天整理资料交接客户忙到半夜。走出律所办公楼时，郑懿鬼使神差又绕到了停车场，竟然在同一个位置依旧见到了坐在车里的莉迪娅。莉迪娅的表情淡然，看不出悲喜，甚至姿势都与几个小时前一模一样。

郑懿静静地看着她，她静静望着眼前已经黑幽幽一片的树丛。

终于，郑懿走上去敲车窗。一下，两下，终于莉迪娅把车窗摇了下来。

“你还好吗？”郑懿有些迟疑地问。她忽然发现莉迪娅今天连妆都没化。

莉迪娅缓缓地点点头，指着前方对郑懿说：“你看。”

郑懿又看了看黑幽幽的前方，问：“看什么？”

莉迪娅笑起来，但没有回答。

那一晚，是郑懿最后一次见莉迪娅。一周后她的座位被清空了，

Facebook 和 Linkedin 都停止了更新。又过了几周，新入职的律师坐了莉迪娅的位置。郑懿后来问过戴维，莉迪娅为什么辞职，戴维语焉不详。半年以后，全律所上下对这个人的记忆仿佛全部清空了。

偶尔，郑懿路过停车场那个位置的时候会停一停，往那个方向看一眼。她有时候很想弄明白，那个曾经好几年和她争合伙人位置的莉迪娅，在突然消失前，究竟在看什么。

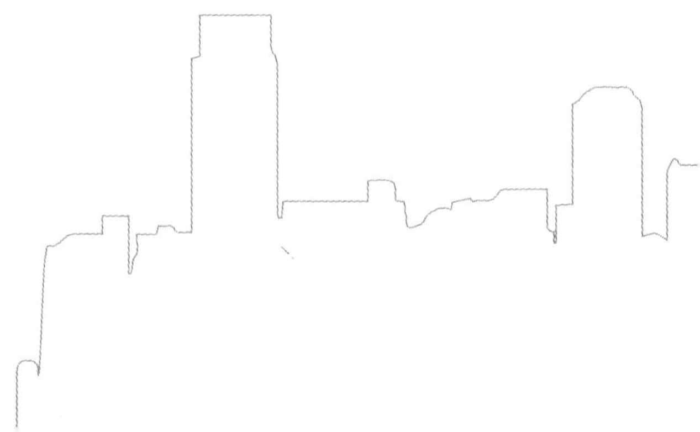

# 第九部分
# *Part 9*

## 如梦令

胡金柱看得出了神，岁月里的那些荣光和暗流一股脑地又回来了。他插翅而飞，飞过了太平洋，又回到了阳光灿烂的加州。

## 第四十三章

# 黄粱一梦

一朵烟花在空中绽放，璀璨爆发，光晕一点点浸染黑夜。随后，一朵，又一朵，再一朵，一朵比一朵更大，一朵比一朵更近，一朵比一朵更摄人心魄。凝神屏气，所有人都在仰望、等待，不想错过这场盛宴的高潮。然而，天空突然安静了。黑漆漆的夜，空留远处传来的刺鼻气味，和暂时还没消散干净的烟雾。人群愕然驻足，耳边似乎还回荡着不久前的轰鸣。

6月股灾，千股跌停，狂欢骤然落幕。

胡金柱最初还“波澜不惊”，在股票论坛上出手长篇大论，从政策层面解读到技术操作，论证为什么这只是暂时的技术性调整，一万点大关依然指日可待。对周蔚每每焦急的询问只是翻个白眼：“你懂什么？起什么哄？头发长见识短。”

渐渐便按捺不住了，一个个电话打给搞金融的朋友：“融资融券靠不靠得住啊？有没有危险啊？”周蔚目光焦灼地探寻，胡金柱干脆天天早出晚归晾着她。他开始到处借钱周转，补交保证金。

接到短信的那天，胡金柱正在开会。同学在他左手边侃侃而谈：“上市计划的暂时搁置是为了日后更好的发展。”手机在桌上震动了一下，胡金柱瞥了一眼短信。短短两行字，他的目光却定在了上面，无法移开。

“强制平仓”。胡金柱深吸了一口气，脑袋嗡嗡作响。散会的时候，他留在了最后，同学拍了拍他的肩：“困难只是暂时的，留得青山在。”胡金柱点了点头跟着站起来，却差点一个踉跄。

但周蔚发疯了，又哭又闹。投进去的不光有买房的钱，还有周蔚老爹的 20 万块私房钱。20 万块，前几个月时的胡金柱本不放在眼里！可架不住老丈人三番五次觍着脸，眼巴巴地想跟着股神女婿一起发财，到了现在，都成了罪过。

胡金柱把烟灰缸往地上一摔：“哭什么哭！丧门星！你以为我完了？早着呢！”

早着呢。不能够。中学的时候胡金柱每星期翻山上学，带着 5 个白馒头，就着凉水，就是 5 天的中饭，他吃了 3 年；进了大学做兼职，有几次晚上错过了回学校的末班公交车，披星戴月走几十里，鞋不合脚，大脚指的指甲全掉了，等再长出来，他依旧是条好汉；刚去美国的时候，三根香蕉就是一餐，路边捡了个书桌，抱着走了两公里，给自己添了第一件家具，还喜滋滋在上面写日记，新生活就要开始了；第一个老婆跟人跑了，所有人都等着看他笑话，他照样按时上下班，每天泡实验室杀小白鼠，终于发了《细胞》（*Cell*）子刊。

自己不会完蛋的。还早着呢！

烟灰缸的碎片把周蔚吓了一跳，早就等在卧室门口的胡金柱父母好像接收到信息，立刻进来帮腔。以一敌三，周蔚招架不住，大喊：“胡金柱，你还有没有良心！”

胡金柱瞪眼：“你觉得我没良心，那你滚啊！”

周蔚咬着牙，冷笑一声，夺门而出。

认识胡金柱的时候，她不过是个没见过世面的女大学生，每个月零花钱 800 元，买套倩碧要在微博上晒好几天。所以才会被海归教授的名头唬住，以为是什么了不起的人物。胡金柱不过带她去五星级酒店吃吃下午茶，送几个蔻驰包，几根施华洛世奇假水晶……这点小恩小惠，小女生就被唬得晕头了，自认为钓住了金龟婿，找到了白马王子，最后不惜带球逼宫上位。

其实几年后回头看，这都算些什么啊，老男人都精着呢，会让她占到便宜？什么“干得好不如嫁得好”，什么“女人靠征服男人征服世界”，屁，都是屁！房产证上没她名字，孩子倒哄着她生了一个又一个。生完孩子，农村公婆理所当然地住到了一起，每天鸡飞狗跳。婆婆攥着钱，家里芝麻大点事都要指手画脚，动不动趾高气扬教训她“女人要知足，没有俺们金柱你能过这么好的日子？”恨不得把这个媳妇当长工用。胡金柱要么三天两头应酬加班，要么出差，一年有半年倒是活寡妇。这日子有什么过头？他们以为她真的不敢走？也不照照镜子，他不过是个分文没有的穷光蛋，上市也不知道是哪年哪月的大饼，她凭什么跟这一屋子人继续过下去？

她还不到 30 岁，她还有大把时光可以翻身。

周蔚冷笑一声：“走就走！多看一眼你们这家人我都恶心！”

胡金柱的妈双手一叉腰，在门口拦住扑出去找妈妈的孙子，对着周蔚背影骂：“烂货，婊子，破鞋。男人遇上些事就想跑，你有本事别回来！”她胜券在握，都是生了两个孩子的女人了，能跑到哪去？胡家手上拿着她两个孩子，她还能真的不回来？

没想到周蔚还真的不回来了。离婚协议书倒是寄到了胡金柱办公室，要求归还20万元，否则要告胡金柱非法集资，还要把他公司的那些猫腻都抖出去。两个孩子一个都不要，影响她再嫁，情愿每个月付法定抚养费500块。

胡金柱在心里倒吸一口冷气：女人狠心起来，比男人更绝啊。两个孩子，一个还在哺乳期，说不要就不要了？500块法定抚养费，500块够抚养谁啊？胡金柱不禁回想起自己回国后一分抚养费都没付过的两个女儿。好几年了，艾玛都快上小学了吧。当胡金柱狂赚800万的时候，他确实想过带个一两万美元去见见郝会会，去看看两个女儿。但也就想想了，不过是得意时安抚自己的良心，但没想到，最终那点得意也不过是黄粱一梦。现在，他倒真的开始想郝会会了。

得知周蔚真的要离婚，胡金柱的妈气急败坏。“天底下哪里有这么歹毒的女人！”她搂着孙子，骂在婴儿床上的小孙女，“想让我们白养活？做梦！还给她那个不要脸的妈去！”反反复复骂，骂得胡金柱在家里坐立难安，只好躲出去。

有一天他没进门，就在门口细细听。原来他父母不光骂周蔚，也在骂他——好不容易供出个状元，以为后半辈子可以享福，哪料到依旧受苦。别人当保姆一个月还有几千块工资，这个不孝子倒好，把他们当牛做马使唤啊，是存心要累死他们啊。

咒骂声高高低低，夹杂着孩子们的哭叫。胡金柱听累了，手从门把手上撤回来，转身回了公司。

八月的夜晚，酷热难耐。办公楼节约用电关了空调，胡金柱坐在一片黑暗里，汗流浃背，眼前不断闪烁着的电脑屏幕，仿佛是预示着命运的莫尔斯密码。

胡金柱看得出了神，岁月里的那些荣光和暗流一股脑地又回来了。他插翅而飞，飞过了太平洋，回到了阳光灿烂的加州。

他手上拿着中午多拿的两块比萨，坐上了那辆三手的东方神车。空调不好，他用力拍了拍，然后探出头去倒车，开出了伯克利。那么熟悉的路，电台里放着让人轻松的口水英文歌，胡金柱跟着哼了起来，不一会儿就开到了熟悉的房子前。

他推门喊："我回来了！"厨房里有个微胖的身影，似乎没有听到他说话，依旧低着头自顾自地做饭。

电光火石间，胡金柱明白过来，这只是个梦。他贪恋地在梦里看着那个背影，怔怔地流下眼泪。有个声音在耳边说：凡是你加之于人的，自己必将一一承受。

凡是你加之于人的，自己必将一一承受。

这个声音越来越大，直到震得脑中轰鸣。他忽然又回到了玉米地里，回到了那个教堂。巨大的十字架向他压迫而来，他扑通跪倒在地上祷告：神啊，给我一条路走吧，求求你。我什么都给她了，为什么她要为了一个网上只认识一星期的白人离开我？神啊，救救我，我要飞黄腾达，我要让所有的人都看到。

汗水浸透了胡金柱的脊背，衬衫湿透了，他痛苦地在办公桌上蠕动了几下，在梦中呜咽起来。

在股灾中梦碎的不仅仅是胡金柱。一场狂欢骤然谢幕，创业公司的上市日程表都推倒重来，市场上的钱忽然都谨慎了起来。对一些创业公司来说，这是灭顶之灾。许多公司并不是所谓的 B to B（商家对商家），也不是所谓的 B to C（商家对消费者），而是 B to V（商家对合作伙伴）。人人都在击鼓传花，明知道是泡沫，依旧想把泡沫吹得更大，在破裂前自己全身而退。而此刻，鼓槌忽然停了，手里还有球的，不管拿到的是好球还是坏球，都开始恐慌。

蔚蓝科技和阿修罗的日子也开始不好过。

冷敏开了 4 个小时的全员大会，谈战略调整，要从之前的 B to B 转向 B to C，要做流量做裂变；谈人员精简，所有的招聘暂停，几组程序员全力开发新的应用；谈愿景，谈奉献，也谈向优秀企业看齐，学习奋斗者协议。

没有上市股票的刺激，所有人听到进度和加班计划都怨声载道。冷敏清了清嗓子："有 95% 的创业公司，都活不过 3 年，创业公司的每一次战斗，都生死攸关。阿修罗是战神，有必胜的信念，我希望在座诸位都能打起精神，一个不落地陪我到胜利的终点！"

冷敏的真丝白衬衫泛着清冷的光，颈上的黑珍珠项链有疏离的高贵，但她望向张思禹的眼神是热切的。张思禹定了定神，点头："全力以赴，可以完成任务。"冷敏的目光化作一汪深水，荡漾开来。会后她留下张思禹嘱咐："必要的时候，可以开几个人杀鸡儆猴。"冷敏为张思禹理了理衣领，叹口气："你啊，就是人太好，慈不掌兵啊。"

没料到第一个倒下的是鹏叔。流感季节，北京的雾霾里暗潮汹涌。最早是一个"90 后"程序员咳嗽了几声，他扛过去了，鹏叔却中枪了。一开始各种感冒药退烧药轮番上阵，后来就开始咳嗽，虽然戴着口罩，可是咳嗽声还是不间断地回荡在办公室的角落。

那一天正在开周会，张思禹虎着脸在骂一个拖延了两周的项目经理，忽然只见鹏叔面色涨红，一阵惊天动地的咳嗽后，拉风箱似的喘了几口气，就滑落到了会议桌后。

张思禹把手里的笔一扔，急喊："打 120，叫救护车！"

医院里人山人海，医生护士行色匆匆脚不沾地。鹏叔躺在医院走廊里吊点滴，面色惨白，只有在剧烈咳嗽时，才涨红如一只煮熟的龙虾。

鹏叔断断续续说："张思禹，我这次要不行了。我家老二明年也要申请大学了，我很想他。我还想我老婆，想我女儿，不知道还能不能见到他们。"

这段话太像临终遗言，张思禹眼眶湿润，差点掉下泪来。

鹏叔目光空洞地望着医院天花板，问："张思禹，你后悔吗？"

张思禹拍拍鹏叔的手说："你别胡思乱想。没事的。"

两个小时后检查结果出来了，张思禹是对的，不是绝症，是肺部感染，需住院两周。张思禹放下心来，回宿舍整理了东西给鹏叔送来，顺便找了护工。等到鹏叔睡去，才叫了辆滴滴赶往公司。

车上接到冷敏电话，张思禹简单说了鹏叔的情况。电话那头，冷敏淡淡地说："鹏叔老了。"立刻又换了话题，说起项目和工作。

但"鹏叔老了"四个字，像蚯蚓一样钻进了张思禹心里，翻江倒海。那语调中的疏离，背后的薄凉，让张思禹泛起隐隐的恶心。他忍住不快想专心在工作上，可这四个字却从缝隙中一次次地钻出来。

电话那边叹了口绵长的气，柔柔地说："张，我现在只有依靠你了，还好有你在我身边。"可这一刻，张思禹忽然完全没有往日的百转柔肠了，只是"嗯"了一声挂断了电话。

他的心里不禁又冒出了鹏叔问他的那句—— 张思禹，你后悔吗？

## 第四十四章
# 踏雪寻梅

程悦欣这天起床时本来心情舒畅。

昨晚安安吃晚饭时异常安静，程悦欣往洗水池里倒剩下的意大利面酱时，偷瞥了一眼，只见安安哈欠连连，坐在那里发呆。她心中一阵窃喜，安安既没有跟在她屁股后面扯着她搭乐高玩具，也没有让她念一堆绘本，8点多自己主动爬到小床上睡觉去了。

苍天有眼啊！一天偷来2小时自由时光，程悦欣心花怒放，开了瓶汽酒抱着笔记本开始追《琅琊榜》。晚上安安一次都没吵，程悦欣一觉到大亮，做了一个连续剧一样有情节的长梦——自己穿越到古代，化身为一个女侠客，与宗主和靖王都有一段一段美丽的情缘。早上被闹钟吵醒的时候，嘴角还挂着不知该选哪个的纠结的笑。

程悦欣抱着安安上车的时候，还在思考自己是不是霓凰郡主，结果车钥匙插进去，车子没有反应，怎么都发动不起来。又试了几次，依旧不行。

程悦欣慌了，一边在车里翻汽车手册和保养卡，一边拼命回忆以前张思禹经常打的汽车维修电话。一通折腾把保险信息卡找出来，才发现是张过期的旧卡，而且茫然不知自己到底有没有续费交过新一轮的保费。她沮丧地看了下手机上的谷歌地图，之前 20 分钟的车程已经变成了 35 分钟。

在程悦欣的认知里，跟车相关的都是男人的事。女人有所为有所不为。可这份坚持到张思禹走后就无力了，她开始强迫自己努力学习，包括如何保养保修使用千斤顶，但此刻还是有种挫败感。车库门大开，她站在车旁呆呆地举着手机，反省自己是不是个傻瓜。

对面房子车库里开出来一部车，在街头转了个弯，停到了程悦欣家门口。对面邻居克莉丝的爸爸从蓝色宝马里走下来："需要帮忙吗？"程悦欣把不耐烦的安安从车里抱出来，给这位好心的邻居解释了起来，克莉丝爸爸车里车外检查了一遍，忽然笑起来："你昨晚是不是没关车灯？"程悦欣茫然："不会啊，一直是在自动挡的啊，它会自己关的。"克莉丝的爸爸指着那个键："你自己看。"果然不知道什么时候从自动挡调到车灯开的选项上去了。

在社会无关人员面前，像程悦欣这样三十出头的女人，已经丧失了愚蠢犯错也可爱的权利。这一点她颇有自知之明，于是她按下从前会跟张思禹争吵辩解以示自己无辜的冲动，对克莉丝的爸爸点头微笑："好像确实是忘记了。"

克莉丝的爸爸打开自己的车盖，拉了两根线出来，启动了一下，程悦欣的老福特终于又亮了。她长舒一口气，双手合十对着克莉丝的爸爸说道："太感谢了，救命恩人啊！"克莉丝的爸爸一边收工具，一边对她粲然一笑："不要客气，都是邻居。你可以叫我名字，我叫邝弘。我们是不是没加过微信？加下微信吧，以后邻居可以相互有个照应。"

程悦欣午休的时候翻了翻邝弘的朋友圈，发现他经常转行业新闻，偶尔发孩子照片、食物、旅游，一个典型的湾区码农。晚上睡觉前，邝弘发了条微信过来："今天车子一切顺利吧？"程悦欣回道："是的是的，没出其他问题，我把保险也搞定了，再次感谢！"邝弘回："太客气了。你一个女人带孩子不容易，照顾一下是应该的，别放在心上。"然后又发了朵玫瑰花图案过来。程悦欣心里"咯噔"一跳，灰溜溜以"早点休息"结束了对话。

年轻时候追求者多，班里男同学帮忙修个电脑是举手之劳，程悦欣从来不会放在心上。然而此刻对着手机，她心里却有些七上八下，反复自问：这些对话很正常吧？就是普通礼貌吧？玫瑰花……可能对方按错表情了？或者就是生性比较热情一点，没有别的意思？

邝弘说话的神态笑容反复在程悦欣脑海中回放，她终于还是不放心，去买了个冰激凌蛋糕，写了张感谢卡片送到对门，跟克莉丝的妈妈和爷爷奶奶详述前因后果，深表感谢。最后加了克莉丝妈妈的微信。

回到家里瘫在床上，程悦欣为自己的大惊小怪自作多情好笑。不过回想到邝弘身材中等，其貌不扬，程悦欣又不禁想：不要说他已经结婚有孩子，就是单身，他们之间也绝无可能。可即便如此，程悦欣还是微笑着爬了起来，如跳舞回来的白流苏，走到穿衣镜前转了个圈，神清气爽。

追剧前忽然想到很久没有发安安的照片了，于是从手机相册里选了几张。凑朋友圈九宫格的时候，灵机一动，挑了两张跟陆嘉一家玩的时候的自拍和合影。简单用美图软件修了修，一起贴在了朋友圈。追剧间隙点出来一看，已经有十几个赞了，父母公婆，郝会会陆嘉艾伦。从前的同事给她留言："安安越来越像你了，你怎么还像个刚毕业的女学生一样啊，太嫩了，美国的水土养人啊。"

程悦欣的虚荣心得到了满足，看着点赞栏里张思禹的头像，更加骄傲了起来。自从她重新向张思禹开放朋友圈后，她的每条朋友圈张思禹都会点赞，她每篇公号文后都会收到张思禹的赞赏。程悦欣从鼻子里挤出一个“哼”，心里却决定，以后要多放自己美美的照片。以前那个爱撒娇爱臭美的程悦欣哪儿去了？她要把她找回来。

上个月某次周末和张思禹连线完，安安搭着积木就睡着了。程悦欣正准备挂视频，张思禹忽然吞吞吐吐地问：“悦欣，你觉得我回美国好不好？”

程悦欣心里惊诧，但嘴里的刻薄话已经冒出来了：“怎么？在国内混不下去了？”

张思禹尴尬一笑：“不是。安安一直问我什么时候回来，我觉得，我已经错过了太多他的成长时光，对你们太不公平。”

程悦欣冷笑：“张思禹，你现在说这种话还有意思吗？你愿意回哪里都是你自己的选择，但请不要打着我们母子的旗号，跟我们没有关系。”

张思禹叹气：“怎么能没有关系呢？我是安安的爸爸，是你的丈夫啊，你不想我回家吗？”

程悦欣愤怒起来：“但你不要忘了，是你决定离开这个家的！你想来就来，想走就走，什么时候关心过我想不想，我愿意不愿意？我们现在已经分居了，法律上我们的婚姻共同体已经结束了，欠的那个手续随时办一下就可以，你走之前我们已经说得很清楚了。你既然选择了回去找冷敏，就不要期待……”

“我跟冷敏没有什么，”张思禹快速打断，一脸诚恳，“悦欣，我发誓，我并没有背叛你，我跟冷敏真的什么都没发生。”

程悦欣看着这张熟悉而陌生的脸庞，忽然心中犹豫——到底应不应该相信他。但这样的动摇只是一瞬间，立刻，她的心里又升起一股难以名状的愤怒和悲哀："所以我还应该感谢你？张思禹我问你，为什么你们男人都觉得无论自己在哪，做了什么，女人都会在原地等着他们，哪怕最后变成了望夫石，也原地不动，立在那里？我倒想问你一句，凭什么？"

张思禹按了按自己的太阳穴，表情痛苦："凭我心里还有这个家。凭我还爱你，可以吗？"

程悦欣摇头："你们男人就是这样看不起女人。总觉得只要给了女人一点爱情，哪怕不是全部爱情，我们就应该心满意足了，我们就什么都不应该再要了。张思禹，不是这样的——我们回不去了。"

张思禹的眉头皱成了一个深深的结，他受伤的眼神掠过一整个太平洋，收敛到程悦欣的眼睛里。日思夜想的话脱口而出，程悦欣有种报复的快意。那咬紧牙却咽不下去的痛，那紧握却挥不出去的拳头，终于在隐忍了那么久后，有了出口。这一刻，程悦欣站起来了，她终于不再是那个可怜的，被老公抛弃的、倒在泥潭中的女人了。她望着张思禹，心潮澎湃。

"那么，你能让我多看看安安吗？你朋友圈屏蔽我了，我看不到他的照片。"良久后，张思禹终于说。

"好。"程悦欣点了下胜利者的头颅。

可精神上的胜利者也不得不面对日常点滴的挫败。一夜之间，硅谷的太阳里渐渐少了热辣，晚上睡觉时越来越凉。夏令结束，落日的时间从8点半，忽而变成了5点半。秋夜渐长，很快又到了感恩节。

郑懿曾经说，感恩节和圣诞节是美国最重要的两个节日，也是美国每年死亡率最高的时期。"为什么呢？"程悦欣曾经想不通。"因为越是节日，越会提醒很多人，自己有多孤独，多失败吧。"郑懿的眼睛深不见底。

曾经不懂的程悦欣，如今慢慢懂了。前两年的大节日里，郝会会和陆嘉她们怕她冷清，都早早准备了一场又一场聚会。但这个节日期间，陆嘉一家去坐游轮，艾玛得了肠胃流感，郝会会忙得没时间张罗，郑懿为了升合伙人恨不得永远在飞机上。好几年了，大家都觉得程悦欣应该习惯了，可程悦欣却刚刚发现，日子原来空出来了一大块。

到了感恩节，有些人家就把圣诞装饰都挂了出来，屋顶上的灯，树上的灯，充气的麋鹿和雪人。安安牵着程悦欣的手一路回来，小嘴不停说："安安也想装灯，装彩色的灯，门口的树上也要，克莉丝说她爸爸给灯定时了，晚上会自动亮。克莉丝他们去滑雪了，乔舒亚他们去了佛罗里达，佩卡姆夫人说她要去纽约看她的家人。妈妈，感恩节是家庭团聚，我们也有家庭团聚吗？"

程悦欣摸摸他的头："安安也有家人啊，妈妈不就是你的家人吗？"

安安低下头："但是我们家人只有妈妈和安安。"

程悦欣有点心酸，但装得若无其事："谁说的？我们还有外公外婆，爷爷奶奶，我们回家就跟他们连线。"

安安叫起来："还有爸爸！"

程悦欣点点头："对，还有爸爸。"

为了让安安高兴，程悦欣买了一只火鸡。她现在终于学会了烤火鸡，但已经没有人吃了。安安第一顿吃了一点鸡腿肉，后来就抵死不碰。于是整个感恩节假期程悦欣一个人都在吃，烤着吃，微波炉转着吃，骨架烧汤吃，吃到吐，吃到怀疑自己变身麦兜妈妈。安安待在家里，变得超级黏人，时时刻刻都要问，自己的小朋友和他们的爸爸妈妈现在在干吗。

好不容易熬到感恩节结束，安安回家大声宣布："克莉丝说滑雪很好玩，妈妈我也想去滑雪。"

程悦欣尴尬地笑道："但是妈妈不会滑雪啊。"

安安一本正经地问："那我们可以和克莉丝他们一起去吗？克莉丝说

他们以后每周都要去。”

程悦欣敷衍他说：“再说吧，妈妈问问看。”

安安仰着小脑袋，一脸期待。第二天又问：“妈妈你问过了吗？”第三天又缠着问：“妈妈你问过了吗？”

程悦欣被逼得没办法，只好去问克莉丝妈妈：“听说你们上次滑雪很开心，安安也吵着要去滑雪。请问有没有什么推荐？”

等了半天，克莉丝妈妈转了两个论坛讨论帖回来。程悦欣想等到晚上研究，下午却收到邝弘的微信：“安安也想滑雪吗？这周我们一起去吧。我开商务车，能坐下。”

程悦欣有些不好意思：“那太麻烦你们了，不好意思。我自己带安安去吧。”

邝弘说：“都是邻居，有什么不好意思的。堵车起来单程要开七八个小时呢，你一个人行吗？安安跟克莉丝一起，也好有个伴，路上小孩不会闹。”

程悦欣刚想问问女主人的意思，转念一想，如果不是克莉丝的妈妈告诉他，他也不会来问自己。于是就回复了一个笑脸：“那好呀，又要麻烦你们了。”

## 第四十五章

# 阴差阳错

旅途还没开始，克莉丝妈妈对程悦欣的不爽就精准地传达到了她这里。

约了 6 点就动身，可安安起床气强烈，忽然想起了半年前就坏掉的一块安慰毛巾，逼得程悦欣大呼小叫，最后像扛沙包一样把他扛出了门。赶到克莉丝家门口，克莉丝一家已经都在车里等着了。

邝弘笑着下车，一把接过程悦欣的大背包往后备厢放："我刚想打电话给你呢，看是不是有什么要帮忙的。"

程悦欣连声道歉："对不起对不起，迟到了，害你们等。"

邝弘翻下了车中间的座位，一边替安安装安全座椅，一边说："没关系，才几分钟而已。"

但克莉丝妈妈张旭从副驾驶上冷冷抛过来一句："晚走 15 分钟，路上可能就要堵几个小时。"

程悦欣脸有些烫，愧疚的同时也有些委屈，一边继续说抱歉，一边从小包里拿出两包零食："安安，把熊猫饼干给克莉丝姐姐。"

张旭转头直接按住了程悦欣的手："我们家孩子不吃垃圾食品。"

张旭的手指像电烙，从程悦欣的手背烫起，一直烫到头皮。程悦欣愣住了，从对方的一脸戒备和嫌弃中明白了什么。她的自尊心受到了伤害，一把抱住正往车里钻的安安，刚想开口说话，只见邝弘弯腰出来，从程悦欣手上拿过饼干："谁说克莉丝不吃饼干，我们克莉丝最喜欢吃饼干了。"

张旭瞪着邝弘，邝弘恍若不知地把饼干递给克莉丝。安安一溜烟钻进了车，喜滋滋地喊着"克莉丝姐姐"，早忘了自己的安慰毛巾。程悦欣的腿却像灌了铅，进退不得。她后悔了，张旭从前对她的点点滴滴都被串联起来，自己本不该自作多情地以为邻居一家真的乐意带上他们。可她又是委屈的——她以为她是谁？她以为自己真的稀罕？

可现在自己又不能发小姐脾气走人。没有一个得体的借口，自己强行抱着安安走人，邝弘和张旭不知道会闹什么样的矛盾。为了她程悦欣闹矛盾，不是搞得她真的做了什么见不得人的事一样？她光明正大，凭什么要担这种名声。

邝弘一连串地喊："上车上车，再不走真的要堵车了。"张旭"哼"了一声，别过头去。

程悦欣忍了忍胸中的气，上车落座，同时心里打定主意，这次一去一回，再也不多说一句话，多做一个动作，回来之后，不会和这家人再有任何联系。

距离旧金山 4 小时车程的太浩湖是世界闻名的滑雪圣地，也是硅谷人的后花园。太浩湖的宣传图上，天空湛蓝，湖水碧绿，白雪皑皑，雪松随山连绵起伏，中间穿梭着英姿飒爽御风而下的滑雪者。

马克·吐温曾说："如果想呼吸天使的空气，那么去太浩湖吧。"可在闻天使的空气前，先要闻汽车的尾气。一到雪季，山路蜿蜒，密密麻麻都是没有其他消遣的硅谷人。尤其是，2015 年之前的 4 年，加州连年大旱，太浩湖的雪场一度萧条。但 2015 年的冬天，厄尔尼诺带来几场漫天大雪，让人们对这里又心生向往。还没开到进雪场的路，便已堵得严严实实，堵出了旅游胜地的尊严。

谷歌地图上，半小时前的“还剩 45 分钟”，已经变成了现在的“还剩 55 分钟”。程悦欣从第二排眯着眼看，忽然觉得前面的红色变成了深红，她刚想问是不是自己眼花，看了一眼前面不耐烦地挪动着座位的张旭，把话咽了下去。

可安安没有这样的定力，睡了两觉，已经精力充沛了，不满地哼哼唧唧起来。程悦欣安抚了几次，怕他闹出大声再惹白眼，又从包里掏出 iPad 递了过去。小猪佩奇的音乐让后排安静了下来，程悦欣刚刚眯起眼想补一觉，只听一声暴喝：“克莉丝，谁让你看 iPad 的！你想眼睛瞎掉吗？！”

程悦欣从瞌睡中惊醒，愕然看见张旭转过头，火冒三丈地对着后排吼。克莉丝的头本来凑在安安身边看得津津有味，此刻像受惊的小鹿，含着惊恐的泪水。她“哇”地哭了出来：“安安也看的。”

张旭依旧瞪着眼：“别人看你就看？你怎么不学点好啊！”

邝弘不耐烦地皱眉：“你至于吗！我爸妈在的时候，不也每天让她看一会儿吗？”

张旭声音更大了：“你别跟我提你妈！”

驾驶和副驾驶上你一言我一语地来往，程悦欣向安安拿回了 iPad，静静地坐在第二排。漠然地委屈着，脑子里盘算着：自己和安安如果现在下车，要多久才能走到雪场或者走回有车的地方？会冻死吗？为这点委屈值得吗？

别人说她给孩子吃的是垃圾食品，别人说她儿子眼睛会瞎掉，别人说她教出来的儿子是坏榜样。然而，她现在坐的是别人家的车。

她从来没有受过这样的委屈。她被父母老师们宠着长大，顺风顺水进单位，也是领导在同一级里最偏爱的。她习惯了男性的殷勤，也不缺女性朋友，自诩忠肝义胆。哪怕和张思禹吵架，她也是吵架双方中的当事一方，她的喜怒哀乐也是剧情的主线。而现在，程悦欣觉得自己的内心戏是那么滑稽，自己的喜怒哀乐是那么渺小，不值一提。一滴热泪，落到嘴边已经冰冷，程悦欣低下头，假装理包，可一滴又一滴流出，逼得她一直理下去。前排的争吵声忽然停了，许久，邝弘递了张纸巾过来。

到雪场时已经下午2点。一行人直接去吃饭。程悦欣自告奋勇去买比萨，结完账在一边等时，刷了刷朋友圈，看到张旭发的一条："总算见识了什么是绿茶婊。"

邝弘走过来，嘴里呼出一团白气："买好了吗？你去坐着陪安安吧，我等着拿。"

程悦欣看着那团白气，"绿茶婊"三个字在脑中盘旋。她装作镇静地说："邝弘，我刚才看到个朋友，约了待会儿一起滑，就不跟你们一起了。你们带克莉丝玩吧。"

邝弘叹口气："你不要理张旭，她最近有些吃错药，你别放在心上。"

程悦欣摇头："真不用了，跟我朋友约好了。"

"那你们回去呢？"邝弘继续问。

"我自己想办法吧，不麻烦你们了。"程悦欣快速说。店员小哥大声喊着程悦欣手上的号码，充满活力地将一整张比萨往柜上一扔。程悦欣懒得跟邝弘多啰嗦，拿起比萨向着餐桌边的张旭走去，径直把刚才的话又重复了一遍："张旭，我遇到了一个朋友，等下约了一起玩，就不跟你们一起了，回去也不用麻烦你们了。"

张旭看了她一眼，脸色松了松，刚想说话，忽然见到邝弘抓着手机跟了上来：“张旭，你的朋友圈什么意思？”

夫妻俩争执起来，安安和克莉丝瞪大了眼睛，程悦欣低着头，看着手上这块比萨，指尖的温热一点点凉下去，软塌塌的奶酪变成恶心的无法下咽的一坨。周围人窃窃私语，目光聚拢，炙热地又冰凉地胶着在这桌人身上，疏离地指指点点。程悦欣在桌底下牵起安安的手，垂下头，十分想一走了之。

就在要起身的当口，忽然肩被人拍了一下：“嘿！”

程悦欣一抬头，发现背后竟然站着林锐。还没来得及诧异，她就像抓住救命稻草一样对着邝弘夫妇大喊一声：“我朋友来了，我们先走了，你们慢吃！”安安不舍地看着克莉丝：“妈妈，我还没吃完。”程悦欣赶紧背起包推他：“走了走了，林叔叔等我们好久了。”

林锐望了望邝弘张旭夫妇，刚露出一个社交笑容，就被程悦欣狠狠撞了一下。程悦欣求助地看着他：“还不走？你不是等不及来找我们吗？”林锐装作恍然大悟地“啊”了一声，也接不下去话，直接跟着程悦欣走出了餐厅。

一出餐厅门，雪场清冽的空气就让程悦欣大舒了一口气。再回想起邝弘夫妇脸上惊讶的表情，更是心情舒畅，对着林锐忍不住地笑：“林锐同学，你来得真的太及时了！”

林锐“嘿嘿”笑，指指身后：“那谁啊？”

程悦欣答：“对门邻居，闹了点小矛盾。”

林锐拖着长音欠欠地“哦”了一声：“看来禹哥不在，你生活也挺充实啊。这我就放心了。”看着程悦欣愤恨又发作不出来的表情，直接弯腰跟安安说起话来：“安安，你都长那么大了呀？”

安安被从克莉丝姐姐身边带走，对这个陌生的林叔叔十分不满，警惕地说：“我不认识你。”

林锐眯起眼：“你不认识我我认识你啊。我跟你爸爸是好朋友，你小时候我还抱过你呢。”一转头，看到程悦欣似笑非笑的表情，问：“怎么啦？我是抱过他啊，你忘了，那年他刚刚生出来，我来出差……”

程悦欣带着报仇的笑：“你没说错。就是你刚才那句话，‘你小时候我还抱过你呢’，让我想起了我爸妈单位里好多叔叔阿姨，我小时候就在想，这些人可真烦。真没想到啊，一转眼，我身边也有这样的老人家了。”

林锐“嘿”了一下，对她点头：“行啊，看来你这两年过得还真挺好。刮目相看。安安，滑没滑过雪？叔叔先带你去那边坐雪橇，走不走？”

安安又警惕地看了一眼林锐，看到程悦欣点了点头，才牵住妈妈的手，往雪坡走去。滑过两次雪橇后，安安立刻“叛变”了。妈妈明显是靠不住的，只是跟着爬了两次坡就不行了，只有林叔叔能一次次把他推上坡，然后再滑下去。认清形势后的安安态度180度转弯，叔叔长叔叔短，两眼放光地跟着林锐，林锐指东他不往西。

当市场收到风声“蔚蓝科技”要被卖掉时，整个收购流程其实已经走得差不多了。有的媒体盛赞，林锐识时务者为俊杰，在这样的市场环境下被大公司整合才是对公司和股东负责；有的媒体嘲讽，所有最初嘴上挂着理想的创业者，最后的结局大多是把猪养肥了换钱；有的媒体感叹，中国互联网发展不过短短一二十年，为何小公司出路已经如此之窄，最后都成为巨头的筹码。

林锐没有看任何一篇相关的新闻，也没有接受过一次采访。所有人议论纷纷时，他只是关起门来昏天黑地打了两个星期游戏。他并不想卖公司。这几年来，他无数次幻想过去纳斯达克敲钟的画面。

他要站在那里，傲视群雄，让所有人都看到自己人生的高光时刻，所有人都会看到，包括郑懿。这种幻想渐渐变成一种信仰，支撑着他即使在最困难的时刻也要熬下去。但那天开会打气的时候，说着说着，他忽然说不下去了。会议室里的人都望着他，那么信任地望着他。他看着这些跟他开疆扩土的面孔，忽然想，这些人背后，其实是一个个家庭，上有老下有小的。这些把信任都压在自己身上的兄弟，都要靠着这间公司付房贷、付学费、付医药费。他到底应不应该为了自己的那个信仰，赌上这些家庭的未来？

戒烟已久的林锐，又开始一包接一包地抽烟。抽到第三天，他终于下了决心，连人带公司一起卖。

虽然签了继续服务两年的合同，但生活还是一下子慢了下来。之前十几年，日子每一天都过得焦虑，但又充满奔头。现在财务自由成人生赢家了，却一下子不知道自己该干什么了。

他找周围人打听。

别人说："移民啊。"

林锐翻个白眼："那我用得着回国吗？"

别人说："那你自己成立个风险投资公司，投资别人呗。"

林锐问："然后呢？"

别人说："然后赚更多钱啊。"

林锐又问："再然后呢？"

别人像看着动物一样看着他。

只有父母的唠叨接地气。十几年了，终于每天又能看到儿子赖床睡懒觉，一脸嫌弃又喜滋滋地把他撵起来："你也老大不小了，也不寻思成个家，我俩嗝屁之前还能抱着孙子吗？我们战友，有个侄女，你要不要见见？

那姑娘可俊，舞蹈学院学跳舞的，你大姑说从小脾气就特好。”

林锐摇头：“我不稀罕。”

林锐的妈不甘心：“那王佳佳现在怎么样呀？我觉着那姑娘不错。本来都要结婚了，多可惜呀。实在不行，你以前美国谈的那个也凑合，你总得让我们抱孙子啊！我们都那么大岁数了。”

林锐被逼逃跑，收拾了行李，一个人回硅谷滑雪。天地疏朗，白雪皑皑，有缘的人，是否百转千回依旧能相遇？

只是没想到，遇到的却是程悦欣。

## 第四十六章
# 错过对过

疯玩了一通后，安安累了，闹起了午觉。程悦欣想起了邝弘车上的安全座椅，还有车后备厢里自己的一包衣物，犹豫再三，还是硬着头皮给张旭打了电话。

“对对，回去不用麻烦你们了，我朋友送我回家。”“没问题，我们来停车场拿，就是刚下车的地方是吗？”“好的好的，谢谢你，我到了再给你打电话。”

林锐抱起安安，竖着耳朵听程悦欣打电话。等程悦欣叹着气挂了电话，才问：“你跟那邻居到底怎么回事啊？”

程悦欣翻个白眼，看了眼伏在林锐肩头睡去的安安，欲言又止。

林锐说：“哟，别人欺负你呀？”

程悦欣终于忍不住：“她说我绿茶婊！”

林锐本想跟一句：“哟，已经对你认识得那么深刻啦！”话到了嘴边硬生生被程悦欣的一脸激动憋了回去。他有些好笑地看着程悦欣滔滔不绝，这么多年过去了，她仿佛还是那个张思禹在 MSN 上晚回复几个小时就气得发飙的“茶包”。

当时但凡和张思禹踢实况足球，张思禹的 MSN 总能震十次，林锐叹为观止：“禹哥，你这个女朋友太烦人了！”trouble，茶包，外号由此而来。但张思禹不觉得烦，恋爱中的男人只觉得被重视被需要。张思禹把《老友记》台词当信条：你是一个需要高维修的女人，但我喜欢维修你。

胡金柱离婚，回国，林锐心里骂了他 800 多遍，但却毫不怀疑，克勤克俭的郝会会能活下去，带大两个孩子；到了张思禹海归，林锐心里想的是，也难怪，可想起一个人在美国带孩子的程悦欣，却会隐约晃神——不知道“茶包”是怎么过的呢？

没想到她还是这样过的。理直气壮地接受别人对自己的好，当然也理直气壮地对别人好。对比永远把自己搞得孤绝独立的郑懿，林锐渐渐也不知道，在感情中他们俩，究竟谁比谁更麻烦。

而之前还气鼓鼓胀胀若气球的程悦欣，在看到张旭的一刹那，又突然瘪了下去。张旭看看拆安全座椅的林锐，又看看程悦欣，再看看林锐，眼中有种了然和嘲讽。

程悦欣被看得心虚，林锐一扭头望见却不爽起来，用一种从未有过的温柔语气对着程悦欣：“安安喜欢滑雪你不早说？反正我现在公司卖了也没事干，给你们当车夫正好。晚上想吃什么？不过这附近没什么好吃的，下周吧，我让秘书订几个你喜欢的餐馆。”林锐向来愿意在服饰设备上展现自己，张旭默默算了一下他的一身行头，从鼻子里“哼”了一声。林锐干脆摘下围巾盖在了安安身上：“现在风很大，你们小心别着凉。”

回程的车上，程悦欣很沉默。林锐看她脸色：“我那是帮你报仇，不是真的调戏你，禹嫂。”

程悦欣闷声说：“我知道，谢谢你。”

“那你还不高兴？我看你那邻居白眼都快翻不过来了！”

程悦欣忽然问：“林锐，你觉得我是个什么样的人？”

林锐警惕起来：“你什么意思？”

程悦欣叹了口气：“你背后叫我茶包，别以为我不知道。其实我在想，张旭生气也不是没有道理。我是不是真的有点绿茶？虽然我跟邝弘没什么，但如果真的一点都没什么，别人凭什么对我好呢？我又想利用别人对我的好，又不想实质付出什么，是不是真的有点绿茶？”

林锐愣了愣，心想：“大姐，你突然进行这样触及灵魂的自我批评，让我怎么往下接？”可看她一副蔫了的样子，林锐只好接下去：“好吧，那我也自我批评一下，我也是渣男，行了吧？”

“你哪里渣了？”

“我欺骗了王佳佳很多年感情，浪费她的青春，毁掉了她对婚姻和爱情的美好向往，你说我渣不渣？”

程悦欣愣了一下。郑懿离开林锐后，他的痛苦给程悦欣留下的印象太深刻了。林锐的深情，在她的心里是毋庸置疑的。所以她不喜欢王佳佳，得知林锐没结婚后还有种“终于又相信爱情”了的快乐。可站在王佳佳的角度，林锐说的何尝又不是事实呢？

程悦欣不得不承认：“确实有点渣。唉，我们真是一对狗男女。”

林锐听闻，脚上一虚，差点撞上前面的车：“我没有！我拒绝！我否认！你饭可以乱吃，话不能乱说啊！”立即一脸惊恐地从后视镜里望安安，只见安安盖着他的围巾，在安全座椅里睡得四仰八叉，才稍微放心了一点。

程悦欣话一出口也发现有些不妥，自己涨红了脸，可看到林锐一副见鬼的样子，不免还是逞强怼回去：“就算我说错了，你也不用那么大反应啊。跟你相提并论，那是我吃亏好吗！”

林锐“切”回去：“你吃亏？我现在是钻石王老五，你这种已婚已育妇女，还你吃亏？”

程悦欣挺起背来：“我已婚已育怎么了？至少证明我有生育能力。你有吗？你拿什么证明？现在不孕不育率那么高，你这种35岁以上的都是高危人群你知道吗？”

林锐第一次听说这样清奇的思路，再一次叹为观止：“好好好，您有繁殖能力，是我不自量力，是小的配不上您。这样，咱俩你狗女，我狗男，各自往不同方向狗，行吗？”

程悦欣忍不住“扑哧”笑出来，双眼弯成月牙，亮晶晶闪了一下。让林锐想起当年去机场接人时，从草帽下露出来的笑意。林锐咳嗽了一下，握紧方向盘：“对了，我上个月见了禹哥一次。我觉得他有点不想干下去了，我劝他回硅谷，他说再想想。我问他，跟你关系现在怎么样，他不想谈。我看出来了，你不肯原谅他。”林锐瞥了一眼程悦欣，一说到张思禹，她的脸立刻严肃了起来。

“其实两个人要走不下去，分分钟的事，非常容易，一直一起走下去才不容易，你说呢？我觉得你们俩有感情基础，现在还有安安，安安需要爸爸，如果就这么散了特别可惜，真的。”林锐一句接一句，看起来酝酿已久。

程悦欣看着他装情感博主觉得好笑，反问：“我们俩可惜？那你跟郑懿呢？你怎么不去把郑懿追回来？这样，我知道郑懿家地址，咱们待会儿就去郑懿家。你上去敲门直接说，让那个ABC医生滚蛋，现在你林锐要钱有钱，要人有人，为了她连婚都没结，让她跟你走。你敢吗？我跟安安就在旁边看，不管郑懿同意不同意，你只要开了这个口，我立刻打电话给张思禹，他有三个冷敏四个冷敏我都不管了，他只要敢回来我就敢开门。你敢吗？”

林锐抿紧了嘴不说话。窗外夜色沉沉，车流的灯光照出了路边的积雪和林锐阴沉的脸。

程悦欣继续说：“不敢了吧？尿了吧？只要一提到郑懿你就尿，装什么霸道总裁。”

林锐忽然猛打方向，逆向超车，狂飙一路。程悦欣吓傻了，看了一眼在安全座椅里呼呼睡着的安安，低呼一声：“你疯了啊你，安安在车上！”林锐的油门松了下来，硬塞回之前的车流里，引来一整片的鸣笛抗议。

程悦欣惊魂未定，本能地用双手朝林锐肩上“噼里啪啦”一顿乱拍。林锐瞪着程悦欣，程悦欣不甘示弱地回瞪，终于还是林锐先收回了眼神，重新本分开车。

两人都生了气，一路沉默。僵持到20来分钟时，程悦欣开始摆弄车上的音响，叮叮当当的圣诞歌曲从电台里传出，林锐一抬手，切换到了CD——

“那天黄昏，开始飘起了白雪。忧伤开满山冈，等青春散场。”

第一次坐林锐的红野马，是去逛宜家，听了一路老狼的歌，程悦欣回家跟下班回来的张思禹吐槽：“这都多老的歌了啊？林锐看着挺潮的，怎么搞得跟大叔一样。”2007年的程悦欣，听周杰伦，听林俊杰，听戴佩妮和蔡健雅。

“你感伤的眼里，有旧时泪滴。”

可现在的程悦欣却已经不知道流行什么歌，拿什么来嘲笑林锐的老土了。旋律简单的吉他在耳边反复，终了一曲《恋恋风尘》。

林锐吸了口气：“你说得没错，我㞞了。以前总是给自己找借口，这个借口，那个借口，但其实说白了就是㞞。我怕了，我怕缘分真的尽了。”

“借口，”程悦欣不屑，“所有拿缘分当借口的，都是在掩饰自己的懦弱。”没想到林锐已经弱到要用缘分这种说辞来搪塞自己，程悦欣有些生气。

“我以前也觉得，事在人为。但现在才明白，这世界上哪有那么多绝对的好人，或者绝对的坏人。大多数都是不得已而自私的普通人。刚好的时间碰到就碰到了，错过就错过了。你说，不行，我们重新来过，没用了，你不是原来那个你了，她也不是原来那个她了，没有可能重来了。”林锐的侧脸划过一丝忧伤，忧伤跳到程悦欣的心里。她低下头，心湖里有颗小石子，一路往下沉，沉到了底，被柔软的水草包围。

中间停了一趟车。程悦欣带着安安去麦当劳上厕所，顺便买点夜宵。从麦当劳的玻璃望出去，冷清清的停车场上，林锐靠着车，仰着头，不知道在为什么出神。程悦欣忽然不想打扰这份安静，她搂着安安，在门口望着林锐。林锐忽然抖了抖肩，落下了一袭雪和一面月光。

程悦欣想，按照林锐的理论，她和张思禹的缘分，到底结束了没有呢？

“成千上万个门口，总有一个人要先走。”所以，到底能不能怪渐渐走散的人？还是只能都推脱给缘分已经尽了呢？

如果现在没有安安这个纽带。如果张思禹没有遇到冷敏。如果程悦欣不是向来被爱得有恃无恐。如果她最早遇到的不是张思禹。

时间匆匆而过，没有任何假设可以让人回头。

继续开回家的路上，程悦欣的心变得很静。她跟林锐有一搭没一搭地聊天，这次避开了张思禹和郑懿，以及所有暧昧的感情问题。林锐断断续续说了说他的公司，说了说有时候觉得挺无聊的，好像大家都没什么精神追求，包括他自己。不知道自己想干什么，应该干什么。

“我听了个演讲，说人一生的兴趣，其实从童年时候就能看出来。小时候能最专心、最快乐做的事，就是自己一生的激情所在。”程悦欣悠悠地说。

“那你小时候喜欢干什么？”林锐好奇。

“我喜欢当售票员，每次过家家都演售票员，叫其他孩子都陪我演坐公交车的场景。我身上挂个布袋子，里面一摞票，上来一个人就叫他买票，然后叫大家该让座就让座，特别威风。”程悦欣依旧心向往之，“不过现在都没这个职业了，看来我一生激情无处安放。”

“其实跟你现在做的事情差不多，”林锐忽然说，“你不是喜欢当售票员，你是喜欢跟人打交道，做协调工作。怪不得你会那么热衷政治。”

第一次有人从这个角度解读，程悦欣愣了愣。

“这么说起来，我小时候喜欢看天上的鸟，挖土种树，你说我当年是不是应该去念生物啊？”林锐恍然大悟。

“嗯，有可能，那你快去跟胡教授套磁，让他给你写封推荐信吧！”程悦欣笑起来。

2015 年的圣诞节，程悦欣过得很安静。安安刚出生的那个圣诞，张思禹买过一棵 6 英尺的圣诞树，爬上爬下装了一下午才弄好。时隔几年，程悦欣对着车库的这棵装饰树摇了摇头，和安安买回来一棵小小的圣诞树。在上面绕几圈彩色的纸，再挂了铃铛和星星。她选了一张安安和圣诞树的照片，做了一个简单的圣诞贺卡，给朋友圈里的人发了出去。

林锐回复：“安安小朋友，圣诞快乐呀。”

张思禹连线的时候，对自己不能为儿子装起 6 英尺的圣诞树表达了懊恼。他看一眼程悦欣，对安安说：“安安，明年圣诞节，爸爸一定替你装个高高的圣诞树。”

“我要充气雪人。”

“好，装雪人。”

“我要好多好多灯。”

“好，装灯。”

有一天程悦欣在前院割草，安安在骑车，看到邝弘张旭开车回家。安安看到克莉丝下车，高兴地大喊：“克莉丝姐姐！”克莉丝朝他笑着招招手，却被张旭推回了家。邝弘尴尬地向程悦欣笑笑，程悦欣也回报礼貌的微笑。

“为什么我现在不能去克莉丝姐姐家玩了呢？”安安很委屈。

“因为妈妈和克莉丝的爸爸妈妈不是好朋友，他们没邀请我们去。但过两天我们可以跟艾玛姐姐和温迪姐姐玩，等你开学上幼儿园了，你可以跟克莉丝姐姐在幼儿园里玩，还可以跟好多小朋友一起玩。”程悦欣摸摸安安的头。

安安还是纠结第一句：“你们为什么不是好朋友？”

程悦欣想了想：“很正常啊，不是所有人都是好朋友的，两个都很好的人，也不一定是好朋友啊。我们不需要喜欢所有人，也不需要被所有人喜欢。就跟你在幼儿园里一样，可以跟这个人玩，也可以和那个人玩。”

安安黯然：“但我喜欢克莉丝姐姐，我想一直跟她一起玩。”

程悦欣蹲下来看着安安的眼睛：“妈妈知道你不开心。但我们喜欢一个人，也不一定要一直跟她在一起的，对不对？”

安安又问：“那你和爸爸是好朋友吗？你们也不在一起玩。”

程悦欣哭笑不得，想了想说：“妈妈也不知道呢。可能还是，可能不是。”

安安安慰地抱了抱她：“It's okay，妈妈。安安做你好朋友，我跟你一起玩。”

**第四十七章**

# 平行相交

那是一长串朦胧的梦。无论睡着还是醒着。

最初，只有一些意义不明的景象和符号，突如其来周围世界的停顿，狂风骤雨一般的心跳和寂静。所有的迹象都是暧昧不明的。

她无止境地看着电脑屏保里的白雪，听枝头鸟的歌唱，在安安睡觉后，静静望着窗外如水的月色。她发现自己常常陷入无意义的沉思，发出不知所谓的微笑。她把林锐的那条围巾叠好，放进张思禹原先的抽屉里，再拿出来，放在衣橱最高的角落里。所有的过往，那些本来不聚焦的画面，突然有了新的意义。在原先根本注意不到的角落，有一颗颗珍珠在闪耀，等待她自作聪明地串成一种新的解释和可能。

程悦欣最开始是拒绝和慌乱的。她不允许自己再探寻下去，她小心翼翼在这一切的踪迹中行走，外界和内心都过于喧嚣，过于荒唐。她奋力挣扎，一个个旋涡，一片片沼泽，每一步都是陷阱，每一步都是惊心。

渐渐地，慌乱停下来了。她的心看到了自己的脸，看到了自己的手、脚、眼、耳、口、鼻，看到了自己放弃挣扎。她的心和她的脑袋终于都认识到了一个事实——她爱上了林锐，或者，没有那么激烈的爱，她喜欢上了林锐。

张思禹的好朋友，郑懿的林锐。

意识到这点，最让程悦欣痛苦的，是一种堕落感和背叛感。她陷入了强烈的自我怀疑：她为什么会喜欢林锐？她怎么可以喜欢林锐？当她目睹了林锐和郑懿间的种种，当她清楚林锐和张思禹间的友情，当她明知自己和林锐之间不会有任何结果，她开始愧疚，开始自我批判。

有一次安安和张思禹连线的时候，程悦欣静静坐在旁边。她看着 iPad 上张思禹的脸，忽然想问他：当初他对冷敏是什么样的感情？这样是对的吗？他最后是怎么向自己交代的？他说他没有背叛自己，这是真的吗？他是怎么做到的？

那一刻，她第一次从另一个角度看张思禹，看自己那段 7 年的婚姻。她忽然想问他：他快乐吗？他快乐过吗？程悦欣开始有些可怜张思禹，也有些可怜自己。

等到圣诞快过完的时候，郝会会约程悦欣和林锐一起去她家聚会。程悦欣整个下午都很安静，看着林锐像个孩子王一样跟三个孩子做游戏。有那么半个小时，她有一种极大的冲动，想跟林锐讨论一下自己的这种感情。不是为了想要回应，只是想跟人探讨一下，自己到底是怎么了。她想不到有任何其他人可以跟自己讨论，只能跟他讨论。

但她忍住了。她把干洗好的围巾还给了林锐，礼貌地跟他再见，让安安对林锐说“林叔叔一路顺利。”

回家的路上，程悦欣因为自己的忍住没说，再一次确认了，林锐对她而言，不再只是郑懿的男朋友，也不再只是张思禹原来的室友。

这一个圣诞假期，程悦欣过得伤筋动骨。她像被人扔在蹦床上，整个世界颠倒了一下。她无比渴望假期结束，这样她可以上班，可以重新忙起来，可以结束这场突如其来的“高烧”。

果然如程悦欣所愿，一过完元旦，突如其来的忙碌便到来了。凯瑟琳给程悦欣和艾伦发了一封 E-mail，提醒他们最近有个法案叫 AB-1726，已经通过了众议院的高等教育委员会审议。凯瑟琳说：“你们对 SCA5 在加州卷土重来的担心是对的。我认为，这个法案比 SCA5 更坏。如果你们想要阻止，一定要尽快。”

AB-1726，名义上是在教育和医疗领域收集更细分的族裔数据，以便更好地服务少数族裔，但事实上，这样的细分只针对亚裔。原先简单的“白人”“黑人”“西班牙裔”“亚裔”，其余三大类不变，而亚裔被细分成了“中国人”“日本人”“韩国人”“菲律宾人”“印度人”“泰国人”等 10 多项。群里刚刚开始讨论，就有今年刚刚申请上公立小学的家长甩出学区报名表——“我们学区已经开始细分了！”

如果说凯瑟琳邮件里的法案文字还颇有些让人费解，那照片里报名表上满满当当十几个亚裔选项，直观地激起了所有人的愤怒。

“这是赤裸裸的种族歧视！凭什么只细分亚裔？白人那么多人种，怎么不分？”

“什么帮助少数族裔，我看是想分而治之，瓦解我们！”

“不要填！你直接在旁边写，拒绝回答，这是违宪的！”

共识很快就达成了。艾伦立刻给凯瑟琳回信：这就是给 SCA5 卷土重来造势，我们必须把这个法案扼杀在摇篮里。凯瑟琳很快回复：那要尽快把社区的反对声音让萨克拉门托（加州州府）听到，下周有个该法案的听证会，希望艾伦和程悦欣能组织人去听证会现场表达反对意见。

于是立刻行动起来。

程悦欣把那张学区申请表贴在朋友圈，又写了一段义愤填膺的文字，最后号召大家捐钱，做标语租大巴一起去萨克拉门托抗议。刚发出去不久，只见林锐给她留言：“我发现其实融入美国融入得最好的就是你。满嘴仁义道德，一副要拯救世界的领袖范儿，最关键是，问人要钱时特别坦荡。”如果是从前，程悦欣一定会立刻讽刺回复过去，可林锐现在的字字句句，在她脑海中打架，纠缠出各种言外之意。正酝酿怎样回复时，忽然跳出了一条郑懿的留言：“有这个法案的完整文本吗？我想看一下。”

林锐和郑懿的名字上下叠在一起，让程悦欣有些心慌。她有种考试作弊被老师抓包的惶恐，飞速删掉了写了一半的给林锐的回复，然后把法案转给了郑懿看。

“你怎么看？”程悦欣忐忑地问。郑懿向来比她 liberal（自由派），两人曾经为政治理念闹过别扭，现在她发政治帖的时候，一般都会屏蔽郑懿，免得两人再为一些有的没的不开心。但今天，她忘记屏蔽了。

——所以郑懿有没有看到林锐给她的留言呢？

郑懿这一次和程悦欣她们站在一条战线，回复说：“我也觉得应该反对这个法案，这种针对某一族裔的细分和数据收集是很可疑的。”

程悦欣和郑懿已经大半年没见过了。每次她和郝会会约，郑懿都在忙。周末、节假日也都在忙，三个人的聚会推迟了好几次。程悦欣在群里问她：“你这样还能谈恋爱吗？你那个医生男朋友不介意？”郑懿隔了两天回复她：“他是住院医生，也很忙。他理解我的工作。”

百忙之中的郑懿，得知程悦欣准备去听证会发言，特地打了个电话替她改发言稿：“其实你不用从那么高的理论高度去驳斥，大道理第一个发言的已经讲了。从对听众的影响来说，你接第二棒，更应该从感性的角度去打动对方。我个人建议，你用女性、用母亲的身份讲一些具体的小故事或者对话，柔软一点，会更好。你的 2 分钟，如果能让听众记住一句话，一个例子就够了……”

程悦欣努力捕捉电话里郑懿的每个字，笔头飞快，但人却有点晃神。终于在电话那头一个长长的停顿后说：“郑懿，圣诞的时候我见到林锐了。”

郑懿“嗯”了一声：“我看到他在 Facebook 上贴太浩湖的照片了。”

程悦欣脱口而出：“其实你们还有可能复合，林锐不结婚是因为你，他自己承认了。”

话出口后，程悦欣才听到自己“怦怦怦”的心跳。她在等一个宣判，浑身紧绷，手心冒汗。程悦欣对自己说，无论郑懿说是还是说不，自己都能放心了。

郑懿停顿了两秒钟，轻声而坚定：“你替我转告他，我们真的不可能了。”

程悦欣被堵得密不透风的心上，忽然出现了一个出口。阳光照入，微风吹拂。但立刻，她为自己的解脱而羞愧，于是欲盖弥彰地说一句：“你再考虑考虑吧。”

郑懿的声音依旧没什么温度：“不用考虑了。现在这样，对我们都是最好的结局。”

听证会当天清晨，大巴载着程悦欣等一行 20 多人浩浩荡荡北上萨克拉门托。艾伦有事不能来，程悦欣同时肩负起了组织者、领队、媒体外联等工作。她像一条八爪鱼，上一刻在核对标语分配，发言顺序，下一刻安排不同的媒体采访。好在安安已经习惯了这样的阵仗。他知道妈妈在忙，妈妈在做重要的事，一到人堆里就很乖。

凯瑟琳打来电话：“欣，我今天下午要参加交通委员会的听证会，你们的听证会去不了了。但是我听说，对方也找了很多提案的支持者，你们要小心。”

程悦欣答：“好，我们会据理力争。”

这是程悦欣第一次走进议会大厦，作为召集人，她表现得胸有成竹，但其实牵着安安的手一刻不停地在抖。尤其是刚刚走到议会大厦门口，就见到对方已经有十来个人，拉着“Yes for AB-1726”的标语在接受媒体采访了。

“怎么办？”有人问。

程悦欣定了定神：“他们拉他们的，我们拉我们的，按照既定方案来。”

“就是，我们比他们人多，不怕他们！”

于是他们占了大门口的另一边，也拉出横幅。程悦欣联系的两个中文媒体记者很快做完了采访，一支笔，一个本子，然后拿着照相机“咔嚓”了两张照片，就结束了。但对面的阵仗却要大得多。两台摄像机不同机位架着，几个话筒伸着，电视台的大Logo闪耀。对面的几个代表也口若悬河，一个接一个，表情丰富：“这是帮助少数族裔的法案，我不懂为什么有人会反对。”

程悦欣忽然有一种不祥的预感。

鱼贯进入会场后，主持人让准备发言的人先去排队登记，程悦欣排到了第6个。听证会中午1:30正式开始。委员会先宣读报告，然后提案议员发言，再然后其他议员发言，程序复杂。到正式让支持者、反对者发言，已经超过了4点。

第1个上台的是支持者，自我介绍是一个菲律宾裔的教师，也是刚才电视台采访的主力发言者。程悦欣打起精神听她发言，学习她的节奏。第2个是支持者，第3个是支持者，到了第6个，还是支持者。程悦欣坐不住了，找刚才登记的办事员问：“我刚才是排在第六的，怎么还没轮到我呢？”

办事员是个老年白人妇女，正在电脑上打字，一边头也不抬：“没叫到你，你就继续等。”

程悦欣无奈，回到座位，对其他人说：“说还没轮到我们，让我们继续等。”

第 7 个是对方的人，第 8 个是对方的人，一直说到第 15 个，对方支持者发言才全部完毕。时间也已经拖到了傍晚 6:30。主持者宣布：“休息 1 个小时，7:30 再继续。”

出师不利，从早上 6 点集合，到傍晚 6:30，整整 12 个半小时，人困马乏。安安无聊地躺在程悦欣怀里：“妈妈，我们什么时候才能回家？”有两个准备发言的是十来岁的小朋友，都困惑地望着程悦欣：“已经这么晚了，我们还能发言吗？”

程悦欣鼓舞士气：“对方就是要拖到我们自己放弃。但我们来都来了，怎么能不发出自己的声音？他们越给我们制造困难，就越证明他们心虚。我们是草根组织，没后台没资金，如果我们再不坚持，根本不可能扭转局面了。这样吧，如果明天还有事现在想回去的，可以走，反正我们采访也做了，照片也拍了。但我们准备得那么辛苦，我是一定要发完言才能走的，如果愿意跟我一起留的，我们就跟他们拼到底！”

“好，拼到底！”大家附和。

7:30 回来，拖拖拉拉到 8 点钟才正式开始。观众几乎都走光了，只剩下程悦欣一行和主席台上几个议员。或许是因为等待得太久，把所有的紧张都消磨完毕。程悦欣走上发言台时，觉得前所未有的顺畅。所有的句子都清晰地刻在自己脑子里，准备好的稿子一眼都没看。所有担心念错的词、犯的语法错误，一个都没有犯。她甚至还像郑懿教导的那样有了情绪，高低起落，有愤怒、有伤心，也进退有度。

像做梦一样的一场经历。程悦欣不敢相信自己做到了。直到回到座位上，听到“你太棒了！”的赞扬，才回过神来。

真的成功了吗？

那天所有人发言完毕已经将近晚上 10 点，大巴回到硅谷，已经超过了凌晨。但所有人都很亢奋，群里一张张现场照，一段一段个人对今天一天的总结和回顾。大家都相信，自己今天做得足够好。程悦欣也兴奋地传了一张自己发言时的照片到朋友圈。她暗暗地期待着，林锐什么时候能给自己点个赞。

可就在这时，艾伦发了一条消息给程悦欣：“凯瑟琳说，听证会的录像机 6:30 以后就关闭了。也就是说，记录里只有支持者的发言。所以他们故意把反对者的发言安排得这么晚。我们被坑了。”

程悦欣腾的一下，从床上坐了起来。

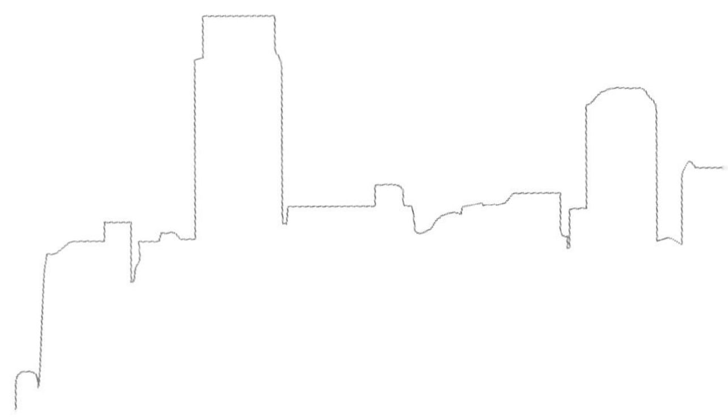

# 第十部分
# *Part 10*

## 少年游

一个凡夫俗子，踩上了筋斗云，就能大闹天宫吗？不。这是对梦境的误会，更是自己对自己的不了解。张思禹从十万八千里的高空掉下来，一直掉，渴望回到自己曾经抛弃的那片土地。

## 第四十八章
# 只缘身在

2016 年的开年，阿修罗并不好过。从 B to B 转成 B to C，上到产品开发下到渠道市场推广，都是脱胎换骨的转变。本来已经忙得脚不沾地，冷敏又挖来一个电商出身的首席营销官凯文。

凯文对所谓的硅谷海归团队抱着深刻的不屑和敌意，一入职，首先批判了产品“不接地气”，营销推广方式“不接地气”，品牌定位“不接地气”。随后，就开始了大刀阔斧的“接地气”改造。阿修罗的产品，很快由“VR 星际”“VR 城市”“VR 人与自然”，变成了“VR 换脸大头贴”，公司上下都背起了 KPI，连做开发的程序员也不例外。一时间，公司上下怨声载道，加班加得民怨沸腾。

手下的项目经理轮流来找张思禹告状：“张总，这活真的没法干了。什么都不懂，天天指手画脚，要这个要那个。真的，组里的同事已经三班倒，一个多月没有休双休日了，还要加任务量？一拍脑瓜想起一出是一出，活真的没法干了。”

张思禹当然最初也不支持这次所谓的公司战略调整。不是“VR+教育”吗？不是要颠覆现有教学模式改变世界吗？可冷敏用“生存才是创业公司第一大目标”说服了张思禹。作为向来最坚定的“冷敏意志”执行者，张思禹能做到不眠不休，24小时待机。可他知道，所有人都到了极限，不光是体力上的极限，也是对公司认同的极限。张思禹思前想后，决定还是应该要向冷敏反映一下。

冷敏回到公司时已经傍晚6点多。她前脚进办公室，凯文后脚拿着一季度数据表跟了进去。所有人的目光都注视着那扇关着的门，心里默默祈祷。但显然祈祷并没有什么作用，当凯文脸色阴沉地离开办公室后不久，大家的邮箱里此起彼伏地出现了新加的任务。

张思禹敲门进了冷敏办公室：“我想跟你谈一下。”

冷敏皱着眉在看一张Excel表，没有抬头：“谈什么？”

张思禹斟酌了一下词句：“最近公司战略调整太大，大家都很不适应，再加上工作量变大，每个人都超负荷运作，公司的士气不太好。”

冷敏抬眼看了张思禹：“士气不好？”

张思禹点了点头：“公司的很多产品规划都不清晰，做了大量的无用功，同事们已经很不愿意继续加班了。”

冷敏左边嘴角微微上扬：“大家都知道吧，我们这是创业公司，不是养老院。之前年会派大奖的时候没意见，现在要共克时艰就不行了？”

张思禹辩解：“我不是这个意思，我是想说……”

冷敏站起来：“你不用说了，我自己跟他们说。”

晚上8点半，所有的中高层被召集到了最大的会议室。冷敏把衬衫袖口松了松，挽起来，目光凌厉地扫射了每一个人：“听说最近很多同事都对公司的调整有意见。我已经说过很多次了，阿修罗是创业公司，同时也是一个大家庭。一个家庭风光的时候，所有人都能分一杯羹，艰难的时候，需要每一个兄弟姐妹的奉献。我知道大家忙，但谁不忙？你们加班，我没有加吗？”

气氛沉闷，没有人说话。

冷敏再扫视一圈，忽然用面前的电话，免提拨号起来。

“嘟——嘟——嘟——”张思禹望了望鹏叔，他们都吃不准冷敏此刻要给谁打电话。

电话接起，出现了一个女声：“喂？”

出乎所有人意料，冷敏喊了一声“妈”：“妈，你让宝宝听电话。”

女声犹豫：“已经8点半了，宝宝睡觉了。而且他听到你声音又要吵着要你。”

冷敏的声音不容商榷：“你让他听电话。”

不一会儿，一个奶声奶气的声音出现了，哭着叫：“妈妈，你什么时候回来，妈妈。”

冷敏用一种温柔的声音，一字一顿说：“宝宝，妈妈要加班，现在回不来。”

小孩哭得更大声了。

冷敏继续说：“宝宝，妈妈跟你说过，妈妈现在在做一件能够改变世界，让每个小朋友都更幸福快乐的事。你要支持妈妈，等你长大了，一定会为妈妈自豪……”

冷敏滔滔不绝，但张思禹并没有听清她到底在说什么。小孩撕心裂肺的哭声从免提里传出来，一声声回荡在会议室的每个角落。冷敏继续用面无表情的温柔在解释，阿修罗有多重要，自己的工作有多重要。她不是在说给那个刚刚会说话的小孩听，她是在说给这个会议室里的人听。不，她也不是在说给会议室里的人听，甚至，她说的是什么根本不重要，她只是借用了自己孩子的哭声做道具。

那一声声喊“妈妈”的尖叫，戳在了张思禹的心上。他眼前浮现出小时候的安安——他牙牙学语，他在小床上翻身，他第一次撑着电视机柜站了起来。他小嘴一瘪哭了，程悦欣把他抱起来，拿一个玩具哄他。张思禹的心哆嗦了一下，他看着冷敏，看着这个直播自己孩子的哭声给所有人听的冷敏，觉得那么遥远，那么陌生。

终于，冷敏挂了电话，整间会议室像死一般的寂静。冷敏用手捋了捋头发：“我是公司的负责人，大家加班，我陪大家加班。还有没有人有意见？希望同事们都记住，我们是一条战壕里的兄弟姐妹，我们一定要共同进退。”

太平洋那头的硅谷太阳下，郝会会也在电话里对客人说：“我们共同进退。”她挂了电话，觉得简直欺人太甚。明明卖家接受了报价，现在却要毁约，还只愿意给自己的客人退定金。可因为觉得已经买到了房子，客人才没继续看其他房子啊！郝会会想，这事不能这样结了，简直是欺负人。

主意已定，她立刻给郑懿发消息：“郑懿啊，我就在你律所附近，有件事想问问你，你在办公室吗？”

郑懿回：“今天没上班，在家。什么事？”

郝会会觉得微信上说不清楚，直接打了郑懿家的座机，噼里啪啦就开始说事。

“你们的诉求是什么呢？多赔点钱，还是就想要那套房子？”郑懿的声音很轻，好像刚刚睡醒。

“我客人想要那套房子啊，就看上了那套！”郝会会叫起来。好一会儿，电话那端没回音，郝会会狐疑：“郑懿，你还在吗？”

郑懿的声音断断续续：“在。我今天有点不舒服，改天再跟你说。”

“你病了？要紧吗？我来看看你。”

“我没事，小病，你千万别来。”不等郝会会再说，郑懿就挂了电话。

郝会会坐在车上，把郑懿那句“你千万别来”回味了一下。郑懿要强，说不想她去，就是真的不想她去，绝对没有欲拒还迎的意思。可郝会会就是古道热肠，并不在乎自己的好意会不会激起郑懿的反感。

于是她去打包了一份皮蛋瘦肉粥，径直开到了郑懿家。

程悦欣收到郝会会短信的时候，刚刚把所有的小孩放在午睡垫上。她抽空把手机从包里拿出来，看一眼有没有急事，正好见到郝会会的微信：“你知道郑懿病了吗？”

程悦欣回：“不知道啊，她怎么了？”

郝会会显示打字又撤回，打字又撤回。最后来了一句：“她不让我跟你说。”

程悦欣笑了，她太了解郝会会了：“可你忍得住吗？你不准备跟我说找我干吗？”

这次郝会会回消息很爽气，简单的三个字立刻跳出来——乳腺癌。

郑懿向来是很不爱去医院的。小时候医院消毒药水的气味经年不散，侵蚀了她每一根神经。到美国后，保险不保、医药费贵、工作太忙，统统都是她不去看医生甚至体检的借口。直到她交上这个医生男朋友。医生男友说：“亲爱的，每年的妇科体检是对我们双方负责任，你说呢？”

但宫颈刮片没有什么问题，妇科医生却在乳房上摸了很久。

“你这里有个硬块，痛吗？”

“例假前会有胀痛。”

医生算了一算她的年龄："还是做个乳房 X 光检查排除一下吧。"

"检查出来得早，只是 1 期，常规手术切除加化疗就可以了，"郑懿喝着皮蛋瘦肉粥，淡淡地说，"治疗方案很成熟了，美国这边的 5 年生存率达到 90% 以上，没什么可担心的。"

程悦欣的眼圈倒是红了："你什么时候查出来的？"

"3 个月前吧。"

"你什么时候做手术的？"

"两个月前。"郑懿保持微笑。

"她今天化疗去了。"郝会会赶紧补充。

程悦欣抿着嘴，看着面色白如纸的郑懿："你那个男朋友呢？他为什么不陪你？"

郑懿依旧很淡然："不需要，他工作很忙。而且我已经说过了，这个病 5 年生存率是 90% 以上，不是什么绝症，你们不要那么紧张。"

郝会会插嘴："他是医生，肯定得陪着你啊。"

郑懿这才露出一丝苦笑："就是因为他是医生，更厉害的绝症都看得多了，并不觉得这是什么大问题。你们放心吧，这个疗程马上结束了，我一个人可以的。"

程悦欣这才真正怒了："都这种时候了你装什么坚强无所谓？"3 个多月前，郑懿体检的时候，正是圣诞前；2 个多月前，她做手术的时候，就是给程悦欣听证会演讲稿出谋划策的时候。

"这么大的事情你不告诉我们，你把我们当什么啊？"一种巨大的痛苦在程悦欣的心里翻腾，"你为什么永远不相信别人？永远要把人往外推？好，你酷，你厉害，你是女强人，你比我们都厉害十万八千里，你是站在云端上的女神，不需要我们这些芸芸众生，你满意了吧？"

郝会会愣了。她把程悦欣叫来是来安慰郑懿的，没想到反而把郑懿骂了一通。她把程悦欣推出郑懿房间，拉到厨房里："你怎么回事啊，郑懿都这样了，你还要骂她？"

郝会会并不明白，程悦欣的愤怒是对着自己的。她的愤怒无法排遣，在每个毛孔里钻进钻出。她记得郑懿说，她跟林锐不可能了，自己心里有过窃喜；她记得那天的月光下，明明知道林锐在想郑懿，自己却心生不可控制的荒唐。现在，郑懿说的每一句话，每一个时间点，都是一个响亮的耳光。

程悦欣忽然就哭了起来。

郝会会慌了，怎么生病的云淡风轻，来陪的倒稀里哗啦。她只好搂住程悦欣的肩："没事的，郑懿不是说了吗，5 年生存率 90% 多呢，不是绝症。"

程悦欣抹了抹鼻涕，嗡着鼻子："那 5 年后呢？5 年以后怎么办？"

郑懿靠在卧室门背。程悦欣的哭声隐隐约约，像一把高低起伏的二胡，忽然拉得她有些心酸。她向来不为自己心酸。顾影自怜的人，都有依靠，有一撒娇就有人哄的底气。她没有。她的人生里，从来只有靠着自己达成目标，靠着自己解决问题。她只有自己，不能倒下的自己。

可这一刻，程悦欣的哭声让她有些揪心。她靠在门上，希望多听一些这样的哭声，让这种温柔多一些留在自己的记忆里。哪怕最后所有人都离开她——她也向来做着所有人都离开她的准备。一点两点这样的温柔，就足以照亮一段很长很长独自前行的路了。她不敢让自己贪心。

忽然，程悦欣的哭声停住了。接着，她听到程悦欣喊了一声"林锐"。

郑懿冲出去，按住程悦欣的手机："你干什么？我的事情不用你管！你不要惹这么多麻烦，别管这么多闲事了好不好！"

程悦欣一边从郑懿手指缝里抠手机，一边吼：“我不告诉他，他会恨我一辈子的！郝会会，你按住她！”

郑懿被郝会会抱住，无力地坐倒在地毯上。只见程悦欣一手叉腰，中气十足地对电话喊：“林锐，你现在立刻、马上买机票飞过来！”

## 第四十九章

# 兜兜转转

程悦欣把安安送去郝会会冯品芝家，转身去超市买菜。她在食品柜前站了很久，拼命回忆，却想不起来郑懿到底喜欢吃什么。她对郑懿和食物的唯一印象，就是那年感恩节的火鸡，然而那也并不是郑懿要买要吃的。程悦欣很恼火，她觉得自己太不了解郑懿了，又或者，是郑懿根本不想让别人了解她？

这时手机震动了一下，林锐发来一张机票订单截图。程悦欣回复：“放心吧，保证明天安全把她移交到你手上。”她把手机插进口袋，然后按着自己的口味买了一堆零食。

晚上睡觉前，郑懿在床头灯下看书。一本厚厚的医学书，衬得郑懿的手格外瘦骨嶙峋。程悦欣心里有点酸，挤到她身边：“郑懿，别看了，我们聊天吧。”

郑懿放下书看着她：“聊什么？”

程悦欣望着她的头发，欲言又止。

郑懿了然，轻声说："还是掉了一些的。不是所有的药都会像电视剧里演的那样，造成头发都掉光。"

程悦欣赶紧说："那你头发还是挺多的，比我还多。我跟你说，我生完孩子以后，头发大把大把掉。我没出国前去理发店，每次托尼老师都要说，美女，你头发真多啊。现在呢？美女，你看你要不要把头发烫一烫，显得头发多一点人精神一点？"

郑懿很给面子地笑了，问她："你们后来那个法案怎么样了？听证会抗议没成功，后来呢？"

"现在我们在收集签名，准备收集一万个反对签名寄给州长，我们现在已经……"程悦欣忽然停住了，意识到话题又转向了自己。郑懿那么不愿意谈自己，她从前和林锐到底是怎么相处的？她有点生气："我们今晚寝室夜聊的主题是你，不要老是把话题扯到我身上。"

"我没什么好聊的。得病就治呗，你把林锐叫来也没用，他又不是医生。"郑懿把目光重新投向书。

程悦欣起身合上她的书，然后用力把郑懿靠在了自己肩上："你别动。幻想下我是个男人，好好跟我说。你怕不怕？"

郑懿的身体很僵硬："怕有什么用呢？要做的事情太多，还没轮到怕。"她回忆起那张父亲的遗像，黑白分明，却那么冰冷。人走了，仿佛就从来没在这个世界上存在过——怕又有什么用呢？

所有的事情都难以长久。天会有雾霾，水会被污染，大地会地震，海洋会咆哮。山盟海誓，乃至人伦亲情，转眼都是云烟。那为什么还要让自己一次次期望，再一次次失望呢？

程悦欣揉揉她的头："怕没有用。但是你可以怕的，你有权利怕的。

每个人都有好多好多要怕的东西，不要怪自己没用。我小时候觉得家里藏着一只妖怪，吓得不敢睡。我妈就给我唱歌，一唱那首歌我就不怕了，我唱给你听好不好？”

咿咿呀呀，是郑懿听不懂的方言，但旋律舒长，像春日里的风筝，飘在有白云和阳光的蓝天。郑懿就在这和煦的风里，渐渐放松了身体，沉沉睡了过去。至少此时此刻，没有雾霾和地震，没有海啸和失去。

但程悦欣睁着眼坐了一夜。

林锐到的时候，风尘仆仆，满眼血丝。

郑懿说：“其实没什么事，第一阶段治疗都快结束了，医生说效果很好，休息一段时间我就能回去上班了。”

林锐说：“你的病历呢？我看看。”

两个人坐在客厅，像讨论招股书一样讨论每个医学名词和每个数字。林锐在谷歌上搜一个答案，郑懿说不对，把医学书翻出来，指给他看。林锐说不对，这两个名词是同一个意思吗？郑懿说，我查过资料，是一个子类。林锐说，你给我一点时间，我问一下朋友。

程悦欣看不下去，把林锐叫到一边：“叫你来是干这个的？你别后悔啊你！你再怂我跟你绝交！”

林锐不作声，从郑懿家橱柜里拿出一个茶包。滚烫的开水冲下去，热气一点点洇染。烫手的玻璃杯在他手里打了几个转，终于，林锐放下了玻璃杯，快步走回客厅。

“郑懿，”林锐扳住她肩，一字一句说，“你现在就让那个 ABC 医生滚蛋。我林锐现在要钱有钱，要人有人，为了你连婚都没有结，从今天开始，你必须跟我走。什么 5 年生存期 10 年生存期我不管，你只要活着一天，你就得跟我在一起！”

郑懿愣了，跟着眼泪就流了下来，但犹自笑着：“你别那么夸张。我们两个很久之前就结束了，你不欠我什么，不需要这样还 。”

林锐摊开郑懿的手心，指着那一条淡淡的疤痕：“我欠你一条命，你记不记得？你不记得没关系，我记得，我这辈子都记得。”

所有的事情都难以长久。但所有的海誓山盟，在发生的一刹那，都有天崩地裂的威力，光芒照亮全部的永恒。

程悦欣看着抱在一起的林锐和郑懿，抹掉了流下的眼泪，轻轻带上了房门。

她坐在车上发呆。初春的阳光有些炙热，放肆地在程悦欣毫无遮挡的半边脸上摩擦。程悦欣终于叹了口气，放下了遮阳板，戴起墨镜。她拍自己的脸，拍去灼热和所有的胡思乱想。

我应该为他们高兴的。是的，我应该为他们高兴。程悦欣对自己说。她刚想发动车，忽然看到林锐发来一条消息：“你都看到了吧？不要忘记兑现你的承诺。”程悦欣愣了一下，才反应过来他指的是什么。

4 月，后院的桃花开了，嫩嫩的粉红衬着新芽的绿。

5 月，樱桃开花了，一树的白底红蕊，春光爆发最后的灿烂，初夏开始爬上树梢。

那一个周末，程悦欣正在修玫瑰花枝。刚买这套房子的时候，前任屋主在白篱笆旁种了一整排的玫瑰，红黄粉嫩，煞是可爱。可时间长了，就没了规矩，枝蔓乱窜。程悦欣搬了个凳子放 iPad，一边看着视频教学，一边比画手上的剪刀。

视频里说，要看到嫩叶往后退 1 英寸，一刀下去。程悦欣暂停了视频，1 英寸是多少？谷歌查一下怎么转换成厘米。阳光灿烂，程悦欣眯着眼，用两根手指比画着长度。忽然，有辆贴着 Uber 标的车停到了门口，从上面下来一个人。程悦欣依旧眯着眼，看这个人拖着箱子越走越近。

张思禹看到了程悦欣手上的剪刀，识相地站在两米开外：“老婆，我回来了。”

程悦欣没有反应过来，把草帽的帽檐往上再翻了翻：“你回来了？”

在地上画粉笔画的安安看见了，兴冲冲地跑来，一把抱住程悦欣。

张思禹喊他：“安安，过来，爸爸抱抱！”

安安往程悦欣背后一躲，但还是探出头来打量他。他没想到爸爸是活的，会从 iPad 里走出来。

张思禹伸出去的手颓然垂下来，声音哽咽：“安安，我是爸爸啊。”

程悦欣拍拍安安，问：“回来多久？”

张思禹说：“不走了。”

两人对视了片刻，张思禹又说：“我其实订了宾馆，只是先想来看看。”

程悦欣“哦”了一声，想了想说：“房子是你买的，贷款是你还的，再怎么说你也至少有一半，没道理不让你进。”

张思禹兴奋起来，跟着程悦欣进屋的步伐有点不稳。

正如同回国的念头经过了漫长积累，才终于爆发一样，早生倦意的张思禹，也是被推到了一个关口，才匆匆下定了回美国的决心。

阿修罗走入困局，当尝试过转型、刷数据无果后，渐渐只剩下一条大家都心知肚明的路——裁员。

组织架构大规模调整势在必行，办公室里加班的人终于不再抱怨。能走的，可以跳槽的，都在默默行动，剩下的，都在祈祷大刀不要落到自己的头上。张思禹想起 2008 年的金融危机，到处都是裁员的新闻，他每天战战兢兢上班，偶尔看一眼经理坐的方向，也是心中祈祷千万不要落到自己头上。时过境迁，他开始变成了捉刀人，坐在人人张望的办公室里，草拟着一份生杀予夺的名单。

冷敏对张思禹的名单不满意："不行，CTO 线砍三分之一，我不是在开玩笑。张，阿修罗是我们三个人做起来的，是我们共同的梦想，只要阿修罗能活下去，我甚至不介意最后依旧只剩下三个人。"

张思禹叹了口气："好吧，我再想想。"

冷敏举了举手："你听我说完。你这份名单只包括了四级以下的员工，四级以上的呢？"

四级以上，就是总监及以上。张思禹挑了挑眉毛，全公司总监级别也就十来个，技术线包括张思禹在内，也就三个。张思禹看着冷敏："你想裁谁？"

冷敏叹口气，站起身来，坐到张思禹身边："公司到了最艰难的时候。有些员工，虽然我们有很深的感情，但是他的成长速度已经跟不上公司的需求了。虽然坐到了那个位置，但对公司来讲，性价比太低了，这样的人，虽然很遗憾，但我们也不得不做出正确的决定。"

性价比低。张思禹忽然有些明白冷敏的所指，可他依旧不敢确信。

让张思禹没有预料到的是，冷敏那份最终的三个人名单里，并没有鹏叔。相反，鹏叔的名字赫然在第一批裁员名单上。

冷敏的手落到张思禹的肩上，她的唇凑到张思禹的耳边："鹏叔自从上次住院以后，精神状态一直不大好，还是让他多休息休息吧。"

张思禹盯着冷敏。鹏叔的年纪，如果被裁员，他还能去哪里？创业几年，跟老婆孩子远隔重洋，拿着不如硅谷的工资，只多出一堆遥遥无期如同废纸的期权。更甚者，按照合同规定，如果以业绩不达标被裁员，他甚至连这些期权都不能全部保住。

张思禹冷冷地说：“鹏叔的老婆不上班，两个孩子都在上学，这些你都是知道的。”

冷敏拍拍他肩膀：“这不是你应该担心的问题。”

张思禹继续说：“当初你要回国，只有鹏叔第一时间愿意跟你回来。你找的那个 CTO 跑了以后，是鹏叔睡了半个月办公室帮你盯了下来。”

冷敏向后靠去：“我很感谢他，公司也会记住他。可那些都是他自己的选择，他是个成年人，应该明白所有选择背后面临的风险。我也很希望鹏叔能跟我们一起看到阿修罗上市那一天，但现在现实情况不允许，我只能说很遗憾。”

张思禹摇摇头：“所以所有人在你眼中都只是棋子是吗？只分有用的，没用的，现在有用的，现在没用的，对吗？”

冷敏皱眉：“张，你太妇人之仁了。你现在的情绪已经影响了你的专业判断，我相信你冷静一下，就会同意我说的……”

张思禹笑了一声：“你猜鹏叔知道了会怎么想？”

冷敏终于怒了：“我管他怎么想！狮子为什么要在乎羊群的感受？创业就是修罗场，阿修罗作战，向来就是血流漂杵、浮尸千里，你不踩别人的尸体，别人就要踩你的尸体！难道出了这个门，有人会跟我讲感情吗？张，你应该跟我站在一起。”

张思禹注视冷敏良久，慢慢站起来：“谢谢你，让我终于明白了一件事。我不是阿修罗，我只是个普通人。”

“你什么意思？”

张思禹把工牌放在桌上：“四级以上要裁一个人，你裁我吧。我走以后，想必你还需要一个硅谷背景的人替你讲故事。在你找到新的阿修罗前，对鹏叔好点。”

或许每个人心里都有过一个叱咤风云的英雄梦，一个泪滴芭蕉的旖旎梦。张思禹在这个梦里转了一圈又一圈，直到猛然发现，原来梦不是自己的。一个凡夫俗子，踩上了筋斗云，就能大闹天宫吗？不。这是对梦境的误会，更是自己对自己的误会。他从十万八千里的高空掉下来，一直掉，一直掉，渴望回到自己曾经抛弃的那片土地。

他也惶恐：自己还回得去吗？

程悦欣拿出了一床新的被子铺在了客房。张思禹站在门口，看着她弯腰，抚平被面上的一处处皱褶。

“你是不是还恨我？”张思禹问。他在飞机上十几个钟头，反复排练程悦欣发脾气时自己该怎样应对，他觉得自己应该有七成胜算。

可没料到程悦欣并没有点头。她转过头来看着张思禹，然后轻轻摇了摇头：“不，现在不恨了。因为——我也尝过了对生活心猿意马的滋味。”

这一个惊涛，差点把张思禹的救生艇掀翻。

程悦欣侧过身，从张思禹身边经过，张思禹下意识地抓住了她的手腕，急问：“那我们还有可能吗？”

程悦欣轻轻挣开他的手，平静地说：“我不知道。看缘分吧。”

## 第五十章
# 送君千里（上）

虽然程悦欣不愿意承认，但张思禹回家后，生活的淤泥被疏通了，日子重新流淌了起来。张思禹白天在家刷题，准备面试，和以前的同事朋友联系寻找工作机会，晚上程悦欣带着安安回家，就吃上了热腾腾的饭。厕所里一直“滋滋”叫的灯泡换好了，汽车里一直莫名其妙亮起来的指示灯修好了，雨水管道清理了几遍，终于今年雨季不会担心再漏雨了。程悦欣回想起了他俩刚结婚的时候，那时候张思禹也是这样包揽着一切，她却只道是寻常。

对安安更是。因为这两年的错过，张思禹恨不得把所有的温柔耐心都加倍补偿。最初两天，安安对张思禹还有些陌生，两人只是常规的搭积木，拼拼图，读绘本。一周以后，两个人开始弓着身在后院拿手电筒照蜗牛，沙发上警察坏人击中倒下再起来几十遍，张思禹甚至把游乐场买回来的“光之剑”改造了，安安一按，除了五颜六色的射光外，还有张思禹张牙舞爪的声音—— I am the king of the world！安安喜欢那把剑,睡觉时候抱着，还带到学校去给同学看。

“我爸爸做的！”安安由衷地自豪。

婚姻到底是什么呢？程悦欣开始认真思考这个问题。恋爱的时候，婚姻当然是一个因爱情而许下的庄严承诺，容不得一点点背叛和杂质。现在，程悦欣的感悟似乎又有一些不同。她走进过生活，自己扛过生活的重担，突然对别人的付出有了一点感激和体谅。“恋爱容易，婚姻不易”这八个字，她从前是不能理解的。

“你要是过得了自己这关，就原谅禹哥吧。”郝会会劝她。

“就是呀，”冯品芝在旁边帮腔，“现在你把他‘回收’一下，以后他还敢跟你凶啊？还不是你要他怎么样他就怎么样！你争口气，跟他离婚，好呀，离呀。离完之后你还找吗？再找一个，找得到像张思禹这么肯做的吗？你再找个后爹，对安安会像亲爹那么好的啊？”

郝会会看了她一眼说：“大妈，你跟我不是这么说的。”郝会会认识了一个开川菜店的老板，对方人品忠厚，追求得也殷勤，但就是似乎跟国内的前妻还藕断丝连，也在申请把国内的女儿移民出来。郝会会很烦恼，被冯品芝骂：“谈恋爱就谈恋爱好了，你想那么多干吗？女人离婚了就是寻开心的呀，还没寻开心就先想怎么再被套牢，脑子不转弯的！”

郝会会喃喃：“你自己说的，离婚了随便找，怎么开心怎么来。”

冯品芝把鸡毛掸子往壁炉上一敲：“你跟她一样啊？你那个前夫，你再找还能找到比他差的啊？”胡金柱股市赔光身价，又被离婚，消息辗转传到冯品芝耳朵里，她拍着腿笑了三天。碍于艾玛和温迪，她不能大笑，只能躲起来偷偷笑，憋得太厉害了胃胀气，还去中医那里针灸调理了一下。

程悦欣承认冯品芝说得有道理，但是，婚姻也并不仅仅是利弊得失。

有一天哄完安安睡觉，程悦欣下楼，发现张思禹准备了另一轮烛光晚餐。

张思禹问："你记不记得，9 年前的今天，我飞回国向你求婚的？"

不是没有一点感动的，只是音乐再浪漫，烛光再摇曳，当张思禹靠过来的那一刻，程悦欣还是本能地退闪了。所有的委屈、伤害、信任的坍塌，依旧历历在目。

张思禹眼神黯然："我知道你还需要更多时间。"

程悦欣说："要不我们去看看婚姻咨询师吧。"

一人一块小题板，要列出对方的5个优点；一人一个小本子，回家写作业，写出婚姻里对方为你做过最让你感动的 10 件事。

这种治疗时而有用，两个人当着第三方的面，开始回忆起婚姻里那些曾经真实存在过的美好点滴；但程悦欣时而怀疑这样的治疗毫无效果，每当她回忆起自己如何被抛弃在冰冷的泥潭里然后一点点挣扎时，似乎早就痊愈的伤口总要被重新撕开。

"关键问题是，重塑信任是需要时间的，也需要意愿和努力。"治疗师说。

你有没有这个意愿呢？程悦欣问自己。

8 月的时候，二十几个团体一起再上萨克拉门托抗议 AB-1726，顺便向州长办公室递交了万人请愿书。"扫街女王"程悦欣当然功不可没，她一个人收集了 800 多个签名。

其中十几个签名来历略显曲折。一个周末带安安在公园玩，忽然见到了克莉丝，两个小孩兴高采烈玩到了一起，剩下程悦欣和张旭隔空对视。程悦欣向张旭点了点头，张旭想了想，也向程悦欣点了点头。两人都有些尴尬。程悦欣只好没话找话地开始说 AB-1726，没想到张旭知道，还表示是他们公号的粉丝。程悦欣一激动，就拿了请愿书出来让张旭签，张旭不但自己签了，还带去公司让十几个同事一起签。

于是程悦欣带着张思禹一起去对门，送了一盒水果。张旭和邝弘回访，带了一盒巧克力。张思禹和邝弘聊起来，原来张思禹新公司的经理，是邝弘之前那个公司的同事。交谈在亲切友好的氛围中结束。

去州政府递交请愿书的那天，程悦欣晚上回家已经超过了10点，精疲力竭。没料到安安还没有睡。安安兴奋地说：“妈妈，我在电视上看到你了！”原来程悦欣她们拉横幅的画面上了新闻。“还滚动了两次！”张思禹兴奋地给程悦欣看他当时用手机拍下的新闻画面。

那天哄完安安睡觉，程悦欣刷了刷手机。发现张思禹的朋友圈里，破天荒地发了她拉着横幅的截屏。文字只有四个字——为你骄傲。

程悦欣忽然有点想哭。不管这是张思禹的策略还是真心话，这都是张思禹为她说过最动人的情话了。从“我养你一辈子”到“为你骄傲”，中间走过了千山万水。程悦欣想，自己到底是怎样走过来的呢？有时候以为迷路了，有时候以为一定出不来了，可停停走走，走走停停，竟然也到了今天这里。

胡金柱再次回到硅谷，也是2016年的8月。他眯起眼在旧金山机场外看了很久的蓝天，忽然想起上次回来时，自己还是堂堂的教授，携着小娇妻，指点江山，是何等的畅快得意。但今时不同往日。

他这次是来出差的，公司想找几个美国院校谈合作，第一站就把胡金柱派到了曾经做博士后的地方。胡金柱被强行平仓一年，总算跟周蔚打完了漫长的离婚官司。他变成了穷光蛋，本来以为共同财产部分没有任何可争议的地方，主要是孩子的抚养权归属。没料到恰恰相反。

抚养权按照常规，离婚后两个孩子双方各养一个。胡家只认孙子，而周家觉得带着女儿再嫁更容易，双方迅速达成了一致。

但没想到共同财产还有得争。对方律师开始掰扯他在公司的期权。

“期权的获得是在双方婚姻存续期内，因此期权理应作为共同财产处理。虽然公司还没有上市，现在期权的价格为零，但价值潜力是巨大的。”

这个婚离得胡金柱“伤筋动骨”。有时上班前，胡金柱看看镜子里的人都会觉得陌生——这个已经开始谢顶的小老头是谁呢？他都45了，眼看是奔五的年纪了。重回硅谷的蓝天下，胡金柱想，他好久没见郝会会了。艾玛和温迪都多高了？郝会会是怎么跟两个女儿说他这个从来不出现的父亲的呢？

出差经费有限，胡金柱去宾馆安顿好后，直接去中国超市吃盒饭当午餐。排队的时候看到收银处有饼干卖，就买了两盒。小孩应该都爱吃饼干吧？

胡金柱坐在熟食部吃干炒牛河的时候，心里在感叹，美国就是这点好。十几年了，超市一直开在这；牛河还是这个味道。不像国内，每年轰轰烈烈那么多网红店涌出来，到了第二年，还能找到在营业的就寥寥无几，一茬一茬都是新的，永远都是新的，叫人心慌。胡金柱抬眼看了一眼墙——你看，连地产经纪的海报也是十几年如一日。一个描眉画眼的女人，穿一套乌鸦黑西装，笑起来露出白牙，背后一幢两层的房子。用最简单的Word排版，某某经纪，您的最佳置业顾问。

胡金柱撇撇嘴，刚想低头继续吃面，忽然愣了一下。他抬起头再看眼前这张海报，那个描眉画眼的女人笑吟吟地俯视着他，仿佛在说，打这个电话找我，我办公室在这里，玛吉·郝。胡金柱一下子站了起来，拿着一次性筷子的手在抖。

郝会会上周末做了一个看房会，今天是收订单的截止期。硅谷房市依旧火爆，她一口气收了9个订单，跟卖家沟通了一下午，再和对方几个经纪人打心理战，最终给卖家拿下了一个比他心理价位高3万块的订单。郝会会心里很高兴，趁下班前去公司晃一圈，向凯拉汇报战绩。

郝会会越来越能干，凯拉已经不需要再指点她什么了，因此这样的汇报通常就是走个过场，非常之快。但今天郝会会汇报完，凯拉却面色犹疑。

“有问题吗？我做错什么了？”郝会会开始忐忑。

凯拉开口：“今天下午有个人来办公室找你，一个中国男人。前台的尼奥说你不在，那个人很失望。我看着他，觉得他很面熟，终于被我想起来，艾玛有他的眼睛。”

郝会会坐直了身体：“后来呢？他人呢？”

“后来我邀请他到我办公室里坐了一会儿，我们聊了一会儿天，”凯拉继续说，“他问我你现在过得怎么样，我告诉他，你过得很好，你是我这里最好的经纪，我在考虑是不是要把你升成合伙人。”

郝会会惊讶地看着凯拉，她没料到凯拉会这样帮她说话。她以为她和凯拉的友情没有办法在商业现实中继续，以为她们现在只是员工和雇主的关系。此刻，她的内心充满巨大的感激。

凯拉继续说：“但我也告诉他，你得到今天的一切不容易。我看着你从最绝望的地方爬出来，看着你成长，看着你开始有了自信。我告诉他，我不希望这一切再被一个混蛋毁掉。我也不会允许这样的事情发生。他似乎是听懂了，然后就走了。”

郝会会站起来：“他走了？他去哪里了？”从来只是辗转地听到胡金柱的近况，大家为了她着想，从来都只是挑一小部分讲给她听。但她其实很想知道他的消息，她也想让他知道自己的消息。

你知道吗，我现在听得懂很多英文了，连英文合同都会签了。你知道吗，老罗说我眼睛毒，装修的时候绝对在我眼皮底下做不了手脚。你知道吗，艾玛开始弹钢琴了，弹不好的时候就哭。我哪懂这些啊，只好跟她说不想弹就不弹，可她还是不愿意，说自己要坚持，不能那么容易就放弃……

这么多年，郝会会心里存了很多很多话想讲给胡金柱听。她也很想知道，胡金柱是像以前一样嫌她唠叨，说一句“别烦我”；还是会像他跟别人说话那样，津津有味地听，然后好声好气地回答。

“他有没有说他去哪了？”郝会会再次向凯拉确认。

凯拉摇摇头：“他没有说。但我觉得你不见他，对你来说是件好事情。”

郝会会像无头苍蝇一样冲出凯拉的办公室，凯拉在她身后喊：“郝，我刚才说的一切都是真的。”

## 第五十章

# 送君千里（下）

郝会会的车径直向伯克利的老房子驶去。她的脑海中一片混沌，无数有关无关的杂事都从脑壳后翻滚出来。她想到第一次看见胡金柱时，他穿的那件衬衫；她想到第一天到美国，胡金柱教她在外面碰到事情就说，No English；她记得艾玛刚出生时，胡金柱抱了抱孩子，说“老大是女儿也不错”；她想到那天旧金山大使馆外寒风凛冽，他对她说“是我对不起你。”

郝会会的视线有些模糊，她一脚油门下去，只想快点，再快点。下车后，她直接跳上两节台阶，紧紧按着门铃。

新屋主是一家越南人，被这急促的门铃声惊醒，警惕地从窗口看出来，确认只有郝会会一个人后才开了门。郝会会边比画边说：“我以前住在这里，房子是我卖给你的。今天有没有人来找过我？”

新屋主记起了她，却对她的问题摊手说：“没有人，没人来过。”

“真的没有吗？一个中国男人，戴眼镜，没来过吗？”郝会会不甘心。

越南屋主摇手，No，No，No。

郝会会人失望地松了下来。她对着越南屋主笑了笑，慢慢地朝外边走去。忽然，屋主叫住了她："这是不是你要找的人留下的？"越南屋主从门口的信箱里，掏出了两包饼干，还有一个信封。

郝会会赶紧拆开信封，里面是500块人民币，还有一张潦草的便签。上面写着"给艾玛和温迪"。除此之外，便没有多余的一个字了。

她拿着这两包饼干和500块钱发呆——他不是来找自己的吗？为什么都没有对自己说什么？到底是为什么？

郝会会到家时，艾玛正在和温迪打架，抢一个玩具。冯品芝一边做饭一边大呼小叫地训斥她们。见到郝会会失魂一样地回来，往沙发上一躺，立刻关了煤气过来告状。

冯品芝说，艾玛的老师今天告状了，说她在幼儿园里上课不认真，午觉也不好好睡，带头捣蛋。刚才还抢妹妹玩具，害得妹妹哭得撞上了桌子。冯品芝发现郝会会脸很色难看，于是推推她："你干吗啦，今天这副死相。"

郝会会从包里拿出那两包饼干和信封，递给冯品芝："这是金柱给的。"

冯品芝说："什么什么，胡金柱啊？他找你干吗？他还有脸来找你啊？"看一眼竖着耳朵听的两个小孩，又骂她们："大人说话你们听什么听！不要听，走开走开！"

但冯品芝听完前因后果，还是说了句让郝会会开心的话："那个胡金柱知道没脸见你，还算有最后几分骨气。"但没等郝会会赞同，她立刻又瞪眼，手指戳了下郝会会额头。"否则你这种贱骨头又要贴上去了呀！"

"500块人民币，哦哟，他好意思拿出来的哦！"冯品芝骂骂咧咧继续去做饭，"靠他这500块钱，你们母女三个老早喝西北风去了。500块钱！"

郝会会拿起沙发上的靠垫捂住嘴，在油烟机的轰鸣中泪如雨下。

2016 年的冬天，张思禹买了太浩湖雪场的季票，一到周末就兴冲冲带着安安去滑雪。安安喜欢滑雪，学到第三次，就上了儿童的蓝道。太浩湖依旧天空湛蓝，湖水青绿，白雪皑皑，雪松随山势起伏连绵，张思禹和安安一路欢笑着从这幅画中驰骋而过。程悦欣在一边微笑着看，看着看着，她忽然就想起了一些事情。笑容凝固在了嘴角，再慢慢化开；眉头皱在一起，再慢慢舒展。

回程的路上，程悦欣连上了自己的在线音乐软件。一首接一首，在漫天的白色中低吟浅唱。

张思禹忽然说："以前不知道你喜欢听民谣。"

程悦欣看着窗外："正好听到了，就收藏了。"

收音机里正在放一个女声，简单的吉他，直白的歌喉：

送君千里直至峻岭变平川，惜别伤离临请饮清酒三两三。

一两祝你手边多银财，二两祝你方寸永不乱。

半醒半醉日复日，无风无雨年复年。

花枝还招酒一盏，祝你娇妻佳婿配良缘。

林锐和郑懿是 2017 年初准备离开美国的。

林锐两年卖身契马上到约，郑懿的疗程结束，医生恭喜她一切都很好。林锐中美两头飞累了，搂着郑懿问她，接下来想做什么事，自己就陪着她。

郑懿侧着脑袋想了半天，对林锐说："你问了一个好问题。"

是的，做什么好呢？前半生都在匆忙。忙着出人头地，忙着证明自己，忙着给自己找安全感，直到现在才会想，到底应该怎么度过余生呢？

"所以你们到底准备干吗？没听懂，"聚餐的时候，郝会会一脸问号，

“一会儿说去旅游，一会儿说去读书，一会儿又说去种树，你们到底要去哪儿？”

郑懿笑了起来。林锐捏住她的手：“还没决定呢。世界那么大，我想去看看呗。”

安安说：“我也想去看看。”

程悦欣用虾饺堵住他的嘴：“他们不想让你去当电灯泡。”

张思禹问：“你们以后真不在美国待了？”

林锐看了一眼郑懿：“旅游什么肯定还会来，肯定不常住了。前两天在整理东西，我差点订一个集装箱。怎么有那么多东西啊！我记得我当年来美国，就两个大箱子，一个箱子里还是我妈给我装的炒锅和半袋大米。”

郑懿笑起来：“还有个箱子是你的 8 条牛仔裤吧？我是跟他认识之后，才知道有男人可以比女人更臭美。”

艾玛已经颇像个小 ABC 了，对很多中文都懵懂：“美为什么是臭的？应该是香美！”

一桌人哄笑完，程悦欣问郑懿：“你们定了哪天走？我送你们去机场。”

“不需要，”林锐挥挥手，“现在叫车太方便了。又不是我们那个时候，路上都叫不到个出租车，还要提前一天打电话预定。现在真不需要了。”

“我就是想送你们，”程悦欣坚持，“我来美国第一天下飞机，还是你接的呢。我得还你啊。”

往事在林锐脑海中浮现，他笑起来：“我记得我记得。安安，那时候你爸爸妈妈两个人，穿着特别风骚的花衬衫花裙子。你妈戴一顶大草帽，一上高速就娇滴滴地说，哎呀，我怎么到农村了呀。我当时就想，哎呀，禹哥，你这叫贩卖人口呀。”

张思禹笑了，程悦欣横他一眼：“不是叫搬运吗？”

2017年的3月，林锐和郑懿正式回国。林锐的房子交给了郝会会出租托管，两个人带得走的带，带不走的卖，几乎清空了一切在硅谷留下的痕迹。

程悦欣送他们到机场时，忽然涌出深深的伤感。

“哭什么啊，”郑懿抱了抱她，“肯定还会再见的。现在不管在哪，买张机票不就行了吗。别哭了啊。”

程悦欣说：“跟你说个秘密，我第一次见你的时候，觉得你特别讨厌，假清高。”

郑懿笑道：“我知道。我跟你说个秘密，林锐背后一直叫你‘茶包’。”

程悦欣横了一眼林锐：“我早就知道！”

林锐抗议：“郑懿，你也跟着叫的，不能卖我一个人啊。”

程悦欣看着他们十指紧扣，消失在安检的队伍里，在心里默念了一句：你们俩好好的，幸福下去啊。

5月的时候，艾伦要进行换届选举，他劝程悦欣出来选会长：“你看，现在特朗普上台，肯定马上要上几个保守派大法官。现在他们告哈佛那个案子，如果打到最高院，就非常有希望从根子上推翻AA这样的法案。所以接下来这个任期，关系重大，程悦欣，你出来选吧，你出来选，基本是稳的。”

程悦欣考虑了几天，还是拒绝了：“我不是不愿意继续做事，但我的性格我自己知道。我喜欢当卖票员，不喜欢当司机，掌舵这种事还是要找更有领导力的人，我就继续负责给大家跑腿吧。”

换届选举完后，照例紧接着是年会聚餐，由程悦欣这个继续担任的秘书长一手操办。

那是张思禹第一次参加这样的政治活动，也是他第一次看到程悦欣元气满满地穿梭在百来号人间。她认识所有人，所有人也认识她。一瞬间，张思禹觉得程悦欣站得有一些遥远。

程悦欣拿着酒杯上台祝词：“都说主角要押后，那就让我这样的配角先出来暖暖场吧。大家好，我是程悦欣，在座都应该认识我，过去两年里，我和很多人都当过战友。这一次呢，我又选上了秘书长，所以未来还会跟大家继续打交道。”

“本来艾伦是不让我当的。他说，你看，一直以来我们组织的会长、副会长、秘书长都是中国最好的大学毕业的，你这个学历不够格。我就问他了，中国最好的大学是哪所啊？他说，清华。我听到了，下面北大的在说不服。这是他说的，不是我说的，你们要找找他，反正我不是清华的。”

全场哄笑，艾伦站起来大叫：“我没说过！”

程悦欣摆手让他坐下：“艾伦同学急了，急于甩锅，你坐下，我继续往下说。我怎么说服他的呢？我说，你看，我不是 Top 2 毕业的，我连 985、211 都不是，我也不是工程师，我也不是博士，我还是个文科生，如果我都能被选上，说明什么？说明在座诸位各方面都比我强的，只要你们愿意出来做事，组织都欢迎你们！”

张思禹站在墙角，眼前密密麻麻的人，看着台上谈笑风生的程悦欣。他第一次从这个角度看她，也第一次明白，为什么她喜欢这里——因为这里的人看得到她，这里的人喜欢她。

凯瑟琳走了过来，停在了张思禹身边。在人群再一次哄笑的时候，凯瑟琳感叹：“她太棒了。”

张思禹好奇：“你懂中文？”

凯瑟琳摇头：“不。但你看这些人，他们爱她。”

台上的程悦欣正讲到结尾：“下面有请我们的新任会长！”程悦欣的

脸上，闪着张思禹并不熟悉的光芒。

聚餐结束后，张思禹和程悦欣并肩走去停车场。饭店停车场早就停满了，张思禹把车停在了两个街区外的居民区。

5 月的晚风，吹送着硅谷一年四季最惬意的夜晚。张思禹和程悦欣并肩走着。

张思禹说："第一次参加你们的活动，觉得还挺有趣的。"

程悦欣微笑。

张思禹接着说："刚才所有人介绍我，都是说，这个是程悦欣的朋友，这个是程悦欣的朋友。我就忽然想起来，你刚来美国的时候，有一次跟我哭。说每次跟我出去，所有人都说，这个是张思禹的老婆。你特别委屈，脸涨得通红，一边哭一边说，我没有名字的吗？都叫我张思禹的老婆，你们理工男情商都那么低的吗？"

回忆往事，张思禹笑了起来。程悦欣那张胀鼓鼓满怀委屈的脸，仿佛就在面前。

忽然，走在旁边的程悦欣停下了。

张思禹转过身，只见昏暗路灯下，程悦欣忽然红了眼眶。她的眼睛闪亮，嘴唇抿了又抿。终于，程悦欣说："张思禹，10 年了。"

夜静如水，而岁月呼啸而过。

张思禹点了点头，感慨地说："是啊，10 年了。"

*Chinese in Silicon Valley*

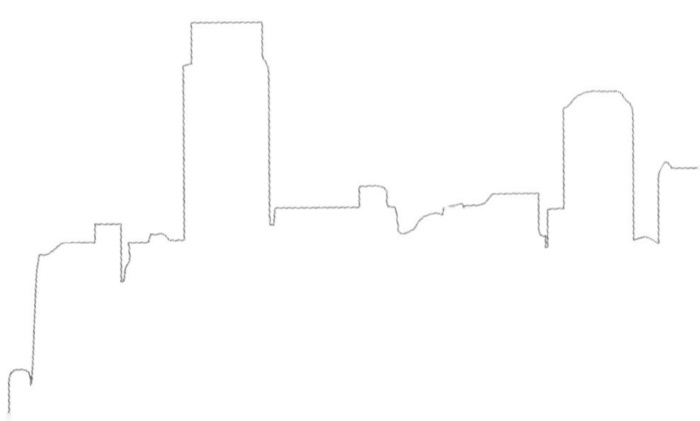

# 硅谷番外

硅谷的天依然蓝得清纯、蓝得理直气壮。

## 一

李迪其实是最早一批的豆瓣红人，中间耽搁了许多年，终于在 2017 年重新开了个微信公众号，恢复了码字更帖的生活。2017 年的时候，都说公众号的红利期已经过了，但李迪无所谓。她一半文章写自己做人生教练的心得，一半贴贴自己的旅游风景、从前积累的职场感悟。公众号开了快两年，阅读量一直在 1000 上下徘徊，每篇文章有四五条认真的评论，李迪觉得算是自娱娱人。

但 2019 年 4 月的时候，她有一篇文章小火了一下——《当年好想找份 996 的工作休息下啊》。从自己 007 的律所生涯，谈到自己的离婚，再到如何找到自己真正想做的事情，最后到人生教练的心得。发布 24 小时就蹿上了 1 万阅读量，一个星期后数字变成了 54000，留言 200 多条。

这 200 多条留言里，有几个成了她的客户，聊得久了，从原生家庭到婚姻感情，渐渐都会敞开心扉。有个叫“一木”的粉丝，有次说，其实现在反省，从小的经历让自己以为自己是不值得被爱的。急需要爱，但又有深层的不安全感，所以感情的路上，经常是飞蛾扑火，遇到的永远都是渣男，每次都是被抛弃。

李迪回信：有可能是你想回到童年去修复一段关系。

一木说：是的，我通常爱上的都是比自己年长的男人。但并没有修复成功，每次都是同一个结局。

李迪说：你想要不同的结局，但是重复过去会让你觉得安全。所以是不是潜意识里，你也在追求这样一个不幸的结局？这让你感觉到安全。这么多年，你从来没有遇到过其他类型的感情吗？

一木说：有。有一段感情是和同龄人，当时在一起的时候，我总是嫌他太不成熟。每次他想贴近，用心想靠近我，我都很不舒服，本能想把他往外推。分开很久以后，我才明白，那不是他的问题，是我的问题。是我没有能力敞开心扉，好好谈一场付出一切的恋爱。当初他说他可以为了我放弃这个那个时，我简直是落荒而逃。

李迪总结：所以你没有准备好接受浓度那么高的爱。但既然你现在明白了，之后再进入感情，可以好好调整一下心态。

一木说：是的，我现在每天都在练习用一个新的方式看自己的生活。我感恩我先生治愈了我。

李迪问：你结婚了？恭喜你啊！你先生是个什么样的人？

一木发了个微笑的表情：就是之前说的那个同龄人。兜兜转转能再相逢，我觉得老天爷还是厚待我的。

李迪感叹：真好。祝你们幸福。

一木：谢谢你，Lydia（莉迪娅）。也祝你幸福。

李迪好奇：你怎么知道我的英文名字是 Lydia？

一木传来一张照片。一半是黄昏的天，一半是几棵树尖，照片的角落里有一幢办公楼。李迪觉得这个场景非常熟悉，但一时想不起来，于是放大了照片看办公楼上的字。

“你是——”李迪惊喜起来，“你现在在哪里？”

一木打字：“我现在在意大利。在国际犯罪法庭，你有机会来欧洲的话要找我。”

## 二

2018年的夏天，硅谷狂涨了N年的房市开始遇冷。郝会会和老罗8月挂牌了一套flip房，竟然1个多月才卖出去，赚的差价刚好打平加建的成本，两人都有些受伤。商量了一下，决定观望一下市场，现阶段不适合再出手。

房市遇冷，影响的不仅是自己flip的生意，凯拉那边地产经纪的活儿也肉眼可见地减少了。国内的钱出不来，一掷千金的全款土豪成了江湖传说；虽然都在传马上要有N多独角兽上市，又将在硅谷制造成千上万的IPO传奇，但持币观望的人越来越多，另一拨人也坚定地相信，新一轮经济周期马上要来临了。

郝会会闲下来，在家里的时间就变多了，艾玛和温迪都上学了。冯品芝在教会认识了一群说中文的老头老太太，每天约着一起去逛街、买菜、学英语，还有人在公园教跳广场舞，日子过得不亦乐乎。她来美国年头长，人人都尊称她一声“冯姐”，于是冯姐的自我感觉越来越好。看窝在家没事干的郝会会也越来越不顺眼。

“那个川菜馆的老唐，最近怎么不来了呀？”冯品芝总是这样撺掇。

郝会会撒谎：“最近他忙。”

冯品芝的眼睛盯着她看：“真的假的？”

郝会会心虚了。

万达收购了AMC，硅谷华人终于可以看上同步的国内电影了。情人节的时候，老唐约郝会会看电影，郝会会哭了，老唐就递来纸巾，递到最后，递过来一个盒子，里面是个钻戒。

郝会会吓得脱手：“老唐，你干吗？”

这时灯已经亮起来，老唐干脆一不做二不休，单膝跪地，磕磕巴巴说：

“会会啊，我们年纪都不小了，你给我一次机会，我们一起成个家。我保证对艾玛和温迪像对亲生女儿一样！”

周围一片起哄，山呼海啸：“嫁给他嫁给他！”“Yes, I do!”

郝会会落荒而逃。偶像剧情节发生在40岁的女人身上，惊悚多过惊喜。

程悦欣问她：“你逃什么啊？你不喜欢老唐啊？”

郝会会侧着头想，不能说不喜欢。老唐心细，郝会会也心细，两个人在一起搭伙过日子，你照顾我我照顾你，是个好伴儿。郝会会有空了就去川菜馆帮把手，别人喊她“老板娘”，她有时候也应。有时去老唐家过个夜，一起床老唐就煮好了早饭，倒好了漱口水，郝会会心里也很暖。

但没想过真的要结婚。不是18岁了，婚姻哪里有那么简单？

艾玛和温迪怎么办？老唐的女儿马上要来了怎么办？自己的钱，老唐的钱，怎么用合适？还有，冯品芝怎么办？

郝会会一个脑袋憋得两个大，只得对程悦欣说：“半路夫妻，不容易。”

程悦欣说：“怎么样都不容易。不过现在决定权在你手上，你这是甜蜜的负担。”

郝会会想了又想，发消息给老唐：“对不起，很多事情我还没有想清楚。”

手机放下又拿起，老唐没有回消息。从这天晚上等到第二天早上，老唐还是没有回消息。

郝会会想，看来这次真的是伤了老唐的心。她忽然有些失落。有工作的时候还好，冯品芝和孩子们还在的时候还好，但只剩自己一个人时，难免会想起老唐。白天想找个人说话，夜晚想找个人暖被窝，有时候手机刷着刷着就开始等，是不是有人会给自己发段话。

哎呀，以前一个人的时候也没这么煎熬。郝会会反应过来：被人疼过就像尝过了蜜，喝不回白开水了。回头去找老唐？服个软？论理也没啥，可老唐又想结婚怎么办？郝会会真的没做好再婚的打算。她素来什么事都能跟冯品芝商量，被冯品芝骂一顿才舒坦，可唯有这件事不能商量。冯品芝会怎么想？自己再结婚，她还好意思和他们住在一起吗？

郝会会只好咕嘟咕嘟灌了自己一肚子水，叹了口气。

冯品芝再逼问她：“真的？他太忙了？”

郝会会含混地点头。

冯品芝白她一眼，丢出封信来：“人家老唐叫我给你的！”

郝会会拿起来看，整整两页纸，正反面，密密麻麻的钢笔字。现在还有人写钢笔字，字还挺好看的，信的最后两句是：我们都这个年纪了，我也不能等你太久，你只有一年时间可以考虑。这一年我不催你，你可以好好想。

郝会会的鼻头红了，拼命忍住眼泪。

冯品芝敲她一下头：“我问过了，我们这附近就有一个老年公寓。你要是真结婚，我就去住老年公寓。我们一群人都去看过了，蛮好的，一室一厅，地方很大的，弄弄干净很好的。离这里也近，艾玛、温迪随时可以去看我的……”

郝会会打断：“大妈，你别这样讲。我答应过给你养老，我不是说说就算了的。”

冯品芝笑了笑：“好了呀，我知道你有心。可现在这个世道，那些有亲生儿女的不都住养老院去了吗？我们这样的关系，能做伴做这些年，让我看到两个小孩长大，已经很好了。我以前有些话也就是随便说说的，你别太当真了。人在国外，有个伴就是多个依靠。就算以后不卖房子了，当川菜馆老板娘也蛮好，随便什么世道，大家饭总要吃的吧？好了好了，我看到你哭就烦，这么没用的只会哭！我去跳广场舞去了，中午饭你自己吃我不回来吃。”

郝会会看着冯品芝的背影，把老唐那封信又看了一遍，开始写短信：“老唐，你的信我已经收到。我现在就可以答复你，不过我有一个条件。”

## 三

程悦欣的父母是2019年的春天第一次到美国的。其实2018年初涉密期已经过了，但彼时正好遇到非常时期，尽管张思禹的材料准备得再充分，签证官问了问退休前的工作单位，依然给了一个拒签。

程母很生气，大骂美国不是东西，如果不是为了看外孙，她才不稀罕去呢。想着想着，又觉得这件事归根到底还是怪张思禹——臭小子把自己女儿拐骗得那么远！前两年张思禹回国工作，老两口还暗自开心，满心期待等张思禹扎稳脚跟，女儿和外孙一起回来，没料到这个小子招呼都不打一声又回美国了！

程父安慰程母，女婿回美国，好歹家里有个男人可以主持大局。否则女儿一个人又要带孩子又要上班可怎么过？女儿什么样你还不知道？这两年她已经够辛苦的了。程母叹了口气，也就不言语了。

怀着程悦欣的时候，程母还在一线工作，那个年代妇女能顶半边天，丝毫不觉得女干部因为怀了孕工作上就要落于人后。有两次见了红，程母在床上躺了半天，摸摸胎动正常就下了地。直到程悦欣出生后，才发现这个孩子体弱。从出生到上小学，每周跑一两次医院。黄疸、高烧、哮吼，保健卡上的病轮着生了一圈，有一次还诊断出了急性白血病。程母拿到“病危通知书”人差点瘫倒在地，跟程父两个人握着小床上程悦欣皮包骨头的手，一起吧嗒吧嗒掉眼泪。

程父怜惜地说："这个女儿，我们不求她以后能富贵，只要她平平安安，快乐一生就好了。"程母抹眼泪："只要她能好起来，她要什么我给她什么。"

悦欣，就是希望她永远快快乐乐、无忧无虑。这是父母自认不算奢侈的期望。

2019 年去美国前，程家父母跟亲家打电话。四个老人意见达成一致，这次一定要把张思禹和程悦欣回国的思想工作做通。安安已经 5 岁了，眼看就要上小学了。真在美国上了小学，还能回得来吗？真变成个小美国人了吗？张思禹的父母说："我们两家都是独苗，现在就安安一个孙子，安安要是跟我们不亲，我们还有什么奔头？"程悦欣父母深以为然。两家父母分别在各自家族群里转发微信爆文——《不会读书的孩子才是来报恩的》。

到了美国以后，程母的眼睛像探照灯，上上下下里里外外打量这个小家。她的说辞早已经想好："哎呀，你们日子就是这样过的啊！""你们年轻人不懂，不能这样。""你们在国外那么辛苦，要是在国内生活多么方便。思禹，你在国内待得久，现在国内是不是很方便？"

可遗憾的是，让她发挥的场合不多。程悦欣和张思禹，竟然一点不像国内小夫妻，要父母保姆搭手日子才过得下去。娇滴滴十指不沾阳春水的女儿，现在上班带娃一把抓；女婿也不是回家沙发上一躺的大爷，做家务带着安安做运动，两个人搭配得天衣无缝，日子过得井然有序。

程父散步时候劝她："怎么女儿女婿过得好，你反而不开心？"

程母说："就是过得太好，才不对劲。女儿什么样你还不清楚？没结婚前，哪里做过这些事情？现在看她能干，我才心疼。这是吃了什么样的苦受过什么样的罪！还有，你注意到没有，她对张思禹的态度也不一样了。"

程父点点头："这个我早就发现了。"

程悦欣父母第一次见张思禹，是在 Skype 视频里。因为是程母突然进房间的奇袭，张思禹和程悦欣都有点手忙脚乱，张思禹磕磕巴巴喊了一声“阿姨好”。

当时觉得在美国，又不打算回国，难不成让女儿跟他去洋插队？让程悦欣分手，程悦欣不肯，于是再次连线，程母就端了一杯茶坐在摄像头前。跷着二郎腿，吹口茶，慢声细语道：“小张，说说，你对你们未来有什么打算？”张思禹刚想开口，程悦欣发脾气：“妈，你想干吗啊！”张思禹看一眼程悦欣，压下了到嘴边的话，尴尬地低下头。就那一个下意识的表情，程母虽然表面上还努力拆散，心里却给了张思禹一张通过牌。

他肯让着悦欣，程母对程父说。程父说，人看着也踏实可靠。程母叹口气，就是嫁得那么远，女儿以后吃亏了没娘家回啊。

结婚的时候，张思禹跪在地上给程家父母敬茶。程母给了一个 9999 的红包，说：“你们要长长久久。”程父说：“悦欣这个孩子从小被我们宠坏了，以后要是说了什么过分的话，做了过分的事，你多担待一点。”张思禹刚想点头，程悦欣瞪了他一眼，撒娇：“爸，你怎么能这么说我！”程母帮腔：“我们悦欣有时候脾气大，但人很善良很真诚。”张思禹不停地点头：“是的是的，悦欣非常善良。”两人相视一笑，双手一握。

印象里张思禹永远还是这样一脸宠溺地看着程悦欣，听她任性发脾气。但这次见面，才觉得两人关系有些微妙。尤其是，程父程母在客房衣柜里和客房卫生间里，发现了一些男人用品。

程父程母带安安去公园玩，走在路上循循善诱：“安安，外公外婆现在住了爸爸的房间，把爸爸挤走了，没地方睡觉了。”

安安荡秋千：“没关系，爸爸来跟妈妈和安安睡。”

程父程母对望一眼。

程父问：“安安喜欢爸爸跟你们一起睡吗？”

安安说：“喜欢！”

程母给根棒棒糖：“那让爸爸以后一直跟你们一起睡吧。”

安安很开心地吃糖：“爸爸已经跟我们睡很久啦！”

没有再问很久是多久。再倒推回去，张思禹回国的两年，真的是他和程悦欣共同的决定吗？

程悦欣父母在美国的两个月，秘密商议了很久，到底怎么谈，谁跟谁谈。但有一次出去吃韩国烧烤，张思禹很自然地拿纸巾替程悦欣擦了嘴，程悦欣就着他的杯子喝了一口可乐。程家父母又觉得，或许也没有再谈的必要了。

程父说：“女儿长大了，她不想告诉我们的事情，就相信她，让她去吧。”

程母说：“在我心里，她还是那个幼儿园受了气就要回来告状的小姑娘。”想想抹了抹眼泪：“不知道她受了多少气。”

程父轻抚她的背：“婚姻往下走都不容易，我们做父母的只能给她当后盾。只要她走投无路的时候知道，还有扇门永远留给她，也就够了。”

程母又叹了一口无可奈何的气。

送机的时候，程母牵着程悦欣的手说：“要是受了什么委屈就回国，就回家。”

程悦欣“哎呀”一声：“谁敢让我受委屈！好了好了，你不要哭了，我过两个月不就带安安回国过暑假了吗，别哭了别哭了。”

程父把张思禹叫到一边：“思禹，爸爸拜托你。你是男人，有什么事你多担待一点，别让他们母子俩受委屈。”

张思禹很惶恐：“爸，你别这么说，我一定会照顾好悦欣和安安的，我保证。您和妈放心。”

这保证可不可信呢？程悦欣父母在安检处一步三回头。那个生下来小小的一团肉，那个生了病躺在床上哭着让妈妈唱歌哄、那个想哭就哭想笑就笑的小姑娘，如今怀里抱着自己的儿子在向他们招手，让他们不要担心。那个臭小子张思禹把她和安安搂在了胸前，也朝他们挥手告别。

程父拿出纸巾："哎呀，好了好了，你别哭了。以前都叫你铁娘子，老了老了眼泪那么多。"

程母擤了擤鼻涕："我就希望女儿一辈子开开心心，万事顺遂。"

程父拍了拍她："你护不了她一辈子。她长大了。"

程母喃喃道："这美国到底有什么好。"只是看着机场外的蓝天白云，生出一声喟叹："就是这天还蛮蓝的，比杭州的蓝。"

*Chinese in Silicon Valley*

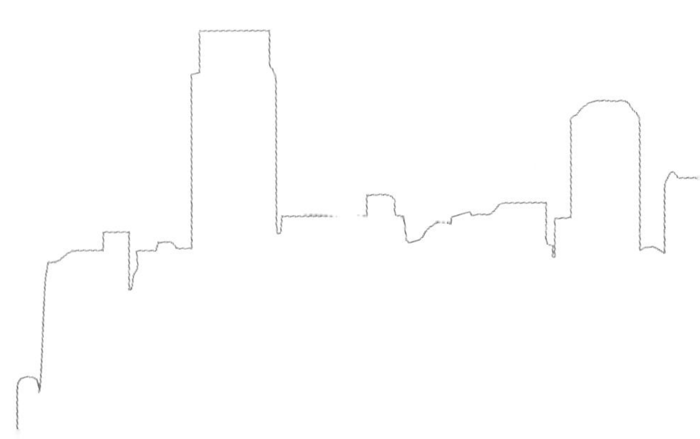

# 后记

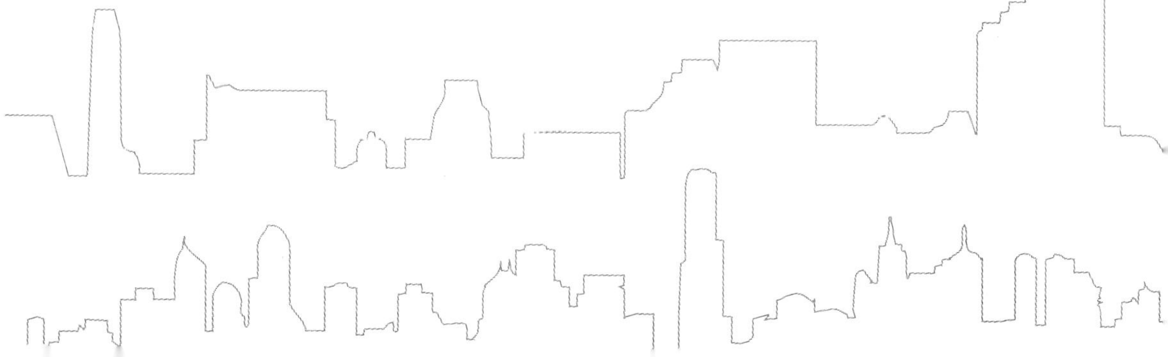

《硅谷是个什么谷》这本小说我写了差不多一年。从 2018 年的夏天，到 2019 年的夏天，同时在我的公众号“虎皮妈的夜航船”以及公众号“奴隶社会”上进行每周一次的连载。小说是我从 2017 年就开始构思的，因此里面的各个人物已经陪我走过了将近两年的光阴，在最后打下“全文完”三个字后，有一种深深的不舍与惆怅，像与一段生活进行了告别。

程悦欣、张思禹、郑懿、林锐、郝会会、胡金柱，这六个主人公并没有明确的原型，但他们的原型都生活在我们的身边。在整理书稿的时候，我发现自己写到胡金柱的段落，常常会有些刻薄和揶揄，看连载的读者们也一致认为胡金柱是个坏人。但其实，我对这六个角色都抱有一定的同情和批判。

胡金柱伤害了郝会会，在如愿变成“叫兽”后，也伤害了其他一些人。但他同时也是一个完全依靠自己，从农村奋斗出来的强者。他要的现实成功，他要的受人尊重，一定程度上能被人理解。作为站在上帝视角的写作者，我能给胡金柱最后的尊严，就是在重新不名一文后，没有回头去纠缠郝会会，而是重新开始奋斗。

张思禹也被很多读者称为“渣男”。站在写作者的角度，我不想把张思禹塑造成一个坏人。他温厚、善良、有底线、负责任，但他同时也会为自己的欲望和野心而挣扎。一个想抵御诱惑而又经不起诱惑的普通人。他与程悦欣间的婚姻关系，是我非常想探讨的。他们婚姻的波折，很难说完全是张思禹的错，也很难说是程悦欣的错。婚姻的开始，任何一方都是抱着最大的真诚，但为什么会一步一步坏下去，又有没有可能还会好起来，是我很想触及的一个点。

林锐是这本小说里言情剧的配置。我曾经开玩笑说，林锐这个人物是为了不让我的女读者们对男性太失望才塑造的。相比胡金柱的油腻算计，张思禹的无奈摇摆，林锐身上从始至终保持着清澈的少年气，鲜衣怒马，仗剑天涯。再加上他感情上对郑懿的从一而终，是非常招人喜欢的。但林锐这样的人，在柴米油盐的琐碎里，到底会呈现一个什么状态呢？说实话我没想好。

三个女主角里，程悦欣这个女一号可能是最不讨喜的。我之前两部长篇里的女主角都是内向敏感、默默付出型的，这次我决定挑战一下，写一个“作”的。郑懿是个钢铁女侠，也是很多想看大女主的读者喜欢的独立干练女性形象。但在目前审美体系里高下立现的两个角色，希望大家也能看到程悦欣“弱”中蕴含的“强”，以及郑懿的“强”中体现出的“弱”。十年岁月，角色们都在成长，认清自己的局限与弱点，再慢慢与生活和解。相比之下，郝会会是我对传统女性形象的一个投影，以至于或许跟林锐一样，有些不真实了。

爱情是什么？婚姻是什么？遭遇背叛了怎么办？事业和感情究竟应该如何抉择？现代女性到底应该如何才能找到幸福？这都是开放的问题，这本小说或许只是再一次地提出了这些问题。

连载的时候，有读者提出批评，说我对冷敏这个角色的塑造太扁平化了。确实，冷敏是我第一次想尝试写的一类角色——反社会人格。之前看了一些讲反社会人格的书，觉得非常有意思。反社会人格并不等同于连环杀手。反社会人格只有加上“暴力”“嗜血”等兴趣才会变成犯罪分子，而如果他们的兴趣是“世俗成功”呢？事实上，反社会人格比例最高的群体，不是在监狱的罪犯，而是政治精英们和商界精英们。阿修罗，就是能力强大，好战渴望胜利，同时没有恐惧感与愧疚感。冷敏这个人物写得比较浅，希望以后还有机会写一下这类有魅力的反社会人格角色。

我是2008年到硅谷的，像程悦欣一样当了多年全职主妇。开始写这本小说的时候是2018年的夏天，当时我正在准备考加州的司法考试。两者距离十年。在这十年中，我不光遇见了小说里那些形形色色的人，也看到了时代大潮的起伏。金融危机、中国崛起、创业海归、失败归海、华人参政……这种种，都是这本小说的大背景，也是我非常想要记录的一段生活和历史。

感谢所有支持我写完连载的读者，感谢“奴隶社会”的平台，感谢我的编辑汤汤、谷磊，感谢漓江出版社，感谢为我提供内文摄影的王蓓蓓。还要特别感谢Alex和Crystal接受我的采访，为我普及加州华人参政的点滴。感谢SVCA为华人社区做出的贡献，能力有限，没能写出你们的高大。

在写最后几章的时候，我的音乐播放器里一直在循环播着一首粤语老歌——《笑看风云》。黄霑的歌词，我很喜欢，觉得也很适合做一个结尾：

> 谁没有一些，刻骨铭心事，谁能预计后果。
> 谁没有一些，旧恨心魔，一点点无心错。
> 谁没有一些，得不到的梦，谁人负你负我多。
> 谁愿意解释为了什么，一笑已经风云过。

硅谷是个什么谷？这个问题是2008年的我想问的，也是十年之后，我试图回答的。动笔写小说前，我写：

> 2007年，苹果出了第一代iPhone。这一年，张思禹博士毕业，

> 拿着实习工资买的钻戒，回国求婚，程悦欣终于踏上了硅谷这块土地。张思禹的室友林锐，计算机博士已经念到第六年，但导师卡着迟迟不让他毕业。林锐每天在实验室里跟犹太老板斗智斗勇。林锐的女朋友郑懿，正满怀希望地念法学院一年级。她豪情万丈地规划自己的未来，毕业要进大律所，拿 14.5 万美元的年薪，七年升合伙人。那一年，郝会会怀孕了，她一边在中国超市打工，一边每天收快递发快递，替胡金柱赚差价。没上过高中的郝会会，对胡金柱一脸崇拜：“我们家金柱，可是陈景润啊。”但村里陈景润的胡金柱，已经受够了当生物千老的生活，他的梦在一个更高的地方。2007 年，胡金柱以硅谷学联副主席的身份，衣锦还乡，受到了副省长的热情接待。
>
> 站在 2007 年，他们都还不知道，未来的十年，会经历金融危机、身份困扰、失业、海归、创业、归海、出轨、离婚……时代大潮下，每个人都随波浮沉。

而现实中时代的浪潮比小说中巨大得多。希望这篇小说记录下了一点点真实。

**图书在版编目（CIP）数据**

硅谷是个什么谷 / 虎皮妈著 . — 桂林 : 漓江出版社 , 2019.8（2024.8 重印）
ISBN 978-7-5407-8704-2

Ⅰ . ①硅… Ⅱ . ①虎… Ⅲ . ①长篇小说 — 中国 — 当代 Ⅳ . ① I247.5

中国版本图书馆 CIP 数据核字 (2019) 第 140273 号

**硅谷是个什么谷**
**GUIGU SHI GE SHENME GU**

---

作　　者　虎皮妈

出 版 人　刘迪才
策划编辑　杨　静
责任编辑　杨　静
助理编辑　谷　磊
摄　　影　王蓓蓓　陈　超
责任校对　赵卫平
责任监印　周　萍

出版发行　漓江出版社有限公司
社　　址　广西桂林市南环路 22 号
邮　　编　541002
发行电话　010-85893190　0773-2583322
传　　真　010-85890870-814　0773-2582200
邮购热线　0773-2583322
电子信箱　ljcbs@163.com
微信公众号　lijiangpress

印　　制　天津画中画印刷有限公司
开　　本　710 mm × 960 mm　1/16
印　　张　26
字　　数　260 千字
版　　次　2019 年 8 月第 1 版
印　　次　2024 年 8 月第 3 次印刷
书　　号　ISBN 978-7-5407-8704-2
定　　价　68.00 元

---